Lotte Minck
Ringelpietz mit Abmurksen

»Du kannst den Menschen aus dem Ruhrpott holen, aber niemals den Ruhrpott aus dem Menschen«, sagt Lotte Minck, und sie muss es ja wissen: 1960 im Schatten der Zeche General Blumenthal in Recklinghausen geboren, war sie viele Jahre in Bochums Veranstaltungs- und Medienbranche tätig. Nach 50 Jahren im turbulenten Ruhrgebiet entschied sie sich fürs andere Extrem: Heute lebt sie an der friesischen Nordseeküste, wo sieben Autos an einer Ampel bereits als Stau gelten. Ihre Heldin Loretta Luchs und alle Personen in Lorettas Universum sind eine liebevolle Huldigung an Lotte Mincks alte Heimat.

Besuchen Sie Lotte Minck im Internet:
www.lovelybooks.de/autor/Lotte-Minck/
www.roman-manufaktur.de
www.lotteminck.de

Ruhrpott-Krimödien mit Loretta Luchs bei Droste:
Radieschen von unten
Einer gibt den Löffel ab
An der Mordseeküste
Wenn der Postmann nicht mal klingelt
Tote Hippe an der Strippe
Cool im Pool
Die Jutta saugt nicht mehr
Voll von der Rolle
Mausetot im Mausoleum
3 Zimmer, Küche, Mord
Darf's ein bisschen Mord sein?

Ruhrpott-Krimödien mit Stella Albrecht bei Droste:
Planetenpolka
Venuswalzer
Sonne, Mord und Sterne

Lotte Minck

Ringelpietz
mit Abmurksen

Eine Ruhrpott-Krimödie mit Loretta Luchs

Droste Verlag

Figuren und Handlung dieses Romans sind frei erfunden.
Ähnlichkeiten mit lebenden Personen sind rein zufällig und
nicht beabsichtigt.

Bibliografische Informationen der Deutschen Nationalbibliothek
Die Deutsche Nationalbibliothek verzeichnet diese Publikation in der
Deutschen Nationalbibliografie; detaillierte bibliografische Daten sind
im Internet über http://dnb.d-nb.de abrufbar.

2020 Droste Verlag GmbH, Düsseldorf
Umschlaggestaltung: Droste Verlag unter Verwendung
einer Illustration von Ommo Wille, Berlin
Druck und Bindung: CPI – books GmbH, Leck
ISBN 978-3-7700-2124-6

www.drosteverlag.de

Prolog

»Und? Was machst du so?«, fragte der Mann, der mir gegenübersaß.

Ich seufzte innerlich.

*Ich sitze hier und langweile mich so sehr, dass ich mir am liebs-
ten die Haare anzünden würde, nur damit etwas passiert,* hätte
ich am liebsten geantwortet, aber ich verkniff es mir, schließlich
bin ich ein höflicher Mensch.

Außerdem: Er war hier, wie die anderen auch, um endlich
die Liebe zu finden.

Und ich war hier, weil mir meine lieben Freunde Bärbel und
Frank einen Gutschein für dieses Speed-Dating geschenkt hatten. Um genau zu sein: Es waren Gutscheine für *drei* Speed-Datings gewesen, und ich büßte gerade das zweite davon ab.

Sie hatten mir damit eine Freude machen wollen, und dafür
liebte ich sie. Sie hatten sich dafür bedanken wollen, dass sie
dank meiner Vermittlung nun stolze Betreiber eines kleinen,
aber sehr lebendigen Lebensmittellädchens in meinem Viertel
waren.

»Unser Leben hat sich um tausend Pimpillionen Prozente
verbessert«, pflegte Frank zu sagen, »und dat nur wegen Loretta.«

Sie hatten lange überlegt, wie sie sich bedanken könnten,
hatte Bärbel mir verraten, als sie mir den Umschlag mit den
Speed-Dating-Gutscheinen übergeben hatten.

Ich hatte nicht gewusst, ob ich lachen oder weinen sollte.

Wirke ich wirklich derart *bedürftig?*, hatte ich mich spontan
gefragt.

Gut, ich war seit einiger Zeit Single, und die glücklichen Paa-
re um mich herum schienen zu glauben, dass dies kein Zustand
war, mit dem man zufrieden sein konnte. Das galt nicht nur für
Frank und Bärbel, sondern auch für Doris und Erwin sowie für
Diana und Okko, die sich allesamt Sorgen um mein Seelenheil

machten, wie ich aus Anlass der Gutschein-Übergabe erfuhr. Man hatte konspirativ beratschlagt und war zu dem Schluss gekommen, dass es an der Zeit war, mich auf die Piste zu schicken.

Bei dem Gedanken an die zahlreichen Telefonkonferenzen, bei denen es um mein nicht vorhandenes Liebes- beziehungsweise Sexleben gegangen war, wurde mir ganz anders.

Und jetzt saß ich Marc gegenüber, der bestimmt Muttis Liebling war, wie ich messerscharf aus dem eindeutig selbst gestrickten Pullover schloss, der seinen Oberkörper eine Spur zu knapp umspannte. Mit monoton dahinplätschernder Stimme hatte er mir Auskunft über sich gegeben – Bauarbeiter, siebenundvierzig Jahre –, und seine rot glänzende Halbglatze spiegelte seine Aufregung deutlich wider. Damit wir uns nicht falsch verstehen: Es war nicht sein Äußeres, das diese spontane Abneigung, gepaart mit bleierner Müdigkeit, in mir ausgelöst hatte. Nein, es war seine Stimme. Vor meinem geistigen Auge erschien das Bild, wie er in unserer gemeinsamen Wohnung am Tisch saß und vor sich hin leierte, während ich hinter ihm stand und die hoch über meinen Kopf erhobene Bratpfanne mit Schmackes auf seinen Haarkranz niedersausen ließ. Endlich Ruhe. Hihihi, dann würde Kommissarin Küpper mich verhören und könnte mich endlich in den Knast befördern, was sie sich vermutlich schon etliche Male heimlich gewünscht hatte. Es sei denn, ich käme mit Notwehr durch.

Moment mal. Was hatte er mich gefragt? Genau. Der Gedanke an Notwehr hatte mich erheitert, stellte ich fest.

»Ich arbeite in einem Callcenter«, sagte ich, »für eine Online-Bank.«

»Wow. Das hätte ich nicht gedacht. Du siehst nicht so aus, als hättest du einen seri…« Er brach ab und stierte mich erschrocken an.

»Als hätte ich einen seriösen Job?«, soufflierte ich mit einem Lächeln. »*Online*-Bank. Alles passiert am Telefon. Ich muss nicht im schicken Kostümchen am Schalter stehen. Außerdem bin ich in der Administration tätig. Ich sitze also nicht an der Hotline und habe keinen Kundenkontakt. Ein ganz normaler, langweiliger Job in der Verwaltung.«

»In meiner Freizeit gehe ich angeln«, sagte er. »Und du? Hast du ein Hobby?«

»Fotografieren«, erwiderte ich.

Sein Gesicht hellte sich auf. »Das passt doch super. Dann kannst du die Fische knipsen, die ich geangelt habe. Weißt du, am liebsten gehe ich auf Karpfen. Und es gibt so eine Website, auf der man seinen Fang posten kann. Das stelle ich mir nett vor, mit dir zusammen loszuziehen und ...«

Ein Gutes hatte diese Vorstellung: Er würde beim Angeln nicht *reden*. Aber alles andere an seiner Fantasie erfüllte mich mit geradezu lähmendem Entsetzen. Im Morgengrauen losziehen, dann stundenlang in der Pampa an irgendeinem Tümpel hocken und darauf warten, dass so ein bedauernswerter Fisch, der bis dahin ein schönes Leben geführt hatte, luftschnappend aus dem Wasser gezerrt wurde, nur um seinen sinnlosen Tod auf einer Website für angelnde Angeber zu dokumentieren? Nur über meine Leiche. Und selbst dann noch nicht.

Ein Glöckchen ertönte, und ich atmete innerlich auf. Denn dieses silberhelle Bimmeln bedeutete, dass Marcs und meine gemeinsame Zeit vorüber war.

»Oh, schon vorbei?« Marc war sichtlich enttäuscht. »Das waren doch nie und nimmer sieben Minuten!«

Doch, mein Lieber, das waren sogar sieben Ewigkeiten, dachte ich, setzte ein bedauerndes Lächeln auf und zuckte mit den Schultern.

Zögernd erhob er sich und trottete zum nächsten Tisch, während sich auf dem nun leeren Stuhl bereits der nächste Kandidat niederließ.

»Hi, ich bin der Jimmy.«

Ein Hauch von Sandelholz wehte mich an.

Auch er bestach optisch durch Gestricktes, allerdings hatte er das ausgeleierte Teil vermutlich selbst geklöppelt, an langen Abenden bei Räucherstäbchen, Fencheltee und indischer Sitarmusik.

Auf seine Frage hin tischte ich auch ihm die Lüge auf, ich sei bei einer Online-Bank angestellt, wie ich es Fremden stets erzählte. Dass ich bei einer Sexhotline arbeitete, wusste nur mein enges Umfeld, und das reichte auch vollkommen.

»Bei einer Baaaaaaank?«, fragte er skeptisch und verzog das Gesicht. »Dann hast du ja voll den kommerziellen Job. Das ist ja noch schlimmer als Sabine – die arbeitet als Bulle, das muss man sich mal vorstellen. Wie kann man für einen solchen Fascho-Verein knechten? Freiwillig? Unfassbar. Mit so einer Frau könnte ich niemals … also, dazu bin ich ein viel zu sensibler Mensch. Ich bin nämlich Künstler.«

Das erklärte seine Miene, denn mein Beruf war aus seiner Sicht offenbar ziemlich uncool. Aber immerhin war ich keine Faschistin.

Was für ein Schwachkopf.

»Künstler? Tatsächlich?« Ich bemühte mich, Interesse zu heucheln.

Jimmy nickte. »Ja, ich bin Lebenskünstler.« Er grinste stolz. »Ich bin Musiker, und bürgerliche Normen finde ich spießig. Das ist nicht so mein Ding.«

Höflich bleiben, Loretta, höflich bleiben … »Du verdienst deinen Lebensunterhalt als Musiker?«

»Mal mehr, mal weniger. Ich wohne zurzeit in der Schrebergartenlaube eines Kumpels, ganz im Einklang mit der Natur. Ich brauche nicht viel, du verstehst?«

Oh ja, ich verstand. Ich ahnte, was er spießig fand: regelmäßig frühmorgens aufstehen und arbeiten gehen, Steuern und Miete zahlen … diese langweiligen, bürgerlichen Dinge halt.

Ich konnte ihm nur wünschen, dass er hier eine gleichgesinnte *Lebenskünstlerin* traf. Dann konnten sie zusammen in der Laube hocken und von dem leben, was sie im Wald an Beeren und Wurzeln fanden. Oder Bienen den Honig klauen.

»Ich finde es übrigens sehr unangenehm, dass du dich mir gegenüber so abfällig über Sabine geäußert hast«, sagte ich, »das gehört sich nicht.«

»Du bist ja noch spießiger, als ich dachte. Ich darf ja wohl meine Meinung sagen.«

»*Das* finde ich faschistisch, Jimmy: dass du in deinem Hochmut glaubst, das Recht zu haben, andere mit Dreck zu bewerfen. Sag deine *Meinung,* wem du willst, aber verschone mich mit deinen biederen und gestrigen Parolen über vermeintliche Spießer und angeblich faschistoide Polizisten.«

»Dich würde ich nicht mal mit der Kneifzange anfassen«, zischte er.

Ich hob die Brauen und grinste. »Ist das ein Versprechen?« Als in diesem Moment das Glöckchen erklang, fügte ich hinzu: »Und jetzt verpiss dich, du Heiopei.«

Ha, das tat gut.

Geh mit Gott, aber geh, dachte ich, und verschwinde rückstandslos aus meinem Leben.

Ich lernte noch den ruhigen Gärtner Kai kennen und traf den sympathischen Rocker Hajo wieder, den ich bereits von letzter Woche kannte. Außerdem waren da noch die Spaßkanone Didi und der sehr gepflegte Dönerbudenbesitzer Cem. Zuletzt saß ich noch einem alten Bekannten gegenüber: Mike, dem ich ebenfalls bereits bei meinem ersten Speed-Dating begegnet war.

»Ich habe mich sehr auf dich gefreut. Was muss ich tun, damit du dich für mich interessierst?«, schmalzte er mich sofort an und blickte mir tief in die Augen.

Eigentlich unnötig, denn wir hatten ja schon bei der ersten Begegnung festgestellt, dass wir uns sympathisch waren.

Aber ich spielte gerne mit und zuckte grinsend mit den Schultern. »Versuchs mit einem Brilli, der die Größe einer Eierkohle hat.«

Er lachte so schallend, als hätte ich den Gag des Jahrtausends gerissen. »Dein Humor ist unwiderstehlich«, schnaufte er, als er sich wieder eingekriegt hatte. Dann wurde er ernst. »Wie sieht es aus: Bekomme ich deine Mail-Adresse?«

»Könnte sein.«

»Das hört sich doch gut an.« Er räusperte sich und deutete auf mein halb volles Glas. »Sag mal, trinkst du das noch? Mein Mund brennt wie Feuer, die ganze Zeit schon.«

Ich hielt ihm mein Glas hin, und er schüttete sich den Inhalt mit einem Schluck in den Rachen.

»Puh, schon besser. Echt erstaunlich, wie viele Gemeinsamkeiten wir haben«, gurrte er dann und sah mir tief in die Augen. »Darüber habe ich während der letzten Woche oft nachgedacht.«

Damit hatte er allerdings recht – verblüffend viele Gemeinsamkeiten sogar. Wir schienen das gleiche Essen, die gleiche Musik und den gleichen schwarzen Humor zu schätzen, und dennoch schlug mein Instinkt plötzlich und vollkommen unerwartet Alarm. War der Blick eine Spur zu feurig? Die Stimme eine Spur zu gurrend? Seine Trinkgewohnheiten eine Spur zu gierig? Seinen Begrüßungssekt hatte er ebenfalls in einem großen Schluck runtergekippt, sich über den Geschmack beschwert und sich dennoch umgehend nachschenken lassen. Wieder hatte er das Glas auf ex geleert.

Loretta, der Typ ist nicht koscher, wisperte ein Stimmchen in meinem Kopf, und ich war geneigt, auf diese Warnung zu hören. Er war wirklich sehr charmant und sehr interessiert, aber trotzdem …

Ich bemühte mich, mir nichts anmerken zu lassen. Die restlichen Minuten plänkelten wir hin und her, bis Denise, die Moderatorin, unter fröhlichem Glöckchenschwenken das Ende der heutigen Dates einläutete.

»Oha, die Totenglocke durchtrennt gnadenlos unsere Schicksalsfäden«, raunte Mike mir mit einem neckischen Zwinkern zu, und ich rang mir ein Lächeln ab.

»Wir machen jetzt eine kurze Verschnaufpause«, zwitscherte Denise. »Ihr könnt euch vorne einen Kaffee holen oder ein Kippchen rauchen. Danach erkläre ich euch, wie es weitergeht. In zehn Minuten sehen wir uns wieder.«

»Meine Beine fühlen sich an, als wären sie eingeschlafen. Ich sollte mich mal ein bisschen bewegen. Ich muss sowieso mal kurz für kleine Königstiger«, sagte Mike, womit er mir eindeutig zu viel Information geliefert hatte. Er stand auf, taumelte ein wenig und musste sich am Tisch festhalten. »Hui … mir ist schwindelig. Du verwirrst meine Sinne.«

Sauf halt weniger, dachte ich gallig.

Wir verließen den Raum, und die Gruppe zerstreute sich. Mir war nach einem Espresso, aber ich hatte nicht vor, später zu den anderen zurückzukehren.

Ich ging hinaus auf die kleine und sehr idyllische Terrasse des Cafés und entdeckte einen Tisch, der von üppigen Büschen umgeben und von der Tür zum Innenbereich aus nicht zu sehen war. Rocker Hajo und Lebenskünstler Jimmy standen in einer Ecke, pafften hastig ihre Glimmstängel und waren in ein angeregtes Gespräch vertieft. Ob sie sich wohl über die Auswahl der Damen austauschten? Innerlich zuckte ich mit den Schultern. Konnte mir wurscht sein.

Um diese Zeit – es war beinahe sechs Uhr – waren nur noch wenige Gäste hier. Die Kaffeezeit war vorüber, und das Servicepersonal begann bereits damit, die frühlingshafte Dekoration von den Tischen zu räumen. Ich bestellte einen Espresso und ein kleines Glas Wasser, was mir blitzartig serviert wurde.

Ich lehnte mich zurück, blinzelte in die Sonne und hoffte,

dass Mike nicht auf die Idee kam, hier nach mir zu suchen. Irgendwas an ihm hatte mich heute abgetörnt, nachdem ich mich doch zunächst auf unser Treffen gefreut hatte. Merkwürdig. Aber mein Bauchgefühl ließ mich von meinem ursprünglichen Plan, unsere Bekanntschaft zu vertiefen, Abstand nehmen.

Ich griff zum Tässchen und hob es an die Lippen, als ein gellender Entsetzensschrei mich zusammenfahren ließ. Brühheißer Espresso ergoss sich über mein Knie, was höllisch schmerzte. Geistesgegenwärtig sorgte ich mit dem Wasser aus dem Glas für umgehende Abkühlung, während eine Frau kreischte: »Zu Hilfe! Wir brauchen einen Arzt, schnell!«

War etwa jemand ausgerutscht und gestürzt? Ich sprang auf und rannte hinein.

Unablässig kreischte die Frau weiter, und mit mir stürmten etliche Leute in den Gang, der zu den Toiletten führte. Im Vorraum des Sanitärbereichs lag ein Mann auf den Fliesen, der halb von der schreienden Frau verdeckt wurde, die neben ihm kniete. Ich erkannte sie sofort an ihren fusseligen Haaren. Es war Mareile, die sich jetzt zu uns umdrehte und stammelte: »Er ist tot! Mike ist tot! Gerade lebte er noch, und jetzt ist er tot!«

Rasch trat ich zu ihr und streckte die Hände aus, um ihr hochzuhelfen. Taumelnd kam sie auf die Füße und lehnte sich schwer an mich. Ich blickte auf die liegende Gestalt hinunter, deren Haltung sehr steif wirkte. Die Augen waren weit aufgerissen und starrten blicklos zur Decke.

Mir fiel ein, dass er über ein starkes Brennen im Mundraum geklagt und sich über den miesen Geschmack des Begrüßungssekts beschwert hatte. Und jetzt war er mausetot.

Das war kein stinknormaler plötzlicher Herztod, nie im Leben.

Ich tätschelte Mareile die bebende Schulter und richtete mich auf einen langen Abend ein.

Kapitel 1

Wie alles begann: Eine nette Grillparty bei Freunden
und die Suche nach einem angemessenen Geschenk

Alles begann mit diesem feuchtfröhlichen Samstagabend bei Bärbel und Frank. Angrillen war angesagt, und gleichzeitig war es die erste offizielle Gartenparty im neuen Domizil.

Vor einem knappen halben Jahr hatten Frank und Bärbel den kleinen Lebensmittelladen von Gitti Scheffer übernommen und waren in die Wohnung über dem Geschäft gezogen. Seither hatte sich eine Menge getan. Um den – mit drei Kindern – viel zu knappen Wohnraum zu vergrößern, war hinter dem Haus ein großzügiger Anbau für Küche, Wohnzimmer und Essbereich entstanden.

Während Profis den Anbau hochgezogen hatten, hatte Frank bei der Terrasse, die wir nun einweihten, auf Eigenleistung – und die seiner Freunde, natürlich – gesetzt. Mein Anteil hatte darin bestanden, dass ich samstags zusammen mit Bärbel den Laden schmiss, damit Frank und Erwin die jeweiligen Großeinkäufe im Baumarkt erledigen konnten. Meine Beteiligung an den Bauarbeiten beschränkte sich auf klugscheißerische Kommentare, das Suchen von abhandengekommenem Werkzeug und das Halten von Balken, während die Männer daran herumnagelten oder wahlweise -schraubten. So war innerhalb von vier Wochenenden eine durchaus beeindruckende, teilüberdachte Terrasse mit einem Grillplatz entstanden.

Für die kleine Party waren die üblichen Verdächtigen zusammengekommen. Die fröhliche Truppe bestand aus Bärbel und Frank, Doris und Erwin sowie Diana und mir. Diana, meine beste Freundin und ehemalige Mitbewohnerin, war extra von der Nordseeküste angereist, um dabei zu sein. Ihr Gatte Okko war leider unabkömmlich gewesen, und auch Gitti fehlte zu unserem Bedauern, aber sie war wieder einmal mit ihrer späten, aber dafür umso größeren Liebe Alfie auf Reisen. Dennis, Doris' und mein Chef im Callcenter, wollte später auch noch vorbeikommen.

Natürlich standen Frank und Erwin am Grill, während die Damen um den großen Tisch saßen und bereits beträchtliche Mengen von Doris' Bowle süppelten, die sie mit Waldmeister aus dem eigenen Garten angesetzt hatte. Über die sonstigen Zutaten ließ sie sich nur vage aus, aber dass hochprozentiger Alkohol eine nicht unwesentliche Rolle dabei spielte, stand außer Zweifel.

»Ach, ist das schön mit euch!« Diana streckte sich wohlig und seufzte. »Fast wie in alten Zeiten. So glücklich ich mit Okko auch bin – das hier vermisse ich schon manchmal, um ehrlich zu sein.«

»Ich freu mich total, dass du gekommen bist«, sagte Bärbel strahlend.

Diana lachte. »Als ob ich mir diese kleine, charmante Völlerei entgehen ließe. Außerdem wollte ich unbedingt euer neues Heim sehen. Ach, was sage ich – euer neues *Leben*! Bisher kannte ich ja alles nur aus Lorettas Erzählungen.«

Natürlich hatte ich sie haarklein über alles informiert, zumal es recht dramatische Ereignisse rund um Gitti und ihren Laden gewesen waren, die zu besagtem neuem Leben geführt hatten: Einmal mehr hatte es einen mysteriösen Todesfall gegeben, bei dem Erwin, Frank und ich tätig geworden waren.

Doris warf einen Blick hinüber zu den beiden Männern am Grill und fragte Bärbel mit gedämpfter Stimme: »Vermisst Frank eigentlich den Kiosk? Er hat sein Büdchen doch so geliebt.«

»Kein Stück.« Bärbel winkte ab. »Jetzt ist er endgültig in seinem Element. Die Kundschaft liegt ihm zu Füßen, besonders die älteren Damen. Außerdem sind die Arbeitszeiten deutlich familienfreundlicher. Und dass ich meinen blöden Job aufgeben konnte, um ihn im Laden zu unterstützen«, sie schnalzte mit der Zunge, »das ist die Kirsche auf dem Sahnehäubchen. Alles hat sich für uns verbessert, stimmt's, Frank? Absolut jeder Bereich unseres Lebens.«

»Um tausend Pimpillionen Prozent!«, rief Frank und deutete mit der Grillzange auf mich. »Und dat allet nur wegen die Loretta.«

Nun, das sagte er nicht zum ersten Mal. Nein, ich hörte es zum mindestens tausend pimpillionsten Mal, um genau zu sein. So ganz allmählich …

»Jetzt lass mal langsam gut sein«, sagte ich also. »Alles hat sich einfach perfekt gefügt: Gitti weiß ihr Geschäft in liebevollen Händen und kann endlich guten Gewissens ihren wohlverdienten Ruhestand genießen. Ich habe euch nur zusammengebracht, weil ich dachte, es könnte passen. Ende der Geschichte.«

»Und dafür gibt's auch noch ein dicket, fettet Dankeschön!«, rief Frank. »Meine Süße und ich wissen bloß noch nich, wat.«

»Ich will nichts von euch, hört ihr?«, entgegnete ich. »So weit kommt das noch.«

»Dat wirste ma schön uns überlassen, hömma, da fällt uns bestimmt noch wat …«

»Aber das vertagen wir auf später, okay?«, fiel Erwin ihm rigoros ins Wort. »Das Grillgut ist nämlich beinahe servierfertig, meine Damen.«

»Unser Stichwort, meine Liebe.« Bärbel nickte Doris zu, und sie standen auf, um die beiden Salate zu holen, die im Kühlschrank warteten.

Diana blickte ihnen lächelnd nach und sah mich dann an. »Und wie üblich stellst du dein Licht unter den Scheffel. Irgendwie schaffst du es immer wieder, anderen zu helfen. Aber was ist mit *dir*?«

Ich verstand kein Wort. »Mit mir? Was soll mit mir sein?«

»Bist du glücklich?«

Ups – das traf mich vollkommen unvorbereitet. »Glücklich? Äh … na klar. Glaube ich wenigstens. Ich bin jedenfalls nicht unglücklich.«

Diana grinste spöttisch. »Na, das ist doch immerhin was. Okay, du hast einen guten Job und eine schöne Wohnung, tolle Freunde und einen charmanten, vierpfotigen Mitbewohner. Das ist mehr, als viele Menschen haben, zugegeben. Aber du bist Single.«

»Na und? Ich brauche keinen Mann, um glücklich zu sein. Das wäre ja noch schöner.«

»Aber mit einem Partner an der Seite ist es so viel netter. Und wenn ich das schon sage …« Sie spielte gedankenverloren an ihrem Ehering und grinste mich an. »Ich muss dich wohl nicht daran erinnern, dass ich mal eine fast schon militante Verfechterin weiblicher Unabhängigkeit war. Aber als ich Okko traf, wusste ich: Er ist derjenige, auf den ich immer gewartet habe – ohne dass ich es überhaupt wusste.«

Ich verdrehte die Augen. »Jetzt werd mal nicht kitschig.«

»Pfff, nur kein Neid, meine Liebe. Sei ehrlich: Fühlst du dich denn niemals einsam?«

Ehe sie mich zu einer Antwort nötigen konnte, erschien Erwin und wuchtete eine große Servierplatte mit Steaks und Würstchen auf den Tisch. Bärbel und Doris brachten Kartoffel- und Nudelsalat – und ich war heilfroh, dass ich fürs Erste nicht weiter über mein Leben als vermeintlich unglücklicher Single Auskunft geben musste.

Außerdem tauchte genau in diesem Moment Dennis auf und lenkte Diana zusätzlich von mir ab. Wie bei jeder Begegnung mit ihr versuchte er auch diesmal, sie zur Rückkehr zu seiner Sexhotline zu bewegen, da er – wie er wortreich versicherte – nie wieder eine so gute Domina-Darstellerin wie sie finden würde. Nachdem er sich die traditionelle Abfuhr eingehandelt hatte, wandte er sich Frank zu, um ihm den mit dem Laden übernommenen Kombi abzuschwatzen, einen ehemaligen Leichenwagen aus den Siebzigern. Auch das hatte er schon mehrfach probiert, und seine Argumente waren in der Zwischenzeit nicht überzeugender geworden.

»Du *musst* mir den Wagen verkaufen«, sagte er beschwörend und fuchtelte mit seiner Gabel vor Franks Gesicht herum. »Ich zahle dir einen guten Preis, und du kannst dir einen supermodernen neuen Kombi anschaffen. Einen mit allen Schikanen.«

»Brauchinisch«, erwiderte Frank mit vollem Mund.

Dennis seufzte theatralisch. »Überleg doch mal, wie *authentisch* ich in dem Auto aussehen würde. Sieh mich an – es ist wie für mich maßgeschneidert!«

»Kaum vorstellbar, dass Bestatter in den Siebzigern in solchen Klamotten rumgelaufen sind«, warf ich grinsend ein. »Sooo psychedelisch war dieses Jahrzehnt nun auch wieder nicht, Dennis.«

»Damit dürfte Loretta recht haben«, sagte Doris.

Natürlich hatte ich recht: Dennis' grasgrünes Hemd war an der Brust großzügig mit Rüschen besetzt, und die Kombination mit seiner veilchenblauen Schlaghose war nur sehr schwer auszuhalten.

»Psychedelisch?« Dennis sah mich erstaunt an. »Ich bin heute geradezu konservativ angezogen, das musst du zugeben.«

Ja, das war wieder ein schöner Beweis für die Relativitätstheorie: Im Gegensatz zu manch anderen Tagen war er tatsächlich relativ konservativ gekleidet. Schließlich sah ich ihn beinahe jeden Tag und hatte einen ziemlich genauen Überblick über seinen Kleiderschrank – und ich hatte schon ganz andere Kombinationen an ihm gesehen. Outfits, mit denen er auf jeder Karnevalsparty den Preis fürs beste Kostüm abstauben würde. Nur, dass es für ihn Alltagskleidung war.

»Dennis, du siehst klasse aus«, sagte Diana. »Du bringst Farbe in unseren tristen Alltag, und allein dafür hast du einen Orden verdient.«

Ich fing Dennis' triumphierenden Blick auf und grinste innerlich, denn insgeheim bewunderte ich sein Selbstbewusstsein. Vielleicht würde ich es ihm irgendwann einmal sagen. Aber nicht heute.

Wie auch immer – wir schlemmten und tranken und lachten und schwatzten, und es war ein wunderbarer Abend.

Es war bereits nach Mitternacht, als Diana und ich nach fünf Minuten Fußweg bei mir ankamen.

»Ich bin noch nicht müde«, sagte Diana mit leichtem Nuscheln und bückte sich wenig graziös, um Baghira zu streicheln, der maunzend um ihre Beine strich und sie damit aus dem Gleichgewicht brachte. »Hoppla«, konstatierte sie kichernd und stützte sich an der Wand ab. »Wie viele Gläser Bowle haben wir wohl getrunken?«

»Viel zu viele«, entgegnete ich, nicht weniger nuschelnd als sie. Dann kramte ich das kleine Fresspaket für Baghira aus meiner Umhängetasche, ein paar Fitzelchen Fleisch, die ihm nicht schaden würden. Allein das Rascheln der Alufolie weckte die ungeteilte Aufmerksamkeit des Katers, und er trippelte im Zickzack und mit hoch aufgerecktem Schwanz vor mir her zu seinem Napf. Laut schmatzend genoss er die Fleischbröckchen, während ich die Folie zu einem Ball zusammenknüllte, den er später durch die Wohnung dribbeln würde.

»Was zum Naschen und was zum Spielen«, murmelte ich und ließ die silberne Kugel auf den Boden fallen.

»Toll«, sagte Diana hinter mir, »jetzt führt sie sogar schon Selbstgespräche. Oder war diese Information für mich bestimmt?«

»Wie bitte? Du spinnst ja wohl. Ich führe doch keine Selbstgespräche!«

Theatralisch rang Diana die Hände. »Noch schlimmer! Sie merkt es nicht einmal mehr!«

»Könntest du es *freundlicherweise* unterlassen, über mich zu sprechen, als wäre ich nicht anwesend?«, fragte ich empört. »Und nicht so tun, als hätte ich sie nicht mehr alle?«

»Ach komm, sei nicht eingeschnappt, ich hab nur Spaß gemacht. Schließlich rede ich ja auch manchmal mit mir selbst. Und mit Heini.«

Heini war der entzückende Foxterrier ihres Gatten Okko.

»Wie wäre es noch mit einem kleinen Absacker?« Sie öffnete die Kühlschranktür, spähte stirnrunzelnd hinein und murmelte: »Hm ... zwei Flaschen Bier, eine angebrochene und eine volle Pulle Weißwein, irgendein obskurer Schaumwein ... zu obskur für meinen Geschmack.« Sie nahm den halb vollen Wein heraus und knallte die Tür zu. Dann schwenkte sie die Flasche auffordernd vor meinem Gesicht.

Ich seufzte ergeben und holte zwei Gläser aus dem Schrank, die sie bis zum Rand füllte.

Wir setzten uns an den Esstisch, stießen an und verplemperten prompt einiges an Wein auf den Tisch. Ich holte einen Lappen und wischte die Bescherung weg, dann setzte ich mich wieder.

»Du bist mir übrigens noch immer eine Antwort schuldig«, sagte Diana.

Argh. Ich wusste sofort, was sie meinte, allerdings hatte ich insgeheim gehofft, dass dieses Thema erledigt war. »Keine Ahnung, wovon du redest.«

»Dann werde ich deinem Gedächtnis mal auf die Sprünge helfen. Meine Frage war, ob du dich nicht manchmal einsam fühlst.« Sie trank einen Schluck und fügte hinzu: »Mir ist klar, dass du es den anderen gegenüber niemals zugeben würdest, damit sie sich keine Sorgen machen. Aber wir zwei Hübschen sind ganz unter uns. Du kannst ehrlich sein; ich werde es niemandem verraten.«

Ha. Das war selbstverständlich eine dicke, fette Lüge, wie sich später herausstellen würde. Aber ich will ihr zugestehen, dass sie es zu diesem Zeitpunkt absolut ehrlich meinte.

»Natürlich gibt es Momente, in denen ich mich allein fühle«, sagte ich nach kurzem Zögern, »aber ich bin nun mal kein Beziehungstyp.« Ich trank einen großen Schluck Wein und war sehr zufrieden mit meiner Antwort. Aber nur kurz.

»Vortrefflich gedroschen, diese hohle Phrase«, erwiderte Diana mit spöttischem Grinsen. »Kein Beziehungstyp zu sein ist nichts weiter als ein urbaner Mythos. Das sagen Kerle, die sich als einsame Wölfe inszenieren, um mit dieser Masche möglichst viele Frauen abzuschleppen. Oder Partyprinzessinnen, die sich alle zwei Nächte einen anderen schnappen und direkt wieder in die Wüste schicken, weil sie Angst haben, dass es irgendwo noch einen Besseren gibt. Du bist weder das eine noch das andere.«

»Na und? Verklag mich doch.« Ich zuckte mit den Schultern. »Ich bleibe dabei: Ich bin kein Beziehungstyp.«

»Blödsinn. Jeder ist ein Beziehungstyp, wenn der oder die Richtige am Horizont auftaucht.«

Sie hatte gut reden, denn sie hatte sich den nettesten Typen der Welt gekrallt. »Jemand wie dein Okko.«

»Genau.« Sie lächelte verträumt, und ihr Gesicht wurde ganz weich. »So jemand wie mein Okko.«

Zugegeben – ich war von glücklichen Paaren umzingelt, und ich war seit meiner Trennung von Pascal Single. Wir hatten uns zu allem Überfluss nicht etwa getrennt, weil wir uns nicht mehr liebten. Ganz im Gegenteil: Er hatte es nicht mehr ausgehalten, dass ich mich bei meinen regelmäßigen Ausflügen in die Welt der Mordermittlungen immer wieder selbst in Gefahr gebracht hatte. Irgendwann hatte er mir ein Ultimatum gestellt: er oder die Mörderjagd.

Und wofür hatte ich mich entschieden? Genau.

Nun ja, das war die Kurzform der Geschichte, aber im Großen und Ganzen war es letztendlich so abgelaufen.

»Für jeden Topf gibt es den passenden Deckel«, deklamierte Diana pompös, »auch für dich. Davon bin ich zutiefst überzeugt.«

»Sagt die Frau, die mich gerade der Phrasendrescherei bezichtigt hat«, gab ich zickig zurück. »Außerdem glaube ich nicht an dieses lächerliche Ammenmärchen vom Topf und dem Deckel. Wenn etwas ein urbaner Mythos ist, dann das. Es ist lediglich der letzte Trost für Leute, die komplett beziehungsunfähig sind. Die können sich immer noch einreden, dass sie hier sind und ihr passender Deckel leider in Australien wohnt. Oder sonst wo im Universum.«

»Aha!« Diana hob den Finger. »Und warum sind diese Leute beziehungsunfähig? Weil sie vielleicht Auswahlkriterien haben, die niemand erfüllen kann. Oder weil kein Mann auf der Welt alle zehn Punkte auf ihrer Liste schafft. Im Prinzip ein echt toller Typ, aber leider disqualifiziert er sich dadurch, dass er gerne Grönemeyer hört. Oder französische Filme liebt. Oder keinen Espresso mag.«

»Du redest nicht zufällig von mir, oder?«, fragte ich misstrauisch. Grönemeyer, französische Filme ... das passte.

»Hm ... mal überlegen ... Rede ich von dir?« Diana legte die Stirn in Falten und blickte nachdenklich ins Nirgendwo. Dann wandte sie sich wieder mir zu und sagte sanft: »Ja, das tue ich, meine Liebe. Ich unterstelle dir, dass du geradezu nach Gründen *suchst,* um jeden auch nur halbwegs interessanten Mann abzuschießen, der dir zu nahe kommt.«

»Das ist totaler Blödsinn. Ich bin durchaus offen für Bekanntschaften.«

»Und genau das glaube ich dir nicht«, sagte Diana. »Du hast dich hier schön gemütlich eingerichtet in deiner hübschen Singlewohnung. Baghira begrüßt dich, wenn du nach Hause kommst, und leistet dir Gesellschaft, wenn du abends vor der Glotze sitzt. Stell dir dein Leben ohne ihn vor, na los.«

Unwillkürlich blickte ich am Kratzbaum hoch, wo Baghira auf der obersten Plattform leise vor sich hin schnarchte.

»Wie bitte? Warum sollte ich?«

»Natürlich willst du das nicht. Weil du genau weißt, wie öde und leer dein Leben ohne ihn wäre.« Sie lehnte sich zurück und verschränkte die Arme vor der Brust. Eine Zeit lang musterte sie mich, dann sagte sie: »Na gut. Beweise es.«

Ich verstand kein Wort. »Was soll ich dir beweisen?«

»Dass du für neue Bekanntschaften offen bist. Hol deinen Laptop.«

Kapitel 2

Loretta bricht in ein unbekanntes Land auf –
gut, wenn man eine Expertin an seiner Seite hat

Alles Sträuben half nichts: Diana blieb knallhart und befahl mir mit einer knappen Geste, mich neben sie zu setzen. Einerseits war ich zu beschwipst, um mich ernsthaft gegen ihren diabolischen Plan zu wehren, aber andererseits war ich bei Weitem nicht beduselt genug, um *nicht* zu schnallen, was sie vorhatte.

Und richtig. Sie fuhr den Rechner hoch, wählte eine Suchmaschine an und öffnete schließlich die Website einer Plattform für Singles, die sich ›Liebesgarten‹ nannte.

Ich verdrehte die Augen. »*Liebesgarten* – wirklich? Wie pornös ist das denn bitte? Das klingt wie der Outdoor-Bereich eines Swingerclubs, so mit versteckten Grotten und Whirlpools und so. Für die Muttis und Vattis, die es mal ganz verrückt im Freien treiben wollen, aber zu feige sind, ihre wilde Fantasie im heimischen Naherholungsgebiet umzusetzen.«

»Häuptling Zynische Zunge hat gesprochen«, murmelte Diana und deutete auf die Abbildung eines opulenten Gemäldes. »Da – der Name bezieht sich auf ein Bild von Rubens, das so heißt. Also doch nicht so niveaulos.«

»Das muss sich noch zeigen«, erwiderte ich. »Ein klassisches Gemälde als Namensgeber reicht nicht aus, um eine niveauvolle Auswahl potenzieller Partner zu gewährleisten.«

»Was du nicht alles weißt … Allmählich kriege ich den Eindruck, dass du schon auf Dutzenden dieser Plattformen unterwegs warst.«

Ich schüttelte den Kopf. »Nee. Noch auf keiner einzigen. Aber das sagt mir der gesunde Menschenverstand.«

»Okay, lassen wir das für den Moment mal so stehen. Also. Das hier ist schon mal nix für allzu junges Gemüse, sondern ausdrücklich auf Ü30-Klienten ausgerichtet. Passt also perf...«

»Hast du mich gerade alt genannt?«, fiel ich ihr ins Wort.

»Jedenfalls alt genug, um hier mitzuspielen«, gab sie zurück. »Ich finde es gut, dass es Plattformen speziell für Leute ... äh ... unseres Alters gibt.«

»Freut mich, dass dich diese Tatsache so freut. Offenbar hast du vor, Okko gegen was Frisches austauschen«, sagte ich amüsiert, und sie schüttelte lachend den Kopf.

»Nicht ablenken, Schätzchen. Hier geht es einzig und allein um dich.«

Sie hatte ja recht – es konnte nicht schaden, mich mal unverbindlich umzusehen. Die Chancen, meinen Traummann unter meinen Arbeitskollegen zu finden, waren denkbar gering, das musste ich zugeben. Wie sollte das bei mir auch funktionieren? Ich arbeitete in einem Callcenter mit Sexhotline, und das beinahe ausschließlich unter Frauen.

Die Möglichkeit, dass es zwischen Kunde und Dienstleisterin jemals funken könnte, war auch nicht gegeben. Das Ganze war eine Einbahnstraße: Die Damen an der Strippe erledigten ihren Job professionell und ohne Gefühle zu investieren.

Kaum vorstellbar, dass sich eine meiner Kolleginnen – oder ich selbst – jemals in *Deckhengst69* oder in *BigBoss1980* verknallen würde. Umgekehrt sah das schon anders aus, denn manche der Anrufer nahmen die geheuchelte Leidenschaft für bare Münze. Zumindest war das vereinzelt schon vorgekommen.

Also blieb mir nur noch mein Boss Dennis, den ich zwar sehr mochte, aber nicht unbedingt als Mann an meiner Seite. Objektiv betrachtet, war er durchaus attraktiv: groß und sehnig mit kleinem, knackigem Hintern, außerdem großzügig, humorvoll und schlagfertig. Aber ... Dennis? Unter diesem Aspekt hatte ich ihn noch nie betrachtet.

Außerdem hatte ich erst letztens durch eine Reportage erfahren, dass der Arbeitsplatz als klassischer Hotspot für Beziehungsanbahnung längst vom Internet abgehängt worden war. Mittlerweile gab es einschlägige Plattformen nicht nur für jedes Alter und jede nur erdenkliche Variante von Partnerschaften, sondern auch von seriös bis hin zu unverhohlener Suche nach rein sexuellem, kurzfristigem Vergnügen.

»Hallo? Bist du eingeschlafen?«, fragte Diana mich plötzlich. »Du bist ja völlig weggetreten.«

»Nee, ich hab bloß nachgedacht«, erwiderte ich.

Sie deutete auf dem Monitor, und ich sah, dass sie auf den Menüpunkt ›Profil anlegen‹ klickte. Eine kleine Eingabemaske erschien, und der Cursor blinkte auffordernd in einem leeren Feld, unter dem ›Bitte gib deinen Namen ein‹ stand.

»Hoffentlich hast du über den geheimnisvollen Nickname nachgedacht, den du dir geben willst«, sagte Diana. »Ich nehme nicht an, dass du dein Profil unter deinem echten Namen anlegen willst.«

Ups. Nein, das wollte ich tatsächlich nicht, dazu war mein Name viel zu … hm … *besonders.* Kaum vorstellbar, dass es im Ruhrgebiet noch eine zweite Frau gab, die Loretta Luchs hieß. So ein ungewöhnlicher Name war Fluch und Segen zugleich, wie ich im Laufe meines Lebens festgestellt hatte. Beinahe jeder erinnerte sich daran, wenn er ihn einmal gehört hatte.

Das könnte die einmalige Gelegenheit sein, dieser Situation zu entwischen, ging mir plötzlich auf. Scheinbar nachdenklich sagte ich: »Ich muss mir also einen Nickname ausdenken. Leider habe ich gerade nicht den Hauch einer Idee. Wie ärgerlich. Aber weißt du was? Lass uns die Sache überschlafen. Bestimmt fällt uns morgen ein schöner Name ein.«

Ich wollte den Laptop zuklappen, aber Diana schob meine Hand weg.

»Netter Versuch, Loretta, aber nicht sehr überzeugend. Uns

wird schon etwas einfallen. Los, denk nach. Du bist doch sonst nicht so fantasielos.«

»Dann brauche ich noch mehr Alkohol«, murmelte ich ergeben und stand auf, um den Wein aus dem Kühlschrank zu holen.

Während ich mich abmühte, die Flasche zu entkorken, hatte ich eine Eingebung. »Ich weiß, wie ich heißen will – Diana!«, rief ich aus der Küche zu ihr hinüber.

Verblüfftes Schweigen, dann: »Bitte? Du willst *meinen* Namen benutzen?«

Mit einem satten *Plopp* marschierte der Korken aus dem Flaschenhals, und ich ging zurück an den Esstisch. »Unsinn. Nicht ›Diana, meine Freundin‹, sondern ›Diana, Göttin der Jagd‹. Würde doch passen.«

Sie schüttelte den Kopf. »Kommt nicht in die Tüte. Du wirst kein Profil unter meinem Namen anlegen.«

»Nicht *dein* Name, sondern ...«

Diana hob die Hand, um mich zu unterbrechen. »Stopp. Wir denken uns etwas anderes aus, keine Diskussion.«

Ich schenkte uns Wein nach und setzte mich wieder. Ein leises Geräusch ließ mich hoch zum Kratzbaum blicken: Baghiras Kopf erschien über dem Rand seines Schlafkörbchens. Er musterte uns einige Sekunden lang, dann kam er offenbar zu dem Schluss, dass am Tisch gerade nicht gegessen wurde und unsere Aktivitäten für ihn somit nur mäßig interessant waren, denn er verschwand wieder.

Das war es doch! Ich sah Diana an und sagte: »Baghira.«

Offenkundig verstand sie nicht, worauf ich hinauswollte. »Was ist mit ihm?«

»Nichts. Er schläft. Aber wäre Baghira nicht ein perfekter Nickname?«

»Himmel hilf. Wieso denkst du, dass für dich als Frau der Name eines *männlichen* Panthers perfekt wäre? Du musst immer an die Assoziationen denken, die der Name auslöst. Oder welche er auslösen *könnte*. Das Dschungelbuch gehört zur Popkultur unserer Generation. Menschen unseres Alters *wissen*, wer Baghira ist – ganz eindeutig ein Mann. Also: abgelehnt.«

Ich nahm einen großen Schluck aus dem Weinglas. »Herrje, ist das anstrengend. Wie lange hocken wir hier jetzt schon? Eine Stunde? Zwei? Und wir sind noch keinen Schritt weitergekommen.«

»Das liegt daran, dass du einen Namen brauchst, um das Profil anzulegen. Außerdem sind bisher gerade einmal zwanzig Minuten vergangen.«

»Okay. Dann will ich *Miss X* heißen. Schreib hin: Miss X. Großes X, bitte.«

Diana rollte derart heftig mit den Augen, dass ich befürchtete, sie könnten aus den Höhlen fallen und über den Tisch kollern. »*Miss X?* Bist du betrunken?«

Ich hob das Glas und kicherte dämlich. »Ja, stell dir vor, das bin ich tatsächlich.«

»Gut, das lasse ich als Entschuldigung gelten.« Sie prostete mir zu, trank einen Schluck und grinste. »Nichts für ungut, aber dank Madonna klingt *Miss X* nach nietenbesetzter Augenklappe und viel Leder. Und einer Peitsche. Das schürt Erwartungen, die du nicht erfüllen willst. Oder etwa doch? Gibt es da etwas, das ich wissen sollte?«

Ich schüttelte den Kopf. »Nee. Und selbst wenn, bliebe die Frage, ob ich eventuelle diesbezügliche Vorlieben tatsächlich mit dir zu teilen hätte.«

»Ich bin immerhin deine Freundin!«

»Auch Freundinnen müssen nicht alles wissen, Schatz. Aber tatsächlich bin ich keine heimliche Domina. Ach, Mensch, warum ist das so kompliziert?«

»Hm, du könntest dich natürlich auch Putzimausi, Naschkatze, Traumfrau oder dergleichen nennen.«

»Eher möchte ich tot überm Zaun hängen.«

Diana kicherte. »Das dachte ich mir schon. Außerdem verwette ich meinen Arsch, dass es davon schon etliche gibt. Und wer möchte schon *Traumfrau128* sein?« Sie dachte einen Moment lang nach, dann hellte ihr Gesicht sich auf. »Hast du ein deutsch-englisches Wörterbuch?«

Natürlich hatte ich eins. Gab es überhaupt Leute, die so etwas nicht besaßen? Ich holte es und gab es Diana.

»Lu…, Lu…, Lu…«, murmelte sie, während sie mit dem Finger auf der letztlich aufgeschlagenen Seite nach unten fuhr. »Da … Luchs! Na, das klingt doch gar nicht schlecht!« Sie blickte mich triumphierend an. »*Lynx.* Luchs heißt auf Englisch *lynx.* Mit Ypsilon. Was denkst du?«

»Lynx … aha. Lynx. Tatsächlich nicht schlecht. Irgendwie mysteriös, oder? Wie wäre es mit *Miss Lynx?* Dann ist sofort klar, dass ich eine Frau bin.«

»Ja, eine Frau mit Peitsche.«

»Quatsch. Was hast du denn bloß immer mit der Peitsche? Daran ist nur deine Domina-Vergangenheit schuld. Lynx finde ich gut, aber irgendwie zu kurz, zu hart. Ich möchte ja schließlich nicht *Mistress* davorsetzen, das bedeutet doch Herrin, richtig? Vielleicht klingt dir die *Miss* deshalb zu sehr nach Peitsche.«

»Hm. Könnte sein. Also gut, die Entscheidung ist gefallen: Du bist Miss Lynx. Ich gebe den Namen jetzt ein.«

Gespannt sah ich zu, wie sie einen Buchstaben nach dem anderen eintippte. Dann klickte sie auf Okay, und ein neues Eingabefeld erschien: ›Bitte geben Sie ein Passwort ein‹.

Auffordernd sah sie mich an, und ich musste diesmal nicht lange nachdenken. »Baghira. Das kann ich mir leicht merken.«

Sie runzelte die Stirn, erhob aber keinen Einspruch. Tipptipptipptipp … das Passwort war festgelegt. Es musste zur Bestätigung ein weiteres Mal eingegeben werden, und dann waren wir drin.

»So, es kann losgehen«, sagte Diana und rieb sich die Hände.
»Jetzt gehen wir ins Detail.«

Es begann damit, was ich suchte – Mann oder Frau. Einen
Mann, natürlich. Wie alt sollte er sein?

»Das Alter ist mir egal«, sagte ich.

»Ist es nicht. Es sei denn, du willst mit Kontaktanfragen von
rüstigen Rentnern zugeballert werden, die für später eine Pfle-
gerin suchen. Also wäre es klug, nach oben eine Grenze zu setzen. Anfang fuffzig, würde ich vorschlagen.«

Ich zögerte. Über fünfzig – das hörte sich plötzlich uralt an.
Gut, ich ging stramm auf Mitte vierzig zu, aber das waren lediglich die Ziffern meines Geburtsdatums. Wie ich dachte, handelte und fühlte, schien sich seit meinen Twen-Jahren nicht verändert zu haben. Gut – eine Sache hatte sich doch verändert: Mit
zwanzig war ich davon überzeugt gewesen, dass Frauen in den
Vierzigern keinen Spaß mehr hatten, Faltenröcke trugen und
sich beim Optiker randlose Brillen aufschwatzen ließen, von
der Dauerwelle ganz zu schweigen.

Ja, so hatte ich es mir in meiner jugendlichen Dummheit
damals vorgestellt.

Leute in der Disco, die sichtlich jenseits der dreißig waren,
hatten sich – so schien es mir – an einen Ort verirrt, an dem sie
eindeutig längst nichts mehr zu suchen hatten.

Haha, ihr haltet euch wohl für jung, hatte ich höhnisch gedacht, aber ihr seid es nicht mehr und werdet es nie wieder
sein – findet euch damit ab.

Und jetzt? Mittlerweile zählte ich gut doppelt so viele Jahre
wie damals, aber jeder, der es wagen sollte, mich auf die Anzahl
meiner Lebensjahre zu reduzieren, würde ratzfatz feststellen,
wie viel jugendlicher Schwung noch in meiner rechten Faust
steckte. Na ja, vermutlich würde ich nicht wirklich zuschlagen,
aber ich wäre maßlos empört.

Und doch empfand ich gerade einen Mann mit über fünfzig

Jahren als viel zu alt für mich. Andererseits: Warum sollte es nicht Männer in diesem Alter geben, die sich – genau wie ich – fragten, warum da dieses seltsame Datum in ihrer Geburtsurkunde stand, das so gar nichts mit ihrem Selbstverständnis zu tun hatte? Die unkonventionell waren, zerschlissene Jeans und Rockmusik liebten? Die als Jungspunde genauso gedacht hatten wie ich damals und längst wussten, wie unglaublich dämlich das gewesen war?

Also nickte ich. »Anfang fünfzig passt. Zwischen Anfang vierzig und Anfang fünfzig.«

»Gut so, das dürfte alles unterhalb und oberhalb dieser Altersgrenzen automatisch rausfiltern. Haarfarbe, Augenfarbe, Größe, Gewicht?«

»Wie ... vom Mann?«

»Klar. Kann doch sein, dass du nach einem blonden Hünen mit grünen Augen suchst, der zwingend ein Sixpack haben muss, weil du dich von allem anderen erotisch nicht angezogen fühlst?«

»Das wäre aber reichlich oberflächlich, oder?«

»Mag sein. Aber wenn du ein bestimmtes Beuteschema *hättest*, könntest du es hier eingeben.« Diana zuckte mit den Schultern und grinste. »Ich glaube, bei jüngeren Frauen sind gerade tätowierte Vollbartträger angesagt, die ihre langen Haare in einem lächerlichen, kleinen Knödelchen tragen, wahlweise eine beknackte Wollmütze, ohne die sie nicht einmal unter die Dusche gehen. Das alles sind Kriterien, die du hier auswählen kannst. Lange Haare, kurze Haare, Glatze ...«

»Ist mir sowat von egal.«

»Dann klicke ich hier genau das an. Größe?«

»Nicht unbedingt kleiner als ich, würde ich sagen, aber das ist es auch schon. Alles andere: schnurz.«

Diana nickte und klickte sich weiter durch die Auswahlfragen, während sie murmelte: »Egal ... größer als 1,70 Meter ... egal ... egal ...« Sie blickte hoch und fragte: »Bildung? Beruf?«

»Egal! Sag mal, geht es irgendwann auch um mich?«

Diana lachte, schob den Laptop ein Stück von sich weg und lehnte sich zurück. »Kurze Pause, schlage ich vor. Du musst jetzt über deinen Traummann auch nicht unbedingt alles ausfüllen; das kannst du irgendwann nachholen, wenn du willst. Du hast nicht zufällig eine Tüte Chips oder so im Haus?«

Hatte der Papst einen lustigen Hut auf? Natürlich hatte ich für Notfälle wie diesen – also nächtliche Hungerattacken – stets eine kleine Auswahl möglichst ungesunder und fettiger Snacks vorrätig. Ich füllte eine Schüssel mit Paprikachips und stellte sie auf den Tisch.

Sofort griff Diana zu und stopfte sich den Mund voll, dann stand sie auf und holte eine Flasche Mineralwasser aus dem Kühlschrank. Die Geräusche weckten Baghira, der umgehend von seinem Kratzbaum geklettert kam. Nachdem er begriffen hatte, dass es bei uns keine Chips zu erschnorren gab, marschierte er zur Terrassentür und quäkte dort vor sich hin. Ich öffnete die Tür für ihn, damit er draußen seine Kontrollrunde drehen konnte.

»Du haschesch hier echschön«, nuschelte Diana mit vollem Mund. Sie schluckte runter und fügte hinzu: »Dass du mitten in der Stadt eine Wohnung mit eigenem Eingang und großer Terrasse gefunden hast – doll.«

»Schwein gehabt. Aber du hast recht, und ich fühle mich superwohl hier.«

»Fehlt also nur noch ein netter Typ, obwohl die Wohnung für zwei Personen eigentlich zu klein ist.«

Ich winkte ab. »Punkt eins: nicht unbedingt. Punkt zwei: Wer sagt denn, dass ich wieder mit einem Kerl zusammenwohnen will? Vielleicht ist es ja viel besser, erst einmal Abstand zu wahren.«

»Hm … könnte sein. Aber wir sprechen hier über einen Partner, den es überhaupt noch nicht gibt. Und deshalb …« Sie zog den Laptop wieder zu sich heran. »Deshalb geht es jetzt mit *dir* weiter, meine Liebe. Wie ist zum Beispiel dein Kleidungsstil?«

»Wieso ist das denn bitte wichtig?«, fragte ich verblüfft.

»Ganz einfach. Ein Mann, der zum Beispiel sogar seine Wohnung im Anzug putzt, sucht vielleicht nicht unbedingt eine Frau, die selten bis nie etwas anderes anzieht als geringelte Pullis, Jeans mit ausgefranstem Saum und derbe Boots.«

»Das ist halt mein Stil.«

»Eben. Und der bevorzugte Kleidungsstil sagt halt auch was über die Persönlichkeit aus. Hier geht es ja nicht um die Kleidung, die man unter Umständen aus beruflichen Gründen tragen muss. Ein Bankbeamter, der nicht ohne Krawatte vor seine Kunden treten darf, steht in seiner Freizeit vielleicht auf Lederjacke und Cowboystiefel aus Schlangenleder. Wenn er sich allerdings nach Feierabend *nicht* umzieht, sagt das etwas über ihn aus. Und die Tatsache, dass du nicht ein einziges Kleid besitzt, ist ja schließlich auch irgendwie eine Art Statement, nicht wahr?«

Da hatte sie natürlich recht. Und dennoch: Im Gegensatz zu mir liebte sie wallende Rüschenkleider, und doch verstanden wir uns prächtig. Aber das war vielleicht nicht unbedingt zu vergleichen. Wichtig war, dass der Humor stimmte.

Aber wie sollte ich das bei einem mir völlig unbekannten Mann herausfinden? Ihn mit Gags befeuern und abwarten, wie er reagierte? Würde ich etwas mit einem Mann anfangen können, der die Monty-Python-Jungs nicht witzig fand?

Loretta, du galoppierst dem Stand der Dinge schon wieder meilenweit voraus, dachte ich.

Ich schreckte aus meinen Gedanken hoch, als Diana zwitscherte: »Konzentration, bitte! Wir brauchen ein Foto von dir!«

Nie im Leben. »Nur über meine verdammte Leiche, Schätzchen«, blaffte ich. »Kein Foto, selbst wenn ich eins hätte – was leider nicht der Fall ist.«

»Ohne Foto wird sich kein Schwein für dein Profil interessieren. Es gibt sogar einen Button, mit dem man alle Profile ohne Fotos aussortieren kann. Wer will schon die Katze im Sack kaufen? Niemand.«

»Also wirklich, ich komme mir ja vor wie auf dem Viehmarkt.«

»Kein Foto, keine Anfragen.«

»Pfff.« Ich zuckte mit den Schultern. »Na und? Dann eben nicht. Wenn ich mir vorstelle, dass da ein Kerl sitzt, der die Fotos anglotzt und dann …«

»Genau das wirst du auch machen«, fiel sie mir ins Wort. »Du willst dir die Typen doch auch angucken. Sonst könnte ja jeder eine Fantasiebeschreibung in sein Profil setzen. Und dann wartest du bei der ersten Verabredung auf deinen Traummann, und es kommt Quasimodo um die Ecke gehumpelt.«

»Wenn der Charakter stimmt, ist mir das Aussehen egal«, murrte ich bockig.

»Schon klar. Darum geht es auch nicht. Aber ich wette, du möchtest auf Quasimodo wenigstens vorbereitet sein. Aber das bist du nicht, wenn dort kein Foto ist und der Typ eine Eins-zu-eins-Beschreibung von George Clooney in sein Profil geschrieben hat. Comprende?«

»Trotzdem …«

»Und umgekehrt? Wäre es dir nicht lieber, wenn ein Mann, der vielleicht nicht auf Frauen mit dicken Hornbrillen steht, sich gar nicht erst um dich bemüht, anstatt beim ersten Date sein entsetztes Gesicht zu sehen? Und mitzuerleben, wie er sich aus reiner Höflichkeit durch das Treffen quält und nur darauf wartet, sich verdrücken zu können?«

»Wie bitte? Wenn jemand derart oberflächlich ist, mich wegen meiner Brille abzulehnen …«

Sie antwortete nicht, sondern wartete einfach ab, bis der Groschen bei mir von ganz alleine fiel.

Das tat er tatsächlich recht schnell: Natürlich war es deutlich cleverer, wenn diese Typen sich vorher selbst aussortierten. Und weniger demütigend, aber das nur nebenbei.

Sie machte also mit dem Handy gefühlt hundert Porträtfotos von mir, bis ich endlich mit einem einigermaßen zufrieden war. Noch besser gefiel es mir, als Diana es der Länge nach halbierte und dann in Schwarzweiß in mein Profil stellte. Ein Brillenglas, ein Auge und ein halber, lächelnder Mund. Beinahe schon künstlerisch, fand ich.

Zufrieden lehnte sie sich zurück und deutete auf den Bildschirm. »Siehst du? Das wirkt spannend und ein bisschen exzentrisch, also entspricht es deiner Persönlichkeit. Mit Sicherheit unterscheidet es sich von den Fotos der meisten anderen Frauen, die ihr Porträt so lange bearbeiten, bis es wie eine utopische Modelversion von ihnen aussieht. Ein Versprechen, das sie nicht halten können. Du versprichst überhaupt nichts. Dein Bild hingegen sagt: *Was ihr seht, ist genau das, was ihr kriegt. Ich habe es nicht nötig, mich künstlich zu verschönern.*«

Doch, ja, damit konnte ich gut leben. Wem dieses Foto zu schräg war, konnte mir ohnehin gestohlen bleiben, beschloss ich. Und jetzt sollte ich mir Gedanken darüber machen, was ich am liebsten aß – denn diese Frage hatte Diana mir gerade eben gestellt.

Kapitel 3

Der Zug ins Ungewisse nimmt langsam Fahrt auf,
und Loretta muss eine erste Auswahl treffen

Sonntagvormittag – strahlendes Wetter.

Wir deckten den Frühstückstisch auf der Terrasse unter dem Dach des Pavillons, dessen Seitenwände ich gar nicht erst installiert hatte. Das Gestänge mit Dach reichte mir völlig als Regenschutz oder Schattenspender, je nachdem, was benötigt wurde. Sogar mitten im Winter saß ich dort manchmal mit einer heißen Tasse Kakao, gemütlich in eine warme Decke gekuschelt, und schaute den tanzenden Schneeflocken zu.

Ich hatte blühende Sträucher und schöne Gräser in große Kübel gepflanzt, und es gab zwei hölzerne Gestelle in Treppenform, auf denen diverse Kräutertöpfe und Balkonkästen mit Blumen standen, die Bienen und zahlreiche andere Bestäuber anlockten.

Diana saß bereits draußen am Tisch, als ich die frisch aufgebackenen Brötchen aus dem Ofen holte und mich zu ihr gesellte.

»Hast du gut geschlafen?«

Diana nickte. »Ganz hervorragend. Zwar hat Baghira versucht, mich vom Sofa zu vertreiben, aber wir haben relativ schnell geklärt, wer wo schläft.«

»Er wollte nur in deiner Nähe sein. Er pennt nämlich nur dann auf dem Sofa, wenn er Gesellschaft sucht, schließlich hat er sein Krähennest.«

»Verstehe. Dann war das nervtötende Herumtrampeln auf mir also ein Kompliment.« Lächelnd sah sie dem Kater dabei zu, wie er am anderen Ende der Terrasse halbherzige Versuche

unternahm, eine beeindruckend dicke Hummel zu fangen.
»Hast du keine Angst, dass er gestochen wird?«

»Nicht die Bohne. Erstens stechen Hummeln meines Wissens nur im alleräußersten Notfall, und zweitens hat er noch nie ein Insekt gefangen. Er ist ja nicht wirklich ambitioniert; Baghira agiert lediglich uralte, archaische Instinkte aus, die irgendwo in den Tiefen seines limbischen Systems vergraben sind. Reines Triebverhalten, das ihn nach etwas schlagen lässt, das durch die Luft fliegt. Ich wette, er hat keinen Schimmer, was er da tut. Oder *warum* er es tut. Glaub mir, gleich wird sein Interesse an dem hübschen Spiel schlagartig nachlassen.«

Und richtig – als hätte er meine Worte verstanden, kam Baghira zu uns getrottet, reckte die Nase interessiert hoch und inhalierte. Dann setzte er sich auf seine vier Buchstaben, guckte ungeheuer niedlich und miaute los.

»Darf er ein Fitzelchen Kochschinken haben?«, wollte Diana wissen. Als ich nickte, riss sie ein schmales Stückchen von der Scheibe ab und hielt es dem Kater hin, der sich sofort possierlich auf den Hinterbeinen aufrichtete und mit den Vorderpfoten nach dem Schinken tatzelte.

Ich hätte jetzt sagen können, dass er normalerweise natürlich nichts direkt vom Tisch bekam, aber wem wollte ich etwas vormachen? Schließlich kam es auch bei mir vor, dass ich ihn so fütterte, anstatt besondere Leckereien in seinen Fressnapf zu tun, wo sie hingehörten. Außerdem wurden meine Erziehungsversuche ohnehin regelmäßig von Doris und Erwin torpediert, die manchmal auf den Kater aufpassten und ihn dann nach Strich und Faden verwöhnten. Ich hatte sie sogar im Verdacht, dass er bei diesen Gelegenheiten seine eigene Miniportion ihres normalen Mittagessens bekam. Gulasch mit Kartoffeln, Möhreneintopf … na gut. Solange er nicht ausschließlich mit Currywurst oder Stulle mit Nutella gefüttert wurde, würde er diese Ausrutscher überleben. Und ein wenig

Kochschinken vom Biometzger würde dem Kater ganz sicher nicht schaden.

»Das Sortiment in Bärbels und Franks Geschäft ist klasse«, sagte Diana, »ich bin beeindruckt. Klein, aber erlesen. Läuft der Laden gut?«

»Soweit ich weiß, können sie gut davon leben. Sie haben von Gitti ja nicht nur das Geschäft, sondern auch einen riesigen Kundenstamm übernommen, der nicht abgewandert ist. Und die Lieferanten, mit denen sie teilweise schon seit Jahrzehnten zusammengearbeitet hat.«

»Glück gehabt. So, wie ich es verstanden habe, war Gitti hier die graue Eminenz im Viertel, oder?«

Ich registrierte sehr wohl, dass sie Baghira unter dem Tisch heimlich weiterhin mit Schinkenstückchen beglückte, aber ich tat so, als würde ich es nicht bemerken.

»Das stimmt. Viele Leute sind praktisch mit ihr aufgewachsen, sie haben schon als Kinder von ihr diese Kirschlollis bekommen, die jetzt ihr Nachwuchs abstaubt. Aber sie haben bei Gitti nicht nur deshalb eingekauft, weil sie bei allen so beliebt war, sondern auch, weil die Kunden qualitativ hochwertige Ware zu schätzen wissen. Alles ziemlich gutbürgerlich hier in der Gegend; die geben für Koteletts vom Biobauern mit Freude ein paar Euro mehr aus, als sie beim Discounter zahlen würden. Und es gibt zwar nicht zwölf verschiedene Sorten Äpfel, aber dafür weiß man, woher das Obst stammt – und dass es nicht mit Pestiziden besprüht ist.«

»Ich freue mich so für die beiden«, sagte Diana, »ich habe ihnen gestern Abend angemerkt, wie zufrieden sie mit ihrem Leben und wie unglaublich dankbar sie dir sind.«

Ich seufzte. »*Zu* dankbar für meinen Geschmack. Mir ist das mittlerweile schon ein bisschen peinlich.«

»Aber vergiss nicht: Sie haben mit dem Geschäft eine echte Zukunftsperspektive; es bietet schon ein wenig mehr Stabilität als der kleine Kiosk. Kleine, gut sortierte Tante-Emma-Läden sind wieder voll im Trend. Und ich wette, Gitti hat ihnen gute Konditionen gemacht.«

»Ich kenne keine Details, aber ich denke schon. Gitti benötigt die Pacht nicht für ihren Lebensunterhalt; außerdem kennt sie die Umsätze und somit Franks finanzielle Möglichkeiten. Ganz sicher hat sie null Interesse daran, ihn ausbluten zu lassen. Ihr war besonders wichtig, dass der Laden nicht dichtgemacht werden muss, wenn sie in Rente geht – deshalb hatte sie sich ja bisher nicht dazu entschließen können. Jetzt hat sie endlich Zeit, ihre frisch erblühte Liebe mit Herrn Wüllenhorst – Alfie – zu genießen.«

Diana griff nach ihrem zweiten Brötchen und schnitt es auf. »Gutes Stichwort, Schätzchen. Wir werden gleich nach dem Frühstück mal nachsehen, was sich in der Zwischenzeit bei *Miss Lynx* getan hat.«

Verdutzt ließ ich die Tasse sinken, aus der ich gerade hatte trinken wollen. »Jetzt schon? Bist du sicher?«

»Na klar. Wir haben Wochenende. Was glaubst du wohl, wie viele einsame Herren gerade im *Liebesgarten* unterwegs sind und nach interessanten Damen Ausschau halten? Hunderte. Ach, was sag ich: *Tausende!*«

»Du machst Witze.«

Diana schüttelte den Kopf. »Niemals war mir etwas ernster.« Sie kicherte. »Na ja, zugegeben, das war vielleicht etwas übertrieben formuliert. Aber es wird bereits etliche Anfragen geben, darauf wette ich jede Summe.«

»Ich kapiere noch immer nicht, wieso du darüber derart gut Bescheid weißt, meine Liebe. Ist es das, womit du dich beschäftigst, wenn Okko mal keine Zeit für dich hat?«

»Oh nein, dann hält Heini mich auf Trab. Außerdem finde ich deine Frage reichlich frech. Ich weiß deshalb so gut Bescheid, weil ich die ganze Ochsentour vor ein paar Monaten mit einer alten Freundin von Okko durchexerziert habe. Sie war seit drei Jahren Single, weil ihr Mann sie verlassen hatte. Und sie war todunglücklich. Sie hat mich gefragt, ob ich Lust hätte, ihr dabei zu helfen, ein Profil bei einer ähnlichen Plattform anzulegen und sie beim Bewerten der Anfragen zu unterstützen.«

Ich verstand nur Bahnhof. Und realisierte, dass ich wirklich überhaupt keine Ahnung hatte, wie das mit diesen Single-Plattformen funktionierte. Das schien ja eine richtige Wissenschaft zu sein … »Wie darf ich das denn verstehen? Was gibt es denn daran zu bewerten?«

Diana stierte mich entgeistert an. »Herrje – bist du wirklich so naiv, oder tust du nur so? Was glaubst du eigentlich, wie viel Elend du zu sehen und zu lesen bekommen wirst?«

»Und? Hatte Okkos Freundin Erfolg?«

Diana nickte. »Letztendlich schon. Aber mit etlichen Höhen und Tiefen. Dreimal glaubte sie, den perfekten Mann gefunden zu haben, aber …« Sie zuckte mit den Schultern.

»Was ist passiert?«

»Alle drei haben sich von einem Tag auf den anderen nicht mehr gemeldet – nachdem es einen täglichen Austausch gegeben hatte, bei dem sie mit Komplimenten überhäuft worden war. Zack – stumm. Einfach so, ohne Erklärung. Manche Männer sind so.«

Wie ätzend war das denn bitte? »Klingt nicht sehr ermutigend. Wie kann ich mich davor schützen?«

»Kannst du leider nicht. Zumal dann nicht, wenn du so einen Typen richtig klasse findest. Und gerade deshalb ist eine zweite, objektive Meinung – wie meine – Gold wert.«

»Na toll. Du fährst morgen zurück an die Küste, und das war's dann mit einer zweiten Meinung.«

»Das denkst auch nur du. Schließlich kenne ich dein Passwort. Ich werde immer auf dem Laufenden sein, Schätzchen.«

Das konnte ja heiter werden.

Nach dem Frühstück räumten wir den Tisch ab. Diana kochte frischen Espresso, während ich schon mal den Laptop nach draußen brachte, aufklappte und hochfuhr. Das Pavillondach spendete genug Schatten, dass ich trotz der Sonne alles auf dem Monitor erkennen konnte.

Mit zwei Bechern Kaffee kam Diana auf die Terrasse und setzte sich neben mich. »Showtime«, sagte sie grinsend. »Los, Miss Lynx, einloggen.«

Sekunden später waren wir auf meinem Profil, und eine Zahl in einem roten Kreis neben dem Menüpunkt ›Kontaktanfragen‹ informierte mich darüber, dass 32 Männer sich für mich interessierten. Ich war baff.

Diana wollte sich über meine offenbar nicht allzu gut verborgene Verblüffung schier kaputtlachen.

»Hab ich dir doch gesagt!«, quiekte sie vergnügt. »Du bist neu auf der Plattform, und schon stürzen sich alle auf dich wie Wespen auf Apfelkuchen. Gratuliere, du hast die freie Wahl, Schätzchen. Aber ich wage mal die verwegene Prophezeiung, dass höchstens drei von ihnen nicht durch dein Raster fallen werden.«

»Wieso?«

Dianas Grinsen war geradezu diabolisch. »Warte es ab. Ich sagte ja schon: Du wirst eine Menge Elend zu sehen bekommen. Und zu lesen.«

Ich klickte die Liste mit den Anschreiben der hoffnungsvollen Bewerber an. Schon als ich die ersten las, wusste ich, was sie meinte. Denn: Wie sollte ich zum Beispiel auf eine Nachricht reagieren, die lediglich aus dem Wort *hallo* bestand? Oder aus der kryptischen Mitteilung *Kaffe trinken* – wobei mich nicht nur die mangelhafte Rechtschreibung irritierte, sondern auch die Unvollständigkeit des Satzes und das Fehlen von Satzzeichen. Handelte es sich hier um eine Frage, eine Bitte oder gar um einen Befehl?

Natürlich bemerkte Diana meine Irritation. »Du solltest dir die Profile der Herren angucken«, sagte sie.

»Auch die von denen, die nicht mehr als zwei oder drei Silben zustande kriegen?«

»Also, speziell denen unterstelle ich ja, dass sie täglich Dutzende ihrer dämlichen Hallos verschicken – irgendeine wird schon anbeißen. Aber auch die solltest du dir näher ansehen, schon allein, um einen möglichst breit aufgestellten Überblick zu bekommen.«

Also klickte ich das nächstbeste Profil an, das mit einer derartigen Nachricht verlinkt war: Wolfgang, Mitte vierzig, Beruf: Lebenskünstler.

»Ah – direkt ein Volltreffer.« Diana nickte zufrieden. »Mit ein wenig Übung kannst du eine Menge aus dem herauslesen, was im Profil steht. Lebenskünstler sind meist arbeitslose Loser, die eine Frau suchen, die sie durchfüttert.«

»Ist das nicht ein bisschen sehr verallgemeinernd?«, fragte ich zweifelnd.

»Mag sein, dass ich dem einen oder anderen Unrecht tue. Aber ich bitte dich: Was verstehst du denn unter einem Lebenskünstler? Sehen wir uns doch mal an, was der gute Wolfgang sonst noch über sich preisgibt.« Sie studierte die Angaben im Profil. »Hm … soso. Keine Auskünfte zur Körpergröße, also ist er ein Zwerg. Ein paar Pfund zu viel auf den Rippen? Also ist er ein kugelrunder Zwerg. Auf die Frage, was er gerne liest, hat er geantwortet: deine SMS. Jesses. In seiner Wohnung dürfte kein Bücherregal zu finden sein. Und wie verbringt er seine Freizeit? Am Computer, aha. Wie dein Tom damals. Erinnerst du dich?«

Blöde Frage. Natürlich erinnerte ich mich. Bis Tom es mir demonstriert hatte, war mir nicht klar gewesen, wie viel Zeit man mit Online-Rollenspielen wie *World of Dingsbums* verbringen konnte – der sichere Todesstoß für jede Partnerschaft.

»Kapiert?«, fragte Diana. »Der kugelrunde, garantiert vollbärtige Zwerg hockt Tag und Nacht vor seinem Rechner und spielt den Helden, weil er im wahren Leben nichts auf die Reihe kriegt. Ich wette, seine Spielfigur ist ein muskulöser Riese, der aussieht wie der junge Dolph Lundgren. Und er ist damit derart ausgelastet, dass er hier nichts weiter hinkriegt als ein dürres *Hallo.* Erbärmlich.«

»Wenn du mir Hoffnung darauf machen wolltest, auf dieser Plattform einen netten Mann zu finden – das ist gründlich fehlgeschlagen.«

»Du willst doch nicht sofort wieder die Flinte ins Korn werfen? Nach *einer* Niete? Was ich dir demonstrieren wollte, ist Folgendes: Du brauchst einen ganz klaren Katalog an Kriterien, und den benutzt du, um gnadenlos auszusieben. Du bist nicht hier, um irgendwelche Kerle zu therapieren. Oder um in jemanden Zeit und Energie zu investieren, der es dir niemals danken wird. Du bist eine gestandene, selbstständige, wundervolle Frau. Vergiss niemals: Du suchst jemanden auf Augenhöhe. Wer sich keine Mühe gibt, fliegt raus, ganz einfach. Es ist dein gutes Recht, alles zu löschen und dir vom Leib zu halten, bei dem du kein gutes Gefühl hast. Es ist dein gutes Recht, an dich zu denken. Und daran, was das Beste für dich ist. Was würde dich denn ansprechen?«

Ich dachte nach. Worauf würde ich anspringen? Der erste Kontakt war entscheidend, um mich abzutörnen oder mein Interesse zu wecken.

»Ich möchte in ganzen Sätzen angesprochen werden. Kein hingegrunztes Wortfragment, sondern vernünftige Anrede, Text und Verabschiedung. So viel Zeit muss sein.«

»Ganz deiner Meinung. Ich gehe sogar noch weiter: So viel *Respekt* muss sein. Zu den Grundformen zivilisierten Umgangs miteinander gehört schließlich, dass man sich die Tageszeit sagt, wenn man sich begegnet. Wir sind hier eben *nicht* beim Austausch von Textnachrichten am Handy, die traditionell möglichst knapp gehalten werden. Der Mann soll dir das Gefühl geben, dass er sich mit deinem Profil beschäftigt hat, richtig?« Ich nickte, und sie fuhr fort: »Er muss ja beim ersten Mal keine Romane schreiben, das verlangt kein Mensch. Aber ein paar nette Zeilen solltest du ihm wert sein. Außerdem würde ich an deiner Stelle nur auf Anfragen von Männern reagieren, die ein Foto von sich auf ihrem Profil haben. Damit hast du schon mal zwei Kriterien, mit denen du deine ersten Anfragen aussieben kannst.«

Gemeinsam arbeiteten wir uns durch die Liste. Keine vernünftige Nachricht, kein Profilfoto – alles wurde gnadenlos gelöscht. Kaum fünf Minuten später stand fest, dass Dianas Prophezeiung exakt stimmte: Es blieben drei Männer übrig, die mich in freundlichen Worten angeschrieben und eingeladen hatten, im Gegenzug ihr Profil zu besuchen und bei Interesse zu antworten.

»Ich brauche dringend eine kurze Pause«, sagte ich mit einem Stöhnen und klappte den Laptop zu. »Das muss ich erst mal verarbeiten.«

»Willkommen in der wunderbaren Welt der virtuellen Partnersuche«, erwiderte Diana. »Betrachte es als Spaß und nette Beschäftigung für deine Freizeit. Aber wenn du deinen Traummann finden solltest ... Bingo.«

»Hm. Sag mal, muss ich eigentlich auch selbst aktiv werden? Profile durchforsten und Kerle anschreiben?«

»Nee. Du musst gar nichts. Du kannst absolut passiv bleiben und warten, wer sich bei dir meldet. Aber wenn du mal tierische Langeweile hast, kannst du diverse Auswahlkriterien angeben und schauen, wer übrig bleibt. Das Angebot ist überwältigend groß. Deine Aufgabe ist es, buchstäblich die Nadel im Heuhaufen zu finden, die wenigen aufrichtigen Männer im gigantischen Heer der Aufschneider, Lügner und Betrüger. Leider sind diese Single-Plattformen ein Schlaraffenland zum Beispiel für untreue Ehemänner, die ein Abenteuer suchen, und für die liebenswerten Mitglieder der überaus sympathischen Spezies, die allgemein als Heiratsschwindler bezeichnet werden.«

»Aber wie identifiziert man diese Leute?«, fragte ich kleinlaut. Herrje, diese ganze Sache wurde immer komplizierter.

»Also, ein Mann der ausschließlich tagsüber zu normalen Arbeitszeiten mit dir kommuniziert, hat mit ziemlicher Wahrscheinlichkeit zuhause ein Frauchen sitzen. Das kennen wir doch von der Hotline, richtig? Am meisten ist tagsüber los.«

»Und die Heiratsschwindler?«

»Oh, die sind wahnsinnig charmant und schmieren dir tonnenweise Honig ums Maul. Die Liebe zu dir trifft sie wie ein Blitzschlag, und natürlich bist du die Frau, nach der sie ihr Leben lang gesucht haben. Sie werden ziemlich schnell konkret, was eine feste Beziehung angeht. Sie sind darauf spezialisiert, einsame und bedürftige Frauen zu finden, die besonders empfänglich für ihre Schmeicheleien sind. Und dann, wenn die Frauen vollkommen blöd vor Verliebtheit sind, geht es plötzlich um Geld.«

»Das ist ja abartig. Aber woher weißt du darüber so viel? Ist das deiner Bekannten passiert?«

Diana schüttelte den Kopf. »Nein. Aber Okko hatte zwei Mandantinnen, die sogar auf ein und denselben Kerl reingefallen sind. Es war extrem schwer, ihm die Betrugsabsicht nachzuweisen, denn schließlich gaben die Frauen ihm freiwillig das Geld. Natürlich wurden sie in dem Moment abgeschossen, als das Konto leer war. «

»Freiwillig?« Ich schüttelte den Kopf. »Ich nenne das Betrug. Immerhin hat der Mann ihnen Gefühle vorgegaukelt, die nicht echt waren.«

»Und wie willst du das beweisen? Beziehungen enden halt manchmal, oder? Hast du von Pascal alle Geschenke zurückgefordert, als ihr euch getrennt habt? Natürlich nicht. Und genau damit argumentieren die Männer: Sie sagen, die Frau war halt großzügig. Geld geliehen? Nein, das war geschenkt. Und innerhalb einer Beziehung werden eher selten Verträge abgeschlossen, da man sich ja vertraut. Die Dunkelziffer ist hoch, denn vielen Frauen ist es peinlich, dass sie sich haben abzocken lassen. Aber Okko hatte Glück, denn er konnte weitere Frauen auftreiben, die der Mann gerade in der Mangel hatte. Seine bevorzugten Jagdgründe waren Speed-Datings und Single-Partys, und er hatte immer mehrere Damen parallel am Start. Der Mann kann froh sein, dass die Frauen sich nicht zusammengetan, ihn erschlagen und dann irgendwo verscharrt haben. Da dürfte eine Verurteilung wegen gewerbsmäßigen Betrugs und die zumindest teilweise Rückzahlung des ergaunerten Geldes eindeutig das kleinere Übel gewesen sein.«

Da hatte sie wohl recht.

Kapitel 4

*Eine »Begegnung« an überraschender Stelle
und ein Streit, bei dem die Fetzen fliegen*

»Hallöchen! Ich werd nicht mehr – Loretta sucht einen Mann!«,
johlte Dennis direkt hinter mir.

Ich zuckte erschrocken zusammen. Wie zum Henker hatte
er es geschafft, sich vollkommen geräuschlos anzuschleichen?
Üblicherweise hörte man ihn bereits kommen, wenn er noch
kilometerweit entfernt war, schließlich hatte er eine Vorliebe
für Schuhe mit Plateausohlen, wahlweise eisenbeschlagene
Cowboystiefel aus Reptilienleder. Klomp, klomp, klomp – Ach-
tung, Dennis ist im Anmarsch. So war ich es gewohnt.

Unwillkürlich blickte ich hinunter zu seinen Füßen: Heute
trug er Schuhe mit dicken Gummisohlen, das erklärte einiges.
In Zukunft musste ich vorsichtiger sein, wenn ich mich während
der Arbeitszeit im *Liebesgarten* umzusehen gedachte.

Mit fast schon arroganter Selbstverständlichkeit zog er sich
einen Stuhl heran, setzte sich neben mich und starrte ungeniert
auf das, was gerade auf meinem Monitor zu sehen war.

»Soso, du bist im *Liebesgarten,* die Plattform kenne ich. Ich
bin da auch unterwegs. Der Heiopei da, den du dir gerade an-
guckst, ist 'ne Wurst, das sehe ich sofort. Zeig mal dein Profil.«

Wie bitte? Vor Empörung blieb mir glatt einen Moment
lang die Spucke weg. Ich sollte ihn so tief in meine Privatsphäre
lassen? Wohl kaum.

Natürlich bemerkte er mein Zögern und fuhr fort: »Komm,
Loretta, zier dich nicht. Zeigst du mir deins, dann zeig ich dir
meins.«

»Diese ziemlich schmierig klingende Aufforderung könnte

man auch falsch verstehen, Chef. Für mich schrammt das nur haarscharf an sexueller Belästigung vorbei.«

Brüllend vor Lachen schlug er sich auf die Schenkel und wischte sich schnaufend die Lachtränen aus dem Gesicht. »Mach mal halblang«, keuchte er dann. »Wir sind hier unter Erwachsenen und nicht im Kindergarten. Oder soll ich zuerst? Na, ist das ein Angebot?«

Noch immer war ich nicht restlos überzeugt, nickte aber. »Wie finde ich dich? Du musst mir schon deinen Nickname sagen. Oder bist du unter deinem echten Namen angemeldet?«

Dennis grinste breit und schüttelte den Kopf. »Ich bin doch kein Idiot. Rate doch mal meinen Nickname.«

Ich grinste zurück. »Koteletten-Ömmes? Mister Breitcord? Rüschen-Honk? Nein, ich gebe auf. Wie soll ich denn bitte erraten, was dein kleines, verdrehtes Hirn ausgebrütet hat? Das ist unmöglich.«

»Gecko.«

Meine Gesichtszüge drohten zu entgleisen, aber ich riss mich zusammen. »Wie das kleine Echsentier oder wie der große, böse Finanzhai aus diesem Film, dessen Titel mir gerade nicht einfällt?«

»Du meinst *Wall Street*. Gordon Gecko. Das wäre allerdings reichlich plump. Nee, wie das Tier. Im Fernsehen lief gerade eine Tierdokumentation über Geckos, als ich mein Profil angelegt habe. Ich war ziemlich beeindruckt von der Fähigkeit einiger Arten, kopfüber an Glasscheiben hinabzulaufen. Das sind Lamellengeckos, um genau zu sein. Aber Lamellengecko fand ich dann doch eine Spur zu schräg. Klingt irgendwie voyeuristisch, oder? Ein reptilienköpfiger Schrat, der ahnungslose Frauen durch die Spalten einer Jalousie hindurch beobachtet. Also nur Gecko. Und rate mal: Weitere Geckos gab es nicht.«

»Ist den meisten Männern wohl zu uncool, sich nach einem kleinen Kriechtier zu benennen.«

Dennis zuckte mit den Schultern. »Kann nicht feststellen, dass es mir schadet. Okay, vielleicht hätte ich Hunderte Anfragen mehr, wenn ich Alligator oder Hammerhai heißen würde, aber hey – ich habe nur zwei Hände.«

»Was soll das denn heißen?«

»Was nutzen mir unzählige Anfragen, wenn ich doch nur einer Frau meine ungeteilte Aufmerksamkeit schenken möchte? Ich bin keiner von der Sorte, der mit mehreren gleichzeitig jongliert. Wenn mir einmal eine Frau gefällt, kümmert mich keine andere.«

»Das ist sehr löblich, Chef.« Ich nickte anerkennend. »Wie sieht deine Erfolgsbilanz aus?«

Wieder zuckte er mit den Schultern. »Ein paar Treffen, die zum Teil ganz nett waren, aber nicht zu mehr geführt haben. Wenn man sich nichts zu erzählen hat, sollte man realistisch sein und die Reißleine ziehen, bevor es zu spät ist. Das ist nicht zuletzt der Frau gegenüber fair. Vielleicht hätte ich die eine oder andere ins Bett locken können, mit ziemlicher Sicherheit sogar. Aber das gibt nur unnötigen Stress.«

»Du müsstest nur kopfüber an einer Scheibe runterlaufen. Also, mich würde das extrem beeindrucken.«

Wir kicherten eine Runde, dann sagte er: »Und danach? Danach wird es unschön, wenn du die Sache nicht fortsetzen willst. Ich habe keine Lust, Frauen gegenüber gemein zu sein, die sich vielleicht mehr versprochen haben. Außerdem bin ich kein Mann für eine Nacht.«

»O edelster aller Geckos!«, deklamierte ich übertrieben theatralisch, dann gab ich seinen Namen in die Suchmaske ein.

Und da war er auch schon: mein Chef in seiner ganzen Pracht. Sein Profil zeigte sogar mehrere Fotos: nur das Gesicht mit den schicken Koteletten, Dennis mit Elvis-Sonnenbrille, dann in einigen seiner spektakulärsten 70er-Jahre-Outfits … Mir gefiel, wie selbstironisch er auf seine große Liebe zu diesem

Modestil einging und darauf hinwies, dass man mitnichten gerade Bilder irgendwelcher Mottopartys sehe.

Tatsächlich war seins ein gutes Beispiel für ein Profil, das mein Interesse geweckt hätte. Ausgerechnet Dennis!

Mein Chef war – so kannte ich ihn – derart selbstbewusst, dass er mich nicht einmal fragte, was ich von seinem Profil hielt.

»So. Du bist dran«, sagte er stattdessen.

Ich gab meinen Namen ein, und er beugte sich interessiert vor. »Soso, *Miss Lynx* also«, murmelte er. »Luchs auf Englisch, nehme ich mal an.«

»Korrekt. Hättest du mich auf dem Foto erkannt?«

»Aber selbstverständlich. Ein schönes Bild, nebenbei bemerkt. Ungewöhnlich. Anders als die anderen.«

»Hat Diana geknipst. Sag mal, lässt du dir Vorschläge machen, oder suchst du lieber selbst?«

Dennis winkte ab. »Die Vorschläge sind manchmal derart absurd, dass ich die Funktion deaktiviert habe. Komisch, dass wir uns auf der Plattform noch nicht begegnet sind. Eigentlich hätte ich längst über dich stolpern müssen.«

»Mir fallen auf Anhieb zwei Gründe ein, warum das nicht passiert ist. Erstens: Ich bin erst seit Sonntag dabei. Also seit gerade mal drei Tagen.«

»Hm … besonders bei den Neuen sehe ich mich regelmäßig um. Das ist es also nicht. Und Grund Nummer zwei?« Er musterte mich neugierig.

»Gegenfrage: Welches Alter gibst du bei deiner Suche ein? Also, als Obergrenze, meine ich.«

»Mitte dreißig.«

Na also, hatte ich's mir doch gedacht. Mit hochgezogenen Brauen sah ich ihn an. Ob er von selbst draufkam? Nein, kam er nicht.

»Was?«, fragte er, als ihm mein beredtes Schweigen offenbar zu lange dauerte. »Warum guckst du so?«

Ich seufzte innerlich. »Erneut eine Gegenfrage: Was denkst du wohl, wie alt ich bin?«

»Keine Ahnung«, erwiderte er. »Neunundzwanzig?«

»Ja, genau. Und das schon seit circa fünfzehn Jahren, du Honk. Kapierst du jetzt, warum wir uns im *Liebesgarten* noch nicht begegnet sind? Weil du mich zu alt für dich findest.« Ich stockte und fügte dann hinzu: »War das ein grammatikalisch korrekter Satz? Ist aber auch wurscht. Du wirst verstanden haben, was ich meine.«

»Ja, das habe ich. Und es ist totaler Quatsch! So würde ich niemals von dir denken! Du bist doch nicht zu …«

Ich hob die Hand, um ihn zu stoppen. »Das sagst du, weil du mich kennst. Und weil das Alter für unser Verhältnis zueinander nie eine Rolle gespielt hat. Aber bei deiner Suche nach einer potenziellen Partnerin kommt eine Frau ab Anfang vierzig offenbar nicht mehr infrage, obwohl du selbst in diesem Alter bist. Dafür kann es nur eine Erklärung geben: deine unstillbare Sehnsucht nach eigenen Kindern. Beziehungsweise nach einer Frau, die im besten gebärfähigen Alter ist.«

Sein verständnisloses Gesicht sprach Bände: Kinderwunsch? Äh … nein. Davon konnte nicht die Rede sein.

»Das ist es also nicht«, fuhr ich fort. »Aber es ist doch ein interessantes Phänomen, findest du nicht? Während eine Frau eher nach einem gleichaltrigen bis älteren Partner sucht, wünschen Männer sich jüngere Frauen an ihrer Seite.« Ich kramte ein lokales Monatsmagazin aus meiner Tasche und warf es auf den Schreibtisch. »Da. Hunderte Kontaktanzeigen. Da haben Männer mit Ende vierzig kein Problem damit, eine Frau zwischen zwanzig und dreißig zu suchen. Mal ernsthaft: Was sollte eine Zwanzigjährige von einem fast Fünfzigjährigen wollen?«

»Lebenserfahrung. Souveränität. Klugheit.« Grinsend strich er sich über seine buschigen Koteletten. »Nicht zu vergessen: Stil und Geschmack.«

»Blödsinn.«

»Na gut: sein Geld.«

»Schon realistischer.« Ich nickte. »Aber Männer mit Geld inserieren wohl kaum in derartigen Magazinen, in denen die meisten Kontaktanzeigen so sexy Texte haben wie *Kuschelbär sucht Kuschelmaus* und dergleichen. Das heißt: Entweder leiden diese Männer unter einer völlig gestörten Selbstwahrnehmung und halten sich für deutlich attraktiver, als sie sind – jedenfalls aus dem Blickwinkel einer Zwanzigjährigen. Oder sie hoffen auf junge Mädchen, die eine psychische Fehlschaltung haben und sich insgeheim nach Sex mit ihrem Vater sehnen.«

»Buäh.« Dennis schüttelte sich. »Ich wusste gar nicht, dass du derart unappetitlich sein kannst. Ich werde nie wieder Sex mit einer Frau haben können, die halb so alt ist wie ich.«

»Kam das schon mal vor?«

Er schüttelte den Kopf. »Nee. Mädchen in dem Alter sind mir zu anstrengend. Die wollen nächtelang in Discos tanzen, und für den Scheiß bin ich längst zu alt.«

Ich hätte nicht benennen können, was es war, aber irgendetwas an dieser Aussage nervte mich kolossal. »Du Ärmster. Jemand sollte den Discobetreibern mal vorschlagen, einen Raum einzurichten, in dem alternde Sugardaddys wie du sich auf bequemen Sofas ausruhen können, während ihre jungen Häschen munter über die Tanzfläche hoppeln.«

Dennis verzog das Gesicht. »Gott, nicht nur unappetitlich, sondern auch noch gehässig.«

»Natürlich bin ich gehässig gegenüber Kerlen, die eine Frau in meinem Alter schon zum alten Eisen zählen. Das ist mein gutes Recht.«

»Tu, was du nicht lassen kannst. Aber lass deinen Frust bitte nicht an mir aus.«

»Wie – hast du mich etwa nicht aussortiert?«

»Ja, aber doch nicht dich *persönlich!* Ich habe doch niemals gesagt, dass du …«

»Dennis, du suchst eine Frau bis Mitte dreißig!«, fiel ich ihm mit frostiger Stimme ins Wort. »Damit hast du mich aussortiert, oder etwa nicht?«

»Worum geht es dir hier eigentlich?«, blaffte er mich an. »Dass ich dich wieder einsortiere? Dass ich die Altersangabe nach oben korrigiere, damit ich dich finde? Ist es das, was du von mir willst?«

»Ja, das würde mich auch interessieren«, sagte Doris, die lässig am Rahmen meiner offenen Bürotür lehnte.

Huch – seit wann hatte sie dort schon gestanden und zugehört? Dennis und ich, die wir – wie mir erst jetzt klar wurde – mittlerweile beinahe Nase an Nase an meinem Schreibtisch saßen und uns angifteten, fuhren auseinander, als hätte jemand einen Kübel Eiswasser zwischen uns geschüttet.

»Wie lange … Seit wann …«, stammelte ich los.

»Seit wann ich hier gestanden habe?«, fragte Doris grinsend und kam einige Schritte näher. »Lange genug, um ein paar wirklich interessante Dinge zu hören, aber leider längst *nicht* lange genug, um zu wissen, worum es genau geht.«

»Loretta ist sauer auf mich, weil sie denkt, sie ist mir zu alt«, sagte Dennis. »Aber das stimmt überhaupt nicht. Das bildet sie sich nur ein.«

»Zu alt wofür?«, fragte Doris verdutzt.

»Als potenzielle Partnerin«, erwiderte ich beleidigt. »Und das ist ja wohl die Höhe.«

Doris' Brauen schossen hoch und verschwanden unter ihren knallrot gefärbten Stirnfransen. »Wie bitte? Ich scheine da was verpasst zu haben. Seit wann seid ihr … ich meine, seit wann ist das ein Thema zwischen euch beiden? Ich hatte ja keine Ahnung, dass ihr euch derart nahegekommen seid.«

»Sind wir nicht!«, brüllten Dennis und ich synchron, und

ich fügte in normaler Lautstärke hinzu: »Doris, das ist ein Missverständnis. Es ging nur ganz allgemein um … na ja …« Ich brach ab, weil ich nicht weiterwusste.

»Besonders *allgemein* klang euer Disput aber nicht«, sagte Doris gedehnt. »Ganz im Gegenteil: Für mich klang es echt persönlich.«

»Also gut.« Ich seufzte. »Dennis und ich haben festgestellt, dass wir auf derselben Partnerschaftsplattform für Singles sind.«

»Na und? Ist doch kein Grund, sich zu streiten, oder?«, fragte Doris.

»Nee, das allein noch nicht«, erwiderte ich. »Aber die Tatsache, dass Dennis, der ja in meinem Alter ist, nur nach Frauen sucht, die höchstens Mitte dreißig sind.«

Doris rollte mit den Augen. »Ich wiederhole: Na und? Oder bist du scharf auf Dennis und denkst jetzt, du hast keine Chance bei ihm?«

Wie bitte? Absurder ging es ja wohl nicht. »Nein! Aber mich nervt einfach, dass manche Männer gleichaltrige Frauen für zu alt halten.«

»Pffff. Ist halt ihr persönlicher Geschmack«, sagte Doris. »Mir sind gleichaltrige Männer ja auch zu alt. Für mich sind das langweilige Tattergreise, die nur noch auf Parkbänken rumhocken, Enten füttern und darüber lamentieren, dass früher alles besser war.«

Da hatte sie natürlich recht. Sie war jenseits der siebzig, und Erwin, der ihr vierter Gatte war, zählte ganze zehn Jahre weniger als sie selbst. Jeder, der sie kannte, würde bestätigen, dass der Altersunterschied bei ihnen keine Rolle spielte.

»Siehst du, Schätzchen«, fuhr sie fort, »in der Liebe gibt es keine Regeln. Und wer weiß, wie viele supertolle Frauen in den Vierzigern Dennis nicht kennenlernen wird, weil er für sich diese Altersgrenze festgesetzt hat – könnte glatt eine der dümmsten Entscheidungen seines Lebens sein.«

Ich kicherte. »Allerdings. Aber vielleicht trifft er ja tatsächlich eine Zwanzigjährige, die sich in ihn verknallt. Eine, die nicht die Nächte durchtanzen will.« Dennis warf mir einen giftigen Blick zu, den ich geflissentlich ignorierte. »Und jetzt erkenne ich auch den Plan, der dahintersteckt. Die ist dann nämlich später, wenn er gebrechlich wird, noch jung genug, um ihn zu pflegen und im Rollstuhl durch die Gegend zu schieben.«

»Genau«, fauchte Dennis. »Und dafür bist du *definitiv* zu alt, meine Teure.«

Strahlend blickte Doris von Dennis zu mir. »Sooo«, flötete sie munter, »dann hätten wir das also geklärt, wunderbar. Jetzt könnt ihr Kinder euch wieder vertragen, in Ordnung? Ich bin auch nur hier, um euch zu sagen, dass Apfelkuchen im Kühlschrank steht. Wer Appetit hat, kann sich gerne bedienen. Bis später.«

Sie drehte sich um und ging hinaus.

Reichlich bedröppelt saßen Dennis und ich nebeneinander am Schreibtisch und schwiegen.

Schließlich räusperte er sich und sagte: »Also, ich weiß gar nicht, wie das so eskalieren konnte. Wir sind doch sonst nicht so blöd.«

»Wir könnten einfach so tun, als hätte es diesen doofen Streit nie gegeben«, erwiderte ich.

»Da gibt es nur einen kleinen Haken.« Dennis kicherte. »Wir müssten Doris töten, denn sie wird es garantiert weitererzählen.«

»Dann sind wir verloren. Sag mal, warst du schon mal auf so einer Party für Singles?«

»So einem Topf-sucht-Deckel-Schwof? Nee.«

»Warum nicht? Weil du eigentlich ein Ü40-Kandidat bist, aber Schiss hast, dass da nur alte Weiber rumlaufen? Und eine Ü30-Party kommt erst recht nicht infrage, denn dort würdest du doppelt antik wirken: erstens durch dein reales Alter und zweitens durch deinen Style. Immerhin siehst du aus, als wärest du bei einer Episode von *Starsky & Hutch* aus dem Fernseher gefallen. Obwohl – diese jungen Dinger wissen ja nicht, wer oder was *Starsky & Hutch* überhaupt ist. Die wissen heutzutage ja kaum noch, was ein *Fernseher* ist!«

Dennis musterte mich stirnrunzelnd. »Was stimmt nicht mit dir, Loretta? Warum hackst du derartig auf mir rum?«

Gute Frage – warum hackte ich so auf ihm rum? Ich wusste es selbst nicht.

»Keine Ahnung, tut mir leid. Ehrlich. Vielleicht, weil mir das ganze Thema ein bisschen peinlich ist. Ich habe mich vorhin von dir so ertappt gefühlt.«

Lächelnd schüttelte er den Kopf. »Aber das ist doch Unsinn. Eigentlich finde ich es sogar ganz nett, dass wir eine Gemeinsamkeit haben: Wir sind beide auf der Pirsch. Ist doch witzig.«

»Hab schon lauter gelacht«, brummte ich.

»Wir könnten ja mal zusammen auf so eine Veranstaltung gehen«, sagte er. »Dann kannst du mir dabei zugucken, wie ich mich zum Affen mache, und mich hinterher monatelang damit verhöhnen, wie schlecht meine Anbagger-Skills sind.«

»Aber nur, wenn es eine Ü40-Party ist.«

»Einverstanden.« Er stand auf und ging zur Tür. Dort drehte er sich noch einmal um. »Und jetzt: ausloggen, bitte. Die Arbeit wartet.«

Ach ja, richtig – ich war bei der Arbeit. Und Dennis war mein Chef. Hatte ich beinahe vergessen.

Aber nur beinahe.

Kapitel 5

In Lorettas Leben taucht jemand auf,
den sie eher im Sherwood Forest vermutet hätte

Ich ahnte nichts Böses, als ich zwei Tage später nach Feierabend bei Bärbel einkaufte. Sie und Frank hatten Gittis Geschäft behutsam renoviert, ohne ihm den etwas altertümlichen Charme eines klassischen Tante-Emma-Ladens zu nehmen. Nicht nur, dass der Laden nur fünf Gehminuten von meiner Wohnung entfernt lag – ich sah Bärbel und Frank jetzt viel häufiger.

»Hast du später Zeit?«, fragte Bärbel beiläufig, während sie mir an der Schneidemaschine ein paar Scheiben Tilsiter vom Laib säbelte.

»Klar.«

»Was dagegen, wenn Frank und ich vorbeikommen?«

»Natürlich nicht! Wie komme ich zu der Ehre?«

»Och … uns ist aufgefallen, dass wir noch nie bei dir auf der Terrasse gesessen haben.«

»Soll ich was kochen?«

Sie schüttelte den Kopf. »Nicht nötig, wir essen mit den Kindern. So gegen neun? Auf ein Fläschchen Pils?«

Das Sixpack Bier für später packte sie mir zu meinen Einkäufen, ohne dass sie es mir berechnete. Es hat jede Menge Vorteile, wenn deine Freunde einen Lebensmittelladen betreiben, stellte ich mal wieder fest.

Eigentlich könnte ich mal wieder nachsehen, was bei *Miss Lynx* so los ist, dachte ich, als ich Baghira gefüttert und mir einen Espresso gemacht hatte.

Ich setzte mich an den Esstisch und fuhr den Rechner hoch.

Seit meiner kleinen Szene mit Dennis war ich nicht mehr im *Liebesgarten* gewesen, und siehe da: Es gab tatsächlich diverse Kontaktanfragen.

Die meisten löschte ich umgehend, aus den bekannten Gründen: zu knapp, zu dämlich oder zu dreist. *Ich halte nichts von endlosen Nachrichten,* schrieb einer, das sei pure Zeitverschwendung. Was, wenn man dann beim Treffen feststellte, dass es nicht funkte? Man solle sich besser sofort treffen, um zu sehen, ob etwas laufen könne.

Leider war ich da gänzlich anderer Meinung. Wer nicht einmal das kleine bisschen Zeit investieren wollte, damit er und ich uns ein wenig kennenlernten, konnte mir getrost gestohlen bleiben. Erst schreiben, dann vielleicht telefonieren, und dabei sollte sich doch wohl abzeichnen, ob man sich sympathisch war oder nicht. Hatten wir uns etwas zu erzählen? Mochten wir die Stimme des anderen? Waren wir neugierig aufeinander?

Neugier war im Übrigen etwas, das ich bei vielen Männern echt vermisste. Die wenigsten stellten Fragen und reagierten nur knapp auf Dinge, die ich schrieb. Offenbar wurde allgemein von der Frau erwartet, dass sie die Unterhaltung am Laufen hielt, was mir schwer auf den Geist ging. Ich war doch nicht auf dieser Plattform, um die Kerle zu *unterhalten!* Ich wollte jemanden treffen, der sich ernsthaft für mich interessierte. Und umgekehrt, natürlich.

Noch während ich darüber nachdachte, erschien mit einem leisen *Pling* eine neue Nachricht in meinem Posteingang. Ich klickte sie an und fand die Kontaktanfrage eines gewissen *Robin Hood.*

Aha. Ob er wohl jemand war, der die Reichen beklaute und die Armen mit der Beute beschenkte? Beziehungsweise mit diesem Namen ausdrücken wollte, dass er hohe moralische Prinzipien hatte? Obwohl – dieses Ammenmärchen vom edlen Dieb mit dem goldenen Herzen hatte ich insgeheim nie geglaubt, um ehrlich zu sein. Und dieser *Robin*? War es sein Hobby, Herzen zu stehlen?

Wie auch immer.

Hallo, Miss Lynx, schrieb *Robin,* der Dieb, *du bist gerade online, wie ich sehe. Dein Profil ist interessant, finde ich, und ich möchte sehr gern mehr von dir erfahren. Magst du meins besuchen und dann entscheiden, ob du meine Anfrage annimmst? Das würde mich sehr freuen. Einstweilen beste Grüße … und vielleicht bis später.*

Hm … da hatte ich den Salat. Der Nachteil daran, dass ich keine monatliche Gebühr für die sogenannte ›Premium‹-Nutzung der Plattform zu zahlen bereit war, bestand unter anderem darin, dass ich sie nicht anonym besuchen konnte: Wenn ich online war, leuchtete neben meinem Namen ein kleines grünes Licht. Auch meine Besuche auf anderen Profilen wurden angezeigt. Das führte leider auch dazu, dass ich, wenn ich online war, mit Nachrichten wie *Hallo Süße* zugeballert wurde, auf die ich aber nie reagierte.

Aber *Robin,* der Herzensdieb, hatte deutlich mehr als nur *Hallo Süße* geschrieben. Er hatte sogar sehr respektvolle und höfliche Worte gefunden, die mir sehr gefielen, wie ich zugeben musste. Genau so wünschte ich mir eine erste Kontaktaufnahme, auf die ich zu reagieren bereit war. Er war der Erste, der dieses Kunststück fertiggebracht hatte.

Ich klickte also sein Profil an, auch wenn mir bewusst war, dass er genau das gerade mitbekam. Ein seltsames Gefühl, aber ich ließ mir Zeit, mir alles durchzulesen. Er war achtundvierzig, größer als ich, arbeitete als Werbegrafiker, war geschieden und kinderlos. Er mochte italienisches Essen, las gerne Krimis und hörte am liebsten Rockmusik. Das klang ja schon mal nicht schlecht, fand ich. Von seinem Profilfoto lächelte mich ein nettes Gesicht mit Dreitagebart an, sein Haar war schon ziemlich grau. Blieb die Frage, warum dieses Sahneschnittchen noch in freier

Wildbahn unterwegs war. Ob das Foto wohl echt war? Falls nicht, hatte er es geschickt ausgewählt: nicht übertrieben attraktiv, aber offen und sympathisch. Genau wie sein Anschreiben. Doch – der Mann auf dem Foto war *Robin*, ich war sicher.

Ich überlegte einen Moment lang. Er gefiel mir, warum also sollte ich ihm nicht antworten? Mir fielen keine guten Gründe ein.

Also schrieb ich: *Hallo, Robin! Ich freue mich, dass du dich bei mir gemeldet hast. Dein Profil gefällt mir tatsächlich.* An dieser Stelle wusste ich nicht weiter. Ratlos starrte ich auf die Tastatur. Sollte ich ihn irgendetwas fragen? Und wenn ja – was? Ich beschloss, aus meinem Herzen keine Mördergrube zu machen. *Darf ich dich fragen, warum du auf diesem Weg nach einer Partnerin suchst? Ich freue mich auf eine Antwort … Miss Lynx.*

Es dauerte zwei oder drei Minuten, dann kam schon seine Antwort: *Sonst hätte ich dich ja nicht gefunden … Nein, Spaß beiseite: Ich mag es, Menschen langsam kennenzulernen, Fragen zu stellen, Antworten zu bekommen, sodass nach und nach ein Bild entstehen kann. Ich halte nichts davon, abends am Kneipentresen zu stehen und flüchtige Bekanntschaften zu machen. Und wo sonst kann man Leute treffen? Kegelclub? Sportverein? Alles nicht mein Ding; ich bin eher ein Eigenbrötler, um ehrlich zu sein. Deshalb bin ich Freiberufler und arbeite zuhause. Es ist keineswegs so, dass ich nicht gerne ausgehe, aber ich ziehe es vor, dabei in netter Gesellschaft zu sein. Und du?*

Bevor ich antworten konnte, musste ich mich erst einmal sammeln. Der Mann war zu perfekt, um wahr zu sein. Er schrieb in nicht nur ganzen, sondern auch noch grammatikalisch korrekten Sätzen, das allein fand ich schon mehr als betörend.

Ja, vielleicht war es oberflächlich, darauf so viel Wert zu legen, aber das war mir nun mal wichtig. In meiner Welt war ich Gott, und Gott legt die Regeln fest, basta. Vielleicht fiel dadurch der eine oder andere, der zwar nichts von Grammatik hielt, aber trotzdem theoretisch gut zu mir passen würde, durchs Raster. Aber ein bisschen Schwund war ja immer.

Sieht so aus, als hätten wir die eine oder andere Gemeinsamkeit, antwortete ich ihm. *Ich bin ebenfalls kein Typ für Vereine. Ich muss gestehen, ich scheue vor der Verbindlichkeit zurück, die bei einer Mitgliedschaft entsteht. Abends alleine losziehen, um jemanden kennenzulernen? Ehrlich, ich bin zu alt für diesen Scheiß. Nicht, dass ich mich alt fühle, aber ich mag nicht (mehr) in lärmigen Kneipen oder Discos rumhängen, in denen man sein eigenes Wort nicht verstehen kann. Wie soll man sich dort unterhalten? Also – machen wir uns nichts vor – läuft es an solchen Orten darauf hinaus, andere primär nach ihrem Äußeren zu beurteilen. Diese Art von Fleischbeschau fand ich noch nie besonders sexy. Ich stimme dir zu: immer schön langsam. Schließlich sollte es nicht darum gehen, möglichst schnell zum Schuss zu kommen. Außerdem: Je schneller, desto größer ist die Gefahr, dass der Schuss danebengeht. Das wird dir jeder Jäger bestätigen.*

Ich schickte die Nachricht ab und lehnte mich zurück.

Ich hatte geschrieben, wie mir der Schnabel gewachsen war, und ich konnte nur hoffen, dass ihn das nicht abtörnte. Entsprechend gespannt war ich auf seine Reaktion ... die allerdings auf sich warten ließ. Nichts geschah. Kein *Pling,* keine Antwort. Hatte ich ihn mit meiner unverblümten Art, mich auszudrücken, verjagt?

Ich starrte auf den Monitor, ohne dass sich etwas tat. Die Wanduhr tickte langsam die Minuten weg. Und sie erinnerte mich daran, dass ich in nicht allzu ferner Zukunft Gäste bekam.

Ich seufzte und stand auf. Wäre ja auch zu schön gewesen. Ich holte Gläser aus dem Küchenschrank, brachte sie hinaus auf die Terrasse und setzte mich unters Pavillondach. Baghira war mir nach draußen gefolgt und erledigte nun seine Patrouille, die ihn wie üblich eng an der dichten Hecke entlangführte, die meine Terrasse umgab.

Ich stand wieder auf, weil es mich zum Laptop zog. Baghira kam zu mir, setzte sich auf seine vier Buchstaben und sah mich mit zuckendem Schwanz erwartungsvoll an. *Was denn nun, schien sein Blick zu fragen, rein oder raus? Wo soll ich mich hinlegen? Aufs Sofa oder auf einen Gartenstuhl?*

In seinem kleinen Katzenuniversum war das sicherlich eine superwichtige Frage, aber ich hatte gerade ganz andere Prioritäten.

Ich ging also hinein und weckte meinen Rechner aus dem Tiefschlaf. Mit klopfendem Herzen wartete ich darauf, dass der schwarze Monitor ein Bild zeigte, stellte dann aber enttäuscht fest, dass *Robin* nach wie vor nicht geantwortet hatte.

Verdammt.

Ich hatte es verbockt, ich dumme Nuss. *Ich bin zu alt für diesen Scheiß ...* was hatte mich nur geritten, Fäkalsprache zu benutzen? Und das jemandem gegenüber, der sich durchaus gewählt ausdrückte?

Ein Blick auf die Uhr zeigte mir, dass ich noch rasch duschen konnte, bevor meine Freunde eintreffen würden. Als ich ihnen eine Viertelstunde später die Tür öffnete, duftete ich hervorragend und hatte ein Frotteehandtuch wie einen Turban um mein nasses Haar gewickelt.

»Gar nich mal so schick«, kommentierte Frank meinen Aufzug, »wie direkt aussem miesen Bollywood-Film. Fehlen bloß noch 'n paar fette Klunker.«

»Es gehört sich nicht, das Aussehen einer Dame zu kommentieren, die gerade aus der Dusche kommt«, entgegnete ich würdevoll.

»Allerdings«, sagte Bärbel. »Du bist doch sonst nicht so uncharmant. Nicht, dass Loretta uns direkt wieder vor die Tür setzt ...«

»Keine Sorge«, erwiderte ich lachend, »ich bin hart im Nehmen.«

Dennoch zog ich mir das Frotteegebirge vom Kopf, damit mein Haar an der Luft trocknen konnte. Als wir durchs Wohnzimmer in Richtung Terrasse gingen, fiel mir auf, dass ich meinen Laptop nicht ausgeschaltet hatte.

»Geht schon mal nach draußen«, sagte ich, »ich will nur schnell den Rechner runterfahren.«

Um das zu tun, musste ich ihn erneut wecken – und da war sie, die Antwort.

Sorry, dass es so lange gedauert hat, stand da, *das war unhöflich, aber ich hatte gerade einen wichtigen geschäftlichen Anruf. Das ist der Fluch der Arbeit im heimischen Büro, so bist du immer verfügbar. Na ja, was beschwere ich mich? Schließlich habe ich es mir selbst so ausgesucht. Deine Nachricht hat mich sehr amüsiert, muss ich gestehen. Ich mag deine Art, zu schreiben. Ich wage mal die Vermutung, dass du viel Humor hast, das gefällt mir außerordentlich, denn ich lache gern! Du bist noch online, wie ich sehe. Ich kann nur hoffen, dass mir in der Zwischenzeit kein anderer Mann den Rang abgelaufen hat. Ich möchte mich weiter mit dir unterhalten. Ich warte sehr gespannt auf deine – hoffentlich positive – Antwort!*

Die konnte er kriegen, aber damit war Schluss für heute, was ich insgeheim sehr bedauerte.

Tatsächlich wollte ich mich gerade ausloggen, da ich vor ein paar Minuten von Freunden Besuch bekommen habe, schrieb ich hastig im Stehen. *Ich fasse mich also kurz: Ich finde es klasse, dass wir uns hier begegnet sind, und ich freue mich auf weiteren Austausch. Gleich erlischt also das grüne Licht neben meinem Namen, und die kleine Ampel schaltet auf Rot – aber nur für den Moment. Bis bald, Robin, ich wünsche dir einen schönen Abend.*

Ich loggte mich aus und klappte den Laptop zu. Dann holte ich drei Flaschen Bier aus dem Kühlschrank und ging hinaus zu meinem Besuch.

»Du grinst wie ein Honigkuchenpferd«, sagte Bärbel, als ich mich setzte.

»Was?« Unwillkürlich betastete ich mein Gesicht. Tatsächlich – meine Mundwinkel zeigten steil nach oben. Huch. Hatte ich gar nicht bemerkt.

Frank musterte mich interessiert und kicherte. »Und jetz haste auch noch 'n Kopp wie 'n Himbeerlolli gekricht«, konstatierte er dann. »Als hätten wir dich mittem Finger im Honichtopf ertappt. Na komm, sach schon: Bei wat hamwa dich erwischt?«

Nun, eigentlich hatten sie mich bei gar nichts erwischt; jedenfalls würde ich es nicht so nennen. Aber *un*eigentlich hatte mir der nette Kontakt zu diesem *Robin* offenbar ein verräterisches – und vermutlich reichlich debiles – Grinsen ins Gesicht gezimmert, was mir selbst gar nicht bewusst gewesen war.

»Wenn ich es nicht besser wüsste, würde ich vermuten, du bist frisch verliebt«, sagte Bärbel.

»Verliebt? Ich? Wohl kaum«, gab ich möglichst lässig zurück.

»Aber könnte doch sein, dat die *Miss Lynx* verliebt is, oder etwa nich?« Frank gackerte albern und zwinkerte mir zu.

Ich schwöre, es klang wie *faaaliii-hiiiept,* und er zerdehnte dieses Wort zu einem spöttischen Singsang, dem er dadurch die Krone aufsetzte, dass er zu allem Überfluss auch noch den Mund spitzte und bescheuerte Kussgeräusche machte.

»Frank!«, zischte Bärbel warnend. »Wie alt bist du? Fünf? Reiß dich bitte zusammen, ja? Du hast Loretta beleidigt! Guck dir ihre Miene an!«

Ich konnte mir gut vorstellen, wie mein Gesicht aussah: kein debiles Grinsen mehr, sondern pures Entsetzen. Deutlich mehr als Franks kindisches Benehmen störte mich allerdings die Tatsache, dass die Worte ›Miss Lynx‹ gefallen waren. Unter meinen Freunden gab es also einen Verräter. Aber wer hatte getratscht: Diana oder Dennis? Oder Doris? Wer auch immer es gewesen war: Ich würde ein sehr, sehr ernstes Gespräch zu führen haben.

»Mensch, Loretta, dat wollte ich nich«, murmelte Frank betroffen. »Ich wollte einfach nur ’n Spässken machen, kennz mich doch.«

»Krieg dich wieder ein, alles bestens«, erwiderte ich. »Ich will nur eins wissen: Wer hat es euch verraten?«

»Ich weiß dat vom Erwin«, sagte Frank, und Bärbel fügte hinzu: »Mir hat es Diana erzählt.«

Himmel – warum setzten sie nicht gleich eine ganzseitige Anzeige in die Tagespresse? Aber was hatte ich eigentlich gedacht? Hatte ich wirklich gehofft, meine Aktivitäten könnten ein Geheimnis bleiben? Dass die gute Doris es Erwin gegenüber nicht für sich behalten würde, war ja eigentlich klar gewesen, aber …

»Hat Diana dich dafür extra angerufen?«, fragte ich entgeistert. »Ich wusste nicht, dass sie eine derartige Klatschbase ist.«

»Du tust ihr Unrecht«, erwiderte Bärbel. »Sie hat es nur gut gemeint.«

Das wurde ja immer doller.

»Wie – damit ich eine eingeweihte Freundin in der Nähe habe, bei der ich mich zeitnah ausheulen kann, wenn ich mich unglücklich verliebt habe?«

Frank schüttelte den Kopf. »Nee, deswegen nich.« Er zog ein kleines Kuvert aus der Innentasche seiner Jeansjacke, das er zwischen uns auf den Tisch legte. Dann zeigte er darauf und fügte hinzu. »Sondern *deswegen*. Dat is nämlich unser Dankeschön für dich, Loretta, und die Diana hatte den Einfall dafür. Na los, kuck rein.«

Hinterher wusste ich, dass ich diesen Umschlag lieber sofort hätte zerfetzen oder verbrennen sollen, und zwar *ohne* vorher reinzugucken.

Aber hinterher ist man ja immer schlauer.

Kapitel 6

Manche Überraschungen treffen nicht ins Schwarze,
aber einem geschenkten Gaul schaut man nicht ins Maul

Als ich die erwartungsvollen Blicke von Bärbel und Frank sah, wurde mir klar, dass ich ihnen durch meine blödes Gezicke beinahe eine Überraschung verdorben hatte, die sie sich bestimmt anders vorgestellt hatten.

»Oh ... äh ... danke«, stammelte ich betreten und griff nach dem Kuvert.

Noch konnte ich mir nicht vorstellen, was die Tatsache, durch mein Profil im *Liebesgarten* nun offiziell der Gruppe der suchenden Singles beigetreten zu sein, mit ihrem Geschenk zu tun haben sollte, aber diese Wissenslücke ließ sich ja mit Leichtigkeit schließen.

Ich öffnete den Umschlag und zog drei geprägte Karten heraus. *7Dates1Love* war dort groß in verschnörkelten güldenen Lettern auf pinkfarbenem Grund zu lesen, umrahmt von einer doppelten Reihe winziger roter Herzen. Darunter stand etwas kleiner und in Schwarz: *Gutschein für ein Speed-Dating, Power-Dating oder Silent-Dating nach Wahl.*

»Wat sachsse? Wat sachsse? Wie finze? Spitze, oder?« Frank stand kurz vorm Hyperventilieren und zappelte aufgeregt auf seinem Stuhl herum.

»Ich ... ich bin gerade etwas sprachlos«, erwiderte ich lahm, aber wahrheitsgemäß. »Vielen Dank.«

Bärbel musterte mich eingehend. »Um ehrlich zu sein – ich habe dich schon enthusiastischer erlebt. Du drehst nicht gerade durch vor Begeisterung.«

Frank war die Enttäuschung mehr als deutlich anzusehen,

was mir unglaublich leidtat. Weder er noch Bärbel hatten verdient, dass ich ihr Geschenk nicht angemessen wertschätzte. Sie wollten mir doch nur eine Freude machen.

Loretta, reiß dich zusammen, befahl ich mir. Ich stand auf, umarmte sie nacheinander und setzte mich wieder.

»Ganz herzlichen Dank, wirklich«, sagte ich dann. »Ich war nur so verblüfft. Ich glaube, ich wäre selbst nie auf die Idee gekommen, so eine Veranstaltung ...«

»Drei!«, krähte Frank begeistert dazwischen.

»Stimmt, *drei* Veranstaltungen«, fuhr ich grinsend fort. »Wow, Wahnsinn. Das ist bestimmt total interessant, ich freue mich darauf.«

»Ringelpietz mit Anfassen!« Frank strahlte über beide Backen, beugte sich vor, zwinkerte mir schon wieder zu und raunte: »Jedenfalls dann, wennde Glück hast ...«

»Bleib cool, Schatz«, sagte Bärbel und sah mich an. »Wir wünschen uns alle, dass du einen netten Mann findest. Diana befürchtete ... wie soll ich sagen ... dass du vielleicht nicht dranbleibst. Also hatte sie die Idee mit den Gutscheinen. Ich hab mich ein bisschen schlaugemacht, was es in diesem Bereich für Angebote gibt, und dieses hier«, sie deutete auf die Karten, die auf dem Tisch lagen, »dieses erscheint mir seriös. Auf jeder Karte steht ein Code, mit dem du dich jeweils für eine Veranstaltung anmelden kannst. Auf der Website findest du alle Details. Du könntest alle drei Varianten durchprobieren, wenn du Lust hast.«

Ich hatte während der Woche mit Diana telefoniert, aber sie hatte kein Sterbenswort davon gesagt, nicht einmal im Entferntesten das Thema der Dating-Veranstaltungen angesprochen.

»Mir war nicht klar, dass es da überhaupt unterschiedliche Varianten gibt«, erwiderte ich. »Aber auf jeden Fall habe ich die Hoffnung, dass man sich dabei in unterschiedlichen Altersgruppen trifft. Ich habe wenig Lust, die Seniorin unter Zwanzigjährigen zu sein.«

Frank wollte sich ausschütten vor Lachen. »Ringelpietz mit Rollator! Ich werd nich mehr!«, japste er.

Bärbel blitzte ihn an. »Ehrlich, gleich schicke ich dich nach Hause, wenn das hier so weitergeht.«

»Musste nich«, erwiderte er und stand auf. »Ich wollte euch Mädels sowieso alleine lassen. Dat hier is nix für Kerle, dat is ein reinet Frauengespräch. Soll ich dich später abholn, Süße?«

Bärbel lehnte dankend ab, und ich begleitete Frank zur Tür.

»Wir haben dich doch nicht vertrieben?«, fragte ich.

»Ach watt, als könnte man mich vertreiben.« Er senkte die Stimme. »Im Fernsehn läuft gleich 'n Äkschnfilm, den wollte ich sowieso kucken. Musste aber meine Süße nich verraten, okay?«

»Versprochen. Bis bald.«

Wir umarmten uns, und dann war er weg.

Innerlich atmete ich auf. Tatsächlich war es mir ihm – einem Mann – gegenüber leicht peinlich gewesen, über meine Partnersuche zu sprechen.

»Frauengespräche, hm?«, sagte ich grinsend zu Bärbel und stellte eine Schachtel Pralinen auf den Tisch. »Dazu gehören zwingend Süßigkeiten, findest du nicht auch?«

»Allerdings. Tut mir echt leid, dass er sich so affig aufgeführt hat«, erwiderte sie und griff gleich zu. »Aber bei solchen Themen dreht er am Rad, weil er nicht weiß, wie er damit umgehen soll.«

»Und dafür lieben wir ihn. Ich mag es sogar, wenn er sich wie ein hyperaktives Kind aufführt, aber ich habe tatsächlich nichts dagegen, dass wir zwei Hübschen jetzt unter uns sind.«

»Um ehrlich zu sein, habe ich ihn praktisch gezwungen, mich zu begleiten, denn ich wollte, dass wir dir das Geschenk gemeinsam überreichen.« Sie lächelte verträumt. »Natürlich weiß ich, dass heute Abend ein Film läuft, den er unbedingt sehen will. Im Kino hat er ihn verpasst, wegen der ganzen Arbeit im Kiosk. Passt also.«

War das nicht herzerwärmend? So viel dazu, dass ich ihr nichts verraten sollte … Sie kannten einander in- und auswendig. Das war echte, wahre Liebe.

Wir stopften uns stillvergnügt mit Pralinen voll, dann fragte Bärbel: »Wie läuft es denn auf dieser Plattform? Wie heißt sie noch … Liebesreigen?«

»Nee, Liebes*garten*. Tja, was soll ich sagen?« Ich spürte, wie meine Mundwinkel ganz von alleine wieder hochwanderten.

»Das ist wieder dieses Grinsen!«, quiekte Bärbel. »Allmählich kriege ich den Verdacht, dass der Drops längst gelutscht ist und du unsere Gutscheine gar nicht mehr brauchst. Los, ich will alles wissen!«

»Er heißt … nein, er *nennt* sich *Robin Hood.*«

Prompt prustete Bärbel los. »Nein! Der Rächer der Enterbten, der Stecher der Witwen und Waisen. Super.«

»Also, diese Reaktion würde ich eher von deinem Liebsten erwarten. Allerdings hieß es korrekt, glaube ich, der *Beschützer* von Witwen und Waisen. Aber du hast gerade den großen Otto Waalkes zitiert, deshalb sei dir verziehen.«

»Puh, da hab ich ja noch mal Glück gehabt. Zurück zum eigentlichen Thema: Was ist so toll an ihm, dass er dich zum Grinsen bringt?«

»Ich weiß nicht … irgendwie hat es bei mir gefunkt, glaube ich. Es ist die Art, wie er schreibt. Und was er schreibt.«

»Und was ist so besonders daran?«

Ich lehnte mich zurück und dachte nach. »Um es ganz pathetisch zu formulieren«, sagte ich dann, »er ist ein Leuchtturm, der hoch aus der wogenden Masse der überreich vorhandenen Mittelmäßigkeit ragt. Du hast keine Vorstellung davon, wie viele Kontaktanfragen ich bereits gelöscht habe, bei denen ich nicht das geringste Bedürfnis verspürt habe, auch nur zu reagieren.«

»Aha? Das möchte ich genauer wissen. Was war an den anderen so schlimm?«

»Sie waren langweilig, desinteressiert oder entschieden zu dreist. Oder alles zusammen. Bei manchen habe ich das Gefühl, sie betrachten diese Plattform als Spielwiese für ihre Eitelkeit. Sie rotzen dir eine Kontaktanfrage hin, in der nur *Na du?* steht. Das muss man sich mal vorstellen. Das, meine Liebe, finde ich schlicht unverschämt. Was soll ich bitte damit anfangen? Wie reagiert man auf so was?«

Bärbel zuckte mit den Schultern. »Du könntest genau dasselbe zurückschreiben.«

»Hab ich einmal ausprobiert.«

»Und?«

»Dann kam: *Wie geht's?*, und ich daraufhin: *Gut*. Dann schrieb er: *Ich finde dich süß*. Ist das zu fassen? Aber immerhin ein vollständiger Satz. Trotzdem konnte es darauf nur eine Antwort geben: *Ich dich nicht*. Das war's dann. Damit hatte ich ihn mundtot gemacht.«

»Unglaublich. Und das ist nicht die Ausnahme, sondern die Regel?«

»Jedenfalls scheint es so. Was denken die? Aber ich habe sowieso den Verdacht, dass die einfach mal gucken, wer neu dabei ist, und dann allen diese Mail schicken und abwarten, ob jemand reagiert.«

»Hätte ich nicht gedacht. Ich habe immer geglaubt, da sind nur Leute unterwegs, die ernsthaft suchen.«

»Mag schon sein. Aber nur, wenn die Suche möglichst wenig Mühe macht. Immer schön breit streuen und dann gucken, was im Netz hängen bleibt. Die beschäftigen sich nicht wirklich mit den Profilen der Frauen, hab ich den Eindruck. Das will ich nicht. Ich muss und werde mich nicht unter Wert verkaufen, das habe ich nicht nötig. Da bleibe ich lieber alleine, als dass ich mich auf einen blöden, desinteressierten Sack einlasse, bloß um kein Single mehr zu sein.«

»Sehr gute Einstellung, das ist mein Mädchen.« Bärbel nickte zufrieden.«»Und was willst du? Was sind deine Kriterien? Hast du vorher darüber nachgedacht?«

Lachend schüttelte ich den Kopf. »Dazu blieb ja nicht wirklich Zeit, denn Diana hat mich vollkommen überrumpelt. Als wir letzten Samstag bei euch weg sind, waren wir einigermaßen angeschickert. Ehe ich geschnallt hatte, was abgeht, war Diana schon dabei, ein Profil für mich anzulegen. Aber sie hat mir viele gute Tipps gegeben und mich vorgewarnt, dass ich viel Elend zu lesen bekommen würde. Wie auch immer – über meine Kriterien konnte ich erst später nachdenken, aber sie sind für mich klar gesetzt: Ich will Respekt. Ich will das Gefühl haben, dass ein Mann sich bewusst dafür entscheidet, mich anzuschreiben, weil er sich mit meinem Profil beschäftigt hat und es – also mich – interessant findet. Ich will seine ganze Aufmerksamkeit.«

»Und die kriegst du vom Rächer der Enterbten?«

Ich nickte nachdenklich. »Diesen Eindruck habe ich jedenfalls.«

»Und ihr schreibt euch also seit Tagen wunderbare Nachrichten?« Fröhlich klatschte sie in die Hände. »Himmel, ist das romantisch! Habt ihr schon telefoniert? Kennst du schon seinen richtigen Namen?«

Oha, da hatte sie aber einen gänzlich falschen Eindruck gekriegt. Das musste ich mal wacker korrigieren, obwohl ich mir plötzlich reichlich blöd dabei vorkam, die Tatsachen laut auszusprechen.

»Ich kenne ihn erst seit … also, der erste Kontakt war vorhin, um die Wahrheit zu sagen.«

Sie riss die Augen auf.

»*Vorhin?* Du meinst, in der kurzen Zeit zwischen deinem Einkauf bei uns und unserem Eintreffen? Du machst wohl Witze! Wie viele Nachrichten gab es denn überhaupt zwischen euch? Viele können es ja nicht gewesen sein.«

Ich musste überlegen. Oje … waren es tatsächlich nur … doch, daran gab es nichts schönzurechnen. »Sechs. Drei von ihm und drei von mir.«

»Und dann bist du von ihm schon dermaßen überzeugt, dass du vor dich hin grinst wie ein verliebter Teenager? Wow, das muss ja ein Zauberer mit Worten sein. Hut ab.«

»Ich weiß ja auch nicht, wie ich es erklären soll. Aber da kam nach all diesen Dämlichkeiten, Frechheiten und Belanglosigkeiten endlich mal eine Zuschrift, die wirklich zugewandt und interessiert war. Ich war – *bin* – wie elektrisiert davon. Gewesen. Nein, Quatsch, ich bin es noch immer. Seine Nachricht war wirklich anders als die anderen. Ich habe mich so darüber gefreut …«

»Und das ist wunderbar«, sagte Bärbel sanft. »Sei nur vorsichtig, okay?«

»Aber wie kann ich mich jemals auf jemanden einlassen, wenn ich voller Misstrauen bin?«

Sie nickte lächelnd. »Nachvollziehbar. Aber ich wiederhole: Sei vorsichtig. Das musst du mir versprechen, Loretta. Kann sein, dass genau das seine Masche ist. Wenn es im Becken so viele lahme Guppys gibt, ist es leicht für einen Hai, sich von der Masse abzuheben und positiv aufzufallen. Nicht nur Blödiane, sondern auch Arschlöcher und Abzocker, die den Wolf in sich mit einem Schafspelz tarnen, soll es auch und gerade auf diesen Plattformen geben. Unendlich viele einsame Frauen, die sich nach Zuwendung sehnen, das sind gleichzeitig unendlich viele potenzielle Opfer … du weißt schon.«

Oha – das hatte aber richtig gesessen. Ich war kurz davor, beleidigt zu sein.

»So siehst du mich?«, fragte ich.

»Nein, keineswegs. Du bist viel zu smart, um auf einen dieser miesen Penner reinzufallen. Und deine Bekanntschaft mit diesem Robin ist noch viel zu frisch, um ein Urteil fällen zu können. Ich will nur nicht, dass du verletzt wirst, weil du ein so lieber und vertrauensvoller Mensch bist.«

»Aber was, wenn er derjenige, welcher ist?«

»Dann wirst du es herausfinden. Ganz sicher.«

»Ich habe kaum noch Lust, mich anderweitig umzusehen«, sagte ich. »Ich könnte mich jetzt ganz auf ihn konzentrieren. Ich … keine Ahnung, ich fände es irgendwie illoyal, zwei- oder dreigleisig zu fahren.«

Bärbel schüttelte streng den Kopf. »Das fände ich nicht gut. Und das sage ich nicht, weil die Gutscheine sonst für die Tonne sind. Ich meine, du hast ja auch keine Ahnung, ob du die Einzige bist, mit der er schreibt. Vielleicht hat er bereits mehrere Fischlein an der Angel.«

Hm … wäre er dann so besorgt gewesen, ein anderer Mann könnte ihn ausgestochen haben, während ich auf seine Antwort gewartet hatte? Oder befürchtete er nur, was er selbst praktizierte? Irgendwo hatte ich mal gehört, notorische Lügner würden anderen grundsätzlich unterstellen, dass diese ebenfalls lögen. Und warum? Weil das Lügen für sie inzwischen einfach *normal* war.

Wie auch immer, Bärbel hatte recht: Mit ein paar netten Mails hatte *Robin* sich längst noch kein Exklusivrecht auf mich erworben.

Obwohl der Gedanke, den Traummann bereits in der ersten Woche gefunden zu haben, tatsächlich überaus verlockend war.

»Ich hatte mir das alles weit weniger kompliziert vorgestellt«, sagte ich.

»Weniger kompliziert?« Bärbel schüttelte lachend den Kopf. »Was könnte komplizierter sein als die Liebe? Du musst sie nicht nur finden – was schon schwierig genug ist –, du musst sie auch erhalten.«

»Ich weiß schon gar nicht mehr, wie man flirtet.«

»Sei einfach du selbst. Sei die Loretta, die deine Freunde so sehr mögen. Verstell dich bloß nicht, um zu *gefallen*. Das ist auf Dauer eh nicht durchzuhalten. Ich finde, die Gutscheine sind das perfekte Geschenk: Du kannst die Speed-Datings hervorragend zum Üben nutzen.«

Oder dazu, eine Abfuhr nach der anderen zu kassieren, dachte ich.

Aber ich sprach es nicht laut aus. Es war besser, den Teufel nicht an die Wand zu malen.

Kapitel 7

Loretta ist höchst verwirrt:
Es gibt Dates, bei denen nicht geredet werden darf?

Nachdem Bärbel sich verabschiedet hatte, war ich viel zu aufgedreht, um ins Bett zu gehen.

Ich fuhr also den Rechner hoch, holte mir noch ein Bier aus dem Kühlschrank und machte es mir bequem.

Natürlich ging ich auf mein Profil im *Liebesgarten,* um nach einer Nachricht von einem gewissen Herrn Ausschau zu halten – und siehe da, es gab eine.

Liebe Miss Lynx, schrieb er, *du hast dich zwar ausgeloggt, aber ich schreibe dir trotzdem. Vielleicht freust du dich ja über ein paar Zeilen von mir, wenn du das nächste Mal in den Garten kommst. :-)))) Auf jeden Fall finde ich es klasse, dass auch du Lust dazu hast, unseren Kontakt weiterzuführen. Ich hatte schon nicht mehr zu hoffen gewagt, hier eine Frau zu finden, die mich wirklich interessiert. Du bist nicht mehr online, also mache ich hier ebenfalls Schluss für heute. Ich habe morgen zwar zu tun, aber für eine Antwort auf nette Zeilen von dir werde ich auf jeden Fall Zeit finden, versprochen. Träum was Schönes.*

Grinste ich debil vor mich hin? Natürlich tat ich das.

Das Lämpchen neben seinem Namen stand auf Rot, also war er wohl tatsächlich nicht mehr online.

»Warum sollte er auch?«, murmelte ich. »Schließlich war ich es ja auch nicht. Das hat er sehr gut erkannt.«

Baghira, der zusammengerollt neben mir auf dem Sofa lag, hob den Kopf und blinzelte verpennt. Hatte die Dosenöffnerin mit ihm gesprochen? Falls ja – hatten ihre Worte irgendwie nach Fressen geklungen? Erwartungsvoll sah er mich an.

»Nee, ich hab nicht mit dir geredet, Dicker«, sagte ich – und hatte es damit doch getan.

Der Kater war sichtlich verwirrt. Was denn nun?, fragte sein Blick. Umständlich erhob er sich und machte einen beeindruckenden Buckel, um sich zu strecken. Dann kam er ein paar Schritte heran, setzte sich neben mich und starrte auf den Monitor.

»Da, siehst du? Das Licht neben seinem Namen ist rot. Das kann bedeuten, dass er offline ist. Es sei denn, er hat eine Premium-Mitgliedschaft, dann könnte er dort gerade anonym aktiv sein. Was denkst du?«

Ohne den Blick vom Monitor zu wenden, zuckte Baghira mit den Ohren.

»Was soll das heißen? Offline oder anonym?«

Ohrenzucken, gefolgt von einem kapitalen Niesen. Ein winziger Tropfen Rotz landete auf der Tastatur, und zwar auf dem A.

»Du denkst also, er ist anonym unterwegs?«, fragte ich den Kater, woraufhin er vom Sofa sprang und in die Küche schlenderte. Kurz darauf hörte ich ihn Trockenfutter knurpseln.

Ich seufzte. Offenbar war ich auf dem besten Weg, mich in eine verrückte Katzenlady zu verwandeln, die sich in ihrem galoppierenden Wahn einbildete, ihr Kater verstünde alles, was sie sagt – in Wirklichkeit aber wirre Selbstgespräche führte.

Was denkst du – hatte ich das Baghira wirklich gefragt? Ja, hatte ich.

Das musste dringend aufhören.

Ich wandte meine Aufmerksamkeit wieder dem Monitor zu. Die Frage, ob *Robin Hood* offline war oder nicht, beschäftigte mich mehr, als mir lieb war. Zwar hatte er in seiner Nachricht behauptet, sich meinetwegen – oder besser: wegen meiner Abwesenheit – ebenfalls auszuloggen, aber vielleicht hatte er ja nur das grüne Licht neben seinem Namen erlöschen lassen. So als vertrauensbildende Maßnahme mir gegenüber. Konnte doch sein?

Was wusste ich denn über ihn – außer, dass er fehlerfrei schreiben konnte? Nichts.

Er behauptete, als Werbegrafiker zu arbeiten, aber vielleicht war er in Wirklichkeit Kuhscheißeschipper auf einem Bauernhof? Nichts gegen diesen sehr ehrenwerten Beruf, aber warum nicht dazu stehen?

War er überhaupt Single?

War er überhaupt *ein Mann*?

Stöhnend raufte ich mir die Haare. Woher kam plötzlich diese übertriebene Paranoia? Okay, meine Freundinnen hatten mich vor diesem und jenem gewarnt, aber momentan ging ich vom Schlimmsten aus. Horror.

Ich musste mich unbedingt ablenken. Mein Blick fiel auf das Kuvert mit den Gutscheinen, das ich auf dem Sofatisch deponiert hatte. Hatte im Kühlschrank nicht noch eine Flasche Bier gestanden? Genau. Ich stand auf, um sie mir zu holen.

Die Website von *7Dates1Love* entsprach optisch exakt dem Layout der Gutscheine: Schnörkelschrift auf pinkfarbenem Untergrund. Einen Unterschied gab es allerdings: Die kleinen Herzchen auf der Website tanzten so munter umher, als habe man sie gerade aus einer Konfettikanone geschossen. Wären wir im *Harry-Potter*-Universum gewesen, hätten es die auf den Gutscheinen natürlich auch getan, was in der Muggelwelt leider unmöglich war. Schade eigentlich.

So, bei diesen Speed-Datings trafen also vierzehn Leute aufeinander, sieben Frauen und sieben Männer, die einander kennenlernten. Oder nur Frauen oder nur Männer, das gab es natürlich auch. Für jedes der sieben Dates standen sieben Minuten zur Verfügung, dann traf man den Nächsten. Beim Mann-Frau-Klassiker bedeutete es: Die Dame bleibt sitzen, der Herr wechselt.

Wenigstens das, dachte ich, ich hätte auch wirklich keine

Lust, dass die Kerle mir auf den Hintern glotzen, während ich zum nächsten Tisch gehe.

Sieben Minuten – das erschien mir reichlich wenig. Andererseits hieß es ja, man würde bereits während der ersten Minute einer Begegnung spüren, ob es funkte oder nicht.

Dennoch ... was, wenn man sich spontan viel zu erzählen hatte? Oder sich auf Anhieb zutiefst unsympathisch war? Funktionierte Antipathie genauso schnell wie Anziehung? Bestimmt. Und dann? Dann saß man sich sieben Minuten lang gegenüber und wünschte sich verzweifelt nach Timbuktu. Oder auf den Saturn. Auf jeden Fall weit weg.

Wie bereitete man sich überhaupt auf so eine Veranstaltung vor? Spickzettel mit Fragen? Wie alt bist du? Welche Musik hörst du gerne? Dein Lieblingsessen? Seit wann bist du Single? Vielleicht besser: *Warum* bist du Single? Bist du immer so adrett gekleidet oder nur heute, weil du einen guten Eindruck machen wolltest? Glaubst du an Liebe auf den ersten Blick? Hast du einen Job? Nein – hast du eine *normale* Arbeitsstelle, bei der du einen *normalen* Monatslohn verdienst?

Durfte ich so etwas fragen?

Na ja, ich wollte ja schließlich wissen, auf wen oder was ich mich eventuell einlassen würde. Da machte es schon einen Unterschied, ob mein Gegenüber in dritter Generation von staatlicher Unterstützung lebte und schon mit der Muttermilch die Meinung aufgesogen hatte, dass heutzutage nur noch Vollidioten arbeiten gingen, oder ob er einen Beruf ausübte. Welchen, war mir eigentlich schnuppe. Bäcker, Lehrer, Klempner, Lastwagenfahrer, Leichenbestatter – egal. Aber irgendwie sollte er schon wissen, wie man sich das Leben finanzierte, ohne dafür die Steuergelder anderer Leute zu bemühen. Natürlich war mir klar, dass längst nicht jeder Hartz-IV-Empfänger mit seiner Situation zufrieden war und viele nach Arbeit suchten, aber ich hatte absolut keinen Bock auf einen gewohnheitsmäßigen

Schnorrer. Ich war gerne großzügig, aber nicht, wenn vorausgesetzt wurde, dass ich alles bezahlte. *Lebenskünstler*-Alarm!

Ich lehnte mich zurück. Ohne auch nur das erste Speed-Dating besucht zu haben, sortierte ich bereits aus.

Typisch für dich, Loretta, dachte ich griesgrämig, warum wartest du nicht einfach mal ab, was passiert?

Ja, warum?

Weil das, was auf mich zukam, derart nebulös und schwer einzuschätzen war, dass ich einfach nicht anders konnte, als mir irgendwelche Szenarien auszumalen. Gleichzeitig war mir klar, dass nichts daran auch nur im Ansatz planbar war, denn der Verlauf der jeweiligen Dates hing von drei mal sieben Männern ab, die ich – noch – nicht kannte.

Ich setzte mich wieder aufrecht hin und suchte auf der Website nach weiteren Informationen.

Wie ging es nach den Dates überhaupt weiter?

Aha, zunächst einmal wurde empfohlen, sich zu den Begegnungen kurze Notizen zu machen. Und dann ging man wieder auseinander und konnte am nächsten Tag über einen Link, den der Veranstalter per Mail schickte, angeben, wen man gerne wiedersehen wollte. Falls dies auf Gegenseitigkeit beruhte, sorgten die Organisatoren für den Austausch der Mail-Adressen. Aha.

Speed-Dating war also Ringelpietz *ohne* Anfassen, wie es schien. Es sei denn, der Blitz schlug dermaßen ein, dass die Sache bereits bei der ersten Begegnung eingestielt wurde.

Hihihi … *eingestielt* … Ich kicherte blöde vor mich hin. Drei Flaschen Bier waren für mich eine ganze Menge, wie ich gerade merkte.

Weiter im Text: Wenn ich mich also für jemanden interessierte, derjenige aber umgekehrt nicht, war ich leider in eine Sackgasse abgebogen und konnte nichts weiter tun, als rückwärts wieder rauszufahren.

Immerhin ein Trost, wenn auch ein schwacher: Der vergeblich Begehrte würde in dem Fall nichts von meinem Interesse erfahren. Uff. Ich konnte demjenigen also zufällig begegnen, ohne befürchten zu müssen, dass er davon wusste. Ernsthaft: Wie peinlich wäre das denn?

Man stelle sich vor: eine Begegnung an der Wursttheke im Supermarkt, und ins Gesicht des Kerls stand ein ganzer Roman geschrieben. Kurzform: *Du wolltest mich, aber ich dich nicht.* Uah. Der Horror. Allerdings schützte mich davor ja schon die Tatsache, dass ich mein Fleisch nur noch bei Bärbel und Frank kaufte, die im Zweifel sogar den Namen des Schweins kannten, dessen Kotelett ich zu verspeisen gedachte. Irgendwie gruselig, doch gleichzeitig beruhigend, dass mein Kotelett ein schönes Leben gehabt hatte.

Wie auch immer – hier ging es nicht um gesunde Ernährung, sondern um meine amouröse Zukunft. War da nicht von weiteren Varianten die Rede gewesen?

Was gab es denn noch?

Aha, da stand es: Power-Dating mit einer Gesprächszeit von einer Minute. Eine Minute, das waren sechzig Sekunden. Nicht besonders lang. Anderseits: Warum ganze sieben Minuten für etwas verplempern, das man auch in einer Minute abfrühstücken kann? Natürlich wurde an dieser Stelle jene Studie der Ohio State University zitiert, an die ich bereits gedacht hatte: Man hatte herausgefunden, dass der erste, spontane Eindruck zählte und man gegenseitige Sympathie instinktiv und innerhalb kürzester Zeit spürte.

Was im Umkehrschluss vermutlich bedeutete, dass ein mieser erster Eindruck durch nichts wiedergutzumachen war. Daumen rauf, Daumen runter, der Nächste bitte. Das ließ nicht viel Raum für blöde Phrasen und zögerliches Herangehen ans Gegenüber. Abchecken, kurz reden und Tschüssikowski. Klang eigentlich recht vernünftig, wenn ich es recht bedachte. Und falls die rasante Karussellfahrt sich als Schuss in den Ofen entpuppte, war dafür höchstens eine halbe Stunde meiner kostbaren Zeit draufgegangen.

Blieb als dritte Option noch das mysteriöse Silent-Dating. Unglaublich, aber dabei handelte es sich tatsächlich um Treffen, bei denen nicht gesprochen werden durfte.

Wie bitte? Wie bescheuert war das denn?

Ach so, man konnte sich gegenseitig Nachrichten schreiben, na dann … Vielleicht wie früher in der Schule, als unter der Bank diese Zettelchen kichernd weitergereicht wurden, auf denen stand: *Willst du mit mir gehen? Ja/Nein/Vielleicht.* Eigentlich eine ganz lustige Idee, fand ich plötzlich, und eine hervorragende Möglichkeit, den Humor meines stummen Sparringspartners zu testen.

Denn ich könnte zum Beispiel schreiben: *Wer das liest, ist doof.* Und dann gucken, wie er reagiert. Lachanfall? Kopfschütteln? Stirnrunzeln? Hochgezogene Brauen? Gar nicht amüsiertes Lippenkräuseln? Welche Reaktion auch immer, sie wäre auf jeden Fall aussagekräftig.

Ich giggelte in unstillbarer Heiterkeit vor mich hin. War das witzig, oder was? Vielleicht sollte ich dieses Silent-Dating nur mitmachen, um genau diese Nachricht zu schreiben: *Wer das liest, ist doof.* Oder tatsächlich so ein Zettelchen wie damals in der Schule. Mit drei Kästchen: Zutreffendes bitte ankreuzen. Brüller! Und wenn es niemand außer mir komisch fand, hatte ich wenigstens eine sehr lustige halbe Stunde verbracht, von der ich noch lange erzählen könnte.

Wann waren überhaupt die nächsten freien Termine in der Nähe?

Ich klickte den Terminplan an, und tatsächlich gab es am Sonntagnachmittag noch einen freien Platz für eine Frau beim Speed-Dating in der Ü40-Gruppe.

Das wäre schon übermorgen.

Ganz schön schnell.

Offenbar hatte jemand kurzfristig abgesagt. Moment mal: Bedeutete das etwa, dass mir auch ein rüstiger Greis von achtzig Jahren gegenübersitzen könnte? Ab vierzig und dann nach oben offen? Aber nein, die Altersgruppen waren streng gestaffelt: Ü30, Ü40, Ü50 und immer so weiter. Ob es auch Leute gab, die sich jünger machten? Konnte mir eigentlich wurscht sein.

Zurück zum freien Platz am Sonntag. Ich kam zu dem Schluss, dass es sich eindeutig um ein Zeichen des Schicksals handelte. Es fehlte eine Frau in der Runde, und diese Frau war ich, so wollte es die Bestimmung.

Oder wer auch immer.

Oder vielleicht doch nicht?

Sollte ich noch etwas länger darüber nachdenken? Ich konnte niemanden anrufen und um Rat fragen, denn es war vier Uhr morgens. So ein Mist. Außerdem wusste ich ohnehin, was alle sagen würden: *Tu es!*

»Komm, Loretta, sei einfach spontan und trau dich«, murmelte ich, während ich auf die Eingabemaske für die Anmeldung stierte. Der Cursor blinkte auffordernd in der Zeile für den Nachnamen.

Na gut, dann sollte es wohl sein.

L-u-c-h-s tippte ich ein und klickte die nächste Zeile an: L-o-r-e-t-t-a. Danach ging es eigentlich ganz schnell: Geburtsdatum, Wohnort, Straße, Mail-Adresse. Aha, da war die Möglichkeit, einen Gutschein zu aktivieren. Ich nahm mein Geschenk zur Hand und tippte eine der drei Codenummern ein.

Noch ein kurzes Zögern vor dem letzten Schritt, und dann: Absenden. Puh.

Ich lehnte mich in die Sofakissen und schloss die Augen. Hatte ich das Richtige getan? Natürlich hatte ich das. Ich war ungebunden und konnte Speed-Datings zu meiner neuen regelmäßigen Freizeitbeschäftigung machen, wenn ich Bock drauf hatte. Vielleicht stellten sich diese Treffen ja als höchst unterhaltsam heraus. Außerdem: Was hatte ich zu verlieren? Nichts.

Ein leises *Pling* aus dem Laptop holte mich aus meinen Gedanken. Ob *Robin Hood* mir geschrieben hatte? Ich spürte leise Enttäuschung, denn es war folgende Mail: Liebe Loretta, herzlich willkommen zum Speed-Dating von *7Dates1Love* ... blablabla ... Termin, Uhrzeit, Treffpunkt.

Saß etwa mitten in der Nacht dort jemand im Büro der Agentur und reagierte auf Anmeldungen? Kaum vorstellbar. Vermutlich war der gesamte Vorgang automatisiert.

Ich starrte auf die Mail. Sah ganz so aus, als hätte ich eine Verabredung.

Ich korrigiere: *sieben* Verabredungen.

Kapitel 8

Jemand weiß genau, wie man sich beliebt macht,
und Loretta fühlt sich schwer geschmeichelt

Ich erwachte davon, dass Baghira auf mir herumtrampelte und mir ins Gesicht brüllte. Offenbar war ich auf dem Sofa eingeschlafen, weil ich es nicht mehr ins Schlafzimmer geschafft hatte.

»Lass das!«, fauchte ich den Kater an.

Beleidigt sprang er auf den Boden und lärmte von dort aus unverdrossen weiter. Und damit würde er, wie ich aus leidvoller Erfahrung wusste, so lange nicht aufhören, bis in seinem Fressnapf in der Küche irgendwelches Futter materialisiert war.

Stöhnend hievte ich meinen steifen Körper vom Sofa und streckte mich. Ich musste zum Klo, also stakste ich ins Bad, verfolgt vom unablässig meckernden Baghira. Während ich auf der Toilette hockte, stieß er mit dem Kopf immer wieder mein Bein an, bis ich ihn am liebsten in die Keramik gestopft und runtergespült hätte. Kurz überlegte ich, ob ich – nur um ihn zu ärgern – zunächst duschen sollte, entschied mich dann aber dafür, ihm sofort sein Fressi zu servieren, damit sein Geschrei endlich aufhörte. Irgendwann würde ich komplett die Fassung verlieren und ihm dafür das Fell über die Ohren ziehen, ganz sicher.

Als ich mir nach dem Duschen mein Frühstück zubereiten wollte, stellte ich fest, dass ich nur noch eine vertrocknete Scheibe Brot hatte. Das war eindeutig zu wenig für ein ganzes Wochenende. Seufz. Offenbar lenkte mich die Suche nach meinem Traummann sogar davon ab, für einen ausreichenden Vorrat an Grundnahrungsmitteln zu sorgen – und das wollte was heißen. Aber dieser Umstand bot mir eine schöne Gelegenheit, Bärbel und Frank darüber zu informieren, dass ich den ersten ihrer Gutscheine eingelöst hatte.

Das Geschäft war ziemlich voll, und die beiden hatten alle Hände voll zu tun. Logisch, es war schließlich Samstagvormittag. Ich drückte mich zwischen den Regalen herum, bis ich die einzige verbliebene Kundin war.

»Ich brauche Brot«, sagte ich zu Bärbel, nachdem wir uns mit einer Umarmung begrüßt hatten.

»Möhren-Dinkel? Geschnitten?«, fragte sie.

Diese Frage war rein rhetorisch, denn ich liebte diese Sorte, wie sie wusste. Sie bezogen es täglich frisch in überschaubarer Stückzahl von einem Biobäcker aus der Region, und es war durchaus schon vorgekommen, dass ich keins mehr abgekriegt hatte, wenn ich zu spät dran war.

Während sie an der Schneidemaschine mein Brot in Scheiben säbelte – mitteldick, für den Toaster, bitte –, erzählte ich Bärbel von meinen nächtlichen Aktivitäten.

Wie erwartet war sie hocherfreut. »Das ist ja großartig! Um ehrlich zu sein, ich hätte nicht gedacht, dass du so schnell handelst.«

»Die dritte Flasche Bier war schuld«, erwiderte ich. »Irgendwie war es plötzlich passiert, nachdem ich mich stundenlang mit den Informationen auf der Website beschäftigt hatte. Zack – schon war ich angemeldet. Wusstest du, dass es auch ein Silent-Dating gibt, bei dem nicht gesprochen wird? Da schreibt man sich Nachrichten.«

»Logisch wissen wir dat«, sagte Frank, der sich zu uns gesellt hatte, »wir ham uns ja allet ganz genau angekuckt.«

»*Ich* habe mir alles ganz genau angeguckt«, korrigierte Bärbel und stupste ihren Liebsten in die Seite. »Du hast dir von mir alles erzählen lassen und wärst vor Langeweile beinahe eingeschlafen, wenn ich mich recht erinnere.«

»Ja, aber dat mit dem Nichreden, dat fand ich irgendwie töfte«, erwiderte Frank. Er gackerte und fuhr fort: »Stell dir vor, du sitzt da, und die Tante schiebt dir 'nen Zettel rüber. Und dann steht da: *Wer dat liest, is doof.* Wie lustich wär dat denn? Ich würd mich schlapplachen, echt! Die hätte bei mir sofort 'n Stein im Brett.«

Sag ich doch. Das alleine hatte den Besuch im Laden schon gelohnt. Ich grinste innerlich.

Augenrollend tippte Bärbel sich an die Stirn, aber sie hatte ja keine Ahnung. Es gab tatsächlich eine Ebene, auf der Frank und ich perfekt zusammenpassen würden, aber das behielt ich für mich.

Aber es war der Beweis für mich, dass es tatsächlich Männer gab, die meinen Humor verstanden. Ich musste sie nur finden.

Mit meinem Frühstück ließ ich mir Zeit. Es drängte mich zwar, den Rechner hochzufahren, aber es gab aus meiner Sicht zwei gute Gründe, die dagegensprachen. Erstens: *Robin Hood* wartete auf meine Reaktion – der Ball lag in meiner Hälfte des Spielfelds, also würde ich mit großer Wahrscheinlichkeit keine neue Nachricht von ihm vorfinden. Zweitens: Ich musste mir mit der Antwort möglichst viel Zeit lassen, denn ich wollte nicht verzweifelt und bedürftig wirken, sondern souverän und lässig. Er sollte keinesfalls den Eindruck bekommen, dass ich mich morgens als Erstes im *Liebesgarten* einloggte, weil ich keinen anderen Lebensinhalt hatte.

Zugegeben, das war ein bisschen zwanghaft, aber ich musste ja niemandem davon erzählen.

Als das Telefon klingelte, wusste ich sofort, wer mich anrief – und richtig, es war Diana.

»Was gibt's Neues an der Singlefront?«, fragte sie munter. »Hast du im *Liebesgarten* endlich ein Blümchen gepflückt?« Sie kicherte. »Oder dich pflücken lassen?«

»Oha, wie poetisch. Und das, wo es doch nur um pure Fleischeslust geht. Oder, wenn ich Frank zitieren darf: Ringelpietz mit Anfassen.«

Sie lachte schallend. »Das hat er gesagt? O Mann, ich liebe seinen Humor.«

»Ja, das war sein Beitrag zum Thema Speed-Dating. An dieser Stelle möchte ich mich übrigens herzlich für deinen fruchtbaren Input zu der Frage bedanken, was Bärbel und Frank mir schenken könnten.«

»Gern geschehen, dafür sind Freundinnen da. Sie haben dir die Gutscheine also überreicht.«

»Ja, gestern. Und ich bin sogar schon angemeldet. Für Sonntag.«

»Morgen schon? Jetzt schaltest du aber den Turbobooster ein, meine Liebe. Finde ich echt gut. Halali und viel Spaß bei der fröhlichen Treibjagd.«

»Danke für die Blumen. Apropos: Es gibt tatsächlich Neuigkeiten aus dem *Liebesgarten.*«

Ich hörte, wie sie nach Luft schnappte, dann sagte sie: »Ich will alles wissen, aber *sofort.*«

Das hatte ich mir beinahe schon gedacht. »Vorschlag: Du loggst dich auf meinem Profil ein und liest unsere Nachrichten. Sie sind nicht schwer zu finden; es gibt nur einen Mann, mit dem ich mich unterhalten habe. In der Zwischenzeit mache ich mir einen frischen Espresso.«

»Gute Idee«, murmelte sie, während ich sie im Hintergrund bereits auf einer Tastatur tippen hörte.

Ich legte das Telefon auf den Couchtisch und ging in die Küche. Während ich am Herd stand und auf das vertraute Röcheln der Kanne wartete, stellte ich mir vor, wie Diana die Korrespondenz zwischen *Robin Hood* und mir las, danach sein Profil besuchte und es einer genauen Prüfung unterzog.

Ich grinste vor mich hin, als mit bewusst wurde, dass ich gerade zwei Fliegen mit einer Klappe schlug. Erstens: Ich musste

Diana nicht alles lang und breit erzählen. Und zweitens: *Robin Hood* würde sehen, dass ich auf seinem Profil war, aber *ohne* ihm geschrieben zu haben. Er sollte ruhig ein bisschen zappeln, fand ich.

»Endlich!«, sagte Diana ungeduldig, als ich den Hörer wieder ans Ohr hielt. »Ich dachte schon, du bist nach Ecuador gefahren, um die Bohnen für deinen Espresso zu holen.«

»Wie findest du ihn?«

»Auf den ersten Blick scheint er wirklich perfekt zu sein«, erwiderte sie. »Sein Profil ist in Ordnung, und seine Nachrichten hätten mich auch überzeugt, muss ich gestehen. Ist er der Einzige bisher? Ich hätte dir ein bisschen mehr … hm … Auswahl gewünscht.«

»Ja, aber eigentlich ist es egal. Es geht mir ja nicht darum, möglichst viele Männer zu finden, sondern nur *den einen*. Weißt du, irgendwie hatte ich gedacht, mehr Männer wie ihn dort zu treffen. Ich dachte, Männer in unserem Alter sind irgendwie gereift, haben sich die Hörner längst abgestoßen, spielen keine Spielchen mehr.«

»Träum weiter, Schätzchen. Wie kommst du denn auf dieses schmale Brett?«

»Ganz einfach. Genau wie ich haben Männer in diesem Alter bereits eine oder mehrere Beziehungen hinter sich, oft auch eine Scheidung, vermute ich mal. Theoretisch müssten sie also *wissen,* was falsch gelaufen ist, und wollen diese Fehler nicht noch einmal machen.«

Diana prustete los. »Du glaubst auch an den Weltfrieden, oder? Du denkst, Männer unseres Alters sind automatisch eine geläuterte Version ihres jüngeren Ich, das in Beziehungen noch Fehler gemacht hat? Das setzt allerdings voraus, dass sie reflektieren können, sich dieser Fehler bewusst sind und daran gearbeitet haben. Und sich verändern wollen. Du schnallst hoffentlich, was ich dir damit sagen will?«

»Ja, leider. Bereits nach einer Woche habe ich kapiert, dass ich völlig falsche Vorstellungen von Männern meines Alters habe. Es ist echt desillusionierend, dass es weniger eine Alters-, als vielmehr eine Charakterfrage zu sein scheint. Wenn ich mir allerdings den Großteil der indiskutablen Nachrichten so angucke, die ich bekommen habe …« Ich schnaubte und fuhr fort: »Aber du hattest mir ja prophezeit, dass ich viel Elend zu lesen kriegen würde. Deshalb bin ich gleich auf ihn angesprungen.«

»Wäre ich auch. Aber dass du trotzdem zum Speed-Dating gehst, finde ich sehr gut, denn drei oder vier nette Nachrichten reichen noch längst nicht für einen Anspruch auf Exklusivität. Weder von deiner noch von seiner Seite. Sieh dich unbedingt weiter um. Es besteht leider immer noch die Möglichkeit, dass sich doch nur ein Frosch hinter diesem edlen Prinzen namens *Robin Hood* versteckt.« Sie kicherte. »Was für ein geschickt gewählter Nickname. Da denkt frau doch sofort an einen tapferen, selbstlosen Ritter, dem man unbedingt vertrauen kann, oder? Ich wünsche dir von ganzem Herzen, dass er ein echter Glückstreffer ist, Schatz.«

Ja, das wünschte ich mir auch.

Speed-Dating hin oder her.

Am Nachmittag, nachdem ich die Wohnung gründlich geputzt hatte, war es endlich so weit: Ich gestattete mir, den *Liebesgarten* zu besuchen. Den leichten Anflug von Enttäuschung, keine neue Nachricht von ihm vorzufinden, bekämpfte ich erfolgreich mit dem Argument, dass er mich nicht bedrängen wollte. Laut rotem Licht in seinem Profil war er zurzeit nicht eingeloggt.

Das war mir eigentlich ganz recht, denn ich wollte erstens meine Nachricht in Ruhe formulieren und zweitens nicht nach dem Abschicken wie ein hypnotisiertes Kaninchen auf den Monitor starren und auf seine Antwort warten.

Sinnierend saß ich vor dem Laptop. Was sollte ich schreiben?

Auf diese Nachricht von mir kam es jetzt an, fand ich. Wie gesagt: Ich wollte schließlich souverän und nicht allzu bedürftig wirken. Ich hatte auch noch andere Dinge zu tun, als auf seine ständige Aufmerksamkeit zu hoffen – das sollte die Message zwischen den Zeilen sein.

Ich las noch einmal die Nachrichten, die wir uns bisher geschickt hatten. Er habe nicht mehr zu hoffen gewagt, hier eine Frau zu finden, die ihn wirklich interessierte, hatte er mir in seiner letzten mitgeteilt.

Ich beschloss, diese Schmeichelei als Aufhänger zu nehmen.

Hallo, Robin Hood, schrieb ich also, *vielen Dank für das wirklich schöne Kompliment, dass du mich für eine interessante Frau hältst. Aber was macht dich so sicher? Wer weiß – vielleicht bin ich ja nur eine Mogelpackung und nicht einmal halb so interessant, wie du denkst? Andererseits bin ich vermutlich die Letzte, die über sich selbst ein objektives Urteil fällen kann. Ich bin halt ich, und ich vergleiche mich selten bis nie mit anderen Menschen. Warum auch? Wichtig ist doch, dass ich mit mir selbst im Reinen bin und mir im Spiegel in die Augen blicken kann, ohne rot zu werden. Was andere von mir halten, ist mir tatsächlich herzlich egal. Ups ... Ausnahmen bestätigen natürlich die Regel! Ich schicke herzliche Grüße ... Miss Lynx.*

Das war zumindest die fertige Nachricht, nachdem ich den Text zigmal korrigiert und immer wieder umformuliert hatte, bis ich endlich damit zufrieden war. Ich schickte die Nachricht ab und sah auf seinem Profil, dass er nach wie vor offline war.

Ich loggte mich aus, klappte den Laptop zu und starrte vor mich hin. Also doch das hypnotisierte Kaninchen, oder wie? Ich musste mich ablenken, unbedingt.

Eine halbe Stunde später hatte ich mein Ziel erreicht: einen Waldparkplatz knapp außerhalb der Stadt. Ich holte meine Kamera aus dem Kofferraum und ging los.

Was gab es Schöneres als einen Wald zu dieser Jahreszeit? Das junge Laub der Bäume leuchtete in diesem unvergleichlichen Frühlingsgrün, und überall spross junger Farn, dessen Blattspitzen noch anmutig eingerollt waren. Manchmal wehte mich dezenter Knoblauchduft an, wenn der Waldboden mit fast verblühtem Bärlauch bedeckt war. Ich kam an einer umzäunten Wiese vorbei, auf deren saftigem Gras unzählige Löwenzahn gelb wie kleine Sonnen leuchteten – ich musste unbedingt noch einmal hierherfahren, wenn sie sich in Pusteblumen verwandelt hatten. Auf einer Bank aus dicken Stämmen machte ich Rast und sah mir im Display die Fotos an, die ich bisher geschossen hatte.

Auf meinem Spaziergang war ich nur wenigen Menschen begegnet, obwohl ich mich in einem beliebten Naherholungsgebiet befand. Aber die meisten Spaziergänger saßen vermutlich jetzt in den lauschigen Biergärten der vielen Ausflugslokale und stärkten sich mit frisch gebackenen Waffeln mit heißen Kirschen und Sahne.

Zufrieden genoss ich die warme Sonne auf meinem Gesicht. Noch waren wir einige Wochen entfernt von der brütenden, hochsommerlichen Hitze, die in der Stadt so schwer erträglich war. Aber gerade dann war der Wald ein Zufluchtsort, denn hier war es immer einige Grade kühler als in der Betonwüste.

Ob ich in Zukunft wohl irgendwann einmal zusammen mit *Robin Hood* durch diesen Wald spazieren würde? Das stellte ich mir schön vor, denn hier wäre er schließlich in seiner natürlichen Umgebung, oder etwa nicht? Wer diesen Namen für sich wählte, musste auch damit rechnen, in den Wald geschleppt zu werden.

Mit klopfendem Herzen fuhr ich am frühen Abend den Rechner hoch und loggte mich im *Liebesgarten* ein. Und da war sie tatsächlich – die erhoffte Antwort auf meine Nachricht.

Liebe Miss Lynx, hatte er geschrieben, *du willst eine Mogel-packung sein? Mit Sicherheit nicht, oder ich kann meiner Men-schenkenntnis (auf die ich mir einiges einbilde) nie wieder trauen. Glaube es oder glaube es nicht, aber genauso habe ich dich einge-schätzt – nämlich, dass du einen feuchten Furz auf die Bewertun-gen deiner Person durch andere Menschen gibst. Das finde ich großartig, denn die meisten tun doch alles, um anderen um jeden Preis zu gefallen; verbiegen sich und verraten dafür sogar sich selbst. Umso mehr hat mich gefreut, dass dir meine Meinung über dich nicht ganz unwichtig ist – das habe ich doch richtig verstan-den? Ja, du bist du und mit dir selbst im Reinen, und nichts könnte ich sexyer finden – und ich hoffe inständig, mit meiner letzten Be-merkung bei dir keine Grenze überschritten zu haben. So, für heute muss ich mich leider von dir verabschieden. Wundere dich bitte nicht, wenn ich mich an diesem Wochenende nicht mehr melde. Ich würde mich nur zu gern von dir ablenken lassen, aber ich habe sehr viel zu arbeiten. Ich merke ja jetzt schon, wie häufig meine Gedanken zu dir abwandern, das ist nicht gerade förderlich für meine Konzentration. :-))))) Lass von dir hören, ich freue mich darauf.*

Eigentlich hätte ich umgehend bei Diana anrufen und ihr diese Nachricht vorlesen müssen, aber dieses schöne, wohlige Gefühl, das mich gerade durchströmte, wollte ich erst einmal für mich ganz allein genießen.

Kapitel 9

Auf zur ersten Runde Ringelpietz,
aber Loretta möchte (noch) niemanden anfassen

Ich war deutlich aufgeregter, als ich erwartet hatte. Tatsächlich liebäugelte ich sogar kurz mit dem Gedanken, mich ein bisschen aufzubrezeln. Sinnierend stand ich vor dem Kleiderschrank und betrachtete das schöne schilfgrüne Ensemble aus Leinen, das ich bei Dianas Hochzeit – und seither nie wieder – getragen hatte. Ich zog es an, es sah wunderbar aus, und dann zog ich es wieder aus und hängte es zurück in den Schrank.

Nein, ich würde mich kleiden wie immer.

Hinterher dachten die Männer noch, ich würde immer so schick rumlaufen, und bekamen einen ganz falschen Eindruck von mir. Mein Stil, wenn man es so nennen wollte, bestand aus Jeans und Pulli, Letzterer bevorzugt geringelt. Mittlerweile besaß ich eine beeindruckende Kollektion gestreifter Oberteile, zwei- oder auch mehrfarbig, und das in unterschiedlichen Qualitäten, von Biobaumwolle bis zu Seidenstrick, und von dezent bis poppig-bunt. Nach längerem Überlegen entschied ich mich für einen Pulli aus leichtem Leinenstrick in matten Blautönen.

So erkannte ich mich im Spiegel, so gefiel ich mir, so *war* ich. Punkt.

Spontan griff ich zum Telefon, um Diana anzurufen und mit ihr die letzten Nachrichten von *Robin Hood* zu besprechen.

»Alles schön und gut«, sagte sie pragmatisch, »aber lass dich von ihm nicht davon abhalten, deine Antennen auszufahren. Hast du ihm gesagt, dass du heute zu einem Speed-Dating gehst?«

»Natürlich *nicht*. Er wird es gar nicht merken, denn er hat heute sowieso keine Zeit, um sich mit mir auszutauschen, hat er geschrieben. Ich musste mir also keine Ausrede einfallen lassen.«

Diana stieß ein genervtes Schnauben aus. »Ausrede? Hörst du dir eigentlich selbst zu? Du bist diesem Mann keinerlei Rechenschaft darüber schuldig, wie, mit wem und wo du deine Zeit verbringst.«

»Du hast ja recht. Aber ich fühle mich ihm mittlerweile irgendwie verbunden.«

»Nach drei Tagen. Du spinnst, Loretta. Reiß dich zusammen, okay?«

»Schon gut, schon gut. Ich bin offen für lebensverändernde Begegnungen, Doppelschwör. Aber ich muss jetzt los, ich bin schon knapp dran.«

Diana wünschte mir die Begegnung mit dem Mann meiner Träume und viel Spaß, dann legten wir auf. Traummann? Beim ersten Dating? Na ja, das war vielleicht etwas zu viel verlangt. Spaß? Da war ich schon zuversichtlicher.

Meine Bemühungen, nicht allzu sehr zu spät zu kommen, lenkten mich von meiner Aufregung ab, das war das Positive daran. Der Treffpunkt war ein kleines Café in einer Nebenstraße der Einkaufszone, und es war nicht ganz einfach, einen Parkplatz zu finden.

Abgehetzt galoppierte ich zwei Minuten nach der vereinbarten Zeit ins Café und stierte wild umher, da ich keinerlei Anzeichen einer Veranstaltung entdecken konnte.

»Zum Speed-Dating?«, fragte die weibliche Tresenkraft, und auf mein Nicken hin deutete sie auf eine Tür, die sich zur Hälfte hinter einem Samtvorhang versteckte.

Ich trat ein und stolperte in ein ausgefuchstes Lichtkonzept aus schummrigen Lämpchen und Unmengen Lichterketten mit wild blinkenden roten Herzen. Als Nächstes erblickte ich zwei kleine Gruppen von Leuten, die sich an Sektgläsern festhielten. Hier die Frauen, ein paar Meter weiter die Männer. Wie früher in der Tanzschule. Alle starrten mich, die Nachzüglerin, an. Reichlich bizarr.

In meiner Verwirrung hätte ich beinahe den kleinen Tisch direkt am Eingang umgerannt, an dem eine hübsche junge Frau saß, die mich strahlend begrüßte. »Du musst Loretta sein, zumindest ist das der einzige Name, der auf meiner Teilnehmerliste noch nicht durchgestrichen ist.«

»Ja, die bin ich«, schnaufte ich, noch immer recht kurzatmig vom Sprint zum Café.

»Wunderbar, dann sind wir vollzählig. Ich bin Denise, ich begleite euch durch die Veranstaltung.«

Sie griff in einen Karton mit Blanko-Namensschildern. Unnötig, zu erwähnen, dass die pinkfarbene Fläche von roten Herzen umkränzt war. Sie zog die Kappe von einem schwarzen Filzstift, und ich sagte rasch: »Nur Lo, bitte. Das ist mein Rufname. Loretta steht nur auf offiziellen Briefen.«

Keine Ahnung, was mich in diesem Moment ritt, aber plötzlich war ich der Meinung, dass Loretta ein zu einzigartiger Name war, um ihn hier zu streuen. Immerhin hatte er dank meiner ermittlerischen Aktivitäten auch schon in der Tagespresse gestanden. Gut, dann war ich ›Loretta L.‹ gewesen, aber was brachte es bei dem Vornamen, den Nachnamen nicht zu nennen? Eben. Nicht, dass ich hier einen potenziellen Stalker mit Informationen versorgte, die es ihm leichter machen würden, mich aufzuspüren. Das hatte ich schon einmal erlebt, herzlichen Dank auch.

Ich steckte mir das Namensschild an und nahm sogar das Glas Prosecco, das verwaist auf einem Tablett auf mein Eintreffen gewartet hatte. Ich mochte das Zeug zwar nicht, hoffte aber, dass es mich ein wenig entspannen würde.

»Gehst du bitte zu den Damen?«, sagte Denise freundlich, »ich werde gleich ein paar einleitende Worte sagen.«

Mit einem freundlichen »Tach, Mädels« gesellte ich mich zu den Frauen, die sich irgendwie verschüchtert zusammendrängten, während die Kerle in deutlich lockererer Formation der Dinge harrten, die da auf uns zukamen.

Ich sah mich um. Sieben kleine Tische standen mit einigem Abstand voneinander im Kreis, zwischen ihnen mobile Trennwände. Aha, offenbar sollte nichts vom jeweiligen Kurzzeittreffen ablenken. Auf den Tischen standen niedliche, aber trübe Funzeln, die vermutlich ganz vortrefflich die ersten Fältchen in den Gesichtern der Ü40-Damen wegzuschmeicheln vermochten, was die eine oder andere Dame vermutlich durchaus zu schätzen wusste.

Denise stellte sich vor uns auf und grinste strahlend in die Runde. »Liebe Mädels, liebe Jungs, ich begrüße euch ganz herzlich zum heutigen Speed-Dating von *7Dates1Love*. Die Regeln sind rasch erklärt: Die Mädels setzen sich an die Tische und bleiben dort, während die Jungs im Uhrzeigersinn von Lady zu Lady wechseln. Also: aufstehen und nach rechts gehen. Auf den Tischen liegen Zettel mit sieben Rubriken, auf denen ihr euch, wenn ihr wollt, kurze Notizen zu den jeweiligen Begegnungen machen könnt. Die Jungs nehmen ihren Zettel und den Stift bitte mit, wenn ihr wechselt. Damit es gleich locker zugeht, schlage ich vor, dass ihr euch duzt. Beginn und Ende der jeweiligen Dates verkünde ich mit einem Glöckchen, ihr müsst nicht auf die Uhr sehen. Also Mädels, nehmt bitte Platz.«

Ich marschierte sofort los zum nächstbesten Tisch, die anderen folgten mir zögerlich.

Sie schienen die Positionen der Plätze zu checken und dann erst auszuwählen, wohin sie sich setzten. Was komplett blödsinnig war, da ohnehin jeder einmal mit jedem sprechen würde. Das mit dem Notizzettel fand ich übrigens prima. Mit seiner Hilfe würde ich nicht lange nachdenken müssen, wenn mein Freundeskreis mich über dieses Treffen ausfragen würde.

»Jetzt bitte die Jungs«, sagte Denise und ließ das Glöckchen bimmeln.

Ein unübersehbarer Run auf ein gewisses weibliches Geschoss in engen Jeans, mit tiefem Ausschnitt und mit übertrieben gestylten Fingernägeln setzte ein. Durch einen beherzten Sprint setzte sich ein muskulöser Sportfreak gegen die Konkurrenten durch und nahm triumphierend ihr gegenüber Platz.

Volltrottel, dachte ich, es wäre schlauer gewesen, sie als Letzter zu beglücken, um dann die anderen Kerle auszustechen. Aber nein, du musst unbedingt der Erste sein. Wenn du Pech hast, hat sie dich am Ende der Runde bereits vergessen.

Aber was kümmerte mich, was andere taten? Mir gegenüber hatte ein leicht übergewichtiger Mann Platz genommen, der ein bedrucktes T-Shirt trug: *I paused my game to be here* las ich entgeistert. Laut seinem Namensschild hatte ich es mit Klaus zu tun.

»Nach deinem Hobby brauche ich also nicht mehr zu fragen«, sagte ich und deutete auf seine Brust. »Du spielst gerne Computerspiele, vermute ich.«

»Ich arbeite als Computerfachmann«, erwiderte er. »Aber in meiner Freizeit spiele ich gerne am Rechner, das stimmt.«

»Daddelspiele oder virtuelle Welten?«

»Nee, schon lieber längerfristige Sachen. Einen Charakter zu entwickeln, ist superspannend.«

Er konnte es nicht wissen, aber damit hatte er sich bereits unwiderruflich ins Off geschossen. Er hätte gar nichts weiter preisgeben müssen, denn sein Shirt hatte mir alles erzählt, was ich über ihn wissen musste. Meine persönliche Erfahrung mit einem fanatischen Bewohner einer virtuellen Welt hatte dazu geführt, Männer mit diesem Hobby für alle Ewigkeiten als potenzielle Partner auszuschließen. Sorry, Klaus.

Irgendwie kriegten wir es hin, unsere paar Minuten mit belanglosem Geschwätz zu füllen, dann läutete endlich das Glöckchen.

Michael, Finanzbeamter, siebenundvierzig, nahm an Klaus'

Stelle Platz. Er zählte eine lange Liste flippiger Freizeitaktivitäten auf, die vermutlich den Verdacht eliminieren sollten, dass sein vermeintlich langweiliger Beruf ihn automatisch zu einem langweiligen Menschen gemacht hatte.

Nachdem er mir vom Wildwasser-Rafting vorgeschwärmt hatte, fiel ihm offenbar auf, dass er noch gar nichts von mir wusste, und fragte: »Und was für Sport treibst du so?«

»Keinen, von dem ich wüsste«, erwiderte ich. »Oder gilt Fotografieren als Sport?«

Verdutzt starrte er mich an. Ein Mensch, der keinen Sport trieb? Ich war sicher, er würde meinen Namen nicht auf seinen Zettel schreiben, und ich war nicht traurig darüber. Ich wollte meine Wochenenden nicht damit verbringen, mich in einem Kanu sprudelnde Wildbäche hinunterzustürzen oder mal zwischendurch – ich zitiere – zur Entspannung ein dreitägiges Survivaltraining durchzuziehen.

Beiderseitiges Aufatmen, als das Glöckchen erklang. Ohne Bedauern sah ich Michael weiterziehen und wünschte ihm, dass er eine passende Dame fand, die am Wochenende gerne mal ihr Leben riskierte.

Dann kam Thomas.

»Ich bin Veganer«, verkündete er gleich zu Beginn.

Irgendwie sah er auch danach aus: Ökoklamotten, Jutetasche, strähnige Mähne. Okay, okay, ich weiß, dass längst nicht alle Veganer so aussehen, aber er tat es.

»Ich nicht«, gab ich kühl zurück, »ich liebe Fleisch.«

Er stürzte sich in einen Vortrag über Massentierhaltung und dass wir alle Mörder seien. Dann kamen ausführliche Informationen zu seinen Klamotten, die natürlich aus Hanf seien.

Ich seufzte innerlich.

»Stopp mal«, sagte ich mitten in seinen Monolog hinein, »bist du hier, um mich zu missionieren?«

Er schnappte nach Luft, dann blaffte er: »Aber wenn Leute

wie du ihr gedankenloses Konsumverhalten nicht ändern, bedeutet das den Supergau für unsere Welt!«

Leute wie ich? Frechheit.

»Supergau? Was soll das denn sein?«, blaffte ich zurück. »Weißt du, was GAU bedeutet? Größter anzunehmender Unfall. Was soll denn bitte größer sein als der größte Unfall? Ach ja, klar: der *supergrößte* Unfall.« Ich lehnte mich zurück und fuhr ruhig fort: »Ich verrate dir mal was: Du vergeudest deine Zeit, denn mein Konsumverhalten ist meine Sache. Und ich kann Leute auf den Tod nicht ausstehen, die ihre Lebenseinstellung wie eine Monstranz vor sich hertragen und anderen unaufgefordert aufdrängen. Wenn du dich mir überlegen fühlen willst, bitte. Aber ich glaube, wir sind uns einig: Dat wird nix mit uns. Der Nächste, bitte.«

Oh, er mochte mich ganz und gar nicht, das sah ich ihm an. Aber das war mir so wurscht wie nur was. Vielleicht hatte dieser dämliche Prosecco meine Zunge gelöst, aber ich hatte überhaupt keine Lust, mir sein überhebliches Geschwafel auch nur eine Sekunde länger anzuhören. Er würde an den nächsten Tisch gehen, und damit würde er mein Leben für immer verlassen. Mach's gut, Thomas.

Das Glöckchen war für uns beide eine Erlösung; er legte sich fast auf den Bart bei dem hektischen Bemühen, möglichst schnell an den nächsten Tisch zu kommen.

Hajo – »du kannst mich *Schranke* nennen« – war beinahe eine Erlösung. Er war ein gemütlicher, umfassend tätowierter Rocker mit einem langen grauen Zopf. Es funkte zwar nicht gerade, aber er war mir auf Anhieb sympathisch.

»Warum Schranke?«, fragte ich.

»Weil ich so supergerne Pommes Schranke ess«, erwiderte er und lachte dröhnend. »Kennze, ne? Pommes rotweiß. Mit 'ne ordentliche Currywuast, versteht sich.«

Ganz sicher würde Mister Schranke also keinerlei Schwierigkeiten mit meiner Vorliebe für Fleisch haben, ich allerdings mit seiner Vorliebe für Motorräder. Mit leuchtenden Augen beschrieb er die Ausflüge mit seiner geliebten Maschine, die er selbstverständlich auch im Winter fuhr.

»Weißte, ich bin nich so'n Lappen, der seine Karre nur bei Sonnenschein benutzt. Und ich hab gerne 'n nettes Mädchen hintendrauf, schön eng an mir dran.«

Bedauernd schüttelte ich den Kopf. »Und genau das macht mir überhaupt keinen Spaß. Als Sozia hockst du hinten auf dem Motorrad wie Äffchen auf Schleifstein, und die Landschaft zieht als braungrüner, verschwommener Streifen an dir vorbei. Und immer bist du eingepackt in dicke Klamotten.«

»Du könntest ja 'nen Motorradführerschein machen und selbst fahren. Dann gehen wir zusammen auf Tour. Dat wär natürlich noch besser.« Hoffnungsvoll sah er mich an. »Ich find dich nämlich nett.«

Möglichst schonend informierte ich ihn, dass ich ihn zwar auch nett fände, auf meiner *bucket list* der Dinge, die ich unbedingt noch tun wollte, bevor ich den Löffel abgäbe, der Punkt ›Motorradführerschein machen‹ aber leider nicht auftauchte.

»Echt schade«, sagte er betrübt, und dann klingelte auch schon das Glöckchen.

Kevin war der Muskelprotz, der eingangs das Rennen um die flotte Biene in den engen Jeans gewonnen hatte. Mit ihm als Gegenüber wurde mir sehr rasch klar, wie unendlich lang sieben Minuten sein konnten. Ein schöner Beweis für die Relativitätstheorie, dachte ich, mal kommen sie dir relativ kurz vor, dann wieder relativ lang.

Kevin schwafelte stinklangweiliges Zeug von Proteinkost und Muskelaufbau und dass er jeden Tag in die Muckibude gehen würde. Er schien nicht zu bemerken, dass ich nichts sagte. Überhaupt fiel mir bei der Gelegenheit auf, dass bei allen bisherigen Treffen die Männer eher von sich erzählt hatten, als mir

Fragen zu stellen. Sie schienen das Bedürfnis zu haben, ein möglichst umfassendes Bild von sich zu präsentieren, und vergaßen dabei gänzlich, sich für ihr Gegenüber zu interessieren.

Es mochte Frauen geben, denen diese egozentrische Form der Selbstdarstellung imponierte – ich gehörte nicht dazu. Wie auch immer: Als das Glöckchen klingelte, hätte ich bestimmt alles über den Segen von Eiweiß-Shakes gewusst – wenn ich denn zugehört hätte.

Okay, fünf Kerle hatte ich geschafft, zwei fehlten noch.

»Guten Tag, ich bin Jochen«, sagte Jochen. »Schön, dich zu treffen. Ich bin Buchhändler und lese für mein Leben gern. Liest du gern?«

»Am liebsten Krimis«, erwiderte ich.

»Tatsächlich? Ich auch! Ich habe sogar schon einen geschrieben, den habe ich als Selfpublisher veröffentlicht. Gerade habe ich mit dem zweiten Band angefangen.«

Ach, das kannte ich von meiner Freundin Isolde, die zu meinem Bedauern mittlerweile in London lebte. Von ihr wusste ich einiges übers Krimischreiben; ich schöpfte also Hoffnung, dass hier tatsächlich so etwas wie ein Gespräch entstehen könnte.

»Interessant. Arbeitest du vorher schon den gesamten Plot aus, oder setzt du dich vors leere Blatt und fängst einfach an?«

Jochen schüttelte den Kopf. »Oh nein, das könnte ich nicht. Bei mir steht alles vorher fest. Das Opfer, der Täter, das Motiv … So ein Gerüst brauche ich.«

»Und? Wer muss sterben?«

»Ein Mann, der auf Partnersuche ist«, erwiderte er.

Dann passierte etwas Seltsames: Er machte ein Gesicht, als wäre ihm aufgefallen, dass er zu viel verraten hatte. Und plötzlich begriff ich: Er war nicht hier, um die Liebe zu finden, sondern auf Recherchetour. Ich war keine Frau, die er kennenlernen wollte, sondern eine potenzielle Vorlage für eine Figur in seinem Krimi, und alle anderen anwesenden Frauen ebenfalls.

Sofort klappte ich zu wie eine Auster. Mit einer Kanonade von Fragen verhinderte ich, etwas über mich oder mein Leben preisgeben zu müssen. Sollte er halt seine Fantasie bemühen.

Als Letzter kam Mike. Ich vermutete, dass er in Wirklichkeit Michael hieß, Mike aber fetziger fand. Na und? Ich hieß ja auch nicht Lo.

Er hatte ein eher unauffälliges Äußeres, machte dies aber mit Charme und Zugewandtheit mühelos wett. Zum ersten Mal bei dieser Veranstaltung hatte ich das Gefühl, dass es so etwas wie einen Austausch zwischen mir und meinem Gegenüber gab. Es war fast unheimlich: Wir mochten das gleiche Essen, die gleichen Filme und kicherten über unsere gemeinsame Vorliebe für Monty Python.

Ich muss anmerken, dass er diese Infos keineswegs aus mir herauslockte und dann nachlegte. Nein, er legte vor: *Er* mochte die Pythons, und ich tat es ebenfalls. *Er* mochte gutbürgerliches Essen und Grillpartys – ich ebenfalls. *Er* streifte gerne mit seiner Kamera durch die Gegend – wow.

Und immer so weiter.

»Verrückt«, sagte er. »So viele Gemeinsamkeiten. Und du bist – wenn ich das sagen darf – anders als die übrigen Frauen hier.«

»Ach ja? Wie sind die denn?«

Er zuckte mit den Schultern. »Schwer zu sagen. Irgendwie oberflächlicher. Die wollen wissen, was für ein Auto ich fahre und welchen Beruf ich habe. Darüber haben wir beide überhaupt nicht gesprochen.«

Damit hatte er allerdings recht, wie mir in diesem Moment auffiel.

»Weißt du«, fuhr er fort, »ich spiele gerne mit offenen Karten. Ich denke über Dinge nach, bevor ich Entscheidungen treffe. Ich glaube, zwischen uns könnte es passen, aber …«

»Ehe du weiterredest«, sagte ich rasch, »möchte ich dir etwas sagen. Ich finde dich ebenfalls sehr sympathisch, aber ich habe vor, auch nächsten Sonntag am Speed-Dating teilzunehmen und ...«

»Wirklich?«, fiel er mir ins Wort. »Ich bin ebenfalls schon dafür angemeldet! Das ist doch super! Wir treffen uns also nächste Woche hier wieder und werden dann sehen, ob und wie sehr wir uns darüber freuen.« Er beugte sich vor. »Diese sieben Minuten mit dir reichen mir jedenfalls nicht. Ich möchte noch viel mehr über dich erfahren.«

Mir ging es genauso, und das sagte ich ihm auch.

Tatsache war allerdings, dass ich bestimmt am nächsten Tag gezögert hätte, dem Veranstalter mein Interesse für Mike mitzuteilen. Für solche Entscheidungen brauchte ich meine Zeit, genau wie er.

Noch etwas, das wir gemeinsam hatten.

Denise läutete das Ende der Treffen ein und verkündete eine kurze Pause, bevor sie noch ein paar Worte dazu sagen wollte, wie man nun zusammenkam – oder auch nicht.

Ich hatte nicht vor, daran teilzunehmen, da ich erstens alle Informationen bereits von der Website hatte und zweitens für nächste Woche nur einen einzigen Mann in der Runde hatte, der mich auch nur ansatzweise interessierte.

Ich verabschiedete mich also von Mike und verließ das Café. Ich fand es sehr sympathisch, dass er keinen Versuch machte, unsere Begegnung gleich heute in privatem Rahmen fortzusetzen.

Nein, er bedrängte mich nicht, und das gefiel mir ausnehmend gut.

Tatsache war: Er hatte durchaus das Potenzial, mit *Robin Hood* gleichzuziehen.

Die nächste Woche verging wie im Flug. Im Callcenter war jede Menge zu tun, und beinahe jeden Tag tauschten *Robin Hood* und ich Nachrichten aus und lernten uns besser kennen.

Verdächtig oft schlich Dennis um mich herum und versuchte, mich über meine Aktivitäten im *Liebesgarten* auszuhorchen beziehungsweise mich noch einmal dabei zu erwischen, dass ich während meiner Arbeitszeit dort unterwegs war. Herrje – wie konnte ein Mann nur so neugierig sein?

Mit Diana stand ich in regem Kontakt, und keins unserer Telefonate endete, ohne dass sie mich warnte und bat, auf mich aufzupassen.

Und ehe ich michs versah, fand das zweite Speed-Dating statt, und alles wurde furchtbar turbulent.

Kapitel 10

Loretta beobachtet interessante Reaktionen,
und zwei alten Damen kommen sich vor wie im Kino

Alles um mich herum schien mitten in der Bewegung einge-
froren, nachdem Mareile Mikes Leiche entdeckt hatte. Gefühlt
bewegte ich mich durch ein Wachsfigurenkabinett von Personen, die in unterschiedlichen Stadien des Entsetzens abgebildet
waren: hier eine vor den Mund geschlagene Hand, dort weit
aufgerissene Augen. Es herrschte Stille, bis auf die seichte Hin-
tergrundmusik, die noch immer leise aus verborgenen Lautsprechern dudelte. Ich übergab Mareile an Kai, der neben mir
stand, und ergriff Sabines Arm.

»Komm mit«, sagte ich, »wir müssen dafür sorgen, dass keiner abhaut. Und deine Kollegen rufen.«

Sie erwachte aus ihrer Erstarrung, zog ihr Handy aus der Tasche und folgte mir.

Dass sie Polizistin war, wusste ich, weil ich zum heutigen
Speed-Dating überpünktlich erschienen war. So war ich dabei
gewesen, als wir uns in der Mädelsgruppe miteinander bekannt
gemacht hatten.

Sabine und Mareile hatten beide auch schon letzte Woche
teilgenommen, neu dabei waren Hundetrainerin Doreen, Konditorin Luise, Krankenschwester Annabelle und Fahrschullehrerin Meike.

»Dass keiner abhaut?«, fragte Sabine. »Denkst du, da hat jemand nachgeholfen?«

Ich erzählte ihr rasch von meinen spärlichen Beobachtun-
gen, und sie nickte nachdenklich. »Könnte 'ne Vergiftung sein,
oder?«

»Kann jedenfalls nicht schaden, deine Kollegen darüber zu informieren«, erwiderte ich. »Wenn es sich als Blödsinn herausstellt – umso besser.«

Hinter der Kuchentheke stand eine der beiden Servicekräfte; sie war kreidebleich.

»Hat jemand den Notarzt angerufen?«, fragte ich sie, und sie nickte wie in Zeitlupe. »Hier gibt es doch bestimmt einen Notausgang?«

»Ja, vom Hinterzimmer aus.«

»Okay«, sagte Sabine, die währenddessen mit ihrem Handy telefoniert hatte, »wir schließen jetzt die Eingangstür ab. Sie wird erst wieder geöffnet, wenn meine Kollegen von der Polizei eintreffen.«

Damit hatte sie auch gleich die im Gesicht der Café-Mitarbeiterin stehende Frage beantwortet, warum sie hier so rigoros das Kommando übernahm. Die Mitarbeiterin kam hinter der Theke hervor und verschloss die Eingangstür.

Sabine nickte mir zu. »Du passt hier auf. Ich kümmere mich um die Hintertür.« Sie ließ sich zeigen, welcher Schlüssel der passende war, und ging forschen Schrittes in den Raum, in dem das Dating stattgefunden hatte.

Die Servicekraft blickte ihr hinterher, dann sah sie mich an. Sie war kreidebleich und stammelte: »Ich … ich … verstehe gar nicht … stimmt es, dass jemand tot ist? Was ist denn überhaupt *passiert*?«

Ich seufzte innerlich. Sie würde es ja ohnehin erfahren, also gab es keinen Grund, etwas vor ihr zu verbergen. »Tatsächlich gibt es einen Toten, und deshalb darf niemand das Café verlassen, bevor die Polizei mit allen gesprochen hat.«

»Ein Herzinfarkt oder so?«, wisperte sie.

Ich zuckte mit den Schultern. »Ich habe keine Ahnung. Sagen Sie, ist irgendjemand gegangen, nachdem die Frau geschrien hat?«

Sie dachte nach, dann erwiderte sie: »Zwei ältere Damen. Die haben da vorne am Fenster gesessen. Kurz, bevor hier das Chaos ausbrach, habe ich bei denen abkassiert. Sie waren gerade zur Tür hinaus, als die Frau schrie. Jetzt sind nur noch die beiden hier.« Sie deutete auf einen Tisch in einer Nische, an dem zwei Frauen saßen, die vermutlich bereits weit jenseits der achtzig waren und uns neugierig anstarrten. »Also waren außer Ihnen vom Speed-Dating zuletzt lediglich vier Gäste im Café. Und meine Kollegin und ich. Wir schließen ja um sechs. Eigentlich ...« Sie stutzte und fügte hinzu: »Ich muss meinem Mann Bescheid sagen, dass ich später komme, er macht sich sonst Sorgen.«

Sie griff nach dem Telefon, aber ich schüttelte den Kopf. »Können Sie bitte damit warten, bis die Polizei eingetroffen ist? Die wissen über so etwas gerne Bescheid.«

Sie runzelte die Stirn, nickte aber. Ich ging hinüber zu den beiden alten Damen, die sich zitternd an den Händen hielten. Sie sahen aus wie aus einem Bilderbuch für nette Omis: weiße Löckchen und Perlenkette, in beinahe identische Twinsets gekleidet, vermutlich aus Kaschmir, eins von pudrigem Altrosa, das der anderen in einem hübschen Pfirsichton. Mir fiel auf, dass sie sogar dazu passenden Lippenstift aufgelegt hatten.

Nachdem ich mich zu ihnen an den Tisch gesetzt hatte, sagte ich behutsam: »Sie sind bestimmt sehr erschrocken über das, was hier gerade los ist. Jemand ist zu Tode gekommen.« Sie nickten synchron, und ich fuhr fort: »Die Polizei ist bereits auf dem Weg hierher, und bis die Beamten es erlauben, darf niemand das Café verlassen. Ich werde aber dafür sorgen, dass Sie beide zuerst befragt werden, damit Sie möglichst schnell nach Hause können.«

»Och«, sagte die eine, »dat muss nich sein. Wissense, dat klingt jetz vielleicht pietätlos, aber bei uns im Altenheim ist nie wat los. Seniorenresidenz ›Herbstglück‹. Stinklangweilige Bude, dat. Aber dat hier ist wie Kino, stimmt's, Käthe?«

Die andere nickte eifrig. »Wie im echten Krimi! Werden wir auch verhört? Müssen wir unsere Fingerabdrücke abgeben? O Cäcilie, was werden wir den anderen später zu erzählen haben! Herrlich!«

Leise kichernd wechselten sie begeisterte Blicke, und spätestens jetzt wurde mir klar, dass sie nicht vor Entsetzen zitterten, sondern in freudiger Aufregung über ihren Platz in der ersten Reihe mit bester Sicht aufs Geschehen. *Herrlich* wäre jetzt für mich nicht unbedingt das Wort der Wahl für die aktuellen Vorkommnisse gewesen, aber ich verkniff mir jeglichen Kommentar dazu.

Das Gute war: Über das seelische Befinden der beiden munteren Damen musste ich mir keine Sorgen machen. Und vielleicht hatten sie ja sogar etwas beobachtet, das der Polizei von Nutzen sein konnte. Ich unterstellte ihnen mal, dass sie gute Beobachterinnen waren.

»Sind Sie von der Polizei, junge Frau?«, wurde ich gefragt, und als ich verneinte, schienen sie beinahe enttäuscht.

»Ihnen geht es also wirklich gut?«, fragte ich sicherheitshalber, denn ich hatte keine Lust, dass sie mir in ein paar Minuten ohnmächtig vom Stuhl kippten, weil die Aufregung doch zu groß gewesen war. »Oder brauchen Sie irgendetwas? Ein Glas Wasser oder so? Soll ich gleich die Sanitäter zu Ihnen schicken? Die haben bestimmt ein Beruhigungsmittel.«

Sichtlich empört schüttelten sie die dauergewellten Köpfe. Nein, man sei absolut wohlauf, wurde ich streng belehrt, und *ganz sicher* benötige man keinerlei Beruhigungspillen, man stehe schließlich noch nicht mit einem Bein im Grab, vielen Dank auch, junge Frau.

Ich entschuldigte mich verdattert, verabschiedete mich und gesellte mich zu Sabine, die an der Kuchentheke stand.

»Was ist mit den beiden alten Mädchen dahinten?«, fragte sie mich sofort. »Brauchen die einen Arzt oder so?«

»Nee. Hatte ich auch befürchtet, aber sie sind völlig aus dem Häuschen, weil sie hier einen Logenplatz in einem echten Krimi ergattert haben. Die sind mir fast an die Gurgel gegangen, als ich wissen wollte, ob sie von den Sanis etwas zur Beruhigung benötigen. Sie freuen sich schon darauf, heute Abend die Superstars in ihrem Altenheim zu sein.«

Sabines Mundwinkel zuckten, aber sie blieb ernst. »Du hast vorhin echt professionell reagiert. Vor allem schneller als ich. Du bist nicht zufällig doch eine Kollegin?«

»Nein, ich arbeite wirklich in einem Callcenter.« Ich zuckte mit den Schultern und fügte hinzu: »Vielleicht hat meine Leidenschaft für Fernsehkrimis mich so handeln lassen. Da lernt man ja so einiges.«

»Pfff. Ich gucke diesen Scheiß nicht. Kein echter Polizist würde sich so verhalten wie manche Fernsehbullen. Lächerlich. Aber du hast offenbar das Richtige gelernt. Hut ab.«

»Na ja … Hast du gecheckt, ob noch alle da sind?«

»Klar. Alle Teilnehmer des Datings sind anwesend – inklusive du und ich –, außerdem Denise, die beiden Servicekräfte und die weibliche Ausgabe von Waldorf und Statler da hinten.« Sie deutete mit dem Kopf in Richtung der beiden alten Damen.

Ich unterdrückte ein Kichern. Zu komisch, dass sie die beiden mit den sarkastischen Opas aus der *Muppet Show* verglich. Sehr treffend.

»Und wie ist die Stimmung bei den anderen? Hat Mareile sich wieder beruhigt?«

»Geht so. Ich hab alle aus dem Klo gescheucht, damit eventuelle Spuren nicht noch weiter kontaminiert werden, als sie es durch den Volksauflauf ohnehin schon sind. Und Mareile hat ihn natürlich angefasst, verdammt. Das war unprofessionell.«

»Sie ist ja auch kein Profi, oder? Sie hat ganz instinktiv reagiert, weil sie helfen wollte. Das kannst du ihr nun wirklich nicht übel nehmen. Wo sind die anderen jetzt?«

»Im Hinterzimmer.« Sabine schnaubte. »Ich habe ihnen gesagt, dass sie sich auf eine Befragung durch die Polizei einstellen sollen, und sie haben aufgeregt durcheinandergeschnattert wie eine Herde Gänse. Das ist doch nun wirklich kein Grund, um durchzudrehen, oder?«

Okay – gab sie jetzt nur die supertaffe Polizistin, oder konnte sie sich wirklich nicht vorstellen, dass diese Vorstellung für jeden, der noch nie mit der Polizei zu tun gehabt hatte, beängstigend war?

Eine Befragung war für die meisten Menschen gleichbedeutend mit einem Verhör. Und was wusste der geneigte Fernsehzuschauer über Verhöre? Genau: Man wurde von hartgesottenen Polizisten so lange in die Mangel genommen und zermürbt, bis man schluchzend zusammenbrach und alles gestand.

Auch dann, wenn man nichts getan hatte.

Allerdings – und das wurde mir plötzlich klar – mussten wir davon ausgehen, dass der Mörder unter den anwesenden Personen war. Höchst unwahrscheinlich, dass sich jemand unbemerkt eingeschlichen und ihn abgemurkst hatte. Blieben also außer den zwei Gästen, die im Moment der Entdeckung der Leiche gegangen waren, und den Teilnehmern der Veranstaltung nur die alten Damen – wohl kaum! – und die beiden Serviererinnen. Aber welches Motiv sollten sie gehabt haben? Dass Mike ihnen kein Trinkgeld gegeben oder wiederholt neben die Keramik gepinkelt hatte?

Das reduzierte den Kreis der Verdächtigen auf fünfzehn Personen. Nein, vierzehn Personen, korrigierte ich mich selbst, denn ich war es definitiv nicht gewesen. Die Ermittler würden mich allerdings zu den Verdächtigen zählen, darauf musste ich gefasst sein. Und Sabine, die Polizistin? Unwahrscheinlich. Jemand, der gerade jemanden gekillt hatte, wäre wohl eher nicht darauf bedacht, mögliche Spuren des Täters zu sichern. Nein, Sabine schied ebenfalls aus.

Vor der Eingangstür hielten mehrere Einsatzfahrzeuge.

»Ich geh mal zu den anderen und bereite sie auf die Befragung vor«, sagte ich.

»Aha? Hast du dieses Wissen auch aus dem Fernsehen?«, fragte Sabine.

Ich schüttelte den Kopf. »Leider nicht. Ich war mal an einem Fall beteiligt, da lag ein Nachbar aus dem Haus, in dem ich damals wohnte, eines Morgens tot im Hof. War nicht besonders schön. Ich hatte ihn entdeckt und die Polizei alarmiert. Und es stellte sich heraus, dass er umgebracht worden war. Daher weiß ich, wie dann normalerweise vorgegangen wird, und kenne diese lästigen Befragungen aus eigener Erfahrung.«

Glaubte sie mir? Schwer zu sagen.

Ich hatte allerdings nicht vor, sie über meine wahren Erfahrungen in diesem Bereich in Kenntnis zu setzen. Je weniger Leute davon wussten, desto unauffälliger konnte ich agieren.

Denn natürlich interessierte mich brennend, wer dem charmanten Mike das Lebenslicht ausgeblasen hatte.

Noch immer blinkten die Lichterketten, was ich reichlich unpassend fand. Außerdem konnte ich in dem schummrigen Licht kaum erkennen, wer mit wem zusammenstand, und genau das wollte ich unbedingt wissen. Das Murmeln leise geführter Gespräche hing im Raum. Irgendjemand schluchzte.

Ich suchte einen Lichtschalter und entdeckte ihn gleich neben dem Eingang. Als das Deckenlicht aufflammte, fuhren alle Köpfe zu mir herum, und das Schluchzen brach abrupt ab. Ich sah, dass Denise diejenige war, die geweint hatte. Fürsorglicherweise hatte Hajo, der nette Rocker, den Arm um sie gelegt und tätschelte ihre Schulter.

Ansonsten hatte die Gruppe sich wieder in Männer und Frauen aufgeteilt, interessant. Einige der Trennwände waren beiseitegeräumt und Tische zusammengeschoben worden: Dort saßen die Frauen – außer Denise. Die Männer standen breitbeinig herum und gaben sich cool. Lebenskünstler Jimmy hätte wohl liebend gern eine Kippe geraucht, zumindest hing eine Selbstgedrehte unangezündet zwischen seinen Lippen, und er spielte mit einem Feuerzeug herum.

»Leute«, sagte ich, »die Polizei ist gerade eingetroffen. Sabine, die ja selbst Polizistin ist, wie ihr vielleicht wisst, wird ihre Kollegen auf den Stand der Dinge bringen. Und wir sollten uns darauf einstellen, dass die Ermittler uns gleich befragen werden. Einzeln.«

»Was?«, quiekte Denise und schmiegte sich eng an Hajo. »Wir haben doch gar nichts gesehen!«

»Trotzdem muss die Polizei wissen, wo sich jeder von uns zum Zeitpunkt von Mikes … hm … Tod aufgehalten hat.«

»Wieso das denn?«, fragte Jimmy. »Was kann ich denn dafür, wenn der Typ 'nen Herzinfarkt kriegt?«

»Das ist absolute Routine, wenn jemand stirbt«, erwiderte ich. »Man wird befragt, und dann kann man gehen. Sie wollen ausschließen, dass irgendwer von uns etwas damit zu tun hat.«

»Mit einem Herzinfarkt?« Kai, der Gärtner, sah mich herausfordernd an. »Wie soll das denn gehen?«

Beschwichtigend hob ich die Hände. »Hey, ich bin weder Ärztin, noch bin ich die Polizei. Und ich war bei seinem Tod nicht anwesend. Keine Ahnung, ob es ein Infarkt war, aber die Polizei wird es herausfinden.«

Die Männer debattierten leise miteinander, und ich ging hinüber zu den Frauen. Mareile sah schon wieder recht munter aus und wurde von den anderen getröstet.

»Woher weißt du das alles?«, fragte mich Annabelle neugierig. Die anderen musterten mich ernst.

Also erzählte ich auch hier die Geschichte von meinem toten Nachbarn, und die Mädels schienen sich ein wenig zu entspannen.

Ich lächelte in die Runde. »Wie geht es euch?«

»Ganz gut«, erwiderte Annabelle. »Ich bin ja vom Fach und habe Mareile kurz untersucht.«

Mareile nickte. »Ich war halt so erschrocken …«

»Das ist auch kein Wunder«, sagte Annabelle und tätschelte ihr die Hand, »wer guckt schon gerne jemandem beim Sterben zu? Selbst, wenn es jemand wie dieser M…« Sie stockte und fuhr dann fort: »Ich jedenfalls werde mich nie daran gewöhnen. Wir waren alle unter Schock, nicht wahr?« Am Tisch wurde allgemein genickt.

Ich stutzte. Untersucht? Nie daran gewöhnen? Genau, sie war ja Krankenschwester.

Aber: Hatte sie eigentlich irgendetwas unternommen, um Mike zu helfen? Als ich den Toilettenbereich mit Sabine verlassen hatte … wo war Annabelle da gewesen? Ich dachte angestrengt nach. Richtig, ich hatte sie beinahe umgerannt, sie hatte direkt hinter mir gestanden. Bestimmt hatte sie sich gleich danach um Mike gekümmert.

»Er hat ja zuerst noch gelebt«, murmelte Mareile wie zu sich selbst. »*Ich bin gelähmt,* hat er geflüstert, und dann: *Ich kann nicht mehr atmen, hilf mir.* Es war schrecklich.« Sie schlug die Hände vors Gesicht.

Er hat also unter Lähmungserscheinungen gelitten, dachte ich, nachdem er mir schon am Tisch gesagt hatte, seine Beine fühlten sich an wie eingeschlafen. Und dann? Atemlähmung und Exitus? Ein schrecklicher Tod.

All das klang wirklich nicht nach Herzinfarkt, denn dann hätte vermutlich sein linker Arm geschmerzt oder dergleichen. Zumal er ja wohl vor seinem Tod noch reden konnte und seine Symptome geschildert hatte.

Ehrlich – wenn das keine Vergiftung mit was auch immer war, dann wollte ich nicht mehr Loretta heißen.

Oder ›Lo‹.

Oder sonst wie.

Kapitel 11

Könnte salziges Lakritz der Grund dafür sein,
dass Sekt fies schmeckt?, fragt sich Kommissarin Küpper

Ich blickte auf meine Armbanduhr. Kaum zu glauben, aber seit Mikes Tod war gerade mal eine Viertelstunde vergangen.

Sabine kam herein und marschierte direkt zu Denise. »Du hast doch bestimmt eine Liste, auf der alle heutigen Teilnehmer stehen, oder? Die Polizei hat danach gefragt.«

Denise nickte schniefend und löste sich widerstrebend von Hajos breiter Rockerbrust. An ihrem Empfangstischchen zog sie ein bedrucktes Blatt aus einem Ordner und reichte es Sabine, die es überflog und zufrieden nickte.

»Mit Adressen und allem, sehr gut«, sagte Sabine und verließ den Raum wieder.

Ich ging zur Tür und spähte ins Café. Ich sah zwei Sanitäter, drei uniformierte Polizisten und eine schmale Frau in Jeans und Lederjacke, die mitten im Raum stand und in die Liste vertieft war. Ihre unwillkürliche Reaktion auf meinen Namen – ein minimales Zusammenzucken – ahnte ich mehr, als dass ich sie wirklich sah.

Sie blickte hoch, und unsere Augen begegneten sich.

Ich hob die Hand und begrüßte Kommissarin Küpper mit einem lässigen Winken.

Die Antwort der Kommissarin bestand aus einer knappen, aber unmissverständlichen Kopfbewegung, mit der sie mich zu sich zitierte. Folgsam ging ich zu ihr.

»Frau Luchs«, sagte sie leise, »manchmal fühle ich mich wie im Märchen von Hase und Igel: Wo ich auch hinkomme – Sie sind bereits da.«

Ich zauberte mir ein Lächeln ins Gesicht. »Na, Sie dürfen doch bestimmt zwischendurch auch mal Fälle bearbeiten, mit denen ich nichts zu tun habe, oder?«

Mein etwas flapsiger Versuch, die Atmosphäre ein wenig aufzulockern, perlte an ihr ab wie ein Wassertropfen an einem Lotosblatt.

Na ja, man konnte es ja mal versuchen.

Ich war ja nicht zu diesem Speed-Dating in der Hoffnung gegangen, dass jemand starb und ich Kommissarin Küpper endlich mal wieder gehörig auf den Senkel gehen konnte. Unsere letzte Begegnung, kurz vor Weihnachten, lag immerhin schon beinahe ein halbes Jahr zurück. Also bitte. Mir machte die Sache hier schließlich auch keinen Spaß.

Sie hatte am heutigen Sonntag offenbar Bereitschaftsdienst, und vermutlich hatte der Anruf sie vom heimischen Sofa geholt. Aber hey: Ich würde jetzt auch lieber vor der Glotze herumlümmeln und mit Baghira kuscheln, als die nächsten Stunden in diesem bescheuerten Café festzuhängen.

»Nun gut«, sagte sie mit einem unüberhörbaren Seufzen, »wo wir hier schon so nett zusammenstehen, kann ich Sie auch gleich als Erste befragen.«

Ich folgte ihr zu einem Tisch in der Nähe der Eingangstür, und wir setzten uns.

Unauffällig deutete sie hinüber zu den beiden alten Ladys, die mich, wie sie da ihre Köpfe ruckartig hin und her bewegten und ihre kleinen, flinken Augen überall hatten, um ja nichts zu verpassen, mittlerweile an kleine Vögel erinnerten.

»Ich wette, Sie wissen bereits, wer die beiden sind.«

Ich nickte. »Cäcilie und Käthe, Nachnamen unbekannt, Bewohnerinnen der Seniorenresidenz ›Herbstglück‹. Sie waren die letzten normalen Gäste, als wegen des Todesfalls die Zugbrücke hochgezogen wurde. Sie haben gerade den unterhaltsamsten Tag seit Langem.«

»Die Gaffer werden auch immer älter.« Die Küpper verzog das Gesicht.

»Na, na, Frau Kommissarin, nicht so streng. Die beiden haben nicht gerade Handyfotos von der Leiche gemacht. Sie haben die ganze Zeit brav dort auf ihrem Logenplatz gesessen und freuen sich über den Trubel hier. Wenn Sie ein gutes Werk tun wollen, befragen Sie die beiden zuletzt – umso mehr haben sie später im Altenheim zu erzählen.«

Erneut seufzte sie. Dann hob sie die Namensliste und fragte: »Um was handelt es sich bei dieser *7Dates1Love*-Veranstaltung eigentlich?«

»Ein Speed-Dating.«

»*Sie* nehmen an einem Speed-Dating teil?«

Sie klang derart entgeistert, dass ich mich genötigt sah, meine Anwesenheit zu erklären. »Also, ich habe einen Gutschein dafür bekommen, und zwar von meinem Kumpel Frank und …«

»Frank Kropka?«, fiel sie mir prompt ins Wort. »Ist der etwa auch hier?«

Amüsiert sah ich, wie sie rasch die Namen auf der Liste überflog. Schon das eine oder andere Mal hatte sie das zweifelhafte Vergnügen mit Franks verschnörkelten Endlos-Monologen gehabt, wenn sie ihn hatte befragen müssen. Die Vorstellung, dass er ebenfalls anwesend sein könnte, versetzte sie offenkundig in erhöhte Alarmbereitschaft.

»Nein, ist er nicht«, erwiderte ich. »Er und seine Partnerin haben mich, wie ich bereits zu erklären versuchte, mit Gutscheinen für drei dieser Veranstaltungen beglückt. Ich wollte sie nicht enttäuschen; deshalb treffen Sie mich hier an. So ein Speed-Dating besteht aus sieben Männern und sieben Frauen, die sich jeweils für sieben Minuten miteinander unterhalten. Jede einmal mit jedem. Das war's.«

»Hm. Der Tote ist ein gewisser Michael Waldner. Hat er auch am Speed-Dating teilgenommen?«

Ich nickte, und sie fragte weiter: »Was können Sie mir über ihn erzählen?«

»Nicht so viel, um ehrlich zu sein. Allerdings sind wir uns heute zum zweiten Mal auf so einer Veranstaltung begegnet. Er war recht charmant. Jedenfalls deutlich charmanter als so mancher von den anderen Männern. Er war vorhin der siebte und letzte Kandidat, mit dem ich sprach.«

»Verstehe.« Sie nickte. »Frau Denkstein teilte mir mit, Sie hätten den Verdacht geäußert, Herr Waldner könnte vergiftet worden sein.«

»Wer ist Frau Denkstein?«, fragte ich verblüfft.

Die Küpper kniff die Augen zusammen und musterte mich misstrauisch. »Wollen Sie mich veräppeln? Die Polizistin, die heute ebenfalls an dieser Veranstaltung teilnahm.«

»Wir wissen voneinander nur die Vornamen.« Ich deutete auf das Namensschild, das ich nach wie vor angesteckt hatte. »Für mich ist sie also Sabine.«

»Wie auch immer. Wieso denken Sie, dass er vergiftet wurde?«

Puh, jetzt wurde es kritisch, aber es musste sein. »Zunächst einmal hat er sich über den fiesen Geschmack seines Sekts beschwert.«

»Und das haben Sie anders empfunden?«

»Zunächst einmal: Ich finde, dass jeglicher Sekt fies schmeckt, aber ich mag das Gesöff einfach nicht, deshalb ist mein Urteil vielleicht nicht unbedingt objektiv. Dennoch: Mein Sekt schmeckte so, wie Sekt halt schmeckt. Sie sollten unbedingt die anderen danach fragen, aber er war der Einzige, der so angeekelt auf sein Getränk reagierte. Er hat sich dennoch nachschenken lassen. Um den Geschmack loszuwerden, vermute ich mal. Das zweite Glas schien dann okay zu sein.«

»Wurde aus derselben Flasche nachgeschenkt?«

»Das weiß ich leider nicht.« Ich zuckte mit den Achseln. »Bei unserem Eintreffen standen vierzehn volle Gläser für uns bereit. Das allein sind ja schon mindestens zwei Flaschen, denke ich. Die Moderatorin, Denise, trank ebenfalls ein Glas, also gab es vermutlich mindestens noch eine dritte, angebrochene Flasche.«

Auf der Rückseite der Namensliste machte sie sich ein paar Notizen, dann fragte die Kommissarin: »Hat sich jeder seinen Sekt selbst genommen, oder hat jemand die Gläser verteilt?«

Wie war das noch gewesen? Mir hatte man ein Glas in die Hand gedrückt, daran erinnerte ich mich. »Ich denke, dass mehrere Leute daran beteiligt waren. Man nimmt zwei Gläser vom Tablett, behält eins davon und gibt eins weiter. So in der Art.«

»Haben Sie zufällig gesehen, wer Herrn Waldner das erste Glas gegeben hat?«

Ich schüttelte den Kopf. »Nein, beim besten Willen nicht, tut mir leid. Das Durcheinander war zu groß. Fünfzehn Leute, zum Teil recht aufgeregt wegen der Situation …«

»Verstehe, trotzdem schade. Hat Herr Waldner, als er Nachschub erbeten hat, ein frisches Glas bekommen?«

›Erbeten‹ traf es nur unzureichend: *Bäh, das war ja ekelhaft, mach mal noch mal voll,* hatte er recht barsch von Denise verlangt und ihr das gerade geleerte Glas hingestreckt.

»Kein frisches Glas, nein. Er hat sich das ursprüngliche erneut füllen lassen.«

Mit gerunzelter Stirn dachte die Kommissarin nach. Dann fragte sie: »Könnte es nicht sein, dass er vor dem ersten Glas Sekt … ich weiß nicht … vielleicht salziges Lakritz oder so gegessen hat, das den Geschmack derart drastisch verfälscht hat? Haben Sie mal gleich nach dem Zähneputzen Orangensaft getrunken? Das zieht Ihnen die Schuhe aus, so ekelhaft ist das.«

Uah. Beim bloßen Gedanken daran schüttelte es mich. Aber nein, das war es nicht. »Könnte es nicht sein, dass er die Ursache für den schlechten Geschmack bei sich selbst gesucht hat? Das würde auch erklären, warum er ihn mit dem gleichen Getränk loswerden wollte. Am Schluss hat er sogar noch mein Glas ausgetrunken, weil er die ganze Zeit so ein starkes Brennen im Mund hatte, wie er sagte. Vielleicht fragen Sie die anderen Mädels gleich danach, ob er sich ihnen gegenüber auch so geäußert hat, was ich beinahe vermute. Und da ist noch etwas ...« Ich brach ab.

Sollte ich ihr sagen, was Mareile mir erzählt hatte?

Immerhin war es aus meinem Mund lediglich Hörensagen. Und darüber hatte die Kommissarin mir schon endlose Vorträge gehalten: dass es für sie nicht verwertbar sei und vor Gericht schon gar nicht. Was, wenn Mareile bei ihrer Befragung kein Wort darüber verlor? Aber die anderen am Tisch hatten es ja auch gehört.

»Was ist da noch?«, fragte die Kommissarin ungeduldig, weil ich immer noch schwieg. »Raus damit.«

»Also ... Mareile, die ihn gefunden hat, erzählte vorhin, er hätte kurz vor seinem Tod über Lähmungserscheinungen geklagt und gesagt, dass er nicht mehr atmen könne. Das wäre eine *äußerst* drastische Reaktion auf salziges Lakritz, finden Sie nicht auch? Es sei denn, es war ein allergischer Schock. Aber schwillt dann nicht alles an?«

»Muss nicht unbedingt sein, soweit ich weiß«, erwiderte sie nachdenklich. »Brennen im Mund könnte schon passen ... Aber wenn er ein so starker Allergiker gewesen wäre, sollte bei ihm ein entsprechendes Medikament zur Akutbehandlung zu finden sein.«

»Außerdem: Wer so krass reagiert, *weiß* doch, dass er Allergiker ist, oder nicht? Dann würde er das Brennen im Mund als allergische Reaktion erkennen und bestimmt nicht mit Sekt zu bekämpfen versuchen.«

»Spielen wir die Option mit der Allergie mal durch«, erwiderte sie. »Sagen wir mal, er reagiert allergisch auf Haselnüsse. So ein anaphylaktischer Schock, der entwickelt sich ja ratzfatz, das passiert innerhalb von ein paar Minuten. Also müsste jemand aus der Runde über seine Allergie informiert gewesen sein, was wiederum bedingt, dass Waldner es auch wusste …«

Oder es war eine ganz frische Diagnose, die er noch nicht kannte, dafür aber zufällig eine gewisse Krankenschwester namens Annabelle, und die jubelte ihm dann eine Haselnuss oder eine Nusspraline unter, dachte ich.

Aber das war nun wirklich an den Haaren herbeigezogen, fand ich, das grenzte schon an verrückte Verschwörungstheorien.

Plötzlich fiel mir auf, dass Kommissarin Küpper verstummt war und mich stirnrunzelnd anblickte. Sie schien irgendwie wütend zu sein.

»Was ist los?«, fragte ich verdutzt.

Dann wurde mir klar, was los war: Ihr war unvermittelt bewusst geworden, dass sie ganz und gar unprofessionell gehandelt und mit mir – Loretta Luchs! – diesen Fall besprochen und verschiedene Optionen diskutiert hatte. Sie hatte nicht einmal ihr Notizbuch benutzt, weil sie mit mir ungewollt in eine beinahe kollegiale Unterhaltung abgedriftet war. Skandal!

Ich feixte innerlich vor Vergnügen, ließ mir aber nichts anmerken.

»Fällt Ihnen sonst noch etwas ein, Frau Luchs?«, fragte sie knapp.

Ich schüttelte den Kopf. »Nein. Über die Leute nebenan weiß ich so gut wie nichts, denn ich bin den meisten heute zum ersten Mal begegnet und habe gerade mal sieben Minuten mit ihnen verbracht. Und das ja eigentlich auch nur mit den Männern. Mit den Mädels habe ich nur belangloses Zeug gesprochen; von den meisten weiß ich auch nur deshalb den Vornamen, weil wir alle ein Namensschild trugen. Obwohl …« Ich kramte den zerknitterten Notizzettel vom Dating aus meiner Umhängetasche und strich ihn glatt. »Hier habe ich mir kurze Notizen zu den Typen gemacht. Zum Beispiel: *Jimmy, Lebenskünstler, vermutlich*

Schnorrer. Oder: *Marc, Bauarbeiter, stinklangweiliger Angler.* So etwas in der Art. Nutzt Ihnen das irgendwie?«

»Wohl eher nicht.«

»Hätte ich vorher gewusst, was passieren würde, wäre ich vermutlich aufmerksamer gewesen.«

Ein freudloses Lächeln huschte über ihr schmales Gesicht. »Von allen anwesenden Personen wusste wohl nur der Mörder, wenn es denn einen gibt, schon *vorher,* was passieren würde, nehme ich an. Wenn Waldner wirklich vergiftet wurde, war es geplant.«

»Stimmt. Man hat ja nicht zufällig ein schnell wirkendes Gift in der Tasche, nicht wahr?«

»Also gut«, sagte sie, »Sie kennen das Procedere ja. Sie kommen ins Präsidium, und dort wird ein Protokoll von Ihrer Aussage gemacht. Ich bitte Sie, noch nicht zu gehen, denn ich möchte später noch einige Worte zur ganzen Gruppe sprechen. Die sollen nicht denken, dass Sie von mir eine Sonderbehandlung bekommen. Bis später, Frau Luchs.«

Sie winkte einen der uniformierten Beamten zu sich, und ich ging raus auf die Terrasse, um ein wenig frische Luft zu schnappen.

Mir war vor allem wichtig, dass die anderen nicht den Eindruck bekamen, ich könnte für die Polizei *spionieren.* Wenn ich unauffällig etwas herausfinden wollte, durfte mir niemand aus der Gruppe misstrauen.

Mir war nämlich doch noch etwas eingefallen: ein halber, mittendrin abgebrochener Satz, der Annabelle vorhin rausgerutscht war.

Niemand sehe einem Menschen gerne beim Sterben zu, hatte sie gesagt, als wir drüben am Tisch gesessen hatten. Und zwar selbst dann nicht, *wenn es jemand wie dieser M…*

Hatte sie etwa Mikes Namen nennen wollen und sich gerade noch bremsen können? Hatten die anderen Frauen es ebenfalls bemerkt? Wie hatten sie reagiert? Verdammt, ich hatte nicht darauf geachtet.

Aber was hatte diese kryptische Bemerkung zu bedeuten? Dass Mike den Tod verdient hatte, es aber trotzdem nicht schön war, ihm beim Abkratzen zuzusehen? Falls ja: Warum war sie der Meinung, dass er sein Schicksal verdient hatte?

Auf keinen Fall durfte ich mich jetzt von der Gruppe absondern.

Hatte die Küpper irgendwas davon gesagt, dass ich mich von den anderen fernhalten sollte? Nee, hatte sie nicht.

Auf dem Weg zum Hinterzimmer wurde ich von den beiden alten Damen aufgehalten. Ihre zarten Greisinnenhände flatterten wie besoffene Schmetterlinge über dem Tisch herum, als sie mir bedeuteten, mich zu ihnen zu setzen.

»Sie haben sich aber lange mit der Kommissarin unterhalten«, wisperte Käthe – oder war es Cäcilie? – aufgeregt. »Was wollte die denn wissen?«

»Sie wollte wissen, ob ich irgendwas beobachtet habe«, erwiderte ich.

»Was gibt es bei einem Herzinfarkt denn zu beobachten?«, fragten sie absolut lippensynchron, was mich ziemlich faszinierte.

»Ob ihm schon übel war, als er noch im Hinterzimmer war, zum Beispiel.«

Plötzlich hatte ich eine Idee. Der Tisch, an dem sie saßen, war vom Platz der Kommissarin aus kaum zu sehen, bot aber beste Sicht aufs Café. Die beiden könnten also …

»Eine Frage – kennen Sie beide sich mit Handys aus?«

Sie warfen sich einen amüsierten Blick zu.

»Die denkt, wir sind von vorgestern, Käthe«, erwiderte Cäcilie. »Klar benutzen wir Smartphones, junge Frau. Fotos machen, WhatsApp, Instagram … Unsere Enkel haben uns alles beigebracht. Warum fragen Sie?«

Ich lehnte mich über den Tisch und senkte meine Stimme. »Ich möchte Sie um etwas bitten: Könnten Sie für mich Fotos von allen machen, die von der Kommissarin befragt werden? Mit meinem Handy? Heimlich, natürlich! Sie tun so, als würden Sie ein Selfie von sich machen, fotografieren aber in Wirklichkeit jemanden, der auf Sie zuläuft. Also am besten *nach* der jeweiligen Befragung. Es muss kein perfektes Bild sein, Hauptsache, die jeweilige Person ist einigermaßen gut zu erkennen.«

Sie waren Feuer und Flamme, das war unübersehbar.

»Sind Sie sowat Ähnliches wie eine Detektivin?«, wisperte Cäcilie aufgeregt. »Und wir dürfen Ihnen bei den Ermittlungen helfen?«

»Das muss aber unter uns bleiben ...«, erwiderte ich geheimnisvoll.

»Sie denken also, es war ein *Mord*?« Beide sahen mich aus großen Augen an.

Ich legte den Zeigefinger an die Lippen und zog mein Handy aus der Tasche. Meine Befürchtung, ich müsste irgendwas erklären, bestätigte sich nicht: Es war das gleiche Modell, das auch Käthe benutzte. Bingo!

»Noch eine Sache«, sagte ich leise und stand auf, »Sie dürfen natürlich kein Foto, das Sie hier machen, bei Instagram hochladen. Und passen Sie bitte auf, dass die Kommissarin nichts mitkriegt, die kassiert sonst alle Handys ein.«

»Jaja«, murmelten sie so synchron wie geistesabwesend, denn die in diesem Moment eintreffenden Herren vom Bestattungsinstitut und ihr Zinksarg zogen ihre gesamte Aufmerksamkeit blitzartig von mir ab. Nicht nur das: Jetzt stand ich blöderweise mitten in ihrem Blickfeld, und sie verrenkten sich fast die Hälse, um nichts zu verpassen.

Dass ich mich verabschiedete, nahmen sie kaum wahr.

Ich hoffte inständig, dass sie das mit den Fotos hinkriegten – aber ich war sicher, sie würden mich positiv überraschen.

Kapitel 12

Eine gute Bildergalerie kann nicht nur sehr nützlich,
sondern durchaus auch zwei Blumensträuße wert sein,
findet Loretta

An der Aufteilung der Geschlechter hatte sich nicht viel geändert, als ich das Hinterzimmer betrat. Die Männer hatten mittlerweile ebenfalls mehrere der kleinen Tische zusammengeschoben und hatten sich gesetzt.

Alle starrten mich neugierig an, allerdings fehlte Denise, die vermutlich gerade von der Küpper ausgequetscht wurde.

»Was wollten die Bullen von dir wissen?«, rief Lebenskünstler Jimmy mir quer durch den Raum zu.

»Hm … das waren ganz allgemeine Fragen, auch zu Mike und so«, erwiderte ich. »Ob es ihm schon schlecht war, bevor er aufs Klo gegangen ist, zum Beispiel.«

»Woher sollen wir das denn wohl wissen?«, blaffte Jimmy mich an und schnaubte entrüstet. »Wir Männer hatten ja schließlich kein Date mit Mike, oder?«

Die Männerrunde nickte und murmelte Zustimmendes.

»Kein Grund, *mich* blöd anzumachen, Jimmy. Du hast mich was gefragt, ich habe dir eine höfliche Antwort gegeben. Sag der Kommissarin halt, dass du nichts mitgekriegt hast. Das wirst du ja wohl gerade noch hinkriegen.«

Stattdessen kannst du ihr ja einen Vortrag darüber halten, dass deiner Meinung nach alle Bullen Faschisten sind, fügte ich in Gedanken hinzu, während ich mich zu den Mädels an den Tisch setzte.

»Wow, was war das denn gerade?«, fragte Sabine mich leise.

Ich grinste und erwiderte: »Zwischen Jimmy und mir, das

war vorhin nicht gerade Liebe auf den ersten Blick. Kurzform: Ich hab ihm irgendwann gesagt, er soll mich mit seinem blöden Geschwätz verschonen, und er sagte dann, er würde mich nicht einmal mit der Kneifzange anfassen.«

Sechs Frauen starrten mich sichtlich fasziniert an.

»Und dann?«, fragte Annabelle atemlos. »Was hast du dann gesagt?«

Bei der Erinnerung an diese Szene musste ich kichern, bevor ich erwiderte: »Ich hab ihn gefragt, ob das ein Versprechen ist. Und dass er sich verpissen soll.«

Beifälliges Nicken und Grinsen in der Runde.

»Das würde ich mich nie trauen«, sagte Konditorin Louise mit einem Seufzen.

Ich zuckte mit den Schultern. »Weißt du, er hat mich echt sauer gemacht. Mich kann er beleidigen, so viel er will, das kratzt mich überhaupt nicht. Aber er hat sich sehr abfällig über eine Frau geäußert, die hier unter uns am Tisch sitzt. Das geht *gar nicht.*«

»Ich ahne, von wem du sprichst«, warf Sabine ein und deutete mit dem Daumen auf sich.

»Stimmt leider. Ich hätte ihm am liebsten eine gescheuert, aber das tut eine Dame nicht.«

»Und leider darf ich ihn nicht einfach erschießen.« Sabine seufzte theatralisch.

»Wir könnten es wie einen Unfall aussehen lassen.« Ich kicherte.

»Haben seine Beleidigungen dich denn überhaupt nicht getroffen?«, fragte Annabelle mich.

»Wie könnten sie?« Ich winkte ab. »Ich kenne den Typen nicht, er bedeutet mir nichts, ich finde ihn unattraktiv … Soll er mich von mir aus doch für die hässlichste Kuh im gesamten Universum halten. Mein Selbstwertgefühl ist doch nicht davon abhängig, was so ein Blödmann von mir denkt.«

»Aber empfandest du die Bemerkung mit der Kneifzange nicht als unglaublich demütigend?«, wollte Louise wissen.

»Keine Spur. Warum sollte ich ihm diese Macht über mich geben? Beleidigen und demütigen können mich allenfalls die Menschen, auf deren Meinung ich Wert lege. Müssen alle Leute mich mögen? Nein. Muss ich an *mir* zweifeln, weil jemand mich nicht mag? Wieder nein.« Ich grinste in die Runde und fügte hinzu: »Ich zweifle dann höchstens am guten Geschmack dieser Person.«

Die Mädels lachten, und ich freute mich, dass ich ihre gedrückte Stimmung ein wenig aufhellen konnte.

Sabine sah mich forschend an. »Macht dir Mikes Tod gar nichts aus? Ich hatte den Eindruck, dass du dich mit ihm recht gut verstehst«, sagte sie. »Er kann ... *konnte* ja ziemlich charmant sein.«

»Ja, diesen Eindruck hatte ich zuerst auch. Um ehrlich zu sein, waren wir heute praktisch verabredet. Aber irgendwas an ihm hat dann meine Alarmglocken läuten lassen, und ich entschied mich gegen ihn.«

»Sieht so aus, als würden deine Instinkte gut funktionieren«, murmelte Mareile. »Andere hatten dieses Glück nicht.«

Am Tisch wurden beredte Blicke getauscht, die mich umgehend sehr hellhörig machten. Was war hier denn los? War Mareiles Bemerkung ganz allgemein gedacht gewesen – oder bezog sie sich konkret auf Mike?

»Hast du auf Speed-Datings schon schlechte Erfahrungen mit Männern gemacht?«, fragte ich sie.

Annabelle schnaubte. »Mit Frauen bestimmt nicht ...«

»Bist du nicht hier, weil du die Liebe finden willst?«, fragte Mareile zurück. »Sehnst du dich nicht nach der Gesellschaft eines netten Partners? Du lernst jemanden kennen, vertraust ihm, lässt dich auf ihn ein und dann ...« Sie brach ab und starrte auf die Tischplatte.

»Wovon Mareile spricht«, sagte Hundetrainerin Doreen nach einem schnellen Blick hinüber zum Männertisch mit leiser, aber fester Stimme, »sind Typen, die uns als leichte Beute betrachten. Verletzliche, einsame Frauen, die sich nach Aufmerksamkeit, Komplimenten und Zuwendung sehnen. Sie gaukeln uns Gemeinsamkeiten vor, die nicht wirklich existieren, sondern nur als Mittel zum Zweck eingesetzt werden.«

»Exakt.« Annabelle nickte grimmig. »Die suchen nicht ernsthaft nach einer festen Partnerin, sondern wollen nur möglichst viele Kerben in ihren Bettpfosten schnitzen. Sie betrachten Veranstaltungen wie diese als lustige Safari, bei der sie dafür bezahlt haben, Großwild abzuschießen. Maximaler Jagderfolg bei minimalem Einsatz. Manche fahren sogar zweigleisig: nicht nur Speed-Datings, sondern gleichzeitig Profile auf Websites für Singles.«

Autsch.

Bisher hatte ich gedacht, ich müsse lediglich bei dem, was die Typen von sich preisgaben, aufmerksam zwischen den Zeilen lesen. Man denke an Arbeitszeugnisse, in denen ein Satz wie *Sie war stets bemüht* einfach nur bedeutete, dass man nix auf die Reihe gekriegt hatte.

Und hier? Hier war es zum Beispiel der selbsternannte ›Lebenskünstler‹, der vermutlich kein Problem damit hatte, wenn ich das Geld verdiente, während er im Herbst – ganz im Einklang mit der Natur – dem Laub beim Buntwerden zusah.

Scheinbar war ich bisher höchst naiv gewesen.

Ein uniformierter Polizist erschien in der Tür und rief: »Frau Wagner, bitte!«

Meike stand auf und ging hinaus. Sie hatte zum Gespräch nichts beigetragen, nur mit großen Augen zugehört. Sollte dies heute ihr erster Ausflug in die wunderbare Welt der partnersuchenden Singles gewesen sein, war es vermutlich auch ihr letzter.

Schlechter hätte ein erster Eindruck kaum ausfallen können: zuerst ein toter Teilnehmer und dann noch all diese Informationen, die sie gerade als Zugabe bekommen hatte.

Eine nach der anderen wurde herausgerufen und kehrte relativ rasch wieder zurück, nachdem sie die Fragen der Kommissarin beantwortet hatte. Bei den Männern ging es ebenfalls zügig: Ihre Befragungen hatte offenbar einer der uniformierten Beamten übernommen. Denise hatte sich nach ihrer Rückkehr nicht zu uns Teilnehmern gesellt, sondern an ihr kleines Tischchen an der Eingangstür gesetzt und telefonierte seither leise.

Wie es ihr wohl ging? Ein Toter war wahrscheinlich nicht die beste Werbung für ihre Veranstaltungsreihe, konnte ich mir vorstellen. Oder vielleicht gerade? Durfte sie in Zukunft mit erhöhtem Interesse rechnen, dem Sensationstourismus sei Dank?

Die letzte Befragte – es war Sabine – kam zurück, und zwar in Begleitung von Kommissarin Küpper.

»Ich bitte kurz um Ihre Aufmerksamkeit«, sagte die Kommissarin, »die Befragungen waren lediglich informell, und natürlich benötigen wir ein ordnungsgemäßes Protokoll. Jeder von Ihnen weiß Bescheid, dass ich Sie spätestens übermorgen auf dem Präsidium erwarte. Bitte halten Sie sich daran, unentschuldigtes Fernbleiben könnte mich misstrauisch machen. Also informieren Sie mich, falls Sie während der nächsten beiden Tage keine Zeit haben, wobei Sie den Grund dafür allerdings belegen müssen. Sie dürfen jetzt gehen. Ich wünsche Ihnen noch einen schönen Abend.« Sie nickte zum Abschied und verließ den Raum.

»Wir sollen noch einmal verhört werden?«, fragte Mareile furchtsam.

»Kein Grund zur Sorge«, sagte Sabine, »das ist reine Routine, und das hat die Kommissarin dir bestimmt bereits erklärt. Die brauchen die schriftlichen Aussagen für die Akte, nichts weiter.

Das ist kein Verhör; Verhöre werden nur mit Beschuldigten geführt. Ich werde jetzt abzischen, Mädels. Ich brauche dringend eine andere Umgebung.«

Allgemein kam jetzt Bewegung in die Anwesenden. Jeder schien so schnell wie möglich gehen zu wollen, was ich nicht verwunderlich fand.

»Einen kleinen Moment noch!«, rief Denise in den Raum. Alle sahen sie an, und sie fuhr fort: »Das war heute … ich weiß nicht, was ich sagen soll … Also, dass dieses Treffen so tragisch endet, konnte niemand ahnen. Ich möchte euch ein wenig entschädigen, wenn ihr mögt: Am Mittwochabend findet die nächste unserer großen Singlepartys statt, und zu der möchte ich euch gern einladen. Ich habe hier VIP-Karten für euch, und ihr bekommt auch welche für Freunde, die vielleicht auch gerade auf der Suche sind. Ich hoffe, wir sehen uns am Mittwoch. Am Donnerstag ist ja Allerheiligen, also könnt ihr euch dort bis tief in die Nacht den Schrecken von der Seele tanzen.«

Frank, Bärbel, Dennis und ich, dachte ich sofort, wir gehen zusammen zu dieser Party …

»Ich habe drei sehr gute Freunde, die schon länger Singles sind«, sagte ich also zu Denise, die mir sofort vier Karten in die Hand drückte. Sie wirkte bedrückt, also fügte ich hinzu: »Du bist nicht schuld an dem, was heute passiert ist.«

»Es könnte sein, dass es Leute gibt, die das anders sehen«, erwiderte sie ernst.

Ja, damit hatte sie wohl recht.

Als ich ins Café kam, stockte mir der Schritt. Verdammt, die Kommissarin saß bei den beiden alten Damen am Tisch. Wie sollte ich jetzt an mein Handy kommen?

Aber ich hatte nicht damit gerechnet, wie ausgeschlafen die beiden waren.

»Hallo, junge Frau!«, rief Cäcilie und winkte mit meinem Handy. »Sie haben das hier vorhin bei uns liegen lassen!«

»Ach, tatsächlich? Hatte ich noch gar nicht bemerkt«, erwiderte ich und ging zu ihnen.

Die Küpper musterte mich misstrauisch, verhinderte aber nicht, dass ich mein Handy bekam. Puh – Schwein gehabt.

Ich bedankte mich höflich, verabschiedete mich und sah zu, dass ich aus dem Café kam.

Auf dem Bürgersteig standen Annabelle, Doreen und Sabine. Sie schienen auf mich gewartet zu haben, denn Sabine sagte: »Wir gehen noch in eine Bar oder so. Auf den Schreck wollen wir ein paar Cocktails kippen, das haben wir uns redlich verdient. Kommst du mit?«

Ich war hin und her gerissen. Einerseits war das eine hervorragende Gelegenheit, mich noch etwas eingehender mit ihnen zu unterhalten, andererseits brannte ich darauf, die Fotos auf meinem Handy zu checken.

Außerdem befürchtete ich, dieser Ausflug in eine Kneipe könnte in einem kollektiven Besäufnis enden, und das mit Ansage. *Ein paar Cocktails?* Zwei würden reichen, um mich stinkbesoffen zu machen.

Demonstrativ blickte ich auf die Armbanduhr, dann schüttelte ich mit wohldosiertem Bedauern den Kopf. »Nee, lieber nicht, ich muss morgen ziemlich früh raus und brauche einen klaren Kopf. Aber wir sehen uns hoffentlich am Mittwoch bei der Party?«

Alle drei nickten, und ich machte in Gedanken Haken hinter ihre Namen.

Erst als ich meine Haustür aufschloss, wurde mir bewusst, wie unglaublich hungrig ich war. Ich hatte keine Lust, noch einmal loszufahren, und erst recht keinen Bock, mich in die Küche zu stellen und zu kochen. Also etwas bestellen … aber was? Italienisch, indisch oder asiatisch? Oder doch lieber einen saftigen Burger?

Während ich den quengelnden Baghira fütterte, traf ich die Entscheidung: Pizza sollte es sein. Mit Sardellen, aber ohne Kapern. Und extra Parmesan drauf, bitte.

Ich schmiss mich in bequeme Klamotten, kochte mir einen Espresso und setzte mich raus auf die Terrasse. Die Abendluft war wunderbar mild, und es war sogar noch hell. Ich hatte mein Handy mitgenommen, aber ich legte es auf den Tisch, ohne mir die Bilder anzusehen – zuerst hatte ich Wichtigeres zu erledigen.

Ich ging wieder rein und rief vom Festnetztelefon aus bei Doris und Erwin an. Zu meiner Erleichterung hob Erwin ab – seinem geliebten Täubchen Doris hätte ich mit Sicherheit viel mehr erklären müssen.

Ohne Umschweife kam ich zur Sache. »Wir haben einen Toten«, sagte ich.

»*Wir?*«, fragte er zurück, und mir war, als könnte ich seine hochgezogenen Brauen durchs Telefon sehen.

In knappen Worten berichtete ich ihm von den Vorkommnissen beim Speed-Dating. »Das war niemals ein Infarkt. Ich vermute eine Vergiftung. Ich werde mich gleich an den Computer setzen und die Symptome recherchieren.«

»War Astrid vor Ort?«

»Ja, die Kommissarin hatte wohl Bereitschaft.«

Ein leises Lachen kam durch den Hörer. »Na, dann weiß ich ja auch, wohin sie am frühen Abend musste. Sie war nämlich zum Grillen bei uns. Selten genug, dass meine Patentochter mal Zeit dafür hat. Und prompt wird sie zu einem Einsatz gerufen.«

Also hatte die Ärmste bei dem Anruf nicht auf ihrem heimischen Sofa gesessen, sondern an einem üppig gedeckten Tisch bei Doris und Erwin – was ich persönlich deutlich schlimmer gefunden hätte.

»Das Interessante ist der Ablauf«, fuhr ich fort, »denn für mich deutet einiges darauf hin, dass die Vergiftung während des

Speed-Datings stattgefunden hat. Vermutlich war es also einer der Teilnehmer. Oder eine Teilnehmerin. Oder mehrere. Langer Rede kurzer Sinn: Ich werde bis morgen alle Infos, die ich bisher habe, zusammenstellen. Und ich möchte dich bitten, Dennis zu informieren, dass ich etwas später komme, denn ich muss fürs Protokoll aufs Präsidium. Danach würde ich mich gerne mit euch besprechen.«

»Euch?«, fragte er erstaunt.

»Ja, Dennis soll unbedingt dabei sein. Er wird sich nicht gerade mit Händen und Füßen dagegen wehren, denke ich. Und bring Doris bitte schonend bei, dass ich schon wieder …«

»Verlass dich auf mich«, fiel er mir ins Wort. »Darin habe ich ja mittlerweile einige Erfahrung.«

Ich legte auf und überlegte. Sollte ich Bärbel und Frank auch gleich anrufen? Nein, besser nicht, denn die beiden mussten am Montagmorgen wirklich *sehr* früh aus den Federn, wenn sie den Laden um sieben Uhr für die ersten Kunden aufsperren wollten. Sie zu bitten, mich auf die Party zu begleiten, musste bis morgen warten.

Und Diana?

Sie würde ausrasten, ganz sicher, und unser Gespräch würde sich nicht darauf beschränken lassen, dass ich ihr die dürren Fakten mitteilte. Dazu fehlte mir momentan die Geduld, zumal mein Essen gleich geliefert wurde. Ich hatte wirklich keine Lust, meine Pizza nebenher zu kauen, während ich telefonierte – das hasste ich. Auch das Gespräch mit ihr vertagte ich also auf morgen.

Ich ging auf die Terrasse, scheuchte Baghira von meinem Sessel – momentan dem einzigen mit Polsterauflage – und setzte mich. Aufgeregt klickte ich die Bildergalerie meines Handys an und hätte am liebsten laut gejubelt: Wer von den beiden auch immer die Fotos gemacht hatte, Cäcilie oder Käthe – sie waren hervorragend geworden.

Alle Befragten waren auf den Bildern einwandfrei zu erkennen, nur das von Jimmy war minimal verwackelt. Mithilfe der Fotobearbeitung im Handy machte ich von jedem Bild eine Kopie, bei der ich Ausschnittsvergrößerungen der Gesichter anfertigte, dann benannte ich die Fotos nach den Namen derjenigen, die darauf zu sehen waren. Die Porträts schickte ich an meine Mailadresse, denn ich wollte sie für eine Liste nutzen, in der ich mir Notizen zu allen machen würde.

Ich beschloss spontan, die beiden alten Damen in ihrem Seniorenstift zu besuchen. Zwei fette Blumensträuße als Dankeschön waren das Mindeste; außerdem warteten sie sicherlich begierig auf Neuigkeiten von mir, der *Detektivin.*

Ich konnte mir gut vorstellen, wie viel diebische Freude es ihnen bereitet hatte, unsere kleine, konspirative Absprache vor der Kommissarin zu verheimlichen.

Es klingelte, und der Pizzabote übergab mir nicht nur den flachen Karton mit der Pizza, sondern zu meiner Verblüffung auch eine Flasche Bier.

»Wir haben heute 'ne Aktion«, sagte er, »zu jeder Pizza gibt's 'n Pilsken.«

»Könnte für trockene Alkoholiker schwierig sein, oder?«, gab ich zurück. »Gibt es für die eine Alternative? Eine Flasche Mineralwasser oder so?«

Er blinzelte mich verdutzt an.

Dass sich im Ruhrpott jemand *nicht* über 'ne Pulle Bier freuen könnte, war offenbar niemandem in den Sinn gekommen. Und nun stand hier diese Olle und drückte ihm eine Diskussion aufs Auge, auf die er eindeutig keinen Bock hatte. Überdies war garantiert nicht dieser Lieferfahrer derjenige gewesen, der sich die Aktion ausgedacht hatte.

»Keine Sorge – das Bier ist hier willkommen«, sagte ich, und er atmete sichtlich auf. Meine zwei Euro Trinkgeld brachten ihn zum Lächeln.

Wieder ein Punkt auf meinem Karma-Konto.

Die noch dampfende Pizza wanderte aus dem Karton auf ein rundes Holzbrett – so viel Stil beim Essen musste sein. Ich genoss jeden einzelnen Bissen, sehr aufmerksam beäugt von Baghira, der mir auf einem Gartenstuhl gegenübersaß. Erstaunlich, dass die Konfrontation mit dem Tod mir nicht etwa den Appetit verdarb, sondern im Gegenteil regelrechten Heißhunger auslöste.

Das leere Brett stellte ich auf den Boden, und Baghira leckte es begeistert ab.

Kapitel 13

*Loretta findet heraus, dass man weder einen Tee
aus Kartoffelblättern trinken noch seinen Salat mit
Rhododendronblüten dekorieren sollte*

Es war bereits nach zehn Uhr, als ich den Laptop auf den Esstisch stellte und hochfahren ließ. Ein leises Pling teilte mir mit, dass ich eine Mail bekommen hatte. *Du hast eine Nachricht von Robin Hood,* stand im Betreff.

Nanu? Er hatte doch angekündigt, sich erst morgen wieder bei mir melden zu können?

Ich bin eigentlich schon auf dem Weg raus, las ich, *aber ich musste dir einfach noch mal schreiben. Wenn du dies heute noch liest, wünsche ich dir eine gute Nacht und süße Träume. Falls jetzt schon Montag ist: Hab einen guten Start in die Woche. Ich kann es kaum erwarten, wieder von dir zu hören …*

Ach, das war doch wirklich süß.

Und nach wie vor bedrängte er mich nicht damit, mich treffen zu wollen. Ob er darauf wartete, dass ich diesen Schritt zuerst tat? Wenn ich ganz ehrlich war, musste ich zugeben, dass ich kurz davor war … vielleicht auf einen unverfänglichen Espresso? Irgendwann mittags? Auf jeden Fall hatte er eine kurze Antwort verdient.

Wie schön, deine netten Worte zu lesen, schrieb ich, während ich dämlich vor mich hin grinste, *ich bin gerade heimgekommen. Auch ich wünsche dir eine angenehme Nacht, wahlweise einen positiven Start in die Woche. Und wer weiß schon, ob die uns nicht einen Wunsch erfüllen wird?*

Ich hielt inne und starrte auf den Cursor, der hinter dem Fragezeichen blinkte. Plötzlich war ich unsicher: Klang der letzte

Satz vielleicht zu zweideutig? Oder wie das Versprechen auf ein Treffen, das ich dann doch nicht halten konnte? Je länger ich darüber nachdachte, desto schlüpfriger fand ich die unterschwellige Botschaft. Einen Wunsch erfüllen ... herrje, was hatte mich da denn bloß geritten? Mit einem Kopfschütteln löschte ich den Satz wieder und ersetzte ihn durch: *Bis bald, Robin.*

Das war einerseits ziemlich neutral, wurde durch die Verwendung seines Namens aber gleichzeitig persönlich. Ich schickte die Nachricht los und machte mich endlich an die Arbeit.

Zuerst lud ich die Fotos aus der Mail auf den Rechner und fügte sie in die Tabelle ein, die ich angelegt hatte. Die weiteren Felder füllte ich mit den Namen und den Informationen, die ich über alle Teilnehmer hatte. Das sah doch schon nicht schlecht aus, fand ich.

Dann ging es an die Recherche.

Ich suchte nach Atemlähmung bei Vergiftung und landete rasch auf der Website einer Schrebergartenkolonie, die ausführlich über Giftpflanzen im Garten informierte. Du liebe Güte – die Hälfte der aufgelisteten Pflanzen wuchs in jedem stinknormalen Garten! Hyazinthe, Efeu, Maiglöckchen, Holunder, Iris, Rittersporn, Rhododendron, Oleander ... allesamt giftig.

Wie unheimlich war das denn bitte?

Andererseits wäre ich in tausend kalten Wintern nicht auf die blödsinnige Idee gekommen, Rhododendron oder Efeu zu *essen.* Aber natürlich mochte es experimentierfreudige Hobbyköche geben, die ihren Salat lieber mit Rhododendronblüten aus dem Garten dekorierten, anstatt viel Geld für sogenannte ›essbare Blüten‹ auszugeben – auch wenn diese offenbar aus gutem Grund so bezeichnet wurden.

Und wurde nicht jedes Jahr aufs Neue davor gewarnt, den wohlschmeckenden Bärlauch möglichst nicht mit den giftigen Blättern von Maiglöckchen zu verwechseln? Nun, Tatsache war, dass sich die Vergiftungserscheinungen der erwähnten Pflanzen erstens durch Übelkeit, Erbrechen und Krämpfe äußerten und sie zweitens nicht zwangsläufig tödlich waren.

Nein, ich suchte etwas, das schnell und brachial wirkte, also las ich weiter.

Aha … da wurde es schon deutlich interessanter: Goldregen, Herbstzeitlose, Rizinusstaude, Gefleckter Schierling, Kartoffeln, Tomaten … Moment mal.

Dass der Verzehr unreifer Tomaten und Kartoffeln nicht gerade empfohlen wurde, wusste ich. Aber dass vor allem die Blätter der Pflanzen bei ›unsinnigem Gebrauch‹ – sprich: wenn man daraus einen Tee aufbrühte – zu Durchfall, Atemlähmung und Tod führten, war mir neu.

Unsinniger Gebrauch – das fand ich witzig. Und überaus treffend. Wer bitte kam auf die bescheuerte Idee, aus Kartoffelblättern einen Tee zu machen? Nun, im Zweifel wahrscheinlich die gleichen Leute, die Rhododendronblüten über ihren Salat streuten.

Leute, die sich als Lebenskünstler bezeichneten und von dem lebten, was Mutter Natur ihnen schenkte.

Die Herbstzeitlose schied aus, weil sie schon dem Namen nach in der falschen Jahreszeit wuchs. Ich machte mich also daran, nähere Informationen über die anderen Pflanzen einzuholen. Wenn ich davon ausging, dass Mike das Gift mit dem Begrüßungssekt verabreicht worden war, brauchte das Rizin aus dem Rizinusstrauch zum Beispiel zu lange, um jemanden umzubringen.

Ich wandte mich dem Gefleckten Schierling zu und studierte die Informationen, die die Suchmaschine für mich ausspuckte. Natürlich – der legendäre Schierlingsbecher, dessen Inhalt den zum Tode verurteilte Sokrates umgebracht hatte … Er hatte einen Extrakt aus unreifen Schierlingssamen enthalten, der den bedauernswerten Philosophen wohl innerhalb einer halben Stunde niedergestreckt hatte, wie es hieß.

Wie ich erfuhr, waren alle Teile der Pflanze giftig und enthielten das Alkaloid Coniin, was immer ein Alkaloid auch sein mochte. Nicht nur das: Es tötete durch Atemlähmung, bei vollem Bewusstsein … und zwar eine halbe bis fünf Stunden nach der Einnahme – siehe Sokrates. Allerdings gehörte auch Erbrechen zu den Symptomen.

Hatte Mike sich noch übergeben, bevor er gestorben war? Ich wusste es nicht. Aber er hatte es sehr eilig gehabt, aufs Klo zu kommen, wie ich mich erinnerte. Natürlich war ich davon ausgegangen, dass er pinkeln musste, aber vielleicht war ihm ja übel gewesen?

Ich lehnte mich zurück und verschränkte die Hände hinter dem Kopf.

Dass Mike tatsächlich vergiftet worden war, schien mir immer plausibler. Aber wer hatte ein Motiv gehabt? Tatsächlich hatte ich ja einige Andeutungen aufgeschnappt. War er einer der erwähnten ›Großwildjäger‹ und hatte eine Frau zu viel erlegt und dann wieder fallen gelassen? Hatte heute eine rachsüchtige Ex-Geliebte am Treffen teilgenommen? Falls ja, war ihm die Begegnung allerdings nicht peinlich gewesen, denn ich hatte ihm nichts angemerkt.

Andererseits: Wenn er ein professioneller Verführer gewesen war und gebrochene Herzen seinen Weg pflasterten, dürfte ihn eine solche Begegnung nicht sonderlich aus der Ruhe gebracht haben.

Überdies hatte ich mich ja auch zunächst von ihm anschmalzen lassen, wie ich zugeben musste, und mich hatte kaum etwas anderes interessiert. Hatte eine der anderen Frauen ihn auf besondere Weise angesehen?

Böse? Bitter? Verletzt?

Ich hatte keinen Schimmer.

Die Wanduhr teilte mir mit, dass es mittlerweile deutlich nach Mitternacht war, und prompt musste ich gähnen und konnte nicht mehr damit aufhören. Rasch kopierte ich mir die wichtigsten Informationen über den Gefleckten Schierling in ein Dokument, das ich dann – genau wie die Tabelle – auf einen Stick zog. Ich verstaute ihn sofort in meiner Umhängetasche, damit ich ihn keinesfalls vergaß. Dann pflückte ich den schläfrigen Baghira vom Gartenstuhl und trug ihn aufs Sofa. Fünf Minuten später lag ich im Bett.

Am nächsten Morgen regnete es – die Pflanzenwelt würde es freuen. Ich war ein bisschen später dran, als ich geplant hatte, und entsprechend froh, dass Baghira bei diesem Wetter nicht darauf bestand, die Terrasse zu inspizieren. Denn leider wusste ich ja nie im Voraus, wie lange das dauern würde. Mal ging es ganz schnell, mal entdeckte er irgendetwas, das er dann gefühlt stundenlang beschnüffelte, während ich in der Terrassentür stand und ungeduldig mit dem Fuß tippte. Klar, ich könnte ihn mir schnappen und einfach in die Wohnung tragen. Aber mein schlechtes Gewissen, dass er den ganzen Tag alleine drinnen hocken musste und nicht rauskam, hielt mich davon ab. Wenigstens seine morgendliche Runde konnte ich ihm dafür gönnen, fand ich.

Heute ging es relativ schnell, und endlich kam er wieder reingetrödelt. Wenn ich mich beeilte, schaffte ich es noch bis halb acht ins Präsidium. Ich wollte unbedingt mit der Kommissarin sprechen, auch wenn ich wusste, dass nicht sie, sondern einer ihrer Kollegen das Protokoll meiner Aussage aufnehmen würde.

Ich kämpfte mich durch den Straßenverkehr und schaffte es tatsächlich, dass Kommissar Küpper ein wenig Zeit für mich erübrigte. Sie wirkte ungeduldig, aber daran war ich schließlich gewöhnt.

»Ich glaube, dass Waldner mit einer giftigen Pflanze vergiftet wurde«, sagte ich ohne Umschweife, nachdem wir uns knapp begrüßt hatten. »Genauer gesagt: Mit einem Extrakt aus einer Pflanze. Ich tippe auf Gefleckten Schierling.«

Die Kommissarin hob die Brauen. »Seit wann sind Sie denn Pflanzenkundlerin, Frau Luchs?«

»Das Internet ist pflanzenkundig genug«, erwiderte ich. »Da habe ich alles gefunden, was ich gesucht habe.«

»Aha. Und wie habe ich mir Ihre Suche vorzustellen?«

»Ganz einfach: Ich bin von dem Ablauf ausgegangen, den ich selbst miterlebt habe. Zuerst der fiese Geschmack im Sekt, den nur er hatte. Dann das Brennen im Mund, Sehstörungen, Schwitzen. Erste Lähmungserscheinungen in den Beinen. Eventuell Erbrechen auf dem Klo, aber das weiß ich nicht. Vielleicht fragen Sie Mareile noch einmal danach, ob sie etwas mitgekriegt hat; sie war ja auch im Sanitärbereich. Dann massive Lähmungen, Atemstillstand. Das alles passt perfekt zum Gefleckten Schierling. Es gibt andere giftige Pflanzen, die ähnliche Symptome hervorrufen, aber für den Schierling spricht die Schnelligkeit der Wirkung.«

»Sie denken also, irgendjemand hat ihm gestern dieses Schierlingszeug in den Sekt gekippt?«, fragte sie.

Sie war nicht halb so abwehrend, wie ich befürchtet hatte. Zwar reagierte sie verhalten und professionell, aber sie lachte mir immerhin nicht ins Gesicht.

»Ja, das denke ich. Haben Sie eigentlich gestern die Leute durchsucht?«

Sie schüttelte den Kopf. »Mit welcher Begründung hätte ich das tun sollen, Frau Luchs? Dafür fehlte mir jegliche rechtliche Handhabe.«

»Dann veranlassen Sie jetzt eine intensive Durchsuchung des Cafés! Der giftige Extrakt muss ja in einem Gefäß gewesen sein, einem Fläschchen oder einem Reagenzglas. Der Täter hat doch garantiert versucht, es loszuwerden – für den Fall, dass alle durchsucht werden. Es liegt bestimmt in einem Blumenkübel oder sonst wo. Vermutlich sind sogar Fingerabdrücke drauf, denn ich habe niemanden mit Handschuhen bemerkt.«

»Sie denken, es war ein Mann?«

Wie kam sie denn plötzlich auf dieses schmale Brett? »Nein, wieso?«

»Sie sagten: *der* Täter.«

Ich rollte mit den Augen. »Na gut: der Täter oder *die Täterin*. Es ist mir einfach zu lästig, beide Geschlechter getrennt aufzuzählen.«

»Könnte aber entscheidend bei der Suche sein, nicht wahr? Wie auch immer: Noch gibt es keine Bestätigung, dass er so vergiftet wurde, wie Sie es vermuten. Ich warte auf das Ergebnis der Obduktion.«

»Müssen die nicht vielleicht vorher wissen, dass sie nach Pflanzengift suchen sollen? Oder findet man so etwas nebenbei?« Ich beugte mich vor. »Wenn sie kein Gift finden – gut, dann habe ich mich geirrt und gebe mich geschlagen. Trotzdem bliebe sein Tod für einen sogenannten natürlichen Todesfall echt seltsam, finde ich.«

»Mag sein …«, murmelte sie geistesabwesend, aber dann gab sie sich einen Ruck. »In Ordnung, ich werde dem Rechtsmediziner einen entsprechenden Hinweis geben. Schaden kann es ja nicht. Und jetzt entschuldigen Sie mich bitte. Ich sage einem Kollegen Bescheid, dass er das Protokoll aufnimmt.« Ich war schon beinahe zur Tür hinaus, als sie hinzufügte: »Keine Alleingänge, Frau Luchs, haben wir uns verstanden?«

Ich drehte mich um und lächelte treuherzig. »Keine Alleingänge. Sie können sich auf mich verlassen, Frau Küpper.«

Ihrem Gesicht war deutlich anzusehen, dass sie mir kein Wort glaubte. Außerdem wusste sie ohnehin, dass ich bei meinen Aktionen beinahe immer von meinen Freunden unterstützt wurde. Aber was sollte sie machen? Mich einsperren? *Uns alle* einsperren?

Eben.

Ich ging zum Wartebereich, wo ich zu meiner Verblüffung auf Denise traf.

»Du willst es wohl auch so schnell wie möglich hinter dich bringen, was?«, fragte sie und seufzte.

»Ja, irgendwie schon. Ich habe das ja schon einmal mitgemacht, als ein Nachbar starb. Eigentlich ist alles halb so schlimm, aber es ist irgendwie bedrückend, wenn man ins Präsidium muss. Das ist kein Ort, an dem man sich besonders gerne aufhält. Oder freiwillig.«

»Was passiert denn gleich?«

Ich zuckte mit den Schultern. »Nicht viel. Man wird dich bitten, alles noch einmal zu erzählen, vielleicht stellen sie auch ein paar Fragen. Das nehmen sie auf, und davon wird eine Abschrift gemacht, die du unterzeichnest. Das war es schon.« Ich musterte sie forschend. »Sag mal, dieser Mike ... war der häufiger bei Speed-Datings? Ich bin ihm ja auf zwei Veranstaltungen nacheinander begegnet.«

Wich sie meinem Blick aus, oder schaute sie einfach aus dem Fenster? Jetzt wandte sie sich mir zu und erwiderte: »Bei manchen dauert die Suche länger. Einige der Leute, die du letzten und vorletzten Sonntag getroffen hast, waren nicht zum ersten Mal dabei. Sowohl Frauen als auch Männer.«

»Ja, aber Mike machte mir nicht den Eindruck, als hätte er Probleme, eine Frau von sich zu überzeugen. Er war äußerst charmant, und er hat irgendwie genau die richtigen Dinge gesagt. Fast schon unheimlich. Als hätte ihm vor unserer Begegnung jemand verraten, worauf ich abfahre.«

Sie lächelte schmallippig. »Ja, manche Männer sind echte Naturtalente, nicht wahr?«

»Hat er viele Frauen abgeschleppt?«

Prompt wurde sie noch schmallippiger. »Keine Ahnung. Woher soll ich das wissen?«

»Na ja, immerhin kriegst du mit, wenn zwei Leute sich nach

den Treffen wiedersehen wollen, und gibst denen dann die jeweiligen Mailadressen, wenn ich das Prinzip richtig verstanden habe.«

»Hast du. Aber natürlich weiß ich nicht, was danach passiert. Kann sein, dass es ein Date gibt, kann sein, dass die Sache im Sande verläuft.«

»Böse Zungen würden jetzt sagen, dass Letzteres dir eigentlich lieber sein müsste. Immerhin bedeutet eine glückliche Verbindung für dich doch gleichzeitig den Verlust zweier Kunden.«

»Interessante Sichtweise … aber du musst dir um mich und mein Gewerbe keine Sorgen machen. Glaub mir, Singles werden so schnell nicht aussterben – ganz im Gegenteil. Und die von vierzig bis sechzig Jahren bilden die mit Abstand größte Gruppe.«

»Frau Jennings und Frau Luchs? Kommen Sie bitte mit zur Befragung?«, sagte eine Männerstimme.

Mist … ich hätte sie zu gern weiter ausgequetscht.

Kapitel 14

Eine lange Liste mit Verdächtigen
und was Russisches Roulette mit dem Fall zu tun hat

»Da bist du ja endlich! Wir sitzen hier schon seit acht Uhr!«, rief Dennis, als ich in Erwins Büro gefegt kam.

Es befand sich innerhalb der Räumlichkeiten des Callcenters, verfügte aber über einen eigenen Eingang. Da Erwin sich als Ex-Polizist nur schwer mit dem Ruhestand abfinden konnte, hatte er sich hier eine kleine Privatdetektei eingerichtet. Tatsächlich übernahm er manchmal Aufträge, aber es war nicht so, dass er regelmäßige Bürozeiten hatte und täglich dort war.

Wenn es allerdings mal wieder etwas zu ermitteln gab, stand uns dort eine recht gut ausgestattete Einsatzzentrale zur Verfügung.

Jetzt saßen Erwin und Dennis in der gemütlichen Sitzgruppe und blickten mir erwartungsvoll entgegen. Vermutlich hatten die Herren sich die Fingernägel vor Aufregung bis zum Handgelenk abgekaut.

»Selbst schuld«, erwiderte ich und warf meine Tasche auf den freien Sessel. »Erwin wusste doch, dass ich zuerst ins Präsidium fahre, um meine Aussage zu Protokoll zu geben.«

»Ja, ja, geschenkt.« Ungeduldig wedelte Dennis meinen Einwand mit beiden Händen beiseite. »Setz dich und erzähl uns, was gestern passiert ist. Verdammt, vielleicht hätte ich ja doch an dem Speed-Dating teilnehmen sollen ...«

Erwin runzelte die Stirn. »Du ärgerst dich doch nicht etwa, dass du den Tod eines Menschen verpasst hast? Dazu will ich dir mal was sagen ...«

Während Erwin den bedröppelten Dennis zusammenfaltete

und ihm streng erklärte, dass es mitnichten ein Vergnügen sei, mit Toten konfrontiert zu werden, ging ich zum Kühlschrank, um mir etwas zu trinken zu holen. Mit einem Glas Mineralwasser setzte ich mich zu ihnen und zog die Unterlagen aus der Tasche, die ich gestern Abend zusammengestellt hatte.

Als jeder von uns ein Exemplar der Tabelle vor sich liegen hatte, sagte ich: »Das sind die Teilnehmer des gestrigen Speed-Datings. Wie ihr seht, fehle ich, dafür steht Denise drauf: Sie ist die Veranstalterin. Vielleicht auch nur eine Angestellte des Veranstalters, das weiß ich noch nicht. Michael Waldner ist das Todesopfer. Folgendes ist gestern passiert …«

Während ich berichtete, hörten Dennis und Erwin aufmerksam zu. Ich schilderte alle Symptome, die sich bei Mike gezeigt hatten, sagte aber noch nichts über meinen Verdacht, er könne durch den Extrakt einer Giftpflanze gestorben sein. Dank der Tabelle mit den Fotos konnten sie sich von jedem, den ich erwähnte, sofort ein Bild machen.

»Mannomann«, sagte Dennis, als ich geendet hatte, »und Loretta wieder mittendrin. Abgefahren.«

»Abgefahren? Na ja, wenn du es so nennen willst …« Ich verzog den Mund. »Ich tanze nicht gerade Tarantella vor Freude, das darfst du mir getrost glauben.«

Erwin, der sich während meines Berichts einige Notizen gemacht hatte, blickte mich an. »Hat Astrid schon einen bestimmten Verdacht?«

»Pfff – als würde sie den ausgerechnet mit mir diskutieren. Obwohl es kurze Momente gab, in denen sie mich beinahe für eine Kollegin zu halten schien, statt mich – wie üblich – als Erzfeindin wahrzunehmen. Tatsächlich haben wir einige Theorien diskutiert, wenn ich es recht bedenke. Aber irgendwann ist ihr aufgefallen, mit wem sie redet, und prompt war Schluss damit.«

Grinsend schüttelte Erwin den Kopf. »Jetzt übertreib mal nicht. *Erzfeindin,* das klingt ja glatt nach psychopathischer Intrigantin. Sie schätzt dich sehr, das hat sie mir erst gestern gesagt. Aber wenn du ihr in die Arbeit funkst, bist du halt ein Störfaktor. Und meist hänge ich ja auch noch mit drin. Vergiss nicht, wie oft sie uns schon aus Schwierigkeiten geholfen hat, weil wir … nun ja … recht unkonventionell gehandelt haben. Sollten wir nicht bald das runde Dutzend *gemeinsamer*«, er malte bei dem Wort Anführungsstriche in die Luft, »Ermittlungen geschafft haben?«

»Tatsächlich? Muss ich bei Gelegenheit mal nachzählen. Momentan habe ich allerdings andere Prioritäten.« Ich zeigte auf die Tabelle. »Ich bin nämlich der Meinung, dass es einer von denen ist.«

Dennis hob die Brauen. »Du meinst, einer von denen hat diesen Waldner gekillt? Und wenn es einfach ein Herzinfarkt war?«

»Das denke ich nicht«, sagte Erwin. »Ich habe mal die Symptome mitgeschrieben. Loretta, hattest du nicht eingangs erwähnt, dass er sich über den ekelhaften Geschmack des Sekts beschwert hat? Als Einziger? Und der Sekt aus den anderen Gläsern hat ihm normal geschmeckt?« Als ich nickte, fügte er hinzu: »Also dürfte der extreme Geschmack nicht an Waldner selbst gelegen haben.«

»Wie hätte das denn auch gehen sollen?«, fragte Dennis verblüfft.

»Durch Krankheit vielleicht«, erwiderte Erwin. »Man schmeckt ja auch anders, wenn man sehr stark erkältet ist. Gehen wir also mal davon aus, dass es nicht an Waldners Geschmacksnerven lag, und addieren dazu die Symptome, die Loretta geschildert hat: Dann tippe ich auch auf eine Vergiftung.« Er blickte mich an und grinste. »Ich wette, du hast die Symptome längst im Internet recherchiert. Was hast du herausgefunden?«

Erwin. Er kannte mich in- und auswendig.

»Natürlich habe ich das«, sagte ich. »Und ich bin ziemlich

schnell bei Giftpflanzen gelandet. Falls ihm das Gift im Sekt verabreicht wurde, hat es innerhalb einer knappen Stunde zum Tod geführt, und das ist ganz schön schnell.«

»Wer hat die Sektgläser verteilt?«, fragte Erwin.

»Ja, genau – das muss dann doch der Mörder sein«, warf Dennis ein.

»Ts, ts …« Ich schüttelte in mildem Tadel den Kopf. »Denkt ihr wirklich, dass es so einfach ist? Mitnichten. Im Gegenteil: An dieser Stelle wird es nämlich kompliziert. Also, zunächst standen fünfzehn gefüllte Sektgläser auf einem Tablett, das ist der traditionelle Begrüßungsdrink. Um das Tablett herum fünfzehn Leute, alle reden durcheinander, begrüßen sich, es ist Bewegung in der Gruppe. Jetzt nehmen einige davon Gläser vom Tablett und reichen sie weiter. Ich könnte nicht einmal sagen, wer mir das Glas in die Hand gedrückt hat – geschweige denn, wer es war, der Waldner eins gereicht hat.«

»Du denkst also«, Dennis hob gewichtig den Finger und blickte von Erwin zu mir, »du denkst, dass dieser Waldner den vergifteten Sekt nur zufällig bekommen hat?«

Oh … äh … *was*?

»Nee, bis gerade eben dachte ich das eigentlich nicht«, sagte ich langsam, während ich fieberhaft nachdachte.

Ich war baff. Könnte das tatsächlich sein? Diese Option hatte ich bisher nicht einmal ansatzweise in Betracht gezogen.

»Hältst du das für möglich, Loretta?«, fragte Erwin.

Ich zuckte mit den Schultern. »Ich bin gerade etwas sprachlos, um ehrlich zu sein. Ich bin davon ausgegangen, dass Waldner das Opfer sein sollte. Ich kann mir nicht vorstellen, dass jemand aus der Gruppe eins der Gläser vergiftet hat und dann Russisches Roulette gespielt hat. Na gut, derjenige wusste dann, welcher Sekt gefährlich war, konnte sich ein harmloses Glas nehmen und dann ganz entspannt abwarten, wer zu Boden gehen würde … interessante Theorie, Dennis.«

Mein Chef war sichtlich stolz und spreizte sich prompt wie ein Pfau – damit war auch er ein echter Ermittler, endlich!

»Ich will dich nicht enttäuschen, Chef«, fuhr ich fort, »aber da waren noch so zwei oder drei Dinge, die mich darin bestätigt haben, dass es tatsächlich um Waldner ging. Erstens hat Annabelle eine Bemerkung gemacht, dass es nie Spaß macht, jemanden sterben zu sehen, nicht einmal, wenn es jemand wie Mike ist.«

»Das hat sie gesagt?«, fragte Dennis. »Mit diesen Worten? Ganz schön verräterisch.«

Ich nickte. »Sie konnte sich noch bremsen, bevor sie den ganzen Namen ausgesprochen hatte, aber ein fettes M als Anfangsbuchstabe stand unüberhörbar im Raum. Und dann wurde eine Menge über Typen geredet, die solche Veranstaltungen nutzen, um möglichst viele einsame Frauen rumzukriegen. Ich fress einen Besen samt Stiel, wenn das nicht auch auf ihn gemünzt war.«

»Und was hast du über ihn gedacht?«

Die Frage kam von Dennis, und beide Männer sahen mich neugierig an.

Also gut, dann sollte ich wohl mal auspacken.

»Er war sehr charmant. Ich war ihm schon beim ersten Speed-Dating begegnet, und wir waren praktisch für gestern Abend verabredet, weil wir uns sehr sympathisch waren. Er war einfach anders als die anderen Männer. Interessiert, freundlich, nicht zu aufdringlich … außerdem hatten wir verblüffend viele Gemeinsamkeiten.«

»Ha!«, warf Dennis ein. »Diese Masche kenne ich. Man lockt die Infos geschickt aus den Frauen raus, und dann hat man plötzlich Gemeinsamkeiten.«

»Nee, so war es nicht.« Ich schüttelte den Kopf. »Er hat zum Beispiel erzählt, dass er englischen Humor mag oder gerne fotografiert, und ich konnte dann jeweils sagen: *Ist ja irre – ich auch!* Es war, als hätte er sich vor dem Treffen mit … ich weiß nicht … mit Diana unterhalten oder so, die ihm dann eine Liste mit Dingen an die Hand gegeben hat, die ich mag.«

»Dann muss sein Tod dich schwer schockiert haben«, sagte Erwin.

Hatte er das? Nein, nicht wirklich. Um wirklich tief betroffen zu sein, hatte ich ihn nicht lange genug gekannt.

Ich stand auf und lief im Raum herum, ich brauchte ein wenig Bewegung. Dennis und Erwin ließen mich gewähren; das kannten sie von mir.

Schließlich blieb ich stehen und sagte: »Tatsächlich hatte ich mich zu dem Zeitpunkt bereits gegen ihn entschieden, wenn auch aus den falschen Gründen, wie ich nun weiß: Ich habe seine Vergiftungssymptome als Anzeichen von Alkoholismus missdeutet, und auf einen Alki habe ich nun wirklich keinen Bock. Deshalb war für mich klar, dass ich die Bekanntschaft mit ihm keinesfalls vertiefen wollte. Charmant zu sein gleicht Sauferei nicht aus. Nicht in *meiner* Welt, tut mir leid.«

»Du hast gerade ein Stichwort genannt, auf das wir noch näher eingehen müssen«, erwiderte Erwin, »und zwar die erwähnten Vergiftungserscheinungen. Damit sind wir wieder bei den Giftpflanzen. Hast du dir schon eine bestimmte ausgeguckt? Oder zumindest einige in der engeren Auswahl?«

»Ja, ich bin zu dem Schluss gekommen, dass es Gefleckter Schierling sein könnte. Er wirkt schnell und führt letztlich zu Atemlähmung und Tod. Passt also.«

»Schierling?« Dennis schüttelte sich. »Kommt man da denn so einfach ran?«

»Lieber Dennis, in einer stillen Stunde werde ich dir mal einen Vortrag über Giftpflanzen halten, von denen wir praktisch umzingelt sind. Glaube mir: Danach wirst du die Natur mit ganz anderen Augen sehen.« Ich setzte mich wieder. »Auch Gefleckter Schierling wächst praktisch überall. An Rändern von

Äckern, auf Brachflächen oder Wiesen. Er sieht auf den ersten Blick aus wie viele andere Doldenblütler, zum Beispiel wie Wilde Möhre oder Wiesenkümmel: durchschnittlich hüfthoch oder höher, gefiederte Blätter und weiße Blütendolden. Sehr hübsch. Ich habe dieses Zeug im Frühling schon oft gepflückt und in die Vase gestellt, und ich habe keinen Schimmer, ob auch schon mal Schierling dabei war. Aber man kann natürlich auch gezielt danach suchen. Er stinkt nach Mäusepipi und schmeckt scheiße. Aber Mike hatte leider die Angewohnheit, seinen Sekt auf ex wegzukippen, das war sein Todesurteil. Jeder andere hätte den Sekt vielleicht nach dem ersten Nippen weggestellt und nicht mehr angerührt. Und überlebt.«

»Mäusepipi?« Dennis kicherte albern. »Keine Ahnung, wie das riecht. Also, ich würde das nicht erkennen.«

»Tierpipi duftet nie schön, oder?«, sagte Erwin.

Ich hob die Hand. »Ich kann gerne mal eine Pipiprobe von Baghira mitbringen. Aber ehe wir uns hier in einer Diskussion darüber verlieren, wie genau welches Tierpipi riecht, möchte ich gerne zu meiner Theorie zurückkommen, dass Waldner mit einem Extrakt aus Schierling vergiftet wurde. Und genau das habe ich der Kommissarin heute Morgen gesagt.«

»Wirklich?« Erwin schien gleichermaßen amüsiert wie beeindruckt. »Was hat sie geantwortet?«

»Immerhin hat sie mich nicht ausgelacht und umgehend vor die Tür gesetzt. Man stelle sich vor: Ich konnte sie überzeugen, der Rechtsmedizin einen Tipp zu geben. Für mich steht noch eine Frage im Raum: Das Gift muss in einem Fläschchen oder dergleichen gewesen sein. Gestern wurde zwar niemand durchsucht, aber ich denke, dass der Täter das Fläschchen irgendwo im Café versteckt hat. Zudem habe ich niemanden mit Handschuhen gesehen – es könnten also Fingerabdrücke zu finden sein.«

»Willst du das Café durchsuchen?«, fragte Dennis. »Dann komme ich mit. Eine Durchsuchung wollte ich immer schon mal machen.«

Mit einem Anflug von leisem Bedauern fragte ich mich, wieso Pascal in dieser Hinsicht nicht ein wenig mehr von Dennis gehabt hatte – vielleicht wären wir dann noch zusammen. Aber das war bloße Theorie, denn emotional war Pascal längst abgehakt.

Ich schüttelte den Kopf. »Ich habe der Kommissarin empfohlen, das Café von ihren Fachleuten auf links drehen zu lassen, vielleicht finden sie ja etwas. Aber dich, Dennis, brauche ich für einen anderen Einsatz, den ich mir überlegt habe.«

Zack – sofort saß er aufrecht auf der Sesselkante. »Ich bin dabei. Egal, was es ist.«

Mit nichts anderem hatte ich gerechnet.

»Am Mittwoch findet eine Single-Party statt, zu der Denise uns eingeladen hat. Also, eigentlich mich, aber ich kann noch weitere Singles mitbringen. Ich habe vier VIP-Karten abgestaubt, und wir werden die Party nutzen, um die Leute auf der Liste ein bisschen auszuhorchen.«

»Vier Karten? Dann komme ich auch mit«, sagte Erwin.

Hui – jetzt war Diplomatie gefragt.

»Also, äh, das ist eine Ü40-Party, Erwin. Für Leute zwischen vierzig und fünfzig, um genau zu sein, damit das Altersgefüge einigermaßen homogen ist.«

Erwin grinste breit. »Verstehe. Und jemand meines Alters wirkt dort wie ein alter Sack, der sich was Jüngeres fürs Bett sucht? Aber du hast recht: Fünfzehn Jahre älter als der nächstjüngere Anwesende zu sein, ist vielleicht nicht unbedingt angemessen. Und keine der Frauen hätte Bock, ihre Zeit mit einem alten Knacker zu verschwenden.«

»Du weißt, wie gerne ich dich dabeihätte«, sagte ich zu Erwin, »aber genau das befürchte ich, auch wenn du selbstverständlich keinen Tag älter als dreiundfünfzig aussiehst. Ich dachte an Bärbel und Frank.«

»Mega! Das wird spitze!«, rief Dennis und reckte beide Daumen hoch. »Was soll ich anziehen?«

Ernsthaft? Das war die erste Frage, die er sich dazu stellte?

»Vielleicht solltest du nicht gerade als Wiedergeburt von Gary Glitter auftauchen, und *vielleicht* hast du ja auch Schuhe mit nicht ganz so extrem hohen Plateausohlen … Also, du sollst dich natürlich nicht verkleiden oder so. An deinen Mungo-Jerry-Koteletten lässt sich ja ohnehin nichts ändern.«

Ich sah ihm an, dass er in Gedanken seinen Kleiderschrank – andere würden es Kostümfundus nennen – durchging.

»Du wirst bestimmt etwas finden«, fügte ich hinzu. »Du siehst ja auch im Büro nicht jeden Tag so aus, als wärst du einer Glamrock-Band entlaufen. Trage einen von deinen Rippenrollis und eine Schlagjeans, so bleibst du deinem Stil treu. Bedenke: Du *könntest* die Frau deiner Träume treffen, und die willst du ja nicht gleich in die Flucht schlagen, weil sie Angst hat, zu erblinden.«

»Erblinden?«, fragte Dennis pikiert. »Ich weiß nicht, wovon du sprichst.«

Erwin lachte dröhnend. »Komm, Kumpel, jetzt stell dich mal nicht doof«, schnaufte er dann. »Einige deiner Hemden sind derart grell und psychedelisch gemustert, dass man nicht allzu lange hinsehen darf, wenn man den Bezug zur Realität nicht verlieren will.«

Später, als ich an meinem Schreibtisch saß, ging ich auf die Website von *7Dates1Love,* und tatsächlich: Denise Jennings war als Inhaberin der Agentur aufgeführt. Ich fragte mich, wie groß das Unternehmen sein mochte, wenn sie selbst vor Ort die Veranstaltungen betreute. Andererseits hatte ich ja keine Ahnung, ob sie wirklich bei jedem der Datings anwesend war. Wie alt mochte sie sein? Ich tat mich stets schwer damit, das Alter anderer Leute zu schätzen. Sie wirkte wie eine flotte Mittdreißigerin, aber vielleicht war sie längst ebenfalls Ü40. Ob sie Single war und dieses Unternehmen gegründet hatte, weil sie schon so lange suchte? Hoffte sie gar, auf einer ihrer Veranstaltungen ihren Traumpartner zu finden? Das wäre für sie eine klassische Win-win-Situation: Sie verdiente mit den Datings Geld, und gleichzeitig zog eine endlose Parade potenzieller Traummänner an ihr vorbei. Freie Auswahl für umme.

Danach loggte ich mich beim *Liebesgarten* ein, aber *Miss Lynx* hatte zu meiner Enttäuschung keine neue Nachricht in ihrem Postfach – jedenfalls keine von *Robin Hood*. Nicht einmal ein paar kurze Sätze – das war ungewöhnlich.

Und ziemlich enttäuschend.

Kapitel 15

Loretta hat einen Plan, und Frank erfährt,
dass eine Ratte wie ein Eintopf heißen kann

Gleich nach Feierabend fuhr ich zum Laden von Bärbel und Frank; ich hatte mich angekündigt. Als ich dort ankam, war Frank bereits damit beschäftigt, das Obst und Gemüse in den Schuppen zu rollen, und ich half ihm dabei.

»Wo ist Bärbel?«, fragte ich.

»Füttert die Herde.«

Aha, sie war im Haus bei den Kindern und bereitete das Abendessen für sie zu.

»Und? Wie war dat Ringelpietz gestern?« Frank hatte das Vorhängeschloss an der Schuppentür zugeklickt und sah mich neugierig an. »Erzähl mal.«

»Gleich, wenn Bärbel dabei ist, okay?«, erwiderte ich, während wir zurück zum Laden gingen. »Und vielleicht ohne eure wunderbaren Kinder, wenn es geht.«

Abrupt blieb er stehen. »Hui! Da is also wat passiert, wat nich jugendfrei is? Mannometer, jetzt bin ich aber gespannt wie 'n Flitzebogen. Aber du has Glück. Die Kröten warn heute so brav, dat meine Süße ihnen erlaubt hat, nach dem Ahmbrot 'ne DVD zu gucken. Irgendwat mit 'ne Ratte, die Koch in 'nem Restorang is.«

»Ratatouille.«

»Ratta – *wat?*«, fragte er mich verdutzt.

»Ratatouille. Der Film heißt so.«

»Aber dat is doch so 'n Gemüse-Durcheinander, oder? Lass ma nachdenken: Zutschinis, Zwiebeln, Oberschienen, Paprikas, Tomaten und Knoblauch. Nich mein Lieblingsessen.«

Immer wieder aufs Neue verblüfften mich seine profunden Kochkenntnisse, mit denen er keineswegs hausieren ging, sondern sie zu den unerwartetsten Gelegenheiten hervorkramte. Ich war todsicher, dass er gerade die korrekten Zutaten für ein authentisches Ratatouille genannt hatte. Es war ein reines Vergnügen gewesen, mit ihm als Mitbewerber damals an der TV-Kochshow *Gib mir den Löffel* teilzunehmen. Wer ihn nicht kannte, traute ihm nicht mehr zu, als höchstens eine Schmalzstulle unfallfrei zu schmieren, aber er konnte göttlich kochen.

»Genauso ist es: ein mediterraner Gemüse-Eintopf. Ich mag den auch nicht.«

»Und wat hat die Ratte damit zu tun?«

»Womit?«

»Na, mit den Eintopf.«

»Die heißt so.«

»Hä? Heißt *wie*?«

»Ratatouille.«

Ich kicherte innerlich. Das stimmte zwar nicht – die Ratte hieß Rémy –, aber so rundete es den herrlich absurden Dialog mit Frank perfekt ab. So viel dichterische Freiheit gestattete ich mir ausnahmsweise mal.

Mittlerweile befanden wir uns im Geschäft, und Frank schloss die Ladentür ab. Seine Frage, ob ich noch irgendetwas einkaufen wolle, verneinte ich.

Wir gingen rüber in die Küche, wo Bärbel bereits den Esstisch abräumte. Aus dem Wohnzimmer hörte ich die drei Kinder vor Vergnügen quieken. »Die Kiddies kleben vor der Glotze«, teilte Bärbel mir mit. »Willst du ihnen Hallo sagen?«

»Lass mal – ich will sie nicht stören.«

»Hast du Hunger?«

Ich schüttelte den Kopf. »Im Moment nicht. Doris hat heute Gegrilltes und Kartoffelsalat von gestern mit ins Callcenter gebracht, ich bin pappsatt. Wollen wir uns auf die Terrasse setzen?

Ihr seid doch bestimmt gespannt, wie das Speed-Dating gestern war.«

Bärbel grinste. »Also, du bist wirklich nicht verpflichtet, uns über jedes Detail zu informieren ...«

»Zumal dat wohl nich jungendfrei is«, fiel Frank ihr feixend ins Wort, »dat hat se jedenfalls gesacht.«

»Nee, das hast *du* daraus geschlossen«, sagte ich augenrollend, »dass ich ohne die Kinder mit euch reden will. Das sind zwei völlig verschiedene Paar Schuhe, mein Freund. Und du wirst gleich verstehen, was ich damit meine.«

Wir gingen hinaus auf die nagelneue Terrasse. Der Garten um sie herum war noch im Entstehen begriffen, aber Bärbel und Frank hatten einiges aus ihrem Schrebergarten, den sie aufgegeben hatten, mitgebracht. So hatten etliche Pflanzen und Büsche bereits eine beachtliche Größe, und zwei blühende Fliederbüsche direkt an der Terrasse verströmten einen wunderbaren Duft.

Nachdem Frank unsere Getränkewünsche erfragt und serviert hatte, saßen wir schließlich gemütlich am Tisch.

Wie zuvor in Erwins Büro holte ich Ausdrucke der Tabelle aus der Tasche und verteilte sie. »Das sind die Teilnehmer der gestrigen Veranstaltung. Wenn ich einen Namen nenne, findet ihr diese Person auf dieser Liste, das wird alles etwas vereinfachen. Also, es war so ...«

Während der nächsten Viertelstunde hörten sie mir zu und suchten ab und zu auf dem Ausdruck nach der jeweiligen Person, die ich erwähnt hatte.

In ihren Gesichtern spiegelte sich Fassungslosigkeit, und als ich geendet hatte, sagte Frank: »Ich werd nich mehr, dat is ja der Hammer ... nich Ringelpietz mit Anfassen, sondern Ringelpietz mit *Abmurksen*.«

»*Frank!*«, zischte Bärbel. »Reiß dich bitte zusammen. Darüber macht man keine Scherze.«

Ich winkte ab. »Ach, irgendwie hat er ja recht. Aber jetzt versteht ihr vielleicht, warum ich nicht wollte, dass die Kiddies zuhören. Na ja, auf eine gewisse Art ist diese Geschichte tatsächlich nicht jungendfrei. Und man muss sie nicht unnötig ängstigen, richtig?«

»Biste schon am Ermitteln?«, fragte Frank.

»Ja … nein …« Ich zögerte. »Es ist sicherlich so, dass ich zu den Teilnehmern der Veranstaltung einen anderen Zugang habe als die Kommissarin. Die haben auch nicht mitgekriegt, dass ich die Küpper besser kenne als einer von ihnen.«

»Hat dir die Kommissarin das mit dem Gift geglaubt?«, fragte Bärbel.

»Immerhin hat sie mich nicht ausgelacht. Sie schien tatsächlich offen für meine Theorie, aber wie soll sie rausfinden, wer es getan hat? Deshalb dachte ich, ihr könntet mir vielleicht dabei helfen…«

Ich kam nicht dazu, den Satz zu beenden, da Frank die Faust hochreckte und »Andakawwa!« rief.

Bärbel warf mir einen beredten Blick zu. »Was ist dein Plan? Und was könnten wir dabei helfen?«

»Also, ich gehe nicht davon aus, dass ein durchgeknallter Irrer wahllos Teilnehmer von Speed-Datings killt. Ich denke, dass Waldner gezielt umgebracht wurde. Ob es eine Frau oder ein Mann war, weiß ich nicht. Theoretisch kommen alle von der Liste infrage.«

»Kannst du dir einen Grund vorstellen, warum er sterben musste?«, fragte Bärbel.

Ich zuckte mit den Schultern. »Waldner könnte ein ziemlicher Hallodri und Herzensbrecher gewesen sein. Die Mädels haben da gewisse Andeutungen gemacht, die sich meiner Meinung nach auf ihn bezogen haben. Wenn es eine Frau war, könnte es sich beim Motiv um Rache handeln.«

»Und bei 'nem Kerl vielleicht Eifersucht«, sagte Frank.

»Oder Neid, wenn der Typ so viele Weiber abgeschleppt hat. Oder vielleicht ja auch Rache. Wat, wenn der tote Typ die *Schwester* von 'nem Kerl verführt und dann abgeschossen hat?«

Ach … noch so eine interessante Theorie, an die ich noch nicht gedacht hatte. Das war natürlich möglich: eine verlassene Geliebte, die nun depressiv oder gar suizidgefährdet war, und der Bruder oder der beste Freund oder wer auch immer rächte sich am gewissenlosen Verführer.

Die Liste der möglichen Szenarien und Motive wurde immer länger, das machte es nicht einfacher. Und ich hatte noch nicht einmal damit *angefangen,* in Ruhe darüber nachzudenken.

»Aber wie können wir dir denn nun helfen?«, fragte Bärbel und riss mich damit aus meinen Gedanken.

»Am Mittwoch findet eine Party für Singles statt; vom gleichen Veranstalter wie die Speed-Datings. Alle von gestern Abend sind als VIP-Gäste dazu eingeladen, als kleine Entschädigung oder so. Wie es der Zufall will, habe ich vier VIP-Karten. Ich dachte, wir könnten das zwanglose Beisammensein dazu nutzen, ein bisschen was rauszukriegen. Einfach Informationen sammeln und hinterher auswerten. Wer weiß, vielleicht verplappert sich jemand und macht sich dadurch besonders verdächtig …«

»Wir sind dabei«, verkündete Frank. »Oder, Süße, sind wir doch? Dat wird 'n Riesenspaß!«

Ich sah, dass Bärbel deutlich verhaltener reagierte.

»Bärbel, wenn du nicht willst, verstehe ich das natürlich. Aber immerhin müssen wir uns nicht verkleiden oder verstellen, wir können ganz offiziell als Freundinnen hingehen.«

»Wer ist Nummer vier?«, fragte sie.

»Dennis kommt mit. Und wir müssen nicht so tun, als würden wir uns nicht kennen. Ich könnte dich zum Beispiel an meiner Seite gebrauchen, wenn ich die Mädels aushorche, einfach als zusätzliches Paar Augen und Ohren. Aber wenn sich ohne mich für dich ein Gespräch mit einer von ihnen ergibt – nur zu. Das Einzige ... na ja ... Frank und du, ihr dürftet natürlich kein Paar sein.«

Vor Begeisterung hielt es Frank kaum noch auf seinem Stuhl, er zappelte herum wie ein Kleinkind. »Komm, Süße, dat machen wir, dat is völlig ungefährlich.«

»Bedränge sie nicht. Versuch ja nicht, sie zu belabern, verstanden?«, sagte ich zu Frank, dann wandte ich mich an Bärbel. »Du entscheidest das ganz in Ruhe, okay? Wenn du keinen Bock drauf hast, ist das völlig in Ordnung.«

»Gut, ich mache das davon abhängig, ob der Kindersitter am Mittwoch Zeit hat«, erwiderte Bärbel. »So ein Abend unter Leuten ist vielleicht mal wieder ganz lustig.«

Und wenn der Babysitter keine Zeit hat, gibt es ja immer noch Doris und Erwin, dachte ich.

»Das ist ein Deal«, sagte ich und stand auf. »Die Listen lasse ich euch hier, damit euch – oder dir, Frank – am Mittwoch die Gesichter vertraut sind. Die Namen muss man sich nicht merken, ganz bestimmt bekommen wir wieder Namensschilder.«

Ich umarmte Bärbel, und Frank begleitete mich zum Tor an der Einfahrt, um mich hinauszulassen.

»Dat wird 'ne Spitzensause«, sagte er, »ich freu mich schon wie Bolle.«

Wir klatschten ab, und ich machte mich auf den Weg nach Hause.

Nachdem ich Baghira rasch gefüttert und die Terrassentür für ihn geöffnet hatte, setzte ich mich sofort an den Laptop. Voller Erwartung loggte ich mich im *Liebesgarten* ein – und ließ mich enttäuscht ins Sofa zurücksinken. Noch immer keine Nachricht von *Robin Hood*. Bisher hatten wir uns täglich geschrieben, an manchen Tagen sogar mehrmals ... und heute herrschte plötzlich totale Funkstille. Mir fiel ein, was Diana von Okkos Freundin und ihrer Suche nach dem Traummann erzählt hatte: Ganze drei Mal war es ihr passiert, dass ein vielversprechender Internet-Flirt urplötzlich den Kontakt abgebrochen hatte.

Hatte *Robin Hood* eine andere entdeckt, die er interessanter fand?

Wie bitte? Hatte ich das gerade wirklich gedacht?

»Herrgott, Loretta«, murmelte ich, »dreh nicht gleich durch. Der Typ ist dir gegenüber schließlich zu nichts verpflichtet.«

Zumal ich ja selbst durchaus in Erwägung gezogen hatte, mit Mike anzubandeln. Aber Mike war jetzt nicht mehr da, also rückte *Robin Hood* umgehend wieder an die erste Stelle der Favoritenliste.

Ich stöhnte auf und vergrub mein Gesicht in den Händen. Ich war ein schrecklicher Mensch – wie erbärmlich, diese Gedanken. Mir gehörte das Gehirn mit Kernseife abgeschrubbt, damit ich wieder zu Sinnen kam.

Trotzdem – ich war schon beleidigt durch die bloße Möglichkeit, dass *Robin Hood* mich so einfach aus *seiner* Favoritenliste gelöscht hatte.

Ich griff zum Telefon, um Diana anzurufen, sie wusste ja bisher von nichts, legte den Apparat aber gleich wieder weg und setzte erst mal einen Espresso auf. Dann zog ich mich um, verdoppelte die Menge des fertigen Kaffees durch Milch und setzte mich mit der großen Tasse wieder aufs Sofa.

Es war davon auszugehen, dass es ein längeres Gespräch werden würde …

Kapitel 16

Das Schweigen im Walde dauert an und wirft die Frage auf,
ob amerikanische Serienmacher auch im Ruhrpott drehen

Mein erster Gedanke am nächsten Morgen galt der Frage, ob
Robin Hood sich wohl endlich gemeldet haben würde. Während
der Rechner hochfuhr und ich Baghira hastig irgendwelches
Futter in die Schüssel klatschte, konnte ich an nichts anderes
denken. Trotzdem setzte ich mir erst einen Espresso auf und
nahm eine Blitzdusche, bevor ich mich im Bademantel an den
Tisch setzte und mich im *Liebesgarten* einloggte.

In meinem Posteingang fand ich jede Menge Nachrichten,
aber keine von ihm. *Horst hat dir ein Herz geschickt, Niki253 hat
dir eine Kontaktanfrage geschickt ...* Wen interessierte das? Mich
jedenfalls nicht.

Löschen, löschen, löschen, löschen.

Nachdem ich in meinem Postfach aufgeräumt hatte, brütete
ich finster vor mich hin. Der Espresso, den ich noch nicht angerührt hatte, wurde immer kälter. Das allein sprach Bände: Ich
trank meinen Zaubertrank nicht.

Was war bloß los mit mir? Hatte ich mich etwa in einen Typen verknallt, den ich nicht einmal persönlich kannte? Wurde
ich allmählich *wunderlich*?

Im TV gab es so eine amerikanische Serie namens *Catfish,*
in der jemand Leute aufspürte, mit denen andere Leute über so-
ziale Medien eine »Beziehung« eingegangen waren – selbst in
Gedanken setzte ich dieses Wort in Anführungszeichen. Teilweise dauerten sie schon jahrelang an, ohne dass man sich je
persönlich begegnet war. Das Team von *Catfish* wurde aktiv,
wenn es um Hilfe dabei gebeten wurde, die virtuellen Partner

aufzuspüren, wobei die Hilfesuchenden tatsächlich der Meinung waren, im Internet eine verbindliche Beziehung zu führen, und teilweise sogar davon sprachen, verlobt zu sein.

Ab und zu sah ich mir diese Serie an und amüsierte mich jedes Mal königlich darüber, wie man so himmelschreiend naiv und bekloppt sein konnte, sich einer derartigen Verbindung verpflichtet zu fühlen. *Aber er ist immer für mich da, wenn ich jemanden zum Reden brauche, und er hat mir durch schwere Zeiten geholfen,* hieß es dann, oder: *Sie versteht mich wie niemand sonst, wir können über alles reden.* Per Chat hatte man jahrelang ewige Liebe, tiefe Seelenverwandtschaft und dergleichen sentimentalen Quatsch beschworen.

Wie gesagt: Ich hatte mich königlich über die armen Würstchen amüsiert, die glaubten, eine Beziehung zu haben. So kann man es natürlich auch schaffen, sich der Realität nicht stellen zu müssen, hatte ich hämisch gedacht.

Und jetzt?

Jetzt saß ich am Rechner und war am Boden zerstört, weil ein Kerl namens *Robin Hood* sich seit Sonntag nicht bei mir gemeldet hatte? Hallo? Während eine Hälfte von mir insgeheim Abbitte für meine überhebliche Häme den Hilfesuchenden bei *Catfish* gegenüber leistete, fragte sich meine andere Hälfte, ob ich noch alle Tassen im Schrank hatte.

Aber wir haben uns doch so gut verstanden, dachte ich betrübt, ich dachte wirklich, wir könnten perfekt füreinander sein …

Ich musste der bitteren Wahrheit ins Gesicht sehen: Ich war so bescheuert gewesen, mich in einen virtuellen Süßholzraspler zu verlieben, der parallel zu mir vermutlich noch zig weitere Frauen umgarnte – und ich war jetzt irgendwie durchs Raster gefallen.

Ende der Geschichte, Blödissima.

Aber ehe ich mich endgültig von ihm verabschiedete, ging

ich noch mal auf sein Profil, um zu checken, wann er zuletzt eingeloggt gewesen war – aha, am späten Sonntagnachmittag. Ungefähr zu der Zeit, als ich seine letzte Nachricht bekommen hatte. Und gleich danach war er wahrscheinlich mit einer Frau verabredet gewesen, die weniger zögerlich als ich gewesen war und sich mit ihm getroffen hatte.

Herrgott, das war ja geradezu abartig: Ich suchte die Schuld bei mir. Ich hatte mich geziert, also hatte er sich einer anderen zugewandt?

So dachte ich darüber? Wie alt war ich – dreizehn?

Er hat Schluss mit mir gemacht, weil ich ihn nicht mit Zunge küssen wollte – das waren Teenager-Probleme! Und selbst in dem Alter hätte ich gesagt: *Wenn er deswegen mit dir Schluss macht, hat er dich nicht verdient.* Verdammt, ich hatte nichts falsch gemacht! Und wenn ihm mein Verhalten nicht passte, konnte er mir gestohlen bleiben.

Und wieder schlich sich der Gedanke heran, dass er mich nicht verlassen hätte, wenn … Moment mal: mich *verlassen?* Hilfe! Meine Gedanken liefen gerade Amok, und zwar völlig unkontrolliert. Jemand möge bitte kommen und mich mit einem Gnadenschuss erlösen!

Bei jedem einzelnen unserer Telefonate hatte Diana mich davor gewarnt, mich zu sehr auf ihn zu versteifen – und gejubelt, als ich ihr von Mike erzählt hatte.

Ha – offensichtlich hatte ich ein treffsicheres Händchen dafür, mir die Falschen auszusuchen, denn meine Bilanz konnte sich wirklich sehen lassen: Ein Typ war tot, und der andere war gerade in die unergründlichen Tiefen des World Wide Web abgetaucht.

Hey, vielleicht sollte ich ja das *Catfish*-Team alarmieren, die würden ihn schon aufspüren, die spürten *jeden* auf. Waren die eigentlich auch im Ruhrpott tätig?

Nun ja, es gab für alles ein erstes Mal.

Mit ein paar Minuten Verspätung stapfte ich ins Büro und schaffte es, mich ungesehen an Dennis' Büro vorbeizuschleichen. Zumindest hatte ich das geglaubt. Aber ich hatte mich – und das passte zum frustrierenden Beginn dieses Tages – zu früh gefreut. Kaum saß ich auf meinem Schreibtischsessel, stand Dennis auch schon vor mir.

»Welche Laus ist dir denn über die Leber gelaufen?«, fragte er feixend. »Du siehst aus, als hättest du die Nacht durchgesoffen.«

»Schlecht geschlafen, Chef«, erwiderte ich mürrisch. »Hau ab und lass mich in Ruhe.«

»Geht leider nicht. Erwin wartet schon auf uns.«

Erwartungsvoll sah er mich an, aber ich rührte mich nicht.

Dennis rollte mit den Augen, stieß einen demonstrativen Seufzer aus und sagte: »Okay, wir machen einen Deal: Du kommst mit, wenn ich dich zum Lachen bringe.«

Ich zuckte mit den Schultern. »Bemüh dich nicht – keine Chance.«

Zu meiner grenzenlosen Verblüffung hob er die Arme über den Kopf, drehte eine Art Pirouette und klompte dann einen tölpelhaften Stepptanz aufs Parkett. Es klang, als hätte er Backsteine unter den Füßen. Der weite Schlag seiner Hose flatterte im Rhythmus seiner stampfenden Schritte, und die überbreite Krawatte flog ihm rechts und links um die Ohren. Er beendete seine absurde Vorstellung mit einem beherzten, aber wackeligen Ausfallschritt, breitete die Arme aus und brüllte: »Ta-daaaaah!«

Einen Moment lang starrten wir uns an, dann konnte ich mich nicht mehr beherrschen und kriegte einen Lachanfall, der mich fast vom Stuhl riss. Dennis stellte sich wieder normal hin und gackerte mit.

»Was war das denn?«, keuchte ich, als ich wieder zu Atem gekommen war.

»Keine Ahnung«, erwiderte er grinsend. »Ist mir ganz spontan eingefallen. Ich dachte, es könnte dich amüsieren.«

»Das hat es allerdings, Chef. Ganz kurz schoss mir der Gedanke durch den Kopf, dass du mir mit deiner bizarren Performance einen heimlichen Traum offenbarst.«

»Nämlich welchen?«

»Eine Karriere als Musicaldarsteller. In dem Fall hätte ich dir leider sagen müssen, dass deine durchaus ambitionierte Performance nicht gerade ... hm ... graziös war. Das würde höchstens für die Zweitbesetzung der Hintergrundtänzer bei *Mamma Mia* reichen. Nichts für ungut.«

»Wieder ist ein Lebenstraum zerplatzt«, sagte er und wischte sich theatralisch eine nicht vorhandene Träne aus dem Augenwinkel. »Und jetzt schwing deinen Hintern aus dem Sessel und komm. Wir haben einen Deal, Frollein.«

Ich hatte wohl keine Wahl.

»Ich schlage vor, wir beschäftigen uns mal intensiv mit den möglichen Motiven für den Mord an Waldner«, verkündete Erwin, sobald Dennis und ich sein Büro betreten hatten. »Loretta, du schreibst.«

Das Flipchart war bereits aufgebaut, und er hielt mir einen dicken Filzstift hin. Dann fläzten er und Dennis sich in die Sitzgarnitur, was ich am liebsten ebenfalls getan hätte. Aber ich hatte ja blöderweise den Stift angenommen, und nun war es zu spät zum Protestieren.

»Also, zuerst sollten wir mal zwei Rubriken machen: Frauen und Männer«, sagte ich. »Dann stellt sich noch die Frage, ob wir es mit einem Einzeltäter oder mit einer Gruppenaktion zu tun haben. Aber darüber machen wir uns am Schluss Gedanken, schlage ich vor.«

Die beiden Herren nickten gewichtig.

»Bevor wir anfangen«, fügte ich hinzu, »könnte mir jemand

bitte einen vierfachen Kapsel-Espresso machen? Ich hatte heute noch kein Koffein. Jedenfalls kein heißes.«

»Wird erledigt.« Erwin sprang auf, und gleich darauf hörte ich hinter mir die Kapselmaschine röcheln und zischen.

»Sag mal, kommen Bärbel und Frank morgen mit zur Party?«, fragte Dennis. »Du warst deswegen gestern doch noch bei ihnen?«

»Frank ist dabei, aber Bärbel überlegt noch. Ich habe Frank allerdings noch nicht gesagt, dass wir zwar undercover unterwegs sind, er sich diesmal aber nicht als Lude verkleiden darf. Das wird ihn schwer enttäuschen, fürchte ich. Hoffentlich macht er keinen Rückzieher.«

»Ich könnte ihm ja einen meiner Anzüge leihen.«

»Ernsthaft, Dennis?« Ich musterte ihn kopfschüttelnd. »In einem deiner Anzüge würde er versinken wie ein Kind im Bällebad beim Schweden.«

Erstaunt riss er die Augen auf. »Meinst du?«

»Dennis, du bist ein Leuchtturm und Frank ist ’ne Parkuhr. Ist dir das denn noch nie aufgefallen?«, sagte Erwin und reichte mir einen Becher. »Vorsicht, sehr heiß.«

Nein – so etwas fiel Dennis nicht auf, das wusste ich aus eigener Erfahrung. Wer glaubte, dass ich neunundzwanzig bin, dachte auch, dass Frank ein Riese ist. Nein, falsch: Dennis nahm Äußerlichkeiten schlicht nicht wahr. Mein Alter war für ihn ebenso irrelevant wie Franks Größe. Bestimmt würde ihn glatt der Schlag treffen, wenn ihm mal jemand sagte, dass Doris bereits über siebzig war.

Vorsichtig schlürfte ich ein homöopathisches Schlückchen von der schwarzen, koffeinhaltigen Feuersäule und stellte den Becher auf den Tisch.

»Also, meine Herren«, sagte ich dann, »machen wir uns auf die Suche nach möglichen Motiven – davon ausgehend, dass Waldner kein Zufallsopfer war, sondern gezielt umgebracht wurde. Und gehen wir weiter davon aus, dass er ein notorischer Abschlepper und Schürzenjäger war.« Ich drehte mich um und schrieb *Enttäuschte Liebe* an das Flipchart, dann wandte ich mich wieder Dennis und Erwin zu. »Wir sind uns einig, was damit gemeint ist: Er hat eine Dame verführt und dann abgeschossen, nachdem er sie rumgekriegt hatte.«

»Also Rache«, stellte Dennis messerscharf fest.

»Es gibt noch eine zweite Variante der enttäuschten Liebe«, warf Erwin ein, »und zwar Eifersucht: Wenn ich ihn nicht haben kann, soll ihn auch keine andere haben.«

»Beides Unterpunkte der enttäuschten Liebe, schlage ich vor«, sagte ich. »Und es gibt noch einen dritten: Wut wegen einer demütigenden Abfuhr. Die Frau will ihn, aber er will sie nicht. Stell dir vor, du findest ihn scharf und kriegst mit, dass er alles vögelt, was nicht bei drei auf dem Baum ist – *außer dir.*«

»Aber wie kriegt die Frau das mit?«, fragte Dennis.

Ich setzte mich auf die Lehne des freien Sessels und trank einen Schluck Espresso, der inzwischen etwas abgekühlt war. Aaah. Dann sagte ich: »Selbst nach zwei dieser Speed-Datings habe ich schon mitgekriegt, dass die Teilnehmer durchaus mehrere dieser Veranstaltungen besuchen, vielleicht sogar regelmäßig. Du hast ja keine Garantie, dass du dort schon beim ersten Mal den Traumpartner findest. Für jemanden, der seine Suche ganz entspannt sieht, ist es vielleicht sogar eine ganz nette Freizeitbeschäftigung.«

Erwin nickte. »Die einen gehen am Sonntagnachmittag ins Kino und die anderen halt zum Speed-Dating.«

»Exakt. Ein netter Nebeneffekt ist ja zumindest, dass du Gleichgesinnte kennenlernst und mit Glück gute Freunde findest ... ah, Moment.«

Ich stand auf und schrieb an das Flipchart: *Sind durch die Datings feste Cliquen entstanden? Falls ja – wer gehört dazu?*

»Außerdem gibt es ja auch noch diese Single-Partys«, sagte Dennis.

»Warst du schon mal auf einer?«, fragte Erwin. Als Dennis den Kopf schüttelte, fuhr er fort: »Die Speed-Datings sind ja sehr durchstrukturiert … So eine Party stelle ich mir deutlich lockerer vor. Da ist bestimmt auch Alkohol im Spiel, man feiert ausgelassen, alle sind ungebunden …«

»Einspruch.« Ich hob die Hand. »Zumindest *behaupten* alle, dass sie es sind. Was, wenn sich herausstellt, dass Waldner eine liebende Gattin und vier Kinder hat? Ein Schürzenjäger trifft die Entscheidung, sich nicht fest binden zu wollen. Ein Ehemann kann sich nicht fest binden, weil er es bereits ist. Kaum eine Frau, die die große Liebe sucht, wird sich auf Dauer mit der Position einer Geliebten zufriedengeben. Falls er ihr überhaupt jemals reinen Wein einschenkt.«

»Ich stelle mir gerade vor«, sagte Dennis nachdenklich, »dass ich mich in einen Mann verknallt habe, der mir eine gemeinsame Zukunft vorheuchelt, und dann sehe ich ihn zufällig im Zoo mit seiner ganzen Familie … Da würde ich auch Mordgelüste kriegen.«

»Am besten, du verliebst dich in keinen Mann«, kommentierte Erwin kichernd, »dann erlebst du auch keine Enttäuschung. Nur 'ne Empfehlung, Kumpel.«

Wir gackerten eine Runde und beschäftigten uns dann mit den Männern und deren möglichen Mordmotiven. Natürlich stand sofort die Eifersucht auf den vielleicht deutlich erfolgreicheren Mitbewerber – Nebenbuhler – auf der Liste. Auch Franks Theorie, mit der er mich gestern Abend verblüfft hatte, wurde ausgiebig diskutiert und erschien mir sogar ziemlich plausibel, wenn ich es recht bedachte.

»Also haben wir auch hier mehrere Varianten«, sagte ich. »Da wäre zunächst einmal der Frust, dass er dir die vergeblich Umworbene wegschnappt, dann haben wir grundsätzlichen

Hass auf den Geschlechtsgenossen, der Frauen wie Spielzeug behandelt und dadurch bei den Männern die Angst auslöst, die Mädels könnten denken, dass alle Männer solche Arschlöcher sind ...«

»Wow, das war aber ein komplizierter Satz.« Dennis applaudierte anerkennend. »Aber denkst du wirklich, ein Kerl würde deswegen morden? Weil er fürchtet, ein anderer Kerl könnte durch sein Verhalten den guten Ruf aller Männer in den Dreck ziehen?«

»Ich hab schon genug Männer erlebt, die aus weitaus nichtigeren Gründen getötet haben«, sagte Erwin düster. »Weil ihn jemand blöd angeguckt hat oder dergleichen. Da ist mir so manches Mal die Spucke weggeblieben. Glaub mir, da ist kein Grund zu banal.«

»Leider ist das so.« Ich zuckte mit den Schultern. »Kommen wir zur dritten Möglichkeit: Einer der anderen anwesenden Männer – oder Frauen, wenn ich es recht bedenke – sucht in Wirklichkeit gar nicht nach der großen Liebe, sondern ist nur da, um Waldner umzubringen. Stellen wir uns vor, irgendeine Frau hat Waldner vertraut, wurde von ihm enttäuscht und ist jetzt tief depressiv. Oder hat sich seinetwegen umgebracht. Und der Mörder ist ein rachedurstiger Angehöriger oder Freund, wahlweise Freundin oder Schwester oder weiß der Geier. Das wäre doch auch ein wunderschönes Motiv für einen Mord, oder?«

Auftritt Doris. Wie ein farbenprächtiger Schmetterling fegte sie in Erwins Büro, umweht von einem schillernd bunten Kaftan, behängt mit klimperndem Schmuck. Ihr knallroter, fransiger Kurzhaarschnitt funkelte wie frisch gefärbt.

Offenbar hatte sie meinen letzten Satz gehört, denn sie drohte mir scherzhaft mit dem Zeigefinger und tirilierte: »Ein *wunderschönes Motiv* für einen Mord? Das will ich nicht gehört haben. Ein Motiv ist niemals wunderschön und ein Mord erst recht nicht. Aber ich hab mir schon gedacht, dass ihr hier zusammengluckt. Dennis ist nicht in seinem Büro, Loretta nicht an ihrem Schreibtisch – da musste ich ja nur eins und eins zusammenzählen.«

Beinahe war ich erstaunt, dass sie nicht mit mir meckerte, denn schließlich hatte ich ja nun schon mehrfach versprochen, mich nicht mehr in polizeiliche Ermittlungen einzumischen. Natürlich wusste auch sie längst, was am Sonntag passiert war, und hatte entsprechend bestürzt reagiert. Ein schwacher Trost war ihr zudem gewesen, dass ich erstens Waldners Tod nicht persönlich miterlebt hatte und er zweitens nicht brutal niedergemetzelt worden war, sondern beinahe wie schlafend dagelegen hatte. Ohne Blut und Verstümmelungen und so. Immerhin.

»Pass bitte auf dich auf«, hatte sie gesagt, »aber letztendlich bist du alt genug, um zu wissen, was du tust.«

Apropos Alter …

Plötzlich ritt mich der Teufel. »Dennis, was denkst du, wie alt Doris ist?«, fragte ich.

Doris fuhr herum und funkelte mich empört an. »Mein Alter geht niemanden etwas an.«

Dennis hatte die Augen zusammengekniffen, musterte Doris höchst konzentriert und sagte dann: »Hm, keine Ahnung … Anfang fünfzig?«

Schlagartig änderte sich Doris' Stimmung wieder. Sie strahlte übers ganze Gesicht, flog auf Dennis zu, beugte sich über ihren völlig überrumpelten Chef und drückte ihn innig an ihren wogenden Busen.

»Mein lieber Junge«, zwitscherte sie glücklich, »das ist wohl das netteste Kompliment, das ich je bekommen habe! Hab ich dir eigentlich jemals gesagt, wie gerne ich dich habe? Du bist wie ein Sohn für mich!«

Ihr emotionaler Ausbruch verwirrte Dennis sichtlich, aber

Erwin und ich nickten uns grinsend zu. Erwin war Manns genug, großzügig darüber hinwegzusehen, dass sein Täubchen Dennis' dramatische Fehleinschätzung ihres Alters zum nettesten Kompliment ihres Lebens erklärte. Erwin geizte ihr gegenüber nicht mit Komplimenten, wie ich wusste, aber er war glücklich, wenn sie glücklich war.

Gern geschehen, Doris, dachte ich und gestattete mir, ein Pünktchen auf meinem Karma-Konto zu verbuchen.

Kapitel 17

*Loretta bekommt den kitschigsten Eisbecher
der Welt serviert und stellt fest,
dass sie lieber horizontal als vertikal isst*

So sehr ich mich auch bemühte – ich konnte mich nicht auf meine Arbeit konzentrieren, also nahm ich mir für den Rest des Tages frei und fuhr kurzentschlossen zum Café.

Der Innenbereich war recht gut gefüllt, und zwei Serviererinnen huschten emsig von Tisch zu Tisch, um die Wünsche der Kunden nach köstlich aussehenden Tortenstücken und opulenten Eisbechern zu erfüllen. Es duftete süß nach Gebäck und gleichzeitig würzig nach frisch aufgebrühtem Kaffee. Offenbar war das Café besonders bei älteren Herrschaften beliebt, denn der Altersdurchschnitt schien bei Mitte sechzig zu liegen. Man plauderte leise miteinander, dazu tröpfelte klassische Musik in angenehmer Lautstärke aus verborgenen Lautsprechern. Hier und dort wurde Zeitung gelesen, und an einem Tisch am Fenster waren zwei alte Herren konzentriert über eine Schachpartie gebeugt.

Zum ersten Mal nahm ich den Raum bewusst in mich auf – am Sonntag war ich viel zu abgelenkt gewesen. Die Einrichtung war gemütlich, aber nicht übertrieben plüschig, und viele üppige, strategisch platzierte Zimmerpflanzen ließen den recht großen Raum behaglich wirken. Es gab sogar lauschige Nischen, in die man sich zurückziehen konnte, wenn man ungestört sein wollte.

Im Nachhinein musste ich Käthe und Cäcilie attestieren, sich am Sonntag den Platz mit dem besten Überblick ausgesucht zu haben. Jede Wette, dass sie dort Stammgäste waren und im Laufe der Zeit mehrere Tische ausprobiert hatten, bis sie sich für den mit der optimalen Sicht entschieden hatten.

Mir war nach frischer Luft, also ging ich hinaus auf die schöne Terrasse. Das Wetter war heute ziemlich unbeständig, und einige Male hatte es schon ein wenig getröpfelt, entsprechend war nur ein Tisch besetzt. Ich sah nicht genauer hin und entschied, mich in die andere Ecke zu setzen, als ich gerufen wurde.

»Hey, Lo! Setz dich zu uns!«

Erst fühlte ich mich gar nicht angesprochen, aber dann fiel mir ein, dass das ja die Abkürzung war, die bei den Speed-Datings auf meinem Namensschild gestanden hatte. Ich drehte mich um und entdeckte Sabine, die Polizistin, und Krankenschwester Annabelle.

Ach was. Das war ja interessant.

Ich ging zu ihnen und setzte mich. »Das ist ja ein Zufall! Seid ihr häufiger hier?«

Annabelle nickte. »Ist das Café nicht supersüß? Wir haben es durch die Dating-Veranstaltungen entdeckt. Meist sind Mareile und Doreen auch dabei.«

Das beantwortet meine Frage, ob sich eine Clique gebildet hat, dachte ich.

»Wir fressen uns nun systematisch durchs Tortenangebot«, erzählte Sabine. »Jedes Mal muss eine andere Sorte auf den Kuchenteller. Eine Mammut-Aufgabe, aber wir sind wild entschlossen, sie zu bewältigen. Alles im Dienste des guten Geschmacks.«

»Die Kuchen sehen echt verführerisch aus«, erwiderte ich. »Mir ging es übrigens ähnlich. Der Laden gefällt mir, und nach dem Chaos am Sonntag wollte ich ihn unbedingt erleben, wenn es hier nicht von Polizisten wimmelt.« Ich stockte und grinste Sabine an. »Anwesende natürlich ausgeschlossen.«

Mit einem Lachen hob sie beide Hände. »Hab mich nicht angesprochen gefühlt, keine Sorge.«

Ich griff nach der Eiskarte, die – zusammen mit den Karten des übrigen Sortiments – in einem chromglänzenden Ständer klemmte. Ich studierte das schier überwältigende Angebot unterschiedlichster Eisbecher und entschied mich spontan für einen, der mir irgendwie passend erschien.

Eine Serviererin kam und brachte die Bestellung der beiden Mädels: einmal turmhohe Schokoladentorte für Sabine und ein verblüffend farbenfrohes, geschichtetes Prachtstück für Annabelle, das zu sechzig Prozent aus Buttercreme zu bestehen schien. Dazu hatten sie Cappuccino geordert.

»Und was darf ich Ihnen bringen?«, fragte mich die Kellnerin.

»Einen *Love Cup*«, erwiderte ich, »und momentan noch nichts zu trinken, vielen Dank.«

»*Love Cup*?«, fragte Sabine, als die Kellnerin gegangen war. »Ist das irgendwie symbolisch zu verstehen? Bist du etwa frisch verliebt?«

»Ha. Bestimmt nicht.«

»Eigentlich hättest du dir meine Torte bestellen sollen«, sagte Annabelle. »Die würde perfekt zu deinem Shirt passen.«

»Was? Tatsächlich …«

Wir kicherten, denn die Buttercremeschichten im Tortenstück hatten die gleichen Farben wie die Streifen meines Shirts: Knallgrün, Pink und Orange. Verrückt.

Ich deutete auf die Torte. »Lass mich raten: Waldmeister, Himbeer und Mango.«

»Fast. Nicht Waldmeister, sondern Pfefferminz, ansonsten stimmt es. Zwei von drei, immerhin.«

Ich hob die Brauen. »Pfefferminz? Klingt verwegen. Schmeckt das?«

Annabelle, mittlerweile mit vollem Mund, nickte und hob den Daumen.

Wir plauderten über dies und das, bis die Kellnerin wieder

erschien und ein Monstrum von Eisbecher vor mir abstellte, das mir kurz die Sprache verschlug. Tatsächlich hatte ich nicht geahnt, dass ich eine Mount-Everest-mäßige Kombination aus Kalorien und Silvesterfeuerwerk bestellt hatte. In einem hohen Glas stapelten sich Vanilleeis-Kugeln, rote Sauce und Erdbeerstückchen, darüber balancierte eine rosa Sahnehaube, von der herab sich ein weiterer Vulkanausbruch an Sauce ergoss und die zusätzlich mit hellrosa Konfetti aus winzigen Zuckerherzen bestreut war. Zwei Holzstäbchen mit pinkfarbenen Fontänen aus Metallfäden und ein weiteres mit einem roten Plüschherz krönten das Kunstwerk. Ein leuchtend grünes Minzblättchen, das in der Sahne steckte, durchbrach gekonnt das ausgefuchste Farbkonzept und ließ mich vermuten, dass die schmalen grünen Streifen zwischen den Erdbeeren auch aus Minze bestanden.

Hier war ein Künstler am Werk gewesen. Ach so, hatte ich schon die drei langen, dünnen Waffelröllchen erwähnt? Nein? Das sei hiermit nachgeholt.

Ob es diese Kreation wohl immer schon gegeben hatte? Oder stand sie erst auf der Karte, seit hier die Speed-Datings stattfanden?

»Jesses«, murmelte ich verdattert. Die Sahnehaube reichte bis zur Höhe meiner Nasenspitze.

Sabine wollte sich schier kaputtlachen über mein verdutztes Gesicht. »Die Eiskarte haben wir uns für den Sommer aufgehoben. Aber wie der *Love Cup* aussieht, wissen wir ja nun. Lass es dir schmecken, Lo.«

Ich machte mich ans Werk. Irgendwie blöd, dass ich mich erst durch die Sahne arbeiten musste, um ans Eis und an die Erdbeeren zu kommen. Es wäre deutlich cleverer gewesen, das Prunkstück in einer Pommesschale anzurichten. Oder in einem dieser Glasboote, in denen Bananensplit üblicherweise serviert wurde.

Ich aß deutlich lieber horizontal als vertikal, wurde mir klar. Nebeneinander platziert, hätte ich viel besser kombinieren kön-

nen: Erdbeeren mit Sahne, Eis mit Erdbeeren, Sahne mit Eis …
Die Erdbeeren, so stellte sich übrigens nach dem ersten Probieren heraus, dürften einen beträchtlichen Teil ihres Daseins in einem Bad aus hochprozentigem Alkohol verbracht haben. Die Betreiber des Cafés meinten es offenbar gut mit ihren Kunden.

Die beiden hatten ihre Torte verspeist, während ich noch mit dem letzten Viertel meines Eisbechers kämpfte. Mist, dieser Glaskelch wurde nach unten immer schmaler, und mittlerweile war das Auslöffeln echte Schwerstarbeit, zumal sich nur noch Geschmolzenes darin befand.

»Scheiß drauf«, sagte ich schließlich, legte den langstieligen Löffel weg und setzte das Gefäß an die Lippen, um den Rest auszutrinken. Ich stellte den Kelch ab und klopfte mir zufrieden auf den Magen. »Das war echt lecker.« Mir entfuhr ein leises Rülpsen.

Die beiden Mädels wechselten einen amüsierten Blick, dann sagte Sabine: »Du bist in Ordnung, Lo. Aber das habe ich schon am Sonntag an der Art erkannt, wie du gehandelt hast, als alle anderen noch in Schockstarre waren. Ist mir ein bisschen peinlich, denn eigentlich wäre das ja meine Aufgabe gewesen – immerhin bin ich Polizistin.«

»Unsinn.« Ich schüttelte den Kopf. »Niemand hatte eine wie auch immer geartete *Aufgabe*. Du nicht, ich nicht, niemand. Vielleicht war ich in diesem Moment einfach … ich weiß nicht recht … vielleicht ein bisschen rationaler.«

»Ja, und gerade das hat uns im Nachhinein so erstaunt«, sagte Annabelle. »Wir hatten nämlich den Eindruck, dass du und Mike …«

»Dass sich zwischen uns was angebahnt hat?«, fragte ich. »Ehrlich gesagt dachte ich das nach unserem ersten Treffen auch. Aber mein Bauchgefühl sagte mir am Sonntag, dass irgendwas an ihm nicht koscher ist.«

»Gutes altes Bauchgefühl«, warf Annabelle ein. »Du kannst

froh sein, dass dein Alarmsystem funktioniert. Andere hatten dieses Glück nicht.«

Aha – meinte sie das ganz allgemein, oder bezog sich diese Bemerkung konkret auf Mike? Das musste ich unbedingt noch herausfinden.

Ich zuckte mit den Schultern. »Ich hatte jedenfalls nicht vor, mich noch einmal mit ihm zu treffen.«

Sabine grinste. »Das hat sich nun auch ganz von allein erledigt, nicht wahr? *Karma is a bitch,* sage ich immer.«

»Wisst ihr, was echt gruselig ist?«

Sie schüttelten die Köpfe und beugten sich erwartungsvoll zu mir.

»Dass er das Bimmeln zum Ende des Datings als ›Totenglöckchen‹ bezeichnet hat«, fügte ich mit gesenkter Stimme hinzu.

»Ist nicht dein Ernst!«, quiekte Sabine, während Annabelle entgeistert die Augen aufriss und flüsterte: »O mein Gott, und kurz danach …«

Sie konnte ihren Satz nicht vollenden, denn in diesem Moment kam ein uniformierter Polizist auf die Terrasse und bat uns, das Café zu verlassen, man räume gerade den gesamten Betrieb.

Also ließ die Küpper doch noch alles durchsuchen? Gut so.

Sabine blickte auf ihre Armbanduhr und sprang auf. »Annabelle, wir müssen sowieso los. Ich muss zum Dienst, und deine Mittagspause ist beinahe um.«

Sofort stand Annabelle auf. »Sehen wir uns morgen bei der Party?«, fragte sie mich.

»Auf jeden Fall.«

»Super!«, rief Sabine, und dann waren sie auch schon weg.

Ich schlenderte ins Café und bezahlte meinen Eisbecher. Keine der beiden Servierinnen war am Sonntag im Dienst gewesen, und sie wirkten etwas verstört. Überall an den Tischen packten die Gäste murrend ihre Sachen und wollten zahlen. Es herrschte eine gewisse Hektik.

Ich ging zu meinem Auto und setzte mich hinein. Sinnierend starrte ich durch die Windschutzscheibe. Schade, jetzt musste ich mit meinen Fragen bis morgen Abend warten.

Andererseits …

Karma is a bitch, hatte Sabine gesagt.

Also war sie tatsächlich der Meinung, Mike hatte gekriegt, was er verdient hatte. Denn diese Bemerkung hatte sich definitiv konkret auf ihn bezogen, schließlich hatten wir ja genau in jenem Moment über ihn gesprochen.

Aber hieß das, dass sich tatsächlich seinetwegen jemand umgebracht und er deshalb ebenfalls den Tod verdient hatte? Oder hielt sie seinen Tod einfach für die gerechte Strafe für – was auch immer? Gerade von ihr als Polizistin hätte ich das nicht erwartet. Andererseits war sie vielleicht auch nur eine Frau, die schlechte Erfahrungen mit Männern wie Mike gemacht hatte. Dennoch …

Noch eine Stunde, bis Bärbel und Frank den Laden für die zweite Schicht des Tages wieder öffnen würden, sagte mir die Uhr, also fuhr ich zu ihnen.

Das Tor zur Einfahrt war nicht abgeschlossen, die Schuppentür stand weit offen. Frank fand ich im Inneren, wo er eine frische Lieferung Obst und Gemüse in die Kisten sortierte, in denen sie dann vor dem Laden zum Verkauf stehen würden. Er wandte mir den Rücken zu.

Ich blieb in der Tür stehen und rief: »Klopf, klopf!«

Frank schrie auf und fuhr herum. In geduckter Angriffshaltung stierte er mich wild an. »Herrje, Loretta – willze mich unter die Erde bringen, oder wat? Herrje!«

»Tut mir leid«, sagte ich zerknirscht, »ich wollte dich nicht so erschrecken.«

»Haste aber. Verdorrich nochma … ich dachte echt, ich krieg 'nen Herzriss.«

»Soll ich dir was helfen? Gurken stapeln oder so?«

»Wieso? Haste Langeweile? Wieso biste überhaupt jetzt hier und nich auffe Arbeit? Kannz dich umme Salatköppe kümmern.«

So richtig beruhigt hatte er sich immer noch nicht. Also ließ ich ihn erst mal weiterwurschteln und sortierte Salatköpfe hübsch nebeneinander in eine Kiste. Ich ließ mir Zeit. Natürlich hätte ich auch hoch zu Bärbel gehen können, aber sie war sicherlich mit den Kindern beschäftigt. Mittagessen, Schulaufgaben … da war ich nur im Weg.

»Die Bärbel kommt übrigens mit.« Pause, dann: »Morgen Abend.«

Als hätte es dieses erklärenden Zusatzes noch bedurft.

»Super, freut mich wirklich.«

»Wir haben sogar schon die Leute auswendich gelernt«, fuhr er fort, während er konzentriert Äpfel begutachtete und in eine Kiste schichtete. »Kannz mich allet fragen. Wie in so 'nem Quiz. Wie heißt die Olle, die Hunde trainiert? Dann sach ich wie ausse Pistole geschossen: Doreen!«

»Großartig!«

Das war völlig unnötig gewesen, denn eigentlich sollten sie nur die Gesichter erkennen, aber ich würde mich hüten, ihm das zu sagen. Ich war echt gerührt, dass sie sich so reingehängt hatten.

»Sachma, wie bisse eigentlich an die Fottos gekommen? Du hast die doch nich gemacht, oder?«

»Nee, das wäre viel zu auffällig gewesen. Ich hatte zwei reizende Helferlein: Käthe und Cäcilie.«

Ich erzählte ihm von den beiden alten Damen und wie begeistert sie von den spannenden Ereignissen am Sonntag gewesen waren. Die Vorstellung, wie die beiden vermeintlich ein Selfie nach dem anderen gemacht hatten, während sie in Wirklichkeit die Teilnehmer der Veranstaltung für mich knipsten, erheiterte ihn so sehr, wie ich insgeheim gehofft hatte.

»Du bis ja vielleicht ausgeschlafen!«, gackerte er begeistert, »zwei alte Mädels für dich einzuspannen – darauf muss man ersma kommen.«

»Ich wusste mir nicht anders zu helfen. In dem Moment hatte ich natürlich noch keine Ahnung, ob und wofür ich die Fotos brauchen würde.« Ich zuckte mit den Schultern. »Jetzt wissen wir es. Und ich bin sehr froh, dass wir sie haben.«

Frank grinste und tippte sich an die Nase. »Du has den richtigen Riecher. Und Inschtinkt. Und wir können die Leutchen morgen Abend sofort erkennen. Wat stellste dir überhaupt vor? Dennis und ich horchen die Jungs aus, Bärbel und du die Mädels?«

»Hm … darüber habe ich noch nicht nachgedacht. Bis jetzt gibt es keinen konkreten Plan. Wir treffen uns am besten morgen bei mir und fahren zusammen zur Party. Dann können wir uns noch besprechen. Ich will mal wieder los.«

Zuhause rief ich meine Mails ab, insgeheim auf eine bestimmte Betreffzeile hoffend: *Robin Hood hat dir eine Nachricht gesendet.* Aber: nichts.

Arschloch.

Kapitel 18

Vier Freunde stürzen sich in die Hölle der blinkenden Herzen,
und unter ihnen ist eine graue Maus

Von Erwin erfuhr ich am nächsten Tag, dass die Durchsuchung des Cafés nichts ergeben hatte. Das überraschte mich nicht. Sollte jemals dort irgendwo ein Fläschchen oder eine Phiole versteckt gewesen sein, war Zeit genug gewesen, sie am Montag – oder auch noch am Dienstagvormittag – zu holen und endgültig verschwinden zu lassen.

Verstecke standen reichlich zur Verfügung: all die Blumentöpfe, die Büsche rund um die Terrasse herum, die Spülkästen im Klo … In dem Chaos, das am Sonntag dort geherrscht hatte, wäre es kein Problem gewesen, das verräterische Beweisstück zwischenzulagern. Aber wer weiß – vielleicht hatte es einfach in irgendeiner Hosen- oder Jackentasche gesteckt und hatte bereits zu diesem Zeitpunkt unbemerkt das Café verlassen, es war ja niemand durchsucht worden.

Nun ja, einen Versuch war es wert gewesen.

Nach Feierabend setzte ich mich an den Laptop und erstellte eine Liste derer, die wir heute Abend auf der Party zu treffen hofften. Einen Ausdruck davon steckte ich in meine Umhängetasche; ich wollte später die Namen der Anwesenden abhaken.

Damit versuchte ich mich abzulenken, aber es funktionierte nicht. Irgendwann rief ich schließlich doch meine Mails ab – nur um festzustellen, dass *Robin Hood* sich nach wie vor in Schweigen hüllte.

Abwechselnd verfluchte ich ihn und mich.

Ihn, weil er mich umgarnt hatte und dann ohne Erklärung

aus meinem Leben verschwunden war. Mich, weil ich so strunz-dumm gewesen war, mir tatsächlich Hoffnungen zu machen. Aber vielleicht war ja auch nur sein Computer kaputt? Oder sein Internet? Oder er hatte beide Arme gebrochen und verzweifelte daran, mich nicht informieren zu können …

Ha, ha, Loretta, immerhin funktioniert deine Fantasie noch, dachte ich griesgrämig.

Entschlossen klappte ich den Laptop zu.

Das musste aufhören, unbedingt. Immerhin hatte ich jetzt auch die Erfahrung hinter mir, wie wenig berechenbar und verlässlich die Partnersuche im Internet sein konnte. Aber: Lieber ein Ende mit Schrecken als ein Schrecken ohne Ende – das sollte mein aktuelles Mantra werden, beschloss ich. Es würde mir hoffentlich helfen, die Enttäuschung zu überwinden.

Diese verdammten Websites!

Klar war es mittlerweile so, dass viele Partnerschaften per Internet begannen; viele einschlägige Plattformen warben damit, wie viele – glückliche? – Beziehungen sie bereits gestiftet hatten. Natürlich würden sie niemals damit hausieren gehen, wie viele gebrochene Herzen es ihretwegen gab. Immerhin konnte jeder in seinem Profil alles schreiben, behaupten und vorgeben, was er oder sie wollte. Niemand kontrollierte oder überprüfte die Angaben, die ich in meinem Profil machte. Selbstverständlich wäre es selten dumm, sich selbst als Geschoss mit Modelmaßen zu beschreiben und dann beim ersten Treffen als kleine, pummelige Knutschkugel um die Ecke zu kommen – wenn man tatsächlich auf der Suche nach der großen Liebe war. Falls man allerdings auf der Website nur flirten und dutzendfach zugesandte »Herzen« und sabbernde Kontaktanfragen sammeln wollte … tja.

Die Türklingel riss mich aus meinen Gedanken. Es war Dennis. Er hatte bei seinem Outfit auf jegliche Rüschen, schrille Farben und übertrieben extravagante Schnitte verzichtet; tatsächlich wirkte er in Rippenrolli und Jeans mit dezentem Schlag richtig smart. Auch die schmalen Plateausohlen seiner schicken Wildlederstiefeletten waren absolut alltagstauglich. Niemand würde ihm unterstellen können, dass er irgendeinem aktuellen Modediktat folgte, aber er sah auch nicht aus, als hätte er sich für eine 70er-Jahre-Mottoparty verkleidet.

»Hey, du siehst spitze aus«, sagte ich.

Dennis zwinkerte mir zu. »Tu ich das nicht immer, Schätzchen?«

»Aber natürlich. Wenn auch in unterschiedlichen Abstufungen. Mal ist es eher im Sinne von: *Toll, dass du dich traust, dieses Hemd zu tragen,* und manchmal – so wie jetzt – einfach toll.«

»Hm.« Er nickte nachdenklich. »Sag mal: Würde ich dir auffallen, wenn wir uns nicht kennen würden? *Positiv* auffallen, meine ich.«

»Schwer zu sagen – ich kenne dich ja nun mal. Aber ich glaube schon. Du siehst nicht wie jeder aus, sondern hast deinen eigenen Stil. Das fände ich gut, und es würde dich mir sympathisch machen, denke ich.«

Er musterte sich im Garderobenspiegel. »Eigentlich komme ich mir heute vor wie eine graue Maus.«

»Wenn du etwas nicht bist, dann eine graue Maus, Dennis. Auch jetzt nicht. Trotzdem ein kleiner Tipp: Solltest du heute eine Frau finden, für die du dich interessierst, würde ich dir empfehlen, sie langsam an deinen Kleidungsstil zu gewöhnen. Bei jedem Treffen ein bisschen schriller, damit du sie nicht verschreckst. Und irgendwann holst du deine Glamrock-Stiefel aus dem Schrank – und alles ist gut. Du weißt, ich mag deine Klamotten sehr, auch wenn ich dich manchmal damit ärgere. Aber mein Geschmack ist halt nicht gerade repräsentativ. Nicht jede Frau hält es aus, von einem Paradiesvogel wie dir an ihrer Seite überstrahlt zu werden.«

Er wandte sich mir zu und fragte ernst: »Warum sind nicht alle Frauen so wie du, Loretta?«

Hui – wo kam das denn auf einmal her?

Hastig kicherte ich die plötzlich irgendwie knisternde Atmosphäre weg und sagte: »Erstens: Weil ich einmalig bin. Und zweitens: Eine Welt voller Lorettas wäre dann doch auch wieder langweilig, oder?«

»Bist du im *Liebesgarten* eigentlich mittlerweile auf Gold gestoßen? Ich hab dir letztens aus Jux eine Rose geschickt, aber das hast du gar nicht mitgekriegt, oder? Jedenfalls hast du nicht reagiert.«

Nee, weil ich alles gelöscht hatte, was nicht von *Robin Hood* gekommen war. Und zwar, ohne mich mit dem Inhalt der anderen Nachrichten zu beschäftigen. Dass mein *Gecko*-Chef dabei gewesen war, hatte ich glatt übersehen. Selbstverständlich hatte ich Dennis nichts von *Robin Hood* erzählt und würde es auch in Zukunft nicht tun. Hallo? Es gab schließlich Grenzen, immerhin war er mein Chef. Und ein Mann. Auch ein guter Freund, okay. Aber für solche Desaster-Erlebnisse waren Freund*innen* da, das war schon immer so und würde immer so sein. Basta.

Die Ankunft von Bärbel und Frank befreite mich davon, Dennis gestehen zu müssen, dass ich seine Rose in den Papierkorb verschoben hatte, ohne ihn als Absender zu erkennen.

Wir gingen hinaus auf die Terrasse.

»Also, wat is der Plan?«, fragte Frank und rieb sich voller Vorfreude die Hände.

Ich zuckte mit den Schultern. »Einen konkreten Plan habe ich nicht. Wir reden einfach mit ihnen, schlage ich vor. Plaudern ein bisschen, vor allem auch über die Sache mit Mike. Natürlich habe ich euch davon erzählt – es wäre unglaubwürdig, wenn nicht. Gestern habe ich übrigens zufällig Sabine und Annabelle getroffen. Das Gespräch mit ihnen hat meinen Eindruck verstärkt, dass Mike aus Rache umgebracht wurde. Oder um ihn zu bestrafen. Außerdem scheint es eine Mädels-Clique zu geben: Sabine, Annabelle, Doreen und Mareile. Ganz unterschiedliche Frauen, aber irgendeine Gemeinsamkeit wird es schon geben.«

»Vielleicht sind ja alle vier irgendwann mal auf diesen Mike reingefallen«, sagte Bärbel.

»Oder auf einen Mann *wie* Mike«, erwiderte ich. »Dann wäre es eher eine schlechte Erfahrung, die sie zusammengeführt hat – und nicht dieser spezielle Mann.«

»Meinze, die Mädels sind so 'ne Art Mörderclub?«, fragte Frank aufgeregt. »Mensch, dat wär mal 'n Ding.«

»Nichts Genaues weiß man nicht.« Ich schüttelte den Kopf. »Es gibt so viele Fragen: War es ein Mann? War es eine Frau? Ein Einzeltäter? Oder waren es mehrere Leute, die sich zu einer Verschwörung zusammengetan haben? Zwei, drei oder vier? Ich rechne jedenfalls damit, dass alle Teilnehmer vom letzten Sonntag auf der Party sein werden. Schon alleine, um sich durch Abwesenheit nicht verdächtig zu machen.«

»Verdächtig?« Dennis hob die Brauen. »Denkst du, die Polizei wird heute Abend unauffällig checken, ob jemand aus der Runde fehlt?«

»Nee, das nicht gerade«, erwiderte ich. »Aber wir wollen nicht vergessen: Sabine ist Polizistin und damit eine potenzielle Gefahr. Sie könnte ja theoretisch den Ehrgeiz haben, den Fall aufzuklären, und sie ist immerhin eine Insiderin.«

Auch wenn sie der Meinung war, dass Mike den Tod verdient hatte, fügte ich in Gedanken hinzu.

Aber das widersprach nicht zwangsläufig der seltenen Gelegenheit für eine ›einfache‹ Polizistin, der Kripo eindrucksvoll zu beweisen, was sie draufhatte. Ich an ihrer Stelle würde mir diese Chance jedenfalls nicht entgehen lassen.

Am Eingang der Halle stand Denise; neben ihr an einem Tisch saßen zwei Mädels, die den Eintritt kassierten und die Namensschilder beschrifteten. Als Denise mich sah, winkte sie uns an der Warteschlange vorbei zu sich.

»Schön, dass du gekommen bist, Lo«, sagte Denise und schenkte uns ein strahlendes Lächeln, »und das müssen deine Freunde sein, die du angekündigt hast. Herzlich willkommen bei meiner Party.«

Sie nahm vier Namensschilder aus einem kleinen Pappkarton, beschriftete meins mit ›Lo‹ und sah mich fragend an.

»Frank, Bärbel und Dennis.« Bei jedem Namen deutete ich auf meine betreffenden Freunde.

Denise schrieb die Namen auf die Schilder und verteilte sie. Dann holte sie aus einem weiteren Karton vier Haarreifen, an denen auf dünnen Spiralen zwei rote Plastikherzen herumwackelten. An einem davon drückte sie einen winzigen Knopf, und die Herzen blinkten hektisch los. »Die sind für euch. Damit könnte ihr signalisieren, dass ihr bereit für einen Flirt seid.«

Sofort streckte Frank die Hand aus, zog sie aber hastig wieder zurück, nachdem Bärbel ihm – wie ich amüsiert bemerkte – einen dezenten Stoß versetzt hatte.

Ich nahm Denise die vier Haarreifen ab und steckte sie in die Umhängetasche. »Wir überlegen uns noch, ob wir sie aufsetzen, okay?«

»Der erste Drink geht aufs Haus«, sagte Denise und gab jedem von uns eine Getränkemarke. »Außer der Disco gibt es eine lauschige Bar mit Außenbereich, wo man sich in Ruhe unterhalten kann. Und jetzt viel Spaß!«

Wir bedankten uns artig und gingen hinein.

»Warum hast du diese bestussten Haarreifen eingesteckt?«, fragte Bärbel.

Ich beugte mich zu ihr und flüsterte ihr ins Ohr: »Deine Kiddies werden sich darüber freuen. Und Frank hat auch einen zum Spielen.«

Das, was ich bei den Speed-Datings schon als rot blinkende

Flirt-Hölle empfunden hatte, war im Vergleich zum flackernden Herzen-Overkill in der Disco nur ein schwaches Glimmen gewesen. Rote Herzen, wohin man auch blickte: als schwebende Luftballons, aus Papier als Girlanden, von einem rotierenden Projektor über Menschen und Wände ergossen, als Lichterketten … nicht zu vergessen die wackelnden Blinkdinger auf den Köpfen der ausgelassen tanzenden Menge. Der DJ, der eindeutig Ü40 – wenn nicht sogar Ü50 – war, spielte gerade ABBA, was ja immer ein todsicherer Garant für eine volle Tanzfläche war. Die Musik war zwar durchaus laut, riss einem aber nicht die Trommelfelle in Fetzen.

»Ich schlage vor, wir gucken uns erst einmal um, ob alle aus der Gruppe anwesend sind«, brüllte ich meine Freunde an. »Am besten, wir verteilen uns. Ich übernehme die Bar. Wir treffen uns dort in zehn Minuten.«

Bärbel, Frank und Dennis nickten und gingen los; sofort wurden sie von der wogenden Menge verschluckt. Ich machte mich auf den Weg in die Bar. Wie ich erwartet hatte, herrschte dort schummriges Licht, was vermutlich eventuelle Flirts unterstützen sollte. Einzelne Tischchen waren bereits belegt, die Barhocker waren noch unbesetzt. Hier lief keine Musik, und die aus der Disco war nur gedämpft zu hören. Tatsächlich: Hier konnte man sich unterhalten, falls man es wollte.

Ich ging hinaus in den Außenbereich – hier waren Lichterketten, Lampions aus Papier sowie Windlichter auf den Tischen dafür zuständig, romantische Atmosphäre zu verbreiten. Sehr hübsch, das musste ich zugeben. Einige männliche Raucher standen zusammen und pafften, unter ihnen entdeckte ich Jimmy, den latent aggressiven Lebenskünstler.

Um einen Tisch in einer dunklen Ecke saßen vier Frauen, eine von ihnen winkte mir. Als ich näher kam, erkannte ich Annabelle, Sabine, Doreen und Mareile. Keine trug den Haarreifen.

»Da bist du ja«, sagte Doreen. »Sabine und Annabelle haben schon erzählt, dass du auch kommst. Setz dich doch zu uns. Oder willst du dich sofort ins Getümmel stürzen und auf Teufel komm raus flirten?«

»Flirten? Mal sehen, später vielleicht«, erwiderte ich. »Aber ich muss erst meinen Freunden Bescheid sagen, dass ich hier draußen bin.«

»Ach, du bist nicht alleine hier?«, fragte Annabelle.

Ich schüttelte den Kopf. »Nee, mit drei Freunden, die auch Singles sind. Zwei sehr sympathische Herren und ein Mädel. Sie gucken sich gerade ein bisschen um, aber wir sind gleich an der Bar verabredet.« Ich zwinkerte ihnen zu. »Für eine erste Bestandsaufnahme, ihr versteht.«

»Du kennst zwei *sympathische* Männer, die Singles sind? *Zwei?* Und die sind heute hier?«, fragte Annabelle ungläubig, und der ganze Tisch gackerte. »Interessant, dann hätten wir in dir ja gleich jemanden, der uns verlässliche Auskunft über sie geben kann. Keine bösen Überraschungen, was, Mädels? Aber ist denn keiner der beiden was für dich selbst?«

»Nee, leider nicht. Ihr kennt das bestimmt: Man kennt sich seit Jahren, und irgendwann ist auch der letztmögliche Moment verpasst, an dem noch was aus euch hätte werden können. Und dann seid ihr plötzlich wie alte Kumpel, zwischen denen es kein Stück mehr knistert.«

Sabine winkte ab und stöhnte. »Das kenne ich, das habe ich selbst schon erlebt. Tragisch.«

»Na ja, geht so.« Ich zuckte mit den Schultern. »Aber dafür habe ich zwei sehr gute Freunde gewonnen, die sofort am Start sind, wenn ich mal männliche Hilfe brauche. Tapezieren, Umzug, Wartung fürs Auto … Anruf genügt. Ist doch auch nicht schlecht.«

»Hilfe, das wird ja immer besser.« Sabine schnalzte mit der Zunge. »Zwei sympathische Single-Männer, die auch noch handwerklich begabt sind? Ich dachte, diese Spezies wäre schon vor Jahren ausgestorben. Wir wollen alles über sie wissen, kapiert?«

»In Ordnung. Wir sehen uns später, okay?«

Ich machte mich lieber vom Acker, ehe sie mich schon jetzt mit Fragen über Dennis und Frank löchern konnten. Und für später musste ich mir eine Strategie ausdenken, wie ich einem Kreuzverhör über die beiden ausweichen konnte.

Herrje – diese überraschende Wendung hatte ich nun wirklich nicht bedacht. Wer kommt denn auf so etwas?

Jemand, der ein bisschen nachdenkt, Loretta, dachte ich, während ich auf einen Barhocker kletterte.

Kapitel 19

Manchmal ist das Schicksal erbarmungslos,
aber gerecht, wie Loretta erfährt –
und das ist noch längst nicht alles

Der Barkeeper wandte sich mir zu, und ich bestellte ein Mineralwasser. Nach und nach kamen immer mehr Leute herein, die ihn ganz schön auf Trab hielten. Gut so, denn ich wollte nicht von ihm belauscht werden, wenn ich mich mit Bärbel, Dennis und Frank austauschte. Man konnte nie wissen, wo irgendwelche Informationen landeten. Vielleicht gehörte er ja zu Denises Team? Ich hatte keine Lust, dass sie erfuhr, was wir vorhatten. Auch wenn es letztlich in ihrem Interesse war, dass der Mörder oder die Mörderin gefasst wurde, würden ihr unsere Undercover-Umtriebe bestimmt nicht besonders gefallen.

Als Erster tauchte Dennis auf, der sich lässig auf den Barhocker neben mir schwang.

»Hier ist 'ne Stimmung wie auf einer Klassenparty, aber ohne Lehreraufsicht«, verkündete er aufgeräumt. »Alle sind irgendwie leicht ... *hysterisch,* finde ich. Lustig.«

»Ist ja auch kein Wunder, schließlich kann es kaum einen Zweifel daran geben, was sämtliche Anwesenden heute wollen«, erwiderte ich.

Dennis grinste übers ganze Gesicht und nickte. »Vögeln, vermute ich mal.«

»Wirklich, Chef? *Vögeln?*« Ich verdrehte die Augen. »Ich meinte vielmehr, dass alle hier sich gerne verlieben würden. Und dass es sich ein bisschen peinlich anfühlt, wenn alle von dir wissen, dass du auf der Suche bist.«

»Schon, aber das gilt doch für *alle*. Alle wissen von allen …«

»Deshalb diese leicht hysterische Stimmung«, fiel ich ihm ins Wort.

Ehe wir dieses Thema weiter vertiefen konnten, kamen Bärbel und Frank in die Bar und stellten sich zu uns.

»Also, wenn dat hier kein Ringelpietz mit Anfassen is, dann weiß ich auch nich«, sagte Frank. »Mir war gaanich klar, dat es sowat überhaupt gibt. Ne Disco voller Leute, die allesamt pimpern wolln. Ich dachte immer, dafür muss man innen Swingerclub.«

»Frank!«, rief Bärbel entrüstet aus, während Dennis mich beredt ansah und in einer Siehste-hab-ich-doch-gesagt-Geste die Arme hob.

»Finze doch auch, oder, Dennis?«, fragte Frank, und Dennis nickte.

»Nein, die Menschen hier wollen die *Liebe* finden und nicht in erster Linie was fürs Bett«, sagte Bärbel, was Frank mit »Träum weiter, Schätzchen!« quittierte.

Nichtsdestotrotz fand ich interessant, wie sehr sich die Sicht der beiden Männer von derjenigen Bärbels – und meiner – unterschied. Ob das allgemein so war? Gingen Frauen und Männer mit gänzlich unterschiedlichen Erwartungen zu derartigen Partys? Die Männer suchten eine Frau für einen flotten Matratzentango, die sich im Optimalfall als Partnerin fürs Leben entpuppte – und die Frauen suchten den Mann fürs Leben, der sich im Optimalfall auch im Bett bewährte?

»Wie sieht es aus?« Ich holte die Namensliste und einen Kuli aus meiner Tasche. »Wen habt ihr entdeckt?«

Es stellte sich heraus, dass sämtliche Teilnehmer von Sonntag anwesend waren und sich mehr oder weniger prächtig amüsierten. Der schüchterne Bauarbeiter Marc war zusammen mit Rocker Hajo am Rand der Tanzfläche gesichtet worden, Gärtner Kai, Spaßvogel Didi und Cem, der Dönerbudenbetreiber, tanzten – genau wie Meike und Louise. Und die anderen hatte ich ja auf der Terrasse gesehen.

»Dieser Döner-Mann, der müsste doch wat für dich sein, Loretta«, sagte Frank, »stell dir dat nur vor: immer lecker Döner, jeden Tach, und dat völlich umsonz! Und hübsch isser auch noch!«

Dennis verzog den Mund. »Ich denke, lieber Frank, unsere Freundin Loretta hat höhere Ansprüche, als ihren Döner umsonst zu kriegen.«

»Tatsächlich, Dennis?« Ich hob die Brauen. »Was weißt du denn von meinen Ansprüchen?«

Wie bestellt schlenderte Cem in diesem Moment in die Bar, entdeckte mich, kam zu mir und fragte: »Du bist ja auch hier! Hast du Lust, zu tanzen?«

Mit einem Lächeln schüttelte ich den Kopf. »Ich unterhalte mich gerade so gut. Später vielleicht.«

»Ich freu mich drauf, bis später dann«, sagte er, zwinkerte mir zu und zog weiter.

Ich wandte mich wieder meinen Freunden zu.

»Sahneschnitte«, konstatierte Bärbel und ignorierte geflissentlich den empörten Blick ihres Liebsten.

»Wie bitte?«, schnappte Dennis. »Was stimmt nicht mit euch? Seid ihr blind?«

»Ihr? Wen meinst du genau damit? Ihr *Weiber*, vielleicht?«, fragte ich. »Du wolltest mir übrigens noch was über meine Ansprüche erzählen. Ich bin ganz Ohr, Chef.«

»Immerhin weiß ich, dass du Klasse hast«, erwiderte Dennis, »und du brauchst jemanden, der mit dir auf Augenhöhe ist, der dein Niveau hat. Nicht so jemanden wie diesen Döner-Schönling. Außerdem stinkt der Typ meilenweit nach Rasierwasser.«

»Hast du an ihm geschnuppert, als wir gerade nicht hingeguckt haben?«, fragte Bärbel amüsiert.

»Hast du das etwa nicht gerochen?« Dennis schnaubte.

»Stolziert wie ein Pfau hier rein, und ich denke, ich befinde mich mitten in einem Gasangriff. Meine arme Nase ist immer noch taub.«

Frank und er machten sich daran, den armen Cem nach allen Regeln der Kunst zu zerpflücken. Wenn ich bisher gedacht hatte, nur Frauen könnten sich derart gehässig über eine Geschlechtsgenossin auslassen, sah ich mich nun eines Besseren belehrt.

Bärbel beugte sich zu mir und flüsterte: »Was ist denn heute mit Dennis los? Gut, Frank ist eifersüchtig, weil ich Cem eine Sahneschnitte genannt habe, aber Dennis …?«

Ich zuckte mit den Schultern und erwiderte leise: »Keine Ahnung. Cem ist attraktiv und gepflegt, hat beste Manieren, ist schick gekleidet – und genau das scheint in Dennis' Augen gegen ihn zu sprechen. Ich hoffe, er entwickelt nicht gerade einen Beschützerinstinkt mir gegenüber. Stell dir bloß mal vor, ich müsste in Zukunft jeden Kandidaten erst einmal Dennis vorführen, damit er ihn unter die Lupe nehmen kann. Absurd!«

Wir kicherten in unsere Gläser, dann sagte ich: »Ich geh mal raus zu den Mädels, Leute.«

Annabelle lief an uns vorbei und winkte mir zu, wobei sie Dennis unauffällig in Augenschein nahm. Nicht unauffällig genug – ich hatte es durchaus bemerkt. Jede Wette: Die anderen hatten sie reingeschickt, um meine beiden *sympathischen* Freunde zu checken.

»Dann mischen wir uns mal wieder unters Volk«, sagte Bärbel. »Und wir können ruhig sagen, dass wir von dem Todesfall wissen?«

Ich nickte. »Klar. Wäre ja irgendwie komisch, wenn ich euch nichts davon erzählt hätte, oder?«

»Haben uns denn alle zusammen gesehen? Wissen die anderen, dass wir gemeinsam gekommen sind?«, fragte Dennis.

»Gute Frage, nächste Frage.« Ich zuckte mit den Schultern.

»Aber wenn die Sprache auf den Todesfall kommt, könntet ihr sagen, dass ihr es von mir wisst, weil wir befreundet sind. Übrigens – die kennen mich als Lo.« Ich deutete auf mein Namensschild.

Dennis schüttelte den Kopf. »Nur eine Silbe? Wie überaus unpassend. Wenn du eines *nicht* bist, dann einsilbig.«

Interessant, was mein Chef alles über mich wusste. Und dachte. *Wirklich* interessant.

Draußen wurde ich mit lautem Hallo begrüßt, und die Anzahl der leeren Schnapspinnchen ließ keinen Zweifel aufkommen, dass die Damen schon ordentlich gepichelt hatten. Konnte mir nur recht sein, wenn der Alkohol ihre Zungen ein wenig lockerte.

Ich ließ mich auf einen Stuhl fallen. »Ganz schön was los da drinnen. Was ist mit euch? Habt ihr keinen Bock auf die Disco?«

»Bin noch längst nicht betrunken genug, um mich in die tobende Meute zu stürzen«, erwiderte Doreen. »Zu viele Honks dabei, wenn ihr meine Meinung wissen wollt. Und zu viele Großwildjäger.«

Rund um den Tisch warf man sich wissende Blicke zu.

»Mehr Honks als sonst?«, fragte ich und tat vorerst so, als hätte ich es nicht bemerkt. »Oder der ganz normale Honk-Auftrieb? Was gilt bei euch überhaupt als Honk?«

»Na, dein schnieker Kumpel bestimmt nicht«, sagte Sabine und schnalzte mit der Zunge.

»Welcher von beiden?«

»Der Lange mit den Koteletten«, erwiderte Annabelle. »Wir streiten uns schon beinahe, wer ihn später anbaggern darf. Erzähl uns was über ihn. Was macht er so?«

Ups – so war das eigentlich nicht geplant gewesen. Ich wollte *sie* aushorchen und nicht umgekehrt.

»Also, er heißt Dennis, und er steht total auf die Siebziger. Kleidung, Einrichtung … alles.«

Die Mädels guckten einander entsetzt an.

»Iiiih«, quiekte Sabine, »das ist ja der Horror! Prilblumen, Tapeten mit riesigen Mustern, braune Cordsessel, orangene Küche … so in etwa?«

Lachend schüttelte ich den Kopf. »Nein, überhaupt nicht. Sein Haus ist ganz schlicht eingerichtet, und zwar mit skandinavischen Möbeln aus den Siebzigern. Wird gerade wieder modern, hab ich letztens gelesen. Das einzig übertrieben Bunte im Haus ist er selbst. Na ja, manchmal. Wenn er eines seiner besonders schrillen Hemden trägt.«

»Und woher kennt ihr euch?«, fragte Mareile, die bisher noch nichts gesagt hatte. Alle Mädels am Tisch blickten mich erwartungsvoll an.

Oha, wir hatten nicht daran gedacht, uns eine eventuelle Hintergrundgeschichte zu überlegen, falls man uns diese Frage stellen würde. Was nun? Ich entschied, die Wahrheit zu sagen – und ihn später irgendwie darüber zu informieren.

»Er ist mein Chef«, sagte ich also und erntete dafür amüsiertes Kichern. Ich hob die Hände. »Also, mittlerweile sind wir so gut befreundet, dass dieses Chef-Angestellte-Ding überhaupt keine Rolle mehr spielt.«

»Und den schnappst du dir nicht?« Doreen schüttelte den Kopf. »Unfassbar. Was macht er – *ihr* – denn beruflich?«

»Dennis betreibt ein Callcenter, und ich bin so etwas wie seine rechte Hand.«

Ich hielt inne – das wurde mir tatsächlich erst in diesem Moment bewusst. Ich kümmerte mich um das Personal sowie um einen großen Teil der Administration. Das Einzige, mit dem ich nichts zu tun hatte, waren finanzielle, sprich: steuerliche, Angelegenheiten. Wie hatte er das eigentlich gemacht, bevor ich diese Aufgaben übernommen hatte? Wie lange war das jetzt her? Drei Jahre oder so? Ich war langsam in den anderen Bereich hineingewachsen, zunächst nur ein paar Stunden in der Woche, aber mittlerweile … verrückt.

»Du guckst aus der Wäsche, als würde dir genau in diesem Moment bewusst, was für ein Schnäppchen dein Chef ist!«, rief Sabine aufgeräumt. »Wenn das mal nicht zu spät ist …«

Ich stimmte ins allgemeine Gelächter ein und schüttelte den Kopf. »Auf gar keinen Fall. Aber ich wollte euch noch etwas dazu fragen, was du, Doreen, vorhin erwähnt hast: Hier seien auch viele Großwildjäger. Ich bin ja praktisch ganz neu in der Dating-Community und will kein leichtes Opfer für diese Typen sein. Wie kann ich sie erkennen?«

»Ich hol uns mal 'ne Runde Schnaps. Jetzt geht's ans Eingemachte.« Sabine stand auf und stellte die leeren Gläser auf ein rundes Tablett, das auf einem Stuhl neben ihrem gestanden hatte. Damit ging sie in die Bar.

»Hui, was kommt denn jetzt?«, fragte ich in die Runde. »Ich komme mir gerade vor, als hätte ich die Büchse der Pandora geöffnet.«

Doreen beugte sich vor und raunte: »Du weißt es nicht, aber du hast ein Riesenglück, denn du sitzt hier mit den geballten Erfahrungen von mehreren Jahren zusammen. *Schlechten* Erfahrungen, wohlgemerkt, aber für dich ist das gut, denn du kannst aus ihnen lernen, ohne dass dein armes Herz blaue Flecken bekommt.«

Sabine kehrte mit fünf Gläsern Wodka on the Rocks zurück und verteilte sie an uns, bevor sie sich wieder setzte. Wir hoben die Gläser und prosteten uns zu, dann – als hätten wir es abgesprochen – kippten wir den Schnaps hinunter und knallten die Gläser auf den Tisch.

Eine perfekte Choreografie.

»Also, liebe Lo, ich fange mal an«, sagte Doreen. »Auf diesen Veranstaltungen gibt es meist zwei Spezies von Großwildjägern, musst du wissen. Die erste wird sofort zu Beginn aktiv und stürzt sich auf die attraktivsten Frauen, umgarnt sie, spendiert ihnen Drinks und schleppt sie schließlich ab. Die zweite Spezies wartet ab und beobachtet zunächst. Sie wollen sich nicht großartig anstrengen und sind auf Opfer aus, die sich leicht erlegen lassen. Diese Männer sind gute Menschenkenner. Wer wirkt besonders einsam und bedürftig? Wer ist schüchtern und steht am Rande? Wer versteckt sich im Schutz einer lärmenden Mädchenclique? Sie sind Meister darin, diese Schäfchen von der Herde zu isolieren und dann zu verführen. Übrigens musst du nicht denken, dass diese Großwildjäger besonders attraktiv sind, oh nein. Allerdings sind sie besonders charmant.«

»Wow. Und trotzdem geht ihr noch auf solche Veranstaltungen?«, fragte ich, durchaus beeindruckt von ihrer klaren Analyse der betreffenden Herren.

»Wir sind ja keine *Opfer*. Jedenfalls nicht *mehr*.« Sabine tätschelte Mareile den Arm. »Mittlerweile erkennen wir diese Ärsche rechtzeitig, meistens jedenfalls. Weißt du, wir sind so etwas wie eine Selbsthilfegruppe. Jede von uns hat schon diese miese Erfahrung mit einem Großwildjäger gemacht. Wenn wir dich davor bewahren können – sehr gerne.«

Doreen wechselte Blicke mit den anderen, dann sagte sie: »Eigentlich wurdest du ja gerade davor bewahrt. Und etliche weitere Frauen vermutlich auch.«

Dingdingding … meine Alarmglocke schlug an. Ich ahnte, was nun kommen würde, beschloss aber, mich ahnungslos zu geben. »Wie bitte? Das müsst ihr mir erklären. Meint ihr hier und heute?«

Doreen schüttelte den Kopf. »Nein, am letzten Sonntag. Abgesehen von deinem guten Bauchgefühl … na ja, das Schicksal hat Mike aus dem Verkehr gezogen, nicht wahr? Er war ein Exemplar der dritten Spezies der Großwildjäger, die gehen besonders perfide vor.«

Na, da war ich aber mal gespannt …

Während Sabine in die Bar ging, um eine weitere Runde Schnäpse für uns zu holen, fuhr Doreen fort: »Die fahren zweigleisig. Du bist nicht zufällig auch auf irgendwelchen Single-Plattformen im Internet unterwegs?«

Ich nickte verdattert. »Doch, im *Liebesgarten*.«

»Dachte ich es mir doch. Das meine ich mit zweigleisig fahren: Mike hat unter verschiedenen Nicknames bei dieser Plattform – und weiß der Henker, wo noch überall – Kontakte geknüpft und sich dann auf freier Wildbahn an die betreffenden Damen rangemacht.« Sie sah mich erwartungsvoll an.

»Verstehe ich nicht«, sagte ich.

Annabelle übernahm. »Der hat die Frauen über die Plattformen praktisch ausgehorcht. Über ihre Vorlieben, ihre Hobbys und dergleichen. Und in der realen Welt dann: zack – verblüffende Übereinstimmungen, geradezu Seelenverwandtschaft. *Ich liebe französische Filme,* hat er zum Beispiel gesagt, und die Frau quietscht entzückt: *Echt? Ich auch!* Natürlich ahnt sie nicht, dass sie es ihm – an anderer Stelle – selbst verraten hat und er jetzt in aller Seelenruhe eine Trumpfkarte nach der anderen ausspielen kann, der Arsch. Ich würde mich nicht wundern, wenn du vor den Speed-Datings bereits Kontakt mit ihm gehabt hättest, ohne es zu wissen.«

Mir wurde flau im Magen. Sabine kehrte mit den Schnäpsen zurück, und ich schnappte mir hastig ein Glas.

»Diese Nicknames«, krächzte ich, nachdem ich den Schnaps auf ex weggekippt hatte, ohne auf die anderen zu warten. »Sind welche davon bekannt?«

»Allerdings.« Sabine nickte grinsend. »Der hat sich immer Namen von irgendwelchen Helden ausgesucht. *D'Artagnan* zum Beispiel oder *Sir Lancelot* oder so. Immer Typen, bei denen du sofort an tapfere, grundgute und ritterliche Helden denkst.«

Ups – etwa so tapfere, grundgute und ritterliche Helden wie *Robin Hood?*

In meinem Kopf fügte sich ganz von alleine ein Puzzleteilchen zum anderen. Und urplötzlich war mir sonnenklar, warum ich seit Sonntag kein Sterbenswort von *Robin Hood* gehört hatte.

Kapitel 20

Wer fällt auf wen herein und vor allem: warum?,
fragt sich Loretta und erfährt dazu eine Menge Erhellendes

Bäm! Das hatte gesessen, aber auf den Punkt.

Und das war mir offenbar anzumerken, denn Doreen fragte: »Ist was mit dir? Du guckst aus der Wäsche, als hättest du einen Geist gesehen.«

Ich schauderte. »So ähnlich. Ich denke, ich hatte tatsächlich schon vorher Kontakt mit ihm. Er nannte sich *Robin Hood*.«

Kreischendes Gelächter am Tisch.

»Das passt wie die Faust aufs Auge!«, schnaufte Sabine schließlich. »Wie hat er sich noch gleich bei dir genannt, Mareile?«

»*Lionheart*«, erwiderte die Musikerin finster und schnaubte verächtlich. »Wie in Richard Löwenherz. Dieser Scheißkerl. Auch wenn er Sonntag abgekratzt ist – ich hasse ihn immer noch.«

Hui – sie wirkte immer so elfenhaft und ätherisch, und dann derart krasse Worte? Menschen wie Mike schienen das Talent zu haben, auch in sensiblen Künstlerseelen reine Rachsucht zu wecken. Oder *gerade* in denen? War es von Bedeutung, dass ausgerechnet Mareile ihn gefunden hatte? Allerdings war ihm das Gift ja bereits eine knappe Stunde zuvor verabreicht worden. Aber vielleicht hatte sie sich vergewissern wollen, dass es wirkte?

»Aber eine Sache macht mich im Nachhinein stutzig«, sagte ich, »sein Profilbild im *Liebesgarten* hatte mit der Realität recht wenig zu tun.«

»Na und?« Annabelle zuckte mit den Schultern. »Der Internet-Mike hatte vermutlich nie vor, sich mit dir zu treffen; das

Profil diente lediglich dazu, Informationen über dich zu sammeln. Ist denn von dir ein echtes Foto auf deinem Profil?«

»Ja ... nein ... also, es zeigt die Hälfte meines Gesichts, so ungefähr ...« Mit der Hand deckte ich die rechte Hälfte des Gesichts ab.

»Trotzdem würde ich sofort wissen, dass du es bist, wenn wir uns begegneten«, konstatierte Annabelle. »Allein deine Brille ist unverkennbar.«

»Vielleicht haltet ihr mich für total beschränkt«, sagte ich, »aber ich raffe immer noch nicht so ganz, wie sein System funktionierte. Ich habe ihm zum Beispiel nie gesagt, dass ich zu den Speed-Datings gehe. Er konnte unser Zusammentreffen dort also nicht *planen*.«

Annabelle grinste. »Noch einmal: na und? Früher oder später wäret ihr euch über den Weg gelaufen. So viele Singles es im Ruhrgebiet geben mag – die örtliche Szene, die aktiv sucht, ist vergleichsweise überschaubar. Partys, Speed-Datings und dergleichen gibt es aber in jeder Stadt: Bochum, Essen, Dortmund, Bottrop, Duisburg ... Aber was tue ich zunächst? Ich beschränke mich auf das einschlägige Angebot *meiner* Stadt. Warum sollte ich in Oberhausen nach einem Mann suchen, wenn ich in Bochum lebe? So denken und handeln die allermeisten Singles, also begegnen wir uns immer wieder, verstehst du?«

Ja, so langsam kapierte ich.

»Er entdeckt also bei einer Party oder einem Speed-Dating eine Frau, mit der er online Kontakt hat«, fügte Annabelle hinzu. »Er spricht sie an, ist charmant, punktet mit angeblichen Gemeinsamkeiten ...«

»... und im Optimalfall gerät der Internet-Typ ratzfatz in Vergessenheit«, übernahm Sabine. »Genau so funktioniert es. Denn ein Mann aus Fleisch und Blut ist doch allemal interessanter als ein virtueller *Sir Lancelot*. Der klassischerweise so gar nicht darauf drängt, sich im echten Leben mit dir zu treffen.«

»Und exakt das fand ich so angenehm«, sagte ich. »Damit hob er sich sehr positiv von diesen Typen ab, die jeden geschriebenen Satz für reine Zeitverschwendung hielten.«

Die Damen am Tisch nickten synchron.

»Ich bin nämlich nicht so drauf«, fuhr ich fort, »dass mir ein hingerotztes *Hey, Süße, treffen wir uns mal?* reicht, um sofort loszurennen. Ganz im Gegenteil: Das törnt mich total ab, und der Typ wird disqualifiziert.«

Wieder kollektives Nicken. Sah ganz so aus, als wären wir uns in dieser Frage absolut einig.

Ich hatte beschlossen, eine Runde durch die Disco zu drehen, denn ich musste mich dringend sortieren.

Die Musik war mittlerweile deutlich lauter als zu Beginn der Veranstaltung, und das hektisch an Spiralen wippende Meer aus Leuchtherzen über den Köpfen der Tanzenden machte mich so kirre, dass ich nicht in der Lage war, in diesem Wimmelbild meine Freunde auszumachen. Ich musste unbedingt mal kurz irgendwohin, wo es keine roten Herzen gab.

Also steuerte ich den Ausgang an und ließ mir von den Mädels am Einlass einen Stempel – natürlich ein rotes Herz – auf den Handrücken geben, damit ich später wieder hineinkäme. Nun ja, vermutlich war die Anforderung, mein Gesicht in maximal zehn Minuten noch wiederzuerkennen, etwas zu hoch.

Ich trat hinaus und holte tief Luft.

Als die Tür sich hinter mir schloss, verstummte auch die stampfende Musik – die reine Erholung. Stinknormale Laternen warfen stinknormales weißes Licht auf den Parkplatz, nichts flackerte oder blinkte herzförmig und in Rot. Auf dem Rand eines bepflanzten Blumenkübels saßen zwei Männer und rauchten. Sie unterhielten sich leise. Als sie zu mir aufblickten, erkannte ich sie: Es waren Kai und Marc vom zweiten Speed-Dating. Kurzentschlossen ging ich rüber zu ihnen.

»Kann ich dir 'ne Zigarette anbieten?«, fragte Marc, der heute immerhin keinen von Muddern gestrickten Pullunder, sondern schwarze Jeans zu schwarzem Pulli trug, was ihm echt gut stand.

Ich schüttelte den Kopf. »Danke, ich rauche nicht. Ich brauchte einfach mal frische Luft – ohne das allgegenwärtige *Blinkiblinki* dort drinnen. Schrecklich nervtötend. Hoffentlich kriegt keiner 'nen epileptischen Anfall. Bestimmte Blinkfrequenzen sollen da ja sehr förderlich wirken.«

»Mal den Teufel nicht an die Wand«, erwiderte Kai. »Das mit Mike hat uns genug Aufregung beschert, dass es für die nächsten Wochen ausreicht. Allerdings … also, ich will ja nicht pietätlos klingen, aber …« Er wechselte einen undefinierbaren Blick mit Marc.

»Aber …?«, soufflierte ich sofort. »Nur zu, Pietätlosigkeit macht mir nix. Ich bin hart im Nehmen.«

Marc straffte die Schultern. »Ich bin ganz ehrlich: Wir sind nicht böse darum, dass es den Fuchs im Hühnerstall endlich erwischt hat. Er war ein verlogener, eiskalter Mistkerl. Trotzdem hat er jede Frau rumgekriegt, die er haben wollte! Und dabei sah er nicht mal besonders gut aus! Er war nicht gerade Brad Pitt, oder?« Seine Stimme war immer lauter geworden, er war sichtlich aufgewühlt.

Kai legte ihm die Hand auf den Arm. »Du musst endlich darüber hinwegkommen, Marc. Sie stand einfach nicht auf dich. Auch ohne dass Mike sie sich geschnappt hat.«

»Und was ist jetzt?«, fauchte Marc. »Jetzt ist sie unglücklich und depressiv, verdammt. Und Mike war schuld daran. Nur er allein.«

»Du warst in eine Frau verliebt, die er dann verführt und fallen gelassen hat?«, fragte ich, obwohl ich die Antwort bereits ahnte.

Er nickte zögernd, und Kai sagte: »Und er ist nicht der Einzige, dem das passiert ist. Frag Cem, frag Hajo, frag Didi. Gut, es waren nicht immer konkrete Flirts, die Mike gecrasht hat, aber es ist auch nicht schön, wenn du vielleicht erst nur von Ferne für eine Frau schwärmst, und siehst sie dann mit diesem *Ficker* abziehen. Denn du weißt, was passieren wird: Er lässt sie fallen, und sie hat erst einmal die Schnauze voll, und zwar von *allen* Männern. Danke, Mike.«

»Erklär mir eines.« Ich sah Kai an. »Ich habe ja mittlerweile einiges über ihn erfahren. Dass er für jede Menge gebrochene Herzen verantwortlich ist, zum Beispiel. Aber was ich nicht verstehe: Wie konnte das so lange funktionieren? Er muss doch einen total miesen Ruf gehabt haben, oder nicht?«

Kai hob die Arme und ließ sie wieder fallen. »Das schon. Aber es gab ja immer wieder neue Frauen. Außerdem war es nicht gerade so, dass die abgeschossenen Mädels damit hausieren gegangen sind, verstehst du? Nein, sie sind meist erst einmal abgetaucht, um ihre Wunden zu lecken. Und noch etwas: Stell dir vor, du flirtest mit diesem Charmebolzen, und dann kommt eine Frau und warnt dich vor ihm. *Sei vorsichtig, der Typ ist ein abgezocktes Arschloch, der nutzt dich nur aus* ... Was würdest du denken?«

»Ich verstehe, was du meinst«, erwiderte ich, »ich würde wahrscheinlich spontan denken, dass sie eifersüchtig ist. Und nicht etwa, dass sie mich aufrichtig warnen will. Vielleicht auch, dass sie scharf auf ihn war, abgeblitzt ist und sich jetzt an ihm rächen will, indem sie ihm in neue Flirts grätscht und ihn bei anderen Frauen schlechtmacht.«

Marc trat seine Kippe aus und zündete sich direkt eine neue Zigarette an. Er inhalierte tief, blies den Rauch in einer großen Wolke aus und starrte sinnierend vor sich hin. »Eigentlich ein Wunder, dass es ihn erst jetzt erwischt hat«, murmelte er. »Er war schon längst überfällig. Es kann doch nicht sein, dass einer wie er ungestraft davonkommt, oder?«

»Ist er ja auch nicht«, sagte Kai. »Jemand hat dafür gesorgt, dass er abtritt.«

»Es war sowieso eine Frechheit, dass er Denises Hausverbot ignoriert hat«, fauchte Marc.

Ach, das war ja interessant. »Sie hatte ihn gesperrt? Und er ist trotzdem aufgekreuzt? Wie geht das denn, bitte?«

Kai zuckte mit den Schultern. »Ich hab das auch nur zufällig mitgekriegt, das war zu Beginn des letzten Speed-Datings. Ich konnte nicht alles von dem verstehen, was sie miteinander sprachen, aber es war ganz sicher ein Streit. Das mit der Sperre war ein Gerücht, das herumging.« Er grinste schief. »Kann natürlich auch sein, dass es aus reinem Wunschdenken entstanden ist.«

Konnte sein, konnte aber auch nicht sein.

An der Eingangstür hielt ich den beiden Damen meinen Handrücken mit dem aufgestempelten Herz unter die Nase.

»Du warst schon drinnen?«, fragte mich das linke der beiden Blondchen und musterte mich ausgiebig. »Ich kann mich nicht an dein Gesicht erinnern.«

Ernsthaft?

»Aber daran, dass ihr diese Stempel verteilt, erinnert ihr euch hoffentlich.« Ich hob erneut die Hand und zeigte diesmal auf das rote Herz.

Sie steckten die Blondschöpfe zusammen und tuschelten miteinander, um sich zu beraten.

»Schoooon«, erwiderte die andere gedehnt, »aber du trägst die Wackelherzen nicht.«

Sie deutete auf ihren Kopf, auf dem natürlich – wie bei ihrer Kollegin auch – der affige Haarreif thronte. *Blink-blink-blink-blink* machten die Plastikherzen, während sie sinnlos herumschwangen.

Ich hörte mein Blut rauschen. Eindeutig hatte Denise hier ›Dumm und Dümmer‹ an der Tür sitzen, die es darauf anlegten, mich in den Wahnsinn zu treiben.

Ich beugte mich vor, stützte die Hände auf den Tisch und sagte: »Habe ich mich irgendwann dazu *verpflichtet*, diese selten bescheuerten Wackeldinger zu tragen? Hm? Und ausgerechnet die wären ein Beweis für euch, dass ich schon drin war? Wie dämlich ist das denn?«

»Also«, erwiderte Blondchen Nummer eins empört, »das ist aber jetzt nicht sehr nett von dir, uns dämlich zu nennen.« Die andere nickte.

Ich richtete mich auf und verschränkte die Arme vor der Brust. ›Dämlich‹ war noch das mit Abstand Harmloseste, das mir zu den beiden einfiel. Ganz im Ernst: Ich hätte längst das Weite gesucht, wenn meine Freunde nicht noch in der Disco gewesen wären.

Ich musste da jetzt durch.

Also sagte ich: »Was, wenn irgendwer, der Eintritt gezahlt hat, mir draußen seinen Haarreif überlassen hat? Was dann, hm? Und jetzt lasst mich rein, sonst schreie ich nach Denise. Ihr *erinnert* euch, wer das ist? Eure Chefin. Und die kennt mich. Wollt ihr das wirklich riskieren?«

Schmollend ließen sie mich passieren.

Die Ausgelassenheit in der Disco schien ein ganz neues Level erreicht zu haben, woran der Alkohol vermutlich nicht ganz unschuldig war. Alle grölten entfesselt den Text von ›Atemlos durch die Nacht‹ mit, und ich kam mir vor wie in einem Irrenhaus. Ich drehte eine schnelle Runde durch die Menge, entdeckte aber meine Freunde nicht.

Kein Wunder, denn sie waren in der Bar, wie ich feststellte. An einem Tisch plauderte Bärbel mit Fahrschullehrerin Meike und Konditorin Louise, an einem anderen saß Frank mit Rocker Hajo und Jimmy, dem Lebenskünstler. Dennis stand an der Bar mit Annabelle, die offenbar den Wettstreit darum gewonnen hatte, wer ihn anbaggern durfte.

Sie standen reichlich eng zusammen, wie ich fand. Dennis

sagte etwas, und Annabelle warf den Kopf zurück und lachte, wobei sie ihm die Hand auf den Arm legte. Dann flüsterte sie ihm etwas ins Ohr. Was ging da denn bitte ab?

Als hätte Dennis meinen Blick gespürt, sah er hoch. Unsere Augen begegneten sich, und er rückte ein Stück von Annabelle ab.

Ich schlenderte beiläufig hinüber zu ihnen, und zu meiner Überraschung schlang er den Arm um meine Taille und zog mich eng an sich.

»Da bist du ja endlich, Süße«, sagte er etwas zu enthusiastisch, »ich hab dich schon vermisst.«

Annabelle hob die Brauen und sah mich fragend an.

Ich drehte mich ein wenig von Dennis weg, rollte mit den Augen und pantomimte eine Geste des Trinkens. *So ist der immer, wenn er zu viel getankt hat,* sollte das heißen, und Annabelle schien mich zu verstehen, denn sie nickte grinsend.

»Ich will dann mal. Man sieht sich, Dennis. Bis später«, sagte sie und eierte raus auf die Terrasse. Offenbar hatte die Damenrunde in der Zwischenzeit noch den einen oder anderen Wodka gekippt.

Dennis blickte ihr nach, hielt mich allerdings noch immer eng an sich gedrückt. »Du bist gerade noch rechtzeitig gekommen, bevor ich unhöflich werden musste. Sie ist mir ganz schön auf die Pelle gerückt.«

»Sie findet dich halt attraktiv, Chef.«

»Warum finden einen immer ausgerechnet die attraktiv, auf die man eigentlich keinen Bock hat, und nicht die …« Abrupt ließ er mich los. »Und nenn mich nicht Chef. Das gefällt mir nicht, es klingt so distanziert.«

»Zu Befehl, Chef«, erwiderte ich, salutierte zackig und knallte die Hacken zusammen – ich konnte einfach nicht anders.

»Herrgott, Loretta! Sensibel wie eine Dampframme!«, blaffte er mich an. »Du kapierst aber auch gar nichts!«

Nee, offenkundig nicht. Ich kam aber auch nicht dazu, nachzufragen, denn gerade in dem Moment gesellten sich Bärbel und Frank zu uns.

»Sieht so aus, als hätten wir mit allen geredet, oder?« Fragend blickte ich in die Runde. »Hat jemand von euch mit Cem gesprochen?«

Frank hob die Hand. »Nur kurz. Eigentlich ganz töfte, der Typ. Hättich nich gedacht.«

»Bestens.« Ich nickte zufrieden. »Hat einer was dagegen, wenn wir uns vom Acker machen und uns noch kurz bei mir zusammensetzen?«

Nein, niemand hatte etwas dagegen – auch wenn ich mir bei Dennis nicht ganz sicher war.

Auf dem Weg zu mir holten wir Döner für alle und ein paar Flaschen Bier. Als wir uns um den Esstisch setzten und beim Auspacken unseres Essens kollektiv die Alufolie rascheln ließen, schnellte oben auf dem Kratzbaum ein schwarzer Katerkopf in die Höhe. Zack – war er hellwach und kletterte behänder als Luis Trenker selig vom Gipfel herab, um dann um unsere Beine zu streichen und lauthals zu quaken.

»Halt den Rand, Baghira«, sagte ich, »durch dein Geschrei esse ich auch nicht schneller.«

»Will er was abhaben?«, fragte Dennis, was sich eher wie *willerwaschapppham* anhörte, da er den Mund voll hatte.

Ich schüttelte den Kopf. »Nee, er will, dass die Folie zu einem Ball zusammengeknüllt wird, mit dem er spielen kann.«

Sofort zog Dennis die Folie unter seinem Döner hervor und knetete daraus einen kleinen, festen Ball. Er beugte sich seitlich vom Stuhl und ließ die glänzende Kugel über den Fußboden kollern.

Ein schwarzer Felltorpedo schoss unter dem Tisch hervor, dribbelte den Ball durch den Raum und verschwand damit durch den Türspalt in meinem Schlafzimmer, aus dem dann weitere Geräusche höchsten Spielvergnügens drangen.

»Er wird dich ewig lieben«, sagte ich, »zumindest so lange, bis der Ball unerreichbar unter dem Schrank verschwunden ist und ihm der Nächste hier am Tisch einen neuen bastelt.«

»Wankelmütig wie 'ne Frau«, murmelte Dennis und biss herzhaft ab.

»Wie viele davon liegen schon unter dem Schrank?«, fragte Bärbel amüsiert.

Ich zuckte mit den Schultern. »Keine Ahnung. Aber deshalb ist es wichtig, dass kein Fitzelchen Nahrung in der Folie ist, da es sonst irgendwann gammelt.«

Als alle aufgegessen und mit dem Bier angestoßen hatten, sagte Frank: »Also, dieser Dönermann, der is echt nett. Und der kannte den Mike gaanich, hat er gesacht. Der war letzten Sonntach zum ersten Mal auf so 'nem Dating.«

»Wartet mal kurz.« Ich stand auf und holte vom Sofatisch eine weitere Liste, die ich mir heute angelegt hatte: mit Rubriken, um die Ergebnisse des heutigen Abends einzutragen. Ich setzte mich wieder und notierte hinter Cems Namen: *Ist Mike am Sonntag zum ersten Mal begegnet.*

»Ich habe mit Meike und Louise gesprochen«, sagte Bärbel. »Meike kannte Mike zwar, steht aber nach eigener Aussage auf ganz andere Männer. Sie gestand mir, ein Auge auf Hajo geworfen zu haben.«

»Wenn sie einen Motoradführerschein hat, ist die Sache so gut wie eingetütet«, murmelte ich, während ich bei Meike hinschrieb: *Steht auf Hajo.* Dann sah ich Bärbel an. »Und was ist mit Louise?«

Bärbel hob beide Hände. »Schwer einzuschätzen. Sie war nicht gut auf ihn zu sprechen, aber ob sie selbst schlechte Erfahrungen mit ihm gemacht hat, kann ich nicht sagen.«

Ich vermerkte diese Information hinter Louises Namen und blickte Frank an. »Jimmy und Hajo?«

Frank grinste. »Der Hajo, der is schwer in Ordnung, der ist so 'n echten Rocker. Nur mitte Karre unterweechs und so. Echt lustich drauf.«

»Kann ich bestätigen«, warf ich ein. »Und was hat er über Mike gesagt?«

»Nich so viel. Dat der Mike 'nen Donschuan gewesen wär und dat er ihm am liebsten mal ordentlich die Fresse poliert hätte, weil der die Mädels unglücklich gemacht hat. Aber dat hätte sich ja nun von ganz alleine erledicht.«

»Er hat ihn also nicht als Konkurrenz empfunden?«, fragte ich, während ich notierte: *hielt Mike für einen Don Juan, der mal Prügel braucht.*

»Glaub nich. Aber dieser Jimmy …« Frank gackerte. »Wat 'ne Blitzbirne. Hat ununterbrochen über den Mike gemeckert, wat der für 'n Riesenarsch gewesen is und so. Und dat die Welt jetz echt 'n viel besseren Ort is, wo der Mike abgenippelt is.«

»Ach was.« Ich runzelte die Stirn. »Bezog sich seine Wut auf Mike auf einen bestimmten Vorfall? Hat er zufällig etwas Derartiges erwähnt?«

»Irgend so 'ne Tussi, auf die Jimmy mal stand, is auf den Mike reingefalln oder der hat se ihm ausgespannt oder so ähnlich. War aber wohl schon wat her, denn der Hajo hat gesacht, er soll endlich mal mit diese ollen Kamellen aufhörn.«

»Sehr interessant!«, sagte ich und schrieb hinter Jimmys Namen: *hatte wohl eine alte Rechnung mit Mike offen (Frau ausgespannt?).*

»Ich habe auch mit Cem gesprochen«, meldete sich Dennis zu Wort. »Und ich kann bestätigen, was Frank schon gesagt hat: Er kannte diesen toten Kerl nicht und hatte wohl auch nichts weiter mit ihm zu tun. Für mich klang er glaubwürdig. Und dieser Didi …«, er seufzte theatralisch und rollte mit den Augen.

»Aus dem war kein vernünftiges Wort rauszukriegen, der hat einen schlechten Gag nach dem anderen abgefeuert, hat aber nix über Mike gesagt. Ich hatte den Eindruck, er wusste überhaupt nicht, von wem die Rede ist. Ob das allerdings nur die gerissene Fassade eines ruchlosen Mörders ist …« Grinsend zuckte er mit den Schultern.

Das fand ich allerdings unwahrscheinlich. Wenn ich versuchte, mich an Didi zu erinnern, kamen mir auch lediglich seine grottenschlechten Witze in den Sinn, die er beim Speed-Dating über die Suche nach dem Traumpartner vom Stapel gelassen hatte. »Woran erkennst du einen Veganer?«, hatte er zum Beispiel gefragt. »Na? Na? Ganz einfach – er sagt es dir!« Sein Lachanfall hatte ihn beinahe vom Stuhl geschleudert, und auch ich hatte in diesem Fall zumindest kichern müssen. Gut, der Witz hatte einen Bart wie Methusalem, aber manchmal bin ich halt leicht zu erheitern. Außerdem kam mir dabei dieser Typ – wie hieß der noch gleich? – vom ersten Speed-Dating in den Sinn, der unsere Unterhaltung mit dem epochalen Satz eröffnet hatte: »Ich bin Veganer.«

Aber Didis Beruf? Ich hatte keinen Schimmer. Waren unsere Berufe überhaupt zur Sprache gekommen? Nein, er hatte ununterbrochen versucht, mit seinen Witzen zu punkten. Hieß es nicht, Frauen suchten Männer mit Humor? Dann machte er doch theoretisch alles richtig, oder etwa nicht?

»Ich danke euch von Herzen für eure Hilfe«, sagte ich.

»Und was machst du jetzt damit?«, fragte Dennis und deutete auf meine Notizen.

»Erst einmal muss ich noch all die anderen Dinge aufschreiben, die ich heute in Erfahrung gebracht habe«, erwiderte ich. »Und dann sehen wir weiter.«

»Dat hamwa verstanden.« Frank grinste und stand auf, Bärbel ebenfalls. »Komm, Dennis, Feieraahmd. Die Loretta muss nachdenken.«

Kapitel 21

Durch einen Überraschungsbesuch erfährt Loretta,
wie viel netter es sich zu zweit frühstückt als alleine

Am nächsten Morgen wurde ich von Baghira geweckt, der auf mir herumtrampelte und offenkundig der Meinung war, dass sein Frühstück längst überfällig war. Tja, es war kurz nach neun an einem Feiertag und seine Bewertung der Situation somit durchaus diskutabel.

Aber es half nichts.

Kaum hatte ich meine Augen geöffnet, begann er, mir seinen Kopf rhythmisch gegen die Stirn zu rammen. Also stand ich auf, warf den Bademantel über und wankte in die Küche, um ihn zu füttern. Ich bereitete mir einen Espresso zu, öffnete die Terrassentür und stand dann sinnierend am Esstisch, auf dem noch immer meine Notizen des gestrigen Abends lagen. Es war einiges zusammengekommen, und etliche Leute hatten keinen Hehl daraus gemacht, dass Mike ihrer Meinung nach die gerechte Strafe kassiert hatte.

Eine Sache war allerdings noch offen: Was hatte es mit dem angeblichen Hausverbot für Mike auf sich? War es nur ein Gerücht, oder hatte Denise es tatsächlich verhängt? Und warum hatte sie ihn dann am letzten Sonntag nicht *vor* die Tür gesetzt? Schließlich war davon auszugehen, dass sie den Bann über ihn bereits vor seinem Tod verhängt hatte.

Urplötzlich fiel mir wieder ein, was mir gestern klar geworden war: Mike und *Robin Hood* waren ein und dieselbe Person gewesen – und ich auf dem besten Weg, ein weiteres seiner Opfer zu werden.

Mit meinen Freunden hatte ich gestern darüber nicht sprechen können, denn von ihnen hatte einzig Bärbel von *Robin Hoods* Existenz gewusst.

Ich griff zum Telefon und rief Diana an, die alles über meine Verbindung zu ihm wusste. Als sie dranging, sagte ich düster: »*Robin Hood* ist tot.«

Ich hörte leises Glucksen, dann erwiderte sie: »Du bist alt genug, um die Wahrheit zu erfahren: Höchstwahrscheinlich ist Robin Hood eine literarische Erfindung, er hat also vermutlich nie gelebt. Tut mir echt leid. Solltest du noch Fragen zur Existenz des Osterhasen oder des Weihnachtsmanns haben, stehen dir leider weitere Enttäuschungen bevor.«

»Haha, sehr witzig. Was ich meine, ist Folgendes: Der Mann, der sich *Robin Hood* genannt hat, ist mit fast hundertprozentiger Wahrscheinlichkeit Mike, der letzten Sonntag beim Dating ermordet wurde.«

Es folgte eine längere Stille, dann: »Gibt's doch nicht. Woher weißt du das?«

Ich erzählte ihr, was ich gestern rausgekriegt hatte, von den Helden-Namen, die er benutzt hatte, bis hin zu seinem perfiden System, Frauen rumzukriegen.

»Du hast recht«, sagte sie schließlich, »alles scheint zu passen. Vor allem die Tatsache, dass du seit Mikes Tod nichts mehr von *Robin Hood* gehört hast.«

»Natürlich gibt es noch die Möglichkeit, dass er schlicht und ergreifend das Interesse an mir verloren hat. Das soll vorkommen.«

»Ja, schon … aber das wäre schon ein sehr großer Zufall, oder? Er hat doch genau diese Nummer mit dir abgezogen. Über die Plattform hat er Informationen aus dir rausgelockt, um dann als Mike den auf geradezu unheimliche Weise perfekt passenden Traummann zu geben. Was für ein Arschloch. Ein verdammt *cleveres Arschloch,* aber ein Arschloch.«

»Ich komme mir unglaublich dämlich vor.«

»Musst du nicht. Ist ja nichts passiert.«

»*Nichts?*« Ich schnaubte. »Es gibt einen Toten, und er wurde vermutlich von einem der Teilnehmer meines zweiten Speed-Datings umgebracht. Ich kann nur eines sicher sagen: Ich war es nicht.«

»Und gestern warst du mit Bärbel, Frank und Dennis auf dieser Party, um ein bisschen was rauszufinden, richtig? Wart ihr erfolgreich?«

»Ja und nein. Es gab einige Leute, die gar nicht gut auf Mike zu sprechen waren. Frauen, aber auch Männer.«

»Wie bitte? Der stand auch auf Männer?«, fragte Diana verblüfft.

»Nein, nicht dass ich wüsste. Die schlechte Meinung der erwähnten Männer kam aus einer ganz anderen Ecke: Meist ging es dabei um Frauen, die Mike ihnen ausgespannt hatte. So oder so ähnlich.« Ich seufzte. »Jedenfalls habe ich jetzt einen Riesenhaufen an Informationen, der noch darauf wartet, sortiert zu werden. Erwin wird mir dabei helfen, und dann werden wir sehen, ob jemand besonders verdächtig erscheint. Allerdings ...«

Jemand klingelte an meiner Haustür, und ich ging mit dem Telefon am Ohr los, um zu öffnen.

»Schicker Bademantel«, sagte Dennis und schwenkte fröhlich eine Brötchentüte. »Ist es noch zu früh für Besuch? Ich dachte, wir frühstücken zusammen.«

»Wer ist denn da?«, wollte Diana wissen, während ich noch damit beschäftigt war, überrumpelt und relativ handlungsunfähig zu sein.

»Dennis. Mit Brötchen«, antwortete ich ihr. »Ich bin gerade etwas verwirrt.«

Während Diana in mein Ohr kicherte, trat ich einen Schritt von der Tür zurück und bat Dennis herein.

Was hätte ich auch sonst tun sollen – ihn wegschicken?

»Was hat der denn am frühen Morgen bei dir zu suchen? Ich

will alles wissen, aber lass uns jetzt auflegen«, sagte Diana, »wir können ja später noch mal reden, wenn du magst. Schöne Grüße an den Chef.«

»Richte ich ihm aus«, erwiderte ich lahm, drehte mich um und ging ins Wohnzimmer.

»Was richtest du mir aus?«, fragte Dennis, der mir gefolgt war. »Ich war doch gemeint? Wer war denn da am Telefon? Jemand, den ich kenne, oder? Erwin?«

Eine Fragensalve, dachte ich, und das am frühen Morgen.

Ich atmete tief durch. »Das war Diana, und ich soll dir schöne Grüße ausrichten. Und jetzt muss ich mich erst mal sammeln, ich bin doch etwas überrascht.«

»Tu einfach so, als wäre ich nicht da, ich habe Zeit. Oder ich kümmere mich ums Frühstück, während du … äh … was immer du auch morgens zu erledigen hast.«

Okay, machen wir das Beste draus, dachte ich.

»Gut, dann gehe ich jetzt duschen und zieh mir was Ordentliches an. In meiner Küche wirst du ja wohl ohne meine Hilfe zurechtkommen. Ich brauche zehn Minuten.«

Während ich im Schlafzimmer meine Klamotten zusammensuchte, hörte ich ihn in der Küche fröhlich pfeifen, untermalt von Geschirrklappern und dem Geräusch von Schubladen, die geöffnet und wieder geschlossen wurden. Klang irgendwie gemütlich, fand ich plötzlich.

Frisch geduscht und manierlich gekleidet suchte ich nach Dennis, den ich auf der Terrasse fand, wo er den Tisch gedeckt hatte.

»Da bist du ja«, sagte er. »Dann kann ich es ja dir überlassen, den Tisch zu bewachen. Dein Kater zeigt nämlich unangemessenes Interesse an den Lebensmitteln.« Er deutete auf Baghira, der ein paar Schritte entfernt herumlungerte und so tat, als müsse er dringend an ein paar Blüten schnuppern. »Setz dich, ich will noch rasch Rührei machen. Du magst doch Rührei?«

Dennis verschwand in meiner Wohnung, während ich mich verdattert setzte und mir Kaffee einschenkte. Irgendwie war diese ganze Situation derart unwirklich … und sie wurde kein Stück realer, als Dennis ein paar Minuten später mit betörend duftendem Rührei auftauchte und die Schüssel auf den Tisch stellte. Aha, er hatte den Schinkenspeck gefunden und nicht mit Kresse gegeizt – exakt so, wie ich es am allerliebsten mochte.

»Du bist so schweigsam«, sagte er, »so kenne ich dich ja gar nicht.«

»Vielleicht lernst du gerade die einsilbige Loretta kennen? Oder besser: Momentan bin ich noch Lo. Irgendwie bin ich noch nicht ganz wach. Hab Geduld – bald bin ich wieder die gute alte Loretta.«

Er legte das Messer weg, mit dem er gerade eine Brötchenhälfte bestrichen hatte. »Ich habe dich überfallen, das gehört sich eigentlich nicht, ich weiß. Aber als ich Brötchen holen war, dachte ich auf einmal, dass es doch nett wäre, in Gesellschaft zu frühstücken, und du bist mir als Erste eingefallen. Also bin ich ganz spontan …« Er brach ab, musterte mich und fügte hinzu: »Soll ich wieder abzischen? Ich will dir nicht auf den Senkel gehen. Wärst du lieber allein?«

Blöde Frage. Wer wäre bei einem gemütlichen Frühstück schon lieber alleine als in netter Gesellschaft?

Ich schüttelte den Kopf. »Nee, ich freue mich über deinen Besuch. Und ich betrachte es als Kompliment, dass ich dir als Erste eingefallen bin. Ich brauche morgens nur meine Zeit, bis das System komplett hochgefahren ist.«

»Du bist also ein Morgenmuffel? Ich auch.«

Tatsächlich? Diesen Eindruck machte er momentan allerdings nicht, was aber auch daran liegen konnte, dass er bereits länger wach war als ich.

»Du hast es übrigens sehr schön hier«, fuhr er fort. »Ich war gestern ja zum ersten Mal bei dir zu Besuch und hab deine schöne Terrasse gar nicht richtig wahrgenommen. Deine Wohnung erst recht nicht. Hier kann man es aushalten; ich fühle mich richtig wohl.«

Das war ein noch größeres Kompliment, denn er wohnte traumhaft schön, etwas außerhalb der Stadt in einem restaurierten Bauernhaus, und das auch noch direkt an einem Wald.

Sichtlich guter Laune futterte er sich durch das reichhaltige Angebot, das mein Kühlschrank bereitgehalten hatte.

Heimlich beobachtete ich ihn dabei, und mir fiel auf, dass ich ihn schon längst nicht mehr nur als meinen Chef betrachtete, sondern auch als sehr guten Freund. Spätestens, seit er meine Hilfe gebraucht hatte, als sein Callcenter in Gefahr gewesen war, hatte es sich so entwickelt.

»Und?«, fragte er plötzlich. »Bist du im *Liebesgarten* mittlerweile fündig geworden?«

»Und du?«

Schelmisch drohte er mir mit dem Zeigefinger. »Ich habe zuerst gefragt. Also?«

Das hatte ich jetzt davon, dass ich ihn nicht mehr als Chef wahrnahm. Zumal er und ich auf der privaten Ebene eine Gemeinsamkeit hatten, die nicht wegzudiskutieren war: unsere Aktivitäten im *Liebesgarten*. Ich wusste von seinen, er wusste von meinen.

»Eine Zeit lang dachte ich …«, sagte ich zögernd, »also, es gab da jemanden, aber …«

»Wusste ich's doch!«, fiel er mir prompt ins Wort. »Das habe ich dir angemerkt, Frollein. Du warst im Büro manchmal so geistesabwesend und hast vor dich hin gegrinst. Außerdem hattest du meine Rose nicht bemerkt, warst also vermutlich auf jemanden … äh, *anderen* fokussiert.«

Ich seufzte. »Es hat sich herausgestellt, dass der Mann, mit dem ich dort ein wenig – natürlich nur ganz oberflächlich – geflirtet habe, mit dem Mordopfer identisch ist. Übrigens ist das eine Erkenntnis von gestern Abend.«

»Ach was.« Er lehnte sich zurück und starrte mich verblüfft an. »Das hat man dir aber nicht angemerkt.«

»Das war meine Lo-Persönlichkeit: nicht nur einsilbig, sondern auch mit übernatürlicher Selbstbeherrschung gesegnet.« Ich grinste. »Spaß beiseite: Das war schon heftig, es herauszufinden. Aber gleichzeitig war es eine Erklärung für etwas, das ich bis dahin nicht verstanden hatte.«

»Und jetzt redet sie auch noch in Rätseln!«, deklamierte er übertrieben theatralisch. »Was soll *das* denn nun schon wieder bedeuten?«

»Ich hatte seit Sonntag nichts mehr von diesem *Robin Hood* gehört«, murmelte ich verlegen, »und ich dachte, er hätte sich einer interessanteren Frau zugewandt.«

»Interessanter, als du es bist? Wohl kaum.« Amüsiert schüttelte er den Kopf. »Davon abgesehen: *Robin Hood*? Wie bescheuert ist das denn?«

»Sagt der *Gecko*-Mann«, fauchte ich ihn an.

»Touché, liebe Loretta. Offenbar bist du mittlerweile auf Betriebstemperatur; zumindest funktioniert deine spitze Zunge. Hattest du dich schon mit ihm getroffen?«

»Herrje, denk doch mal nach, Dennis: Dann hätte ich ja bereits gewusst, dass er Mike ist, und es nicht erst gestern herausgefunden. So, jetzt bist du dran. Wie läuft es für dich im *Liebesgarten*?«

Er grinste und zuckte mit den Schultern. »Tja, wie soll ich sagen? Einige oberflächliche Flirts, kein Treffen. Und die einzige Rose, die ich je verschickt habe, ist in einem Papierkorb gelandet. Ende der Geschichte. Aber du hattest übrigens recht: Gestern auf der Party konnte ich mich selbst davon überzeugen, dass es im Ü40-Bereich durchaus sehr, sehr attraktive Damen gibt.«

Sofort war ich auf hundertachtzig. Er hatte wirklich ein unnachahmliches Talent dafür, Arschbomben mitten ins Fettnäpfchen zu machen – und zwar mit Anlauf.

»Wow. Hörst du dir selbst eigentlich auch mal zu, Dennis? *Durchaus attraktiv* – das klingt reichlich herablassend, mein Lieber. Und deutlich zu überrascht für meinen Geschmack. Eine attraktive Frau über vierzig ist kein Weltwunder, merk dir das endlich mal.«

»Du solltest die Stirn nicht so runzeln, das gibt Falten«, erwiderte er. »Außerdem müssten wir noch diskutieren, was überhaupt attraktiv ist.«

»Na, Annabelle zum Beispiel. Du erinnerst dich an sie? Ihr habt euch an der Bar ziemlich … hm … *intensiv* unterhalten. Sie ist taff, hat Humor, sieht gut aus, und wenn du krank bist, hast du die Krankenschwester direkt im Haus. Eine Win-win-Situation, wenn du mich fragst. Apropos: Wirst du sie anrufen? Sie hat dir doch garantiert ihre Nummer gegeben.«

Dennis musterte mich aufmerksam; in seinen Augen glitzerte etwas, das ich nicht recht einordnen konnte. Dann strich er sich selbstgefällig über die Koteletten. »Honey, wenn ich alle Frauen anrufen würde, die mir gestern ihre Telefonnummer zugesteckt haben, käme ich die nächsten zwei Wochen nicht mehr zum Arbeiten. Dann wärst du ganz alleine im Büro und würdest mich schrecklich vermissen. Das kann ich dir unmöglich zumuten.«

»Du arroganter, eitler, selbstgefälliger …«

Ich stockte, als Dennis zu lachen anfing.

»Herrlich – du explodierst wie ein Chinaböller zu Silvester!«, prustete er. »Ich liebe es, wenn du dich so aufregst!«

Hatten wir das also auch geklärt.

Nachdem wir noch einen frischen Espresso getrunken hatten, war Dennis unvermittelt aufgesprungen und hatte sich verabschiedet. So plötzlich, wie er aufgetaucht war, war er wieder verschwunden.

Ich räumte den Tisch ab und spülte das Geschirr, dann klappte ich eine Gartenliege aus und genoss die Sonne, die durch leichten Dunst abgemildert wurde.

Natürlich geriet ich ins Grübeln. Was war eigentlich mit Dennis los? In letzter Zeit verhielt er sich irgendwie rätselhaft, fand ich. Diese merkwürdigen Andeutungen, die er machte … Warum nicht alle Frauen so seien wie ich, zum Beispiel. War er etwa auf der Suche nach einer Frau, die *so war wie ich*?

Du liebe Güte …

Und wie stand es mit mir? Was war er für mich, wie sah ich ihn – als Mann?

Klar, ich foppte ihn gerne mit seinem Kleidungsstil, aber es war nie böse gemeint. Ich wusste, er war selbstironisch genug, humorvoll damit umzugehen. Das mochte ich übrigens sehr an ihm: seine Selbstironie. Man denke nur an diese völlig lächerliche Tanzperformance, die er im Büro für mich hingelegt hatte, um mich aufzuheitern – zum Niederknien. Und diese innige Liebe zu seinen Zwergseidenhühnchen rührte mich wirklich zutiefst. Wie traurig und verzweifelt war er gewesen, als man diese kleinen, drolligen Viecher benutzt hatte, um ihn zu erpressen! Nur Clarissa, sein Lieblingshuhn, hatte das blutige Massaker überlebt.

Eigentlich schade, dass er nicht noch geblieben ist, dachte ich plötzlich.

Am frühen Nachmittag merkte ich, dass ich Langeweile hatte, allerdings hatte ich keine große Lust, mich mit den Notizen zu beschäftigen, die noch immer auf dem Esstisch ausgebreitet waren. Bärbel und Frank verbrachten den Feiertag bestimmt mit ihren Kindern, und Doris und Erwin hatten sicherlich Besuch von ihrer Familie. Außerdem konnte ich morgen mit Erwin alles in Ruhe durchkauen.

Tja, als Single hockte man dann halt auf seiner Terrasse herum und langweilte sich. Nicht immer natürlich, aber es konnte passieren. So wie mir gerade.

Plötzlich fielen mir Käthe und Cäcilie ein – ich hatte mir doch vorgenommen, mich mit Blumen bei ihnen zu bedanken. Warum nicht gleich heute? Wie hieß ihre Seniorenresidenz noch gleich? Herbstlaub ... nee ... Herbst*irgendwas* war es aber auf jeden Fall.

Ein paar Klicks im Internet später wusste ich es: ›Herbstglück.‹ Super. Aber wo kriegte ich am Sonntag Blumen her? Ich zermarterte mir den Kopf. Die erbarmungswürdigen Gebinde, die man an Tankstellen erhielt, kamen natürlich nicht infrage. Dann hatte ich einen Geistesblitz: Hauptbahnhof.

Eine Viertelstunde später stand ich am Bahnhof im Blumenladen und ließ mir zwei opulente Sträuße binden: einen in Altrosa für Cäcilie und einen zweiten in Pfirsichtönen für Käthe – passend zu den Twinsets, die die beiden im Café getragen hatten. Blieb zu hoffen, dass es ihre Lieblingsfarben waren.

Kapitel 22

Es wird Zeit, zwei Superstars mit Köpfchen zu besuchen
und Blumensträuße zu verschenken

Der Besucherparkplatz war an der Straße, und der Weg führte mich durch ein schmiedeeisernes, zweiflügliges Tor und eine Allee aus Buchen hinunter zu meinem Ziel. Die Seniorenresidenz ›Herbstglück‹ wirkte herrschaftlich und gediegen – hier lebten Senioren, die nicht auf den Cent gucken mussten und sich Kaschmir-Twinsets leisten konnten, so wie Käthe und Cäcilie. Das gediegene Gebäude, das – wie ich im Internet gelesen hatte – früher einmal eine teure Privatschule beherbergt hatte, beeindruckte mit strahlend weißer Fassade, hohen Sprossenfenstern und Anbauten, die man dem architektonischen Stil des Haupthauses behutsam angepasst hatte. Nicht schlecht.

Ich ging in den Empfangsbereich, der wie eine Kulisse aus dem *Denver Clan* anmutete und über eine Art Rezeption verfügte. Dort stellte ich mich einer netten Dame vor und sagte, ich wolle zwei Bewohnerinnen besuchen, von denen ich leider nur die Vornamen kannte: Cäcilie und Käthe.

Die Dame grinste. »Die beiden Schätzchen haben doch nicht etwa was angestellt? Sie sind recht umtriebig.«

Ich stemmte die beiden Sträuße in die Höhe. »Im Gegenteil: Ich möchte mich bei ihnen bedanken. Sie haben mir einen Gefallen getan.«

Ich erfuhr, dass ich sie im Garten finden würde, bedankte mich und stiefelte los.

Der Begriff ›Garten‹ beschrieb nur unzureichend das parkähnliche Gelände hinter dem Gebäudekomplex. In kleinen Sitzgruppen unter großen Sonnenschirmen saßen Grüppchen von

Senioren, teils mit Familienbesuch. Andere spielten Schach oder Boccia. Meine beiden Damen entdeckte ich auf einer Bank an einem Teich. Obwohl ich sie nur von hinten sah, erkannte ich sie sofort: zwei zierliche Gestalten mit weißen Löckchen, die eine in einem pfirsichfarbenen Ensemble, die andere in Altrosa. Käthe und Cäcilie, eindeutig.

Um sie nicht zu erschrecken, ging ich in einem Bogen um die Bank herum und näherte mich von vorne. In einer völlig synchronen Geste beschirmten sie die Augen gegen die Sonne und musterten mich, dann hellten sich ihre Gesichter auf, und Käthe rief: »Sieh mal, Cäcilie, das ist doch die junge Frau aus dem Café! Die nette Hobbydetektivin! Sind die Blumen etwa für uns?«

»Genauso ist es«, erwiderte ich. »Ich habe mich ja noch gar nicht angemessen für Ihre Hilfe bedankt. Ihre Fotos waren wirklich super.«

»Aber dat haben wir doch gern gemacht!«, zwitscherte Cäcilie aufgeräumt. »Wat denken Sie, wat wir hier alles zu erzählen hatten! Tagelang hingen alle an unseren Lippen. Wir hatten ja heimlich selbst ein paar Fotos gemacht, vom Café und von einigen Leuten. Von Ihnen übrigens auch, aber natürlich nicht vom Toten.«

»Was der eine oder andere durchaus bedauert hat«, warf Käthe schmunzelnd ein. »Dennoch haben wir damit einen gut besuchten Vortragsabend gestaltet – ein rauschender Erfolg. Wir sind hier jetzt die absoluten Superstars. Das ist wunderbar.«

Sie erhoben sich von der Bank.

»Kommen Sie«, sagte Cäcilie, »wir trinken eine schöne Tasse Tee zusammen.«

Ich folgte ihnen über den perfekt gepflegten Rasen und an hübschen Beeten vorbei zu einer kleinen Terrasse, die, wie sich herausstellte, zu einem schicken Apartment gehörte, das sie gemeinsam bewohnten.

Zu meiner und ihrer Freude passten die Sträuße nicht nur perfekt zu ihren Outfits, sondern auch zum Mobiliar. Wie ich erfuhr, waren sie Schwestern, die ihre großen Wohnungen aufgegeben hatten, um sich in dieser komfortablen Residenz einzumieten.

»Full Service mit allen Schikanen«, erklärte Käthe, während Cäcilie in der kleinen Küche Tee zubereitete. »Der Friseur kommt ins Haus, es gibt einen Putzdienst, der Müll wird abgeholt, man erledigt unsere Einkäufe, wenn wir wollen, die Küche ist exzellent. Es ist halt nur ein bisschen langweilig, obwohl eine Menge Aktivitäten angeboten werden, das muss ich zugeben. Aber ...« Sie beugte sich zu mir und fuhr mit gesenkter Stimme fort: »Das sind so Sachen für *alte Leute,* verstehen Sie? Gesellschaftsspiele, Vorträge, Bingo, blöde Ausflüge ... Ich frage Sie: Was sollte mich an einem Museum für Fingerhüte interessieren? Eben. Da gehen wir doch lieber ins Café und gucken mal, was passiert.«

Wie lustig, dass sie ihre Mitbewohner als alte Leute bezeichneten, sich selbst aber offenbar nicht dazuzählten. Na ja, wer war schon gerne alt? Und es erinnerte mich an meine eigene Selbstwahrnehmung, die ja auch mit meinem eigentlichen Alter in Jahren so gut wie nichts zu tun hatte.

»Hat am Sonntag ja super geklappt«, sagte ich. »Das mit der guten Unterhaltung.«

Käthe nickte mit wippenden Löckchen. »Als wäre man mitten in einem Fernsehkrimi. Dass wir so etwas auf unsere alten Tage noch erleben durften!« Sie lächelte selig.

»Und ich hatte schon gedacht, Sie könnten so schockiert sein, dass Sie ärztliche Hilfe benötigen.«

»Da haben Sie sich ganz umsonst gesorgt, junge Frau«, flötete Cäcilie, die mit einem Tablett hereinkam und geblümtes Geschirr verteilte. »Jederzeit wieder.«

Ich verkniff mir ein Grinsen. *Jederzeit wieder* ... als hätten sie ein besonders schönes Museum besucht.

Cäcilie goss Tee ein und setzte sich. »So schöne Blumen«, sagte sie und deutete auf die beiden Sträuße, die jetzt in opulenten – und bestimmt kostbaren – Kristallvasen wohnten, einer auf dem Tisch, an dem wir saßen, und der andere auf einem hübschen Sekretär. »Sie passen perfekt. Als hätten Sie unsere Lieblingsfarben gekannt.«

Ich tippte mir an die Stirn. »Reine Intuition. Aber manchmal bringt die mich auch nicht weiter, deshalb wollte ich Sie noch etwas zu Sonntag fragen.« Beide sahen mich aufmerksam an, und ich fuhr fort: »Haben Sie irgendetwas beobachtet? Vielleicht einen Streit oder so? Und zwar, *bevor* der Mann gestorben ist?«

Prompt wechselten sie beredte Blicke. »Hol mal dat Tablet, meine Liebe«, sagte Cäcilie. Während Käthe zum Sekretär ging, fuhr ihre Schwester fort: »Da war nämlich tatsächlich ein Streit. Zwischen der jungen Frau, die Sie alle begrüßt hat, und dem Mann, der hinterher tot war. Also, die Frau war auf jeden Fall sehr wütend. Der Mann machte eher den Eindruck, als würde er sie auslachen.«

Was? Ein Streit zwischen Denise und Mike? Hatte Kai nicht auch etwas davon erwähnt?

Käthe war zurück und wischte auf dem Tablet herum. Dann legte sie es vor mich auf den Tisch. Tatsächlich: Da waren Denise und Mike, zwar halb verborgen hinter einer großen Pflanze, aber sehr gut zu erkennen. Ihre Körperhaltung und ihre Mienen sprachen eine deutliche Sprache: Denise sah wirklich überaus zornig aus und hatte eine Hand wie zum Schlag erhoben, und Mike grinste überheblich und irgendwie … hämisch, würde ich sagen.

»Aber woher wissen Sie, dass es sich bei dem Mann um denjenigen handelt, der später tot aufgefunden wurde?« Ich war ehrlich verdutzt.

Sie grinsten einander an, dann tippte sich Käthe an die Stirn. »Köpfchen, junge Frau, Köpfchen. Wir sind längst nicht so verkalkt, wie wir vielleicht aussehen. Der *muss* der Tote sein, denn er ist der Einzige, der später nicht befragt wurde. Und der Einzige, den wir demzufolge nicht für Sie fotografiert haben. Ganz logisch.«

Ja, ganz logisch … hätte ich eigentlich selbst drauf kommen können.

»Sie beide sind wirklich verdammt helle«, konstatierte ich, und sie lächelten erfreut. »Darf ich das Foto haben?«

Natürlich durfte ich, und wir schickten es auf mein Handy.

»Jetzt möchten wir aber auch von Ihnen etwas wissen«, sagte Käthe. »Was hat es eigentlich genau mit dieser Veranstaltung auf sich, die dort stattgefunden hat? Wir steigen nicht so richtig dahinter. Männer und Frauen gehen rein, kommen nach einer Stunde wieder heraus und gehen ihrer Wege. Was haben Sie da drin gemacht?«

Ringelpietz mit Abmurksen, dachte ich, *das* haben wir gemacht.

»Das war ein sogenanntes Speed-Dating«, erwiderte ich. »Sieben Männer und sieben Frauen unterhalten sich jeweils sieben Minuten miteinander. Um sich kennenzulernen. Denn alle sind Singles und auf der Suche nach der Liebe.«

Sie starrten mich verdattert an.

»Sieben Minuten?«, quiekte Cäcilie dann. »Dat erscheint mir aber reichlich kurz.«

»Um festzustellen, ob mir jemand unsympathisch ist, reichen sieben Minuten allemal«, sagte ich. »Und eigentlich auch, ob ich jemanden interessant finde.«

»Und wat dann?«, fragte Cäcilie. »Wat ist, wenn Sie jemanden sympathisch finden?«

»Das teile ich der Veranstalterin mit. Und wenn derjenige mir gegenüber genauso empfindet und ihr das mitgeteilt hat, bekommen wir die Mailadressen des anderen und können die Bekanntschaft vertiefen. Ganz einfach.«

»*Einfach?*«, riefen sie im Chor, und Käthe fuhr fort: »Das ist doch nicht einfach! Was ist zum Beispiel, wenn der andere das nicht so sieht wie Sie?«

Ich zuckte mit den Achseln. »Dann habe ich zwar Pech gehabt, weiß aber sofort Bescheid. Und bekomme natürlich seine Adresse nicht. Auf der anderen Seite schützt mich dieses System vor Verehrern, auf die *ich* keinen Bock habe.«

Kopfschüttelnd sahen sie sich an, dann wandte Cäcilie sich zu mir. »Also, mir erscheint dat reichlich kompliziert. Früher wäre sowat undenkbar gewesen. Und da gibt es doch auch noch diese Seiten im Internet … machen Sie sowat auch? Sie sind doch auf der Suche, oder? Sonst wären Sie ja wohl am Sonntag nicht auf dieser Veranstaltung gewesen.«

Ich grinste. »Ja, ich bin auch im Internet. Soll ich Ihnen mal mein Profil zeigen?«

Darauf erwartete ich nicht ernsthaft eine Antwort, also war ich im *Liebesgarten* schon eingeloggt und auf meinem Profil, bevor sie mit Nicken aufgehört hatten.

Ich schob das Tablet hinüber zu ihnen. Nachdem sie ihre Lesebrillen aufgesetzt hatten, beugten sie sich darüber und studierten aufmerksam mein Profil.

Käthe setzte die Brille wieder ab und sah mich neugierig an. »Sehr schönes Foto. Aber … *Miss Lynx?*«

»Ja, so nenne ich mich dort. Wissen Sie, die wenigsten sind dort unter ihren richtigen Namen, zunächst einmal hält man sich bedeckt. ›Lynx‹ ist das englische Wort für meinen Nachnamen. Ich heiße Loretta Luchs.«

»Auf Ihrem Namensschild bei der Veranstaltung stand aber nur Lo«, sagte Käthe sofort.

Was kriegten die beiden eigentlich *nicht* mit? »Stimmt. Loretta ist ziemlich ungewöhnlich, und mit der Abkürzung habe ich mich irgendwie wohler gefühlt. Anonymer, wenn Sie so wollen.«

»Und was passiert dann weiter hier im Internet?«, fragte Käthe weiter.

»Ein Mann, der mich – mein Profil – interessant findet, kann mich anschreiben. Dann schreiben wir hin und her, und irgendwann treffen wir uns vielleicht.«

»Aber ist dat nicht schrecklich gefährlich?« Cäcilie hatte die Augen weit aufgerissen. »Sich mit einem Mann zu treffen, den Sie eigentlich gar nicht kennen? Der kann Ihnen da im Internet doch sonst wat erzählen!«

Käthe, nicht minder erschrocken als ihre Schwester, nickte bestätigend.

Und siehe da – die beiden hatten die Problematik dieser Dating-Websites bereits nach drei Minuten erfasst. Klarer Fall von *Speed-Checking*.

»Natürlich wählt man für ein erstes Treffen einen neutralen Ort, wo man unter Leuten ist«, erwiderte ich, »um erst einmal zu prüfen, ob die Sympathie, die sich im Internet entwickelt hat, auch in der realen Welt Bestand hat. Es kann natürlich passieren, dass man sich rein gar nichts zu erzählen hat, wenn man sich dann wirklich gegenübersitzt.«

»Aber dann wissen Sie trotzdem immer noch nicht, ob der Mann Sie nicht nur ausnutzen will«, schloss Käthe messerscharf, und sie hatte verdammt recht. »Im Internet kann doch jeder über sich schreiben, was er will.«

»Aber das weiß ich außerhalb des Internets doch leider auch nicht«, sagte ich. »Nehmen wir an, ich lerne in der Obstabteilung im Supermarkt einen netten Mann kennen. Dem kann ich doch auch nur vor den Kopp gucken, oder? Auch der kann mir sonst was über sich erzählen. Ich verliebe mich vielleicht, und irgendwann finde ich heraus, dass er Frau und Kinder hat.« Ich zuckte mit den Schultern. »Leider ist es heutzutage nicht mehr so, dass man seinen Gatten in der Tanzschule oder am Arbeitsplatz kennenlernt und dann ein Leben lang zusammenbleibt.

Die Zeiten haben sich geändert. Ich bin über vierzig, war nie verheiratet und bin Single. Wo soll ich einen Mann treffen? In der Disco? In der Kneipe? Ich habe absolut keine Lust, mir die Abende und Nächte um die Ohren zu schlagen, um auf die Pirsch zu gehen.«

»Natürlich nicht. Außerdem ziemt es sich nicht für eine Dame, sich dort … nun ja … *anzubieten.* Deshalb gibt es heutzutage diese organisierten Treffen. Und so etwas.« Käthe deutete aufs Tablet.

Ich nickte. »Dort kann ich mir in Ruhe die Profile der Männer ansehen und entscheiden, ob ich jemanden anschreibe. Oder ich kann passiv bleiben und abwarten, wer *mich* anschreibt. Und durch meinen falschen Namen befinde ich mich in dieser Phase absolut in Sicherheit.«

»Und? Haben Sie dort schon jemanden kennengelernt, der Ihr Herz erobern konnte?«, fragte Käthe.

Nun, das war bekanntlich eine längere und ziemlich komplizierte Geschichte – und ganz sicher keine für diesen Moment.

»Nein, leider nicht«, antwortete ich also. »Ich bin aber auch erst seit zwei oder drei Wochen dabei. Andere suchen schon seit Jahren vergeblich.«

Käthe wechselte einen bedauernden Blick mit Cäcilie, die sich vorbeugte und mir fürsorglich die Hand tätschelte. »Nur nicht die Hoffnung aufgeben, meine liebe Loretta. Jeder Topf findet seinen Deckel. Der Richtige wird kommen, ganz sicher. Oder, Käthe?«

Ihre Schwester nickte ernsthaft. »So eine nette Person wie Sie, das wäre doch gelacht. Jeder Mann, der nicht erkennt, wie besonders Sie sind, ist ein Dummkopf. Wer weiß – vielleicht kennen Sie ihn schon längst? Das soll es ja geben, nicht wahr? Wie in diesem Lied … wie heißt es noch gleich? *Tausendmal berührt,* glaube ich. Und eines Tages sagt oder tut dieser Jemand etwas, das Ihnen die Augen öffnet. Plötzlich wissen Sie: Er ist es. Wäre das nicht wunderbar?«

»Oh ja, das wäre es«, erwiderte ich nachdenklich – und sehr gerührt davon, wie die beiden mich sahen.

Abends rief ich bei Bärbel und Frank an, um mich noch einmal für ihren Einsatz zu bedanken.

»Hömma, meine Süße war übrigens ganz schön umschwärmt«, erzählte Frank mit hörbarem Stolz in der Stimme.

»Und du warst nicht eifersüchtig?«

»Ach wat. Ich weiß ja, dat meine Süße mich liebt. Da geht nix dazwischen. Schon gar nicht so 'n angeduselten Schnösel mit zwei wackelnde Herzen aufm Kopp.« Er lachte gackernd und fuhr fort: »Aber der Dennis … mein lieber Scholli. Der hatte echt die freie Auswahl. Die Weiber haben richtich gesabbert, hömma.«

»Wirklich? Na, so toll ist er nun auch wieder nicht«, erwiderte ich giftig.

Wieder gackerte er los. »Wat? Jetz muss ich dich aber mal fragen, ob du eifersüchtich bis.«

Ach du Schande – hatte ich wirklich so geklungen? Schadensbegrenzung, aber flott.

Ich rang mir ein Lachen ab. »Eifersüchtig? Ich? Wegen Dennis? Lächerlich.«

Offenbar war das weniger überzeugend, als ich gehofft hatte, denn Frank grölte prompt seiner Bärbel zu: »Ey, Süße! Die Loretta is verliebt in den Dennis!«

Ich hörte eilige Schritte näher kommen, dann wurde Frank der Hörer aus der Hand gerissen, und Bärbel fragte atemlos: »Dennis und du? Seit wann das denn? Das hab ich ja gar nicht mitgekriegt!«

Ich rollte mit den Augen und seufzte. »Klassischer Fehlalarm, meine Liebe. Dein Frank hat mal wieder schneller gequasselt, als er denken kann. Zwischen Dennis und mir ist natürlich rein gar nichts. Und selbst wenn ich in ihn verliebt wäre – was ich keinesfalls bin –, hieße das nicht automatisch, dass er es auch in mich ist.«

»Och, aber er findet dich aber schon unheimlich toll, glaube ich.«

»Ich finde ihn auch *toll*, weil er ein toller Mensch ist. Aber zwischen ›toll finden‹ und ›verliebt sein‹ besteht meiner Meinung nach ein riesiger Unterschied, mit Verlaub. Also, ehe hier irgendwas unkontrolliert die Runde macht und – Gott bewahre – bei Dennis landet: Da ist nichts.«

»Wieso darf das denn nicht bei Dennis landen?«, fragte Bärbel verdutzt.

»Wat soll nich beim Dennis landen?«, quäkte Frank aus dem Hintergrund.

Herrje – das wurde ja immer schlimmer!

»Fragst du mich das ernsthaft, Bärbel?«, zischte ich. »Wie peinlich wäre das denn? Ich könnte ihm nie wieder unter die Augen treten, wenn er denken würde, dass ich in ihn verliebt bin! Er würde vor mir herumstolzieren wie ein Pfau und mich ständig damit aufziehen! Mir bliebe nur noch, zu kündigen. Willst du, dass ich arbeitslos werde?«

Sie kicherte, dann sagte sie: »Ich denke, er ist so ein toller Mensch! Dann würde er dich sicherlich niemals damit aufziehen.«

»Bärbel, worüber reden wir hier eigentlich? Was wäre, wenn … *nichts* wäre, weil es nichts *gibt*. Und deshalb muss dieses *Nichts* auch nicht weitererzählt werden. Basta.«

»Ist ja schon gut. Meine Lippen sind versiegelt.«

»Hauptsache, dein viel zu geschwätziger Kerl hält sein Plappermaul. Mach ihm bitte unbedingt klar, dass er sich irrt. *Bitte.*«

»Mach ich, versprochen.« Sie kicherte wieder. »Trotzdem

wundert es mich, dass du gerade beinahe hysterisch geworden bist.«

O lieber Gott, dachte ich, nachdem wir aufgelegt hatten, hoffentlich ist diese Kuh vom Eis …

Kapitel 23

Loretta führt eine Diskussion über Krawatten, unsichtbare
Flecken und Sitzbezüge in öffentlichen Verkehrsmitteln

Wenn Donnerstag ein Feiertag ist, sollte der Freitag grundsätzlich frei sein, dachte ich missmutig, als ich am nächsten Morgen im Büro meinen Rechner startete.

Obwohl ich keinen Schluck Alkohol getrunken hatte, steckte mir die Party von Mittwochabend noch in den Knochen. Die laute Musik, die vielen Leute, die blinkenden Lichter – ich war zu alt für diesen Scheiß.

Außerdem war ich schließlich nicht zu meinem Vergnügen dort gewesen, sondern hatte Informationen gesammelt, also quasi *gearbeitet*. Gespräche geführt, aufmerksam hingehört, Zwischentöne registriert, Wichtiges von Unwichtigem getrennt, Relevantes abgespeichert, ohne mir Notizen machen zu können … puh.

Und gestern hatte ich auch nicht wirklich auf der faulen Haut gelegen: erst das Frühstück mit Dennis – demnächst bitte mit rechtzeitiger Vorankündigung, Chef –, dann der Besuch bei Cäcilie und Käthe, und den Abend hatte ich damit verbracht, die gesammelten Informationen zu sortieren beziehungsweise denjenigen Personen zuzuordnen, die sie geliefert hatten.

Allerdings gab es noch jemanden, mit dem – beziehungsweise der – ich noch nicht gesprochen hatte: Denise.

Also ging ich auf die Website von *7Dates1Love* und stellte mich der nicht unbeträchtlichen Herausforderung, mich wieder einmal mit Millionen hopsender Herzchen zu konfrontieren. Ich tat mein Bestes, den wimmelnden Hintergrund zu ignorieren, und suchte nach Informationen über den Veranstalter.

Unter dem Punkt ›Über mich‹ erschien tatsächlich das Porträt einer strahlend lächelnden Denise; sie war also die Chefin, wie es schien. Mit vollem Namen hieß sie Denise Jennings, war Baujahr 1980 und glaubte an die Liebe, wie ich amüsiert las. Und genau aus diesem Grund sei es ihr eine absolute Herzensangelegenheit, andere Menschen glücklich zu machen. Interessanterweise fand ich keine Informationen zu ihrem Beziehungsstatus, also drängte sich mir prompt die Vermutung auf, dass sie Single war.

Wie ich darauf kam?

Ganz einfach: Wäre Denise glücklich liiert, würde es garantiert dort stehen, plus irgendwas in der Art wie: *Alle sollen so glücklich sein wie ich, und deshalb organisiere ich Veranstaltungen, bei denen einsame Menschen zusammenfinden* – oder ein ähnlich schwülstiger Kram.

Umgekehrt: Sich selbst als Single zu outen, hätte bei ihrem Job als Liebesfee irgendwie seltsam gewirkt, weil es zu unangenehmen Fragen führen könnte. *Wie – die bringt Leute zusammen und kann für sich selbst keinen auftreiben? Merkwürdig.* Oder es verleitete weibliche Kunden zu der Befürchtung, Denise könnte sich selbst die Rosinen aus dem Männer-Angebot picken.

Also war für mich sonnenklar, dass sie weder einen Partner hatte noch verheiratet war, ob nun mit einem Mann oder einer Frau. Wie auch immer: Ich musste unbedingt mit ihr reden, nicht zuletzt über das angebliche Hausverbot für Mike. Ich klickte das Impressum an und schrieb mir die Adresse auf, unter der ich vermutlich die Räumlichkeiten ihrer Agentur finden würde.

»Guten Morgen.« Dennis lehnte lässig am Rahmen der Tür zu meinem Büro. »Beschäftigt?«

Er spielte mit seiner wüst gemusterten Krawatte, die breiter als ein handelsübliches Frühstücksbrettchen war. Zu der Zeit, als diese Dinger modern gewesen waren, muss es einen enormen Überschuss an bunten Stoffen gegeben haben, dachte ich.

Andererseits: Zehn Gramm Körpergewicht mehr bei Dennis, und die Knöpfe seines knallengen Hemdes würden wie Hochgeschwindigkeitsgeschosse durchs Büro fliegen und vermutlich mühelos meine Schädeldecke durchlöchern wie ein Nudelsieb. Plötzlich kapierte ich: Der bei den Hemden eingesparte Stoff war bei Krawatten und Schlaghosen eingearbeitet worden.

Offenbar hatte ich ihn – ohne es zu merken – auf eine Art angeglotzt, die ihn irritiert an sich herunterblicken und fragen ließ: »Ist was? Habe ich Flecken auf der Krawatte?«

»Mach dir keine Sorgen, selbst wenn dort ein halbes Frühstücksei plus Marmelade kleben würde – man würde es nicht bemerken.«

Er zog die Krawatte vom Körper weg und starrte darauf, dann sagte er: »Verstehe ich nicht.«

»Ganz einfach: Gegen das Muster deiner Krawatte sind diese schrecklichen Bezüge auf den Sitzen öffentlicher Verkehrsmittel geradezu konservativ und schlicht. Und deren Design ist speziell so entworfen, dass Flecken nicht sofort auffallen.« Ich legte den Kopf schräg und musterte ihn. »Oder *ist* das vielleicht ein Sitzbezug? Also, die Größe könnte hinkommen.«

Dennis warf den Kopf in den Nacken und lachte so schallend, dass Erwin neugierig aus seinem Büro kam und wissen wollte, was los sei.

»Unsere Lieblings-Loretta hat mal wieder die Sarkasmus-Peitsche knallen lassen«, schnaufte Dennis und wischte sich kichernd ein paar Lachtränen aus dem Gesicht – mit seiner Krawatte, wohlgemerkt. Dann wedelte er damit herum und fügte glucksend hinzu: »Es ging dabei übrigens um dieses Prachtstück.«

Erwin warf nur einen flüchtigen Blick darauf. »Was ist das – ein Babylätzchen, das viel zu lange nicht gewaschen wurde? Ich sehe Ei, Marmelade und Spinat.«

Anerkennend reckte ich den Daumen in Richtung Erwin.

Der bedankte sich grinsend mit einer Verbeugung und sagte dann: »Alle Mann in mein Büro. Ich bin sehr neugierig, was ihr auf der Party erfahren habt.«

Ich holte meine Arbeitsmappe mit den neuen Materialien aus meiner Tasche und folgte ihnen nach nebenan. An einer großen Pinnwand aus Metall hingen die vergrößerten Porträts aller Teilnehmer des Speed-Datings; Erwin musste die Bilder aus meiner Liste kopiert und vergrößert ausgedruckt haben.

»Ich habe auch was für die Wand«, sagte ich, zog ein großformatiges Foto aus der Mappe und hängte es mithilfe eines Magneten zu den anderen Porträts. »Wenn ich euch vorstellen darf: Mike, das Opfer. Erwin, die Frau ist Denise Jennings. Sie ist die Veranstalterin.«

»Interessant«, murmelte Erwin, »es sieht so aus, als würden sie streiten. Woher hast du das Bild?«

»Auch von den beiden alten Damen, die für mich die Porträts geknipst haben. Ich war gestern bei ihnen, um mich zu bedanken. Mit Blumen natürlich. Sie erwähnten eine Auseinandersetzung zwischen den beiden.«

Dennis trat näher heran und studierte das Bild ausgiebig. »*Das* ist also dieser sagenumwobene Herzensbrecher?«, fragte er dann erstaunt. »Das soll wohl ein Witz sein. Also, *den* habe ich mir aber ganz anders vorgestellt.«

»Lass mich raten«, sagte ich, »wie eine Mischung aus Brad Pitt und George Clooney? Oder auf wen auch immer die Frauen heute mittlerweile stehen?«

Erwin besah sich das Foto und zuckte ratlos mit den Schultern. »Ich verstehe nicht, was du meinst, Dennis.«

»Kann ich dir erklären«, erwiderte Dennis. »Der Typ sieht doch vollkommen *durchschnittlich* aus. Ich gucke weg und hab das Gesicht sofort wieder vergessen. Wie konnte der denn eine Frau nach der anderen abschleppen?« Beinahe empört funkelte er mich an. »Kannst du mir das bitte erklären? Du bist eine Frau.«

»Wir sind hier nicht im Tierreich«, sagte ich, »wo der Löwe mit der beeindruckendsten Mähne oder der Pfau mit den buntesten Federn die meisten Weibchen abkriegt. In der Frauenwelt zählen andere Werte: Charme, Humor, Interesse an meiner Person, Gemeinsamkeiten und dergleichen. Was will ich denn mit einem Schönling, der strunzdumm und langweiliger als ein Sack Kartoffeln ist, weil er sich nur auf seine äußerliche Attraktivität verlässt?«

»Das gibt es aber auch bei Frauen«, brummte Dennis.

»Das würde ich nie bestreiten.« Ich nickte. »Aber du hast mich danach gefragt, wieso Frauen einen Mann wie ihn attraktiv finden.«

»Du fandest ihn auch so toll«, sagte Dennis, ohne mich anzusehen.

»Stimmt das?«, fragte Erwin.

»Ja, schon irgendwie.« Ich nickte erneut. »Wir schienen wirklich eine Menge gemeinsam zu haben. Mittlerweile weiß ich allerdings, dass ich vorher schon im *Liebesgarten* Kontakt mit ihm hatte. Ich … na ja … ich war fast ein bisschen verknallt in ihn, also in diesen Typen aus dem Internet. Und aus diesem Grund wusste er beim Dating so viel über mich, dass er es mühelos scheinen ließ, als seien unsere Gemeinsamkeiten geradezu schicksalhaft. Das fand ich natürlich klasse. Aber falls es dich beruhigt: Ich hatte dennoch nicht vor, mich auf ihn einzulassen. Irgendwie dachte ich auf einmal, dass man ihm nicht trauen kann.«

Okay, ich war nicht ganz ehrlich. Ich verschwieg ihnen, dass ich die Vergiftungssymptome für ein Zeichen vermeintlicher Alkoholsucht missdeutet hatte.

»Wusstest du schon beim Speed-Dating, dass ihr euch aus dem Internet kanntet?«, fragte Erwin.

Ich schüttelte den Kopf. »Nee, da hatte er mir gegenüber einen ganz entscheidenden Wissensvorsprung. Ich weiß es erst seit der Party vorgestern. Diese Erkenntnis ergab sich ganz plötzlich im Gespräch«, ich deutete nacheinander auf die Gesichter von Sabine, Mareile, Annabelle und Doreen, »mit diesen vier Mädels.«

»Verstehe ich nicht«, sagte Erwin. »Wie kam es dazu?«

Ich erzählte von ihren Erfahrungen mit Mike und seinen verräterischen Nicknames, die er im *Liebesgarten* benutzte. »Ich musste dann nur noch eins und eins zusammenzählen«, schloss ich meinen Bericht. »Sieht so aus, als hätte er die Weide gründlich abgegrast.«

»Was für ein Arschloch«, zischte Dennis.

»Ja, diese Bezeichnung für ihn habe ich an dem Abend nicht nur einmal gehört. Und noch einige andere.« Ich zog meine Notizen aus der Mappe. »Hier der grobe Überblick.«

Während ich berichtete, zeigte ich auf die Gesichter derjenigen, von denen das jeweilige Zitat stammte.

Erwin nickte nachdenklich. »Wir haben es also mit einer erklecklichen Zahl enttäuschter und wütender Menschen zu tun. Und mir ist noch etwas aufgefallen ...«

»Mir auch«, fiel ich ihm ins Wort. »Cem hat Dennis und Frank gegenüber behauptet, Mike nicht gekannt zu haben. Kai allerdings hat mir erzählt, Mike habe diversen Herren die Angebetete vor der Nase weggeschnappt, unter anderem auch Cem.«

»Was stimmt denn nun?«, fragte Dennis.

Ich zuckte mit den Achseln. »Woher soll ich das wissen? Vielleicht wollte Cem einfach nur nicht zugeben, dass er Mike unterlegen war, als es um eine Frau ging. Ich glaube nämlich schon, dass Cem ziemlich eitel ist. Oder er will konkret im Zusammenhang mit Mikes Tod verbergen, dass er stinkwütend auf ihn war. Könnte auch sein.«

»Noch mal zurück zu dem Foto von Denise und dem Mordopfer«, sagte Erwin. »Was sagt diese Dame eigentlich zu alldem?«

»Das, lieber Erwin«, erwiderte ich, »ist eine *sehr* gute Frage, auf die ich allerdings noch keine Antwort habe. Ich hatte bisher keine Gelegenheit, in Ruhe mit Denise zu reden – leider. Wir sind uns zwar am Montag auf dem Präsidium begegnet, konnten uns aber nicht lange unterhalten. Und mittlerweile habe ich eine ganze Liste Fragen, die ich ihr gerne stellen würde. Vor allem will ich unbedingt herausfinden, was es mit dieser Sperre auf sich hat, die Kai erwähnt hat. Angeblich hatte Denise Mike von den Veranstaltungen ausgeschlossen.«

»Aber er ist trotzdem aufgekreuzt«, sagte Erwin. »Ganz schön dreist.«

»Genau das finde ich auch. Und ich frage mich, warum sie nichts dagegen unternommen hat. Ich habe vor, sie in ihrer Agentur zu besuchen, damit ich mich in Ruhe mit ihr unterhalten kann. Weder ein Speed-Dating noch eine Party ist der geeignete Rahmen für so ein Gespräch. Ich dachte, ich tauche am besten unangemeldet bei ihr auf. Blöderweise ist mir bisher noch kein überzeugender Grund eingefallen, sie aufzusuchen.«

»Aber ich weiß einen«, posaunte Dennis stolz, »du bist eine besorgte Kundin, die schon mehrfach von Männern enttäuscht wurde und der im Zusammenhang mit Mikes Tod so einiges zu Ohren gekommen ist. Und jetzt möchtest du von ihr wissen, warum die Kundinnen nicht vor solchen Männern geschützt werden. Oder so ähnlich.«

Verblüfft starrte ich ihn an. »Das ist genial, Dennis. Und absolut plausibel.«

Und siehe da: Der Mann mit der breiten Krawatte wurde vor Freude puterrot. Süß.

Anderthalb Stunden später lümmelte Dennis schon wieder in meinem Türrahmen herum. Er schien unschlüssig zu sein, ob er reinkommen sollte oder nicht, aber letztendlich gab er sich einen Ruck, trat ein und schloss die Tür hinter sich.

»Ich muss unbedingt mit dir über etwas reden«, sagte er, »es ist aber ziemlich persönlich.«

»Nur zu«, erwiderte ich und nickte auffordernd. »Wir kennen uns schließlich gut genug, dass auch mal persönliche Themen erlaubt sind.«

»Okay. Du weißt ja jetzt … nee, anders: Du warst doch verliebt in diesen Typen vom *Liebesgarten,* oder?« Als ich zögerte, fuhr er mit einem etwas gezwungen wirkenden Grinsen fort: »Jetzt zier dich nicht. Ich habe es dir angemerkt.«

»Dann ist deine Frage überflüssig, wenn du die Antwort bereits kennst. Oder zu kennen *glaubst.*«

»Herrje, Loretta. Sag schon.«

»Dennis, darüber haben wir doch gestern schon gesprochen. Beim Frühstück, erinnerst du dich?«

»Ja. Aber ich bin mit dem Thema ziemlich flapsig umgegangen, finde ich. Erst später ist mir klar geworden, dass du von seinem Tod total geschockt sein musst. Ich meine, wenn du doch verliebt in den Kerl warst, und dann wird er umgebracht … Du musst doch trauern, oder nicht? Also wollte ich dir sagen, dass ich für dich da bin, wenn du dich mal ausweinen willst oder Trost brauchst. Jederzeit.«

Himmel, wie rührend war das denn?

So rührend, dass ich mich glatt räuspern musste, bevor ich ihm antworten konnte. »Das ist sehr lieb von dir. Aber von Trauer zu sprechen …« Ich schüttelte den Kopf. »Also, das wäre maßlos übertrieben. Ich mochte es sehr, mit ihm zu flirten, weißt du? Das hatte ich schon so lange nicht mehr. Und ja – bestimmt gab es Momente, in denen ich mir ausgemalt habe, wie es wohl wäre, mit ihm zusammen zu sein. Mit dem vermeintlich perfekten Mann, der mich versteht, meine Interessen und meinen Humor teilt ... wer träumt nicht von so einem Glücksgriff? Du doch bestimmt auch.«

Dennis zuckte vage mit den Schultern. »Na klar. Wer tut das nicht?«

»Sag ich ja. Und dann hab ich herausgefunden, dass er Mike war und ich nur eine weitere Kerbe in seinem Bettpfosten werden sollte.«

»Aber vielleicht hat er dich ja doch anders gesehen als die anderen auf seiner Liste. Immerhin bist du etwas ganz Besonderes.«

»Das ist sehr lieb von dir, und ja, das könnte ich mir wohl einreden. Aber so naiv bin ich nicht.« Ich rollte mit den Augen und schnaubte. »Weißt du, wie der Moment der Erkenntnis war? Stell dir vor, du bist ein bisschen angetrunken, und dann kippt dir jemand einen Eimer eiskaltes Wasser über den Kopf. Zack – schlagartige Ernüchterung. Von Wolke sieben abgestürzt und bretthart auf dem Arsch gelandet. Sehr heilsam, kann ich dir sagen. Langer Rede kurzer Sinn: Ich trauere nicht. Mach dir keine Sorgen, Dennis. Aber vielen Dank für dein Angebot. Schön zu wissen, dass du ein so guter Freund bist.«

»Und wann willst du zu Denise gehen?«

»Am liebsten sofort, um ehrlich zu sein. Ab heute Abend wird sie auf ihren Veranstaltungen sein, zumindest stehen entsprechende Termine auf ihrer Website.«

»Dann zisch ab. Möchtest du, dass ich dich begleite?«

Ich schüttelte den Kopf. »Nee, lieber nicht. Ich glaube, ein Gespräch von Frau zu Frau ist potenziell offener. Wer weiß, ob ich sie überhaupt antreffe.«

Kapitel 24

Manchmal muss man sich extrem verstellen,
wenn man etwas herausfinden will, weiß Loretta

Ich hatte ein Bürogebäude erwartet, aber Denises Adresse führte mich zu einem normalen Mietshaus, das von außen keinerlei Hinweise aufwies, dass dort eine Agentur residierte. Allerdings war es ein Haus, das nicht gerade Ein-Zimmer-Wohnklos erwarten ließ.

Ihr Name stand an der untersten Klingel. Ich drückte auf den Knopf, und nach einer kleinen Weile erklang ein Summen, und ich drückte die Haustür auf. Denise stand im Flur an ihrer Wohnungstür und riss erstaunt die Augen auf, als sie mich sah.

»Ich dachte, es wäre der Postbote, aber ... Loretta, nicht wahr? Was führt dich zu mir?«

»Tach, Denise. Ich hoffe, ich störe dich nicht, aber ich war zufällig gerade in der Nähe und dachte spontan, ich besuche dich mal. Ich habe da ein paar Fragen an dich, wenn du erlaubst.«

Während ich redete, ging ich auf sie zu, sie trat unwillkürlich einen Schritt zurück, und schwups, schon war ich in ihrer Wohnung.

»Komm doch rein«, sagte sie lahm – und viel zu spät. Sie schloss die Tür und sah mich abwartend an.

»Hier ist deine Agentur? Du arbeitest also von zuhause aus?«

Sie nickte. »Ich brauche ja kaum mehr als einen Rechner und einen Drucker. Und dafür reicht ein Arbeitszimmer innerhalb meiner Wohnung allemal aus. Möchtest du einen Kaffee? Espresso?«

»Sehr gerne.«

Ich folgte ihr in den offenen Wohnbereich, und sie deutete auf den Esstisch. »Setz dich doch. Espresso kommt gleich.«

Die Küche war nur durch eine Art Tresen vom Rest des großzügigen Raumes getrennt, und ich registrierte mit einiger Begeisterung, dass sie eine große Espressokanne auseinanderschraubte und befüllte. Sehr gut: *oldschool*, und nicht so 'ne blöde Kapselmaschine.

Während sie in der Küche hantierte, sah ich mich um. Alles war sehr schlicht und zurückhaltend möbliert, klare Linien, viel Grau, viel Holz, beinahe künstlich wirkende Pflanzen, Fotos von ruhigen Nebellandschaften an den hellgrauen Wänden, hochwertiges Laminat.

Ich persönlich mochte es bunter und vor allem gemütlicher, aber ich musste hier ja auch nicht wohnen. Was mir positiv auffiel: Ich entdeckte kein einziges Herz.

Sie schien sich überhaupt nicht zu wundern, dass ich an ihrem Tisch saß, obwohl meine Ausrede, ich sei gerade zufällig in der Nähe gewesen, die erste und gleichzeitig blödeste Begründung war, die mir durch den Kopf geschossen war.

Zufällig in der Nähe von *was?* Von ihrem Wohnort, den ich zufällig kannte? Schließlich hatte ich wohl kaum auf Verdacht angehalten und gedacht: *Mal sehen, könnte ja sein, dass Denise hier wohnt.* Schwachsinn. Nein, ich konnte ihre Adresse nur aus dem Impressum ihrer Website haben, hatte sogar extra danach gesucht, und dafür musste es einen Grund geben.

Die einzig logische Schlussfolgerung: Ich war gezielt zu ihr gefahren, weil ich irgendetwas von ihr wollte.

Denise stellte zwei Becher auf den Tisch und setzte sich. »Du arbeitest doch nicht etwa bei einer Zeitung? Wegen der Fragen, meine ich.«

Ich schüttelte den Kopf. »Um Himmels willen, nein. Es ist vollkommen privat. Alles, was wir reden, bleibt unter uns, versprochen.«

Sie runzelte kurz die Stirn, und ich schlug mir im Geiste vor die Stirn. Verdammt, ich musste aufpassen, was ich sagte. Mit meinem letzten Satz hatte ich unserem Zusammentreffen eine Bedeutung gegeben, die sie misstrauisch machen könnte. *Alles bleibt unter uns,* also wirklich.

Vorsichtig nippte sie an ihrem Kaffee, dann stellte sie die Tasse auf den Tisch und sah mich an. »Also, was kann ich für dich tun?«

Ich will wissen, wieso du nicht verhindert hast, dass jemand wie Mike deine Veranstaltungen benutzt, um reihenweise Frauen abzuschleppen, dachte ich.

»Es ist so«, erwiderte ich langsam und tat so, als müsse ich meine nächsten Worte mühsam zusammensuchen, »ich weiß nicht recht, wie ich anfangen soll. Es ist sehr persönlich, weißt du? Diese Dating-Geschichte … das ist alles so neu für mich. Ich habe gerade erst eine riesige Enttäuschung überwunden und bin sehr verwundbar … und dann passiert letzten Sonntag diese Sache mit Mike.«

»Das hat uns natürlich alle sehr schockiert, wie du dir vorstellen kannst.« Denise stöhnte auf und stieß dann ein kurzes, freudloses Lachen aus. »Und jetzt möchtest du natürlich von mir wissen, ob es üblich ist, dass bei meinen Veranstaltungen Leute sterben?«

»Hilfe – nein! Das wäre nun wirklich eine selten dämliche Frage, nicht wahr?« Ich lächelte. »Schließlich hattest du nichts mit seinem Tod zu tun. Dafür, dass sich irgendjemand dein Speed-Dating ausgesucht hat, um ihn umzubringen, kannst du ja nichts. Aber …« Ich brach ab und ließ das letzte Wort zwischen uns in der Luft schweben. Ich starrte auf meine Tasse und wartete.

»Aber …?«, fragte sie nach einiger Zeit des Schweigens. »Was beschäftigt dich denn dann im Zusammenhang mit diesem Mike?«

Interessant ... *dieser* Mike, nicht einfach Mike, das bedeutete Distanz.

Ich tat so, als müsste ich mir einen Ruck geben, dann sagte ich: »Also, man hat mir mittlerweile so einiges über ihn erzählt. Dass seine Absichten nicht ehrenhaft waren, zum Beispiel. Und dass es einige Frauen gibt, die bereits ... hm ... *Erfahrungen* mit ihm gemacht haben. Unschöne, enttäuschende Erfahrungen. Wusstest du davon?«

Denise zuckte kaum merklich zusammen. »Es gab gewisse Gerüchte, das stimmt.«

»Jemand erwähnte mir gegenüber, du hättest sogar eine Sperre über ihn verhängt.«

Sie blickte an mir vorbei durch die Terrassentür hinaus in den Garten. »Offenbar wird viel geredet.«

»Aber das dürfte dich nicht wundern, oder? Nach dieser Sache am letzten Sonntag ...«

»Ja, da hast du wohl recht.« Sie seufzte. »Es stimmt, dass ich ihn für die Speed-Datings gesperrt hatte.«

»Und er ist trotzdem aufgekreuzt.« Als sie nickte, fuhr ich fort: »Versteh mich nicht falsch, ich mache dir keinen Vorwurf oder so – aber warum hast du ihn trotzdem reingelassen? Wie konnte er sich überhaupt anmelden?«

Denise stand auf und begann, herumzulaufen. Dabei knetete sie unaufhörlich die Hände. »Er war nicht unter seinem Namen angemeldet. Darum kann man schließlich auch einen Kumpel bitten, damit ich es nicht merke. Und warum ich ihn reingelassen habe, ist ganz einfach: Weil ich sonst nur sechs Männer für sieben Frauen gehabt hätte.«

Richtig ... das hatte ich überhaupt nicht bedacht. Ein Mann hätte gefehlt, und sie konnte ja schließlich schlecht irgendeinen zufälligen Passanten ins Café schleifen, nur damit alle Stühle besetzt waren.

»Ich hatte deswegen am Sonntag vor der Veranstaltung eine

Auseinandersetzung mit ihm«, redete sie weiter, »und ich drohte ihm, ihn wegen Hausfriedensbruchs anzuzeigen, falls er das noch einmal versuchen sollte. Oder wenn er es wagen sollte, auf der Party aufzukreuzen.«

Aha, dieses Gespräch hatten Cäcilie und Käthe geknipst.

»Wie hat er reagiert?«

»Er fand das unglaublich komisch. Ich hätte ihn erwürgen können. Dieser Drecksack ...« Sie setzte sich wieder an den Tisch. »Schließlich habe ich als Veranstalterin eine gewisse Verantwortung, nicht wahr?«

»Und dann musst du dich mit jemandem wie ihm herumschlagen.« Ich nickte verständnisvoll. »Ich bin bestimmt nicht die Einzige unter den Teilnehmerinnen, die sich erhofft, vor solchen Schürzenjägern geschützt zu sein.«

»Genau das ist der Punkt! Wenn sich erst einmal herumspricht, dass jemand wie er die Teilnehmerinnen meiner Speed-Datings und Partys als frei verfügbare und bequeme Auswahl für seine Beutezüge betrachtet, ohne dass ich dem Einhalt gebiete – herrje, dann kann ich den Laden bald dichtmachen. Immerhin habe ich einen hervorragenden Ruf zu verlieren, den ich über die Jahre mühsam aufgebaut habe. Die Konkurrenz in diesem Geschäft ist riesig. Und du hast ja selbst gesagt, dass darüber gesprochen wurde. Für mich ist das katastrophal.« Sie schüttelte den Kopf, dann sah sie mich forschend an. »Er hat dich angebaggert, nicht wahr?«

»Ja, allerdings. Und ich fand ihn sogar ... nun ja, ich war nicht abgeneigt, um die Wahrheit zu sagen. Aber inzwischen weiß ich, welche Strategie er benutzt hat, um, wie soll ich sagen – um besonders *überzeugend* zu wirken.«

»Ach, tatsächlich? Er hatte eine Strategie?« Ihre Brauen hoben sich. »Nämlich welche?«

Wusste sie es wirklich nicht, oder wollte sie nur feststellen, wie viel *ich* über ihn wusste?

»Na ja, ich weiß jetzt, dass ich bereits im Internet Kontakt zu ihm hatte, ohne es zu ahnen«, erwiderte ich leise. »Dort hat er natürlich nicht seinen echten Namen benutzt. Und ein falsches Foto. So hat er alle möglichen Informationen aus mir rausgelockt, die er dann beim Speed-Dating benutzt hat. Und ich dachte natürlich, unsere Begegnung sei geradezu schicksalhaft, da unsere Interessen so perfekt passten.«

Sie nickte nachdenklich, wirkte aber kein bisschen überrascht. »Wie hast du es herausgefunden?«

»Im Gespräch mit anderen Teilnehmerinnen. Sie erzählten von ihren Erlebnissen mit ihm, und es ergaben sich Parallelen, die nicht zu leugnen waren. Plötzlich fiel es mir wie Schuppen von den Augen. Ich wäre auch auf ihn hereingefallen, ganz sicher. Und wenn mir dann irgendwann klar geworden wäre, dass es ihm lediglich um eine flüchtige Eroberung ging … Bei meiner unglückseligen Vorgeschichte hätte ich das nicht so einfach weggesteckt.«

Gerade noch war mir eingefallen, dass ich genau dieses Märchen als Einstieg in unser Gespräch benutzt hatte. Es konnte nicht schaden, es erneut zu erwähnen, denn mittlerweile führte ich unsere Unterhaltung beinahe wie ein Verhör – also war ich hurtig zurück auf die persönliche Ebene navigiert.

»Sieht so aus, als wären die Frauen nun sicher vor ihm«, zischte sie hämisch. In ihren Augen stand plötzlich blanker Hass.

Ich tat so, als hätte ich den Unterton von Befriedigung in ihrer Bemerkung überhört. Und da hatte noch etwas ganz Persönliches mitgeklungen. War sie vielleicht selbst eins von Mikes Opfern? Oder war sie einfach froh, dass er nun den Ruf ihrer Firma nicht mehr schädigen konnte? Jedenfalls hatte sie geklungen, als würde sie am liebsten ein kleines Freudentänzchen auf ihr schickes Laminat steppen. Als Ersatz dafür, auf seinem Grab zu tanzen.

»Tatsächlich bin ich auch froh, dass er nun nicht mehr … Ich meine, dass ich jetzt nicht mehr auf ihn …«, stammelte ich, vermeintlich beschämt darüber, dass ich ebenfalls froh über seinen Tod war. »Dass ich … Ich weiß nicht, wie ich es formulieren soll …«

Sie nickte und prostete mir mit ihrem Kaffee zu. »Du bist erleichtert, dass dir eine große Enttäuschung erspart bleibt. Das kannst du ruhig aussprechen, wir sind hier ganz unter uns. Hätte ich nicht später noch eine Veranstaltung, würde ich für uns jetzt mit Freuden eine Flasche Champagner köpfen.«

»Und ich würde mit Freuden mit dir anstoßen«, erwiderte ich lächelnd. »Hast du eigentlich das Gefühl, dass die Datings erfolgreich sind? Weißt du von Paaren, die sich gefunden haben?«

»Natürlich. Mein Postfach ist vollgestopft mit Mails von Verliebten. Allerdings sind da auch etliche, die … du weißt schon: von Leuten, die enttäuscht wurden. Das kommt leider auch vor. Bedauerlich, aber nicht meine Schuld. Natürlich kann ich nicht garantieren, dass alle Beziehungen, die zustande kommen, in alle Ewigkeit halten, das wäre ja absurd. Aber das können die Betroffenen leider nicht immer abstrahieren. Für die bin ich schuld daran. *Der Typ ist ein Arschloch, der wollte mich nur bumsen,* lese ich dann, aber häufig auch: *Die Frau ist eine Schlampe, die hat mich nur ausgenutzt.* Und dann verlangen sie ihr Geld zurück und wollen eine Erklärung von mir, warum solche Arschlöcher und Schlampen auf meinen Veranstaltungen sind.«

Ich fand das nicht besonders verwunderlich, denn genau das hatte ich mich ja auch gefragt. Andererseits – wie sollte sie die Teilnehmer davor schützen? Das war unmöglich. Sie konnte nur die Augen und Ohren offen halten und im Zweifel diejenigen, denen sie auf die Schliche kam, für ihre Veranstaltungen sperren – wie bei Mike. Es war wirklich ziemlich praktisch für sie, dass er ausgeschaltet worden war. Oder hatte sie selbst …?

»Nenn mich bekloppt«, fügte sie hinzu, »aber ich glaube tatsächlich trotzdem noch an die Liebe.«

»Sonst würdest du wohl auch nicht in diesem Business arbeiten, oder? Darf ich dich etwas Persönliches fragen?« Sie nickte, und ich fuhr fort: »Bist du eigentlich Single?«

Sie war nur mäßig erstaunt und sagte: »Ja. Schon länger. Meine kleine Agentur nimmt sehr viel von meiner Zeit in Anspruch. Außerdem arbeite ich ja zu den klassischen Ausgeh-Zeiten, während die anderen gleichzeitig ihre *Freizeit* auf meinen Veranstaltungen verbringen.«

Ich grinste. »Man sollte meinen, du als Expertin … Immerhin begegnest du durch deine Arbeit doch Hunderten von Männern, oder?«

Denise grinste zurück und fragte: »Wie stellst du dir das denn bitte vor? Soll ich einem Mann meine Telefonnummer zustecken, bevor er am Speed-Dating teilnimmt? Oder danach? *Was, die willst du wiedertreffen? Findest du nicht, dass ich viel interessanter bin?* Nee, diese Männer sind für mich absolut tabu. Keine Ausnahme.«

Ich hatte da dennoch meine Zweifel. »Aber hat noch keiner von denen versucht, dich anzubaggern?«

»Doch, das ist schon vorgekommen.« Sie zuckte mit den Schultern. »Aber keiner hat mich jemals gereizt. Ich nehme sie auch weniger als potenzielle Partner, sondern viel mehr als Kunden wahr. Ganz neutral.«

»Und bei deinen Partys? Da wimmelt es doch nur so von Single-Männern.«

»Und von liebebedürftigen Single-Frauen, vergiss das nicht. Es verbietet sich einfach für mich, dass ich mir das Sahneschnittchen – falls denn mal eins auftaucht – schnappe. Ja, zugegeben, manchmal möchte ich mich auch ins Getümmel stürzen und einfach feiern. Tanzen, flirten und das Schicksal seinen Lauf nehmen lassen.« Sie musterte mich und grinste plötzlich. »Vorgestern, zum Beispiel, da war ein wirklich interessanter, *außergewöhnlicher* Mann auf der Party. Der hätte mich durchaus reizen können.«

»Tatsächlich? Den muss ich wohl übersehen haben.« Moment mal. So, wie sie mich ansah und kicherte ... »Aber ... du meinst doch nicht etwa Dennis?«

»Warum so erstaunt? Du musst zugeben, er sticht aus der Masse heraus. Aber das nimmst du vermutlich gar nicht mehr wahr, weil du ihn so gut kennst.« Sie kicherte wieder. »Dennis und Denise ... das wäre doch witzig.«

Ich wusste zuerst nicht, wie ich darauf reagieren sollte. Die doch recht taffe Agenturchefin hatte sich urplötzlich vor meinen Augen in einen albernen Teenager verwandelt. *Dennis und Denise* ... ernsthaft? Fehlte bloß noch, dass sie die beiden Namen in ein Heft kritzelte und ein Herz drum herummalte.

»Er ist wirklich ein echt netter Typ«, sagte ich lahm.

»Bei den Damen hat er eine Menge Aufmerksamkeit erregt, das habe sogar ich mitgekriegt, obwohl ich beschäftigt war. Denkst du, du könntest ... ich meine ...« Sie brach ab und rutschte verlegen auf ihrem Stuhl herum.

»Du meinst, ich soll ihm deine Telefonnummer geben? Und ihm sagen, dass du ihn interessant findest?«

Erschrocken riss sie die Augen auf. »Nicht so plump ... was, wenn er mich blöd findet? Oder hat er auf der Party jemanden kennengelernt? Ich habe ihn mit Annabelle an der Bar stehen sehen.«

Du liebe Güte – mit dieser merkwürdigen Wendung unseres Gesprächs hatte ich wahrhaftig nicht gerechnet. Andererseits erklärte es, warum sie mich zu einem Kaffee eingeladen hatte. Aber offenbar war ich nicht sonderlich lernfähig, denn ihr Interesse an Dennis überraschte mich kein Stück weniger als am Abend der Party, als die Mädels versucht hatten, mich über ihn auszuquetschen.

Allmählich nervte es mich kolossal, doch es brachte mich auf eine Idee. »Ich bin am Sonntag wieder zum Speed-Dating angemeldet. Da ist nicht zufällig noch ein Platz für einen Mann frei?«

Kapitel 25

Loretta blickt in unerwartete Abgründe
und muss ganz schnell ihre Mappe zuklappen

Was hatte ich mir bloß dabei gedacht, anzukündigen, dass Dennis am Speed-Dating teilnehmen würde?

Ich musste dringend nachdenken. Mein Weg führte mich zum Café, ohne dass ich mich bewusst dafür entschieden hätte. Ich musste es wohl automatisch angesteuert haben, denn plötzlich stand ich davor.

Entsprechend hatte ich auch nicht darauf spekuliert, gewisse Bekannte zu treffen, aber da saßen sie: Mareile und Annabelle. Diesmal nicht draußen, sondern in einer lauschigen Nische. Beinahe hätte ich sie sogar übersehen, aber sie machten mich auf sich aufmerksam. Am Tresen bestellte ich einen großen Milchkaffee, dann setzte ich mich zu ihnen. Vor den beiden standen abgekratzte Kuchenteller und beinahe leere Kaffeetassen.

»Du hast dich also auch in unser zweites Wohnzimmer verliebt?«, fragte Annabelle.

»Scheint so.« Ich lächelte sie an und stellte die Tasche neben meinen Stuhl. »Es ist so gemütlich hier, es hat mich magisch hergezogen.«

»Und das trotz der Sache mit Mike«, sagte Mareile leise und rührte gedankenverloren in ihrem Kaffee.

Ich zuckte mit den Schultern. »Na ja, ein bisschen schräg ist das schon. Aber das Café war ja nur der zufällige Schauplatz dieser schrecklichen Tragödie.«

»Tragödie, pfff …«, erwiderte Annabelle. »Mit dieser Meinung stehst du allein auf weiter Flur. Zumindest in der Gruppe der Frauen, die das Pech hatten, auf ihn hereinzufallen. Würde mich nicht wundern, wenn bei seiner Beerdigung hundert Frauen am Grab Schlange stehen, um auf seinen Sarg zu spucken.«

Ich spürte mehr, als dass ich sah, wie Mareile zusammenzuckte.

Annabelle hatte es offenbar auch bemerkt, denn sie sagte zu ihr: »War dir meine Bemerkung zu krass? Du hast seinetwegen tage- und nächtelang geweint, hast du das schon vergessen? Herrgott, du warst deshalb sogar krankgeschrieben. Ich hatte Angst, du könntest dich umbringen!«

Mareiles Augen füllten sich mit Tränen. »Du hast ihn ja auch nicht sterben sehen. Er ist direkt vor mir verreckt, ich habe ihm dabei zugeguckt!«

»Glückwunsch«, schnappte Annabelle. »So manch eine beneidet dich darum, glaub mir. Ich zumindest tue es.«

»Wie kannst du etwas so Grausames sagen? Du hast ihn vor mir doch auch mal geliebt, oder etwa nicht?«, fauchte Mareile zurück. Demonstrativ sah sie auf die Uhr und stand auf. »Ich muss los. Man sieht sich.«

Mit wehenden Haaren stürmte sie zum Tresen, knallte der Servicekraft einen Geldschein hin, sagte: »Stimmt so«, und rauschte dann aus dem Café.

Annabelle blickte ihr hinterher. »Das nenne ich mal einen starken Abgang.«

»Ich glaube, du hast ihre Gefühle verletzt.«

Die Servicekraft brachte meinen Milchkaffee, der sich durch eine stabile Schaumschicht auszeichnete. Natürlich machte ich gleich den Zuckertest: Man lässt Zucker auf den Milchschaum rieseln, und wenn er nur ganz langsam einsinkt, ist der Schaum perfekt. Ich war zufrieden.

»Gefühle verletzt? Mareile soll sich mal nicht so haben«, sagte Annabelle. »Du hättest mal ihre Fantasien hören sollen, wie sie ihn kaltmachen will. Am liebsten hätte sie ihn entführt, in ein Verlies gesperrt und so lange gefoltert, bis er darum bettelt, umgebracht zu werden. Ich war richtig schockiert, welche bizarren und kranken Ideen unsere zarte, sensible Künstlerseele entwickelt hat. Und mich nennt sie grausam? Das ist echt ein Witz.«

Folter-Fantasien hätte ich Mareile auch nicht zugetraut, musste ich insgeheim zugeben, aber es war ein interessantes, neues Detail ihrer Persönlichkeit. Hatte sie Mike vielleicht vergiftet, ihm beim Sterben zugesehen und dabei festgestellt, dass es lange nicht so befriedigend war, wie sie sich vorgestellt hatte? Und jetzt plagte sie die Reue?

»So ist Mareile drauf?«, fragte ich. »Wow, das sind ja echte Abgründe. Vielleicht sollten wir eine Selbsthilfegruppe gründen, was meinst du? ›Geteiltes Leid ist halbes Leid‹ heißt es doch.«

»Ha.« Annabelle grinste. »Gar keine so schlechte Idee. Für die Treffen würde dieses kleine Café aber längst nicht ausreichen.«

Sollte ich sie auf ihre Beziehung zu Mike ansprechen? Ich zögerte, aber dann gab ich mir einen Ruck. »Du hattest also auch mal was mit ihm?«

Annabelle hob beide Hände. »Schuldig im Sinne der Anklage. Und es ist beileibe nicht so, dass man mich nicht vor ihm gewarnt hätte – das kommt erschwerend hinzu. Ich bin offenen Auges in die Falle gerannt. Obwohl, das stimmt nicht ganz: Liebe macht ja bekanntlich blind. Dafür bin ich ein Beispiel wie aus dem Lehrbuch.«

»Jemand hat dich gewarnt? Eine Frau?«

»Klar war es eine Frau, und genau deshalb habe ich kein Wort geglaubt. Sie sagte mir, er sei ein Aufreißer, dem es nur um die schnelle Eroberung ginge, gleich danach würde er mich wieder fallen lassen. Meine Herren, ich war derart überheblich! Na klar, dachte ich, *dich* hat er vielleicht abgeschossen, aber *mir* passiert das bestimmt nicht.«

Interessant – genau das war am Abend der Party die Theorie von Kai gewesen, warum Frauen immer wieder auf Mike hereingefallen waren, obwohl der ganz offen agierte.

Während ich meinen Milchkaffee genoss, berichtete Annabelle weiter: »Selbstverständlich dachte ich, diese Frau will sich an Mike rächen, indem sie ihn bei jeder Frau anschwärzt, mit der er flirtet. Für mich war klar, dass sie nur eifersüchtig war. Nein, ich fühlte mich ganz sicher mit ihm. Himmel, ich war so bescheuert. Aber schließlich war er so schlau, mich nicht zu bedrängen, und gerade das ließ mich ihm vertrauen. Dieses vermeintlich echte Interesse, dieser geheuchelte Respekt, verstehst du?«

Ich nickte. Ich verstand nur zu gut – hatte ich mich nicht auch davon betören lassen?

Und wie ich das hatte.

»Allerdings. Das verstehe ich absolut«, murmelte ich. »Wäre es etwas anderes gewesen, wenn ein Mann dich gewarnt hätte?«

»Ein Mann? Hm … spannende Frage.« Stirnrunzelnd dachte sie nach und schüttelte schließlich den Kopf. »Nein, vermutlich nicht. Dann hätte ich bloß gedacht, der Mann ist neidisch auf Mikes Beliebtheit und Charme. Und dass ein eifersüchtiger Gockel versucht, dem unbesiegbaren Platzhirsch eins reinzuwürgen.«

»Schon verrückt, wie wir es immer schaffen, uns in Männerangelegenheiten erst einmal alles so hinzubiegen, dass es in unseren Traum passt«, sagte ich. »Wir wollen so gerne vertrauen und glauben, dass dieser Mann, der uns umwirbt, wirklich offen und ehrlich ist.«

»Hört, hört.« Annabelle nickte mir lächelnd zu. »Gut gesprochen. Müsste ich nicht gleich zum Dienst, würde ich glatt Schnaps für uns bestellen, damit wir auf diese universelle Weisheit über die Dummheit von uns Frauen anstoßen können.«

»Ach, das holen wir irgendwann einmal nach. Aber sag mal:

Dein Verhältnis mit Mike hat doch vor seiner Episode mit Mareile stattgefunden, richtig? Hast du versucht, sie zu warnen?«

»Abgesehen von der Frage, ob sie mir geglaubt hätte, war dazu leider keine Gelegenheit. Nachdem er mich abgesägt hatte, brauchte ich ein paar Wochen Abstand, bevor ich mich wieder auf so eine Party gewagt habe. Irgendwann wollte ich aber wissen, ob ich die Begegnung mit ihm aushalte. Ich durfte ihm einfach nicht länger die Macht geben, über mein Privatleben zu bestimmen. Ich sollte einsam in meiner Bude hocken, während er weiterhin fröhlich auf Tour ging? Nicht mit mir.«

Sie brach ab und starrte aus dem Fenster auf die Straße. Ich vermutete, dass sie ihren Erinnerungen nachhing.

Hochinteressant, dachte ich. Während ich innerlich fieberte, löffelte ich scheinbar konzentriert süßen Schaum aus der Tasse, denn sie sollte nicht mitkriegen, wie spannend ich ihre Geschichte fand.

»Lass mich raten: Exakt in dieser Phase hatte Mareile mit Mike zu tun«, sagte ich.

Annabelle seufzte und erzählte weiter: »Genau. An dem Abend, als ich zum ersten Mal wieder auf die Piste ging und eine von Denises Singlepartys besuchte, lernte ich Mareile kennen. Sie hockte schluchzend in einer Ecke, und sie tat mir unheimlich leid. Wie sich herausstellte, waren sie in einem Restaurant verabredet gewesen, und natürlich hatte sie sich in einer festen Beziehung mit Mike gewähnt. Falsch gedacht: Er hat Schluss mit ihr gemacht. In aller Öffentlichkeit. Vermutlich, damit sie nicht vor allen Leuten ausflippt. Stell dir vor: Er schießt sie ab und lässt sie dann im Restaurant sitzen. Und als wäre das noch nicht schlimm genug, ist das dumme Ding ihm danach tatsächlich gefolgt, weil sie noch einmal mit ihm reden wollte. Und wohin ist er? Natürlich schnurstracks zur Single-Party. Aber statt mit ihm zu reden, durfte sie sich reinziehen, wie er eine andere anbaggert und abschleppt.«

»Wow, das war echt grausam von ihm.«

Annabelle sah auf die Uhr und sprang hastig auf. »Es wird leider Zeit für mich; ich bin schon später dran, als ich dachte. Aber noch kurz zu deiner letzten Bemerkung: Ich glaube nicht einmal, dass Mike von Mareiles Anwesenheit wusste. Sie hat da nämlich keine Szene gemacht oder so, das ist nicht ihre Art. Außerdem hat Mike immer eine Frau aufs Korn genommen und sich dann völlig auf sie konzentriert. Was um ihn herum passierte, hat er dann überhaupt nicht mehr mitgekriegt.«

Durchs Fenster sah ich sie eilig die Straße entlanggehen. Dass Mike um sich herum nicht viel mitkriegte, passte zu ihm, so egozentrisch, wie er gewesen war. Irgendwie faszinierte mich, wie absolut ungehindert er sein Spielchen mit so vielen Frauen hatte treiben können. Was hatte er überhaupt beruflich gemacht? Darüber hatten wir kein Wort gesprochen, wie mir einfiel. Aber es musste etwas gewesen sein, das es ihm gestattet hatte, tagsüber mit weiß der Henker wie vielen Frauen im Internet zu kommunizieren – ich ging längst davon aus, dass ich nicht die einzige gewesen war.

Ich holte meine Mappe aus der Tasche und schlug sie auf, um die aktuellen Erkenntnisse zu notieren.

Mareile hat Mike so sehr gehasst, dass sie ihn am liebsten zu Tode gefoltert hätte, schrieb ich hinter ihren Namen in die Liste.

Und Annabelle? Sie schien hart und zynisch, gab aber zu, dass sie sich nach ihrem Desaster mit Mike daheim verkrochen hatte. Konkrete Rachegedanken hatte sie nicht erwähnt, aber sie machte absolut keinen Hehl aus ihrer Genugtuung über seinen Tod.

Und was war mit Doreen und Sabine? Die vier bildeten offenbar eine Clique – ob wohl auch Doreen und Sabine irgendwann einmal was mit ihm gehabt hatten?

Ich kaute auf meinem Kuli herum und dachte nach.

Plötzlich schoss mir Franks Theorie durch den Kopf, die vier könnten so etwas wie ein Mörderclub sein – war das wahrscheinlich?

Aber warum eigentlich nicht?

Wir hatten da eine Polizistin, eine Krankenschwester, eine Musikerin und eine Hundetrainerin. Eine Polizistin, die Beweise verschwinden lassen und sich über den Stand der Ermittlungen informieren könnte. Eine Krankenschwester, die meiner Erinnerung nach *nicht* sofort zum sterbenden Mike geeilt war, um ihm zu helfen. Eine – vermeintlich? – zartbesaitete Künstlerin, die Mikes letzte Atemzüge miterlebt hatte, und zwar ohne weitere Zeugen. Blieb noch die Hundetrainerin, die ... ich geriet ins Stocken. Zu ihr fiel mir nichts ein, das sie verdächtig machen würde.

Aber drei von vier fand ich eine ziemlich gute Ausbeute.

Die Serviererin kam an den Tisch, nahm meine leere Tasse und fragte, ob ich noch einen Wunsch hätte. Ich bestellte mir noch einen Milchkaffee und beugte mich wieder über die Mappe. Nun nahm ich mir Denise vor.

Ich sah mir noch einmal das Foto an, auf dem sie mit Mike stritt. Sein blödes, überhebliches Grinsen ... also, *mich* hätte es rasend gemacht. Erneut geriet ich ins Grübeln. Da war also Denise, die Veranstalterin, die mir gegenüber überraschend offen gewesen war – und sich erstaunlich wenig gewundert hatte, dass ich ihr unangemeldet auf die Bude rückte.

Wie auch immer: Auch sie hatte meiner Meinung nach durchaus gute Gründe gehabt, Mike loswerden zu wollen. Sie hatte von ihrer Verantwortung gerade den weiblichen Kunden gegenüber gesprochen, und dann marodierte dieser Mike skrupellos durch die Reihen der Frauen, die sich Denise anvertraut hatten, um die wahre Liebe zu finden. Ich konnte mir gut vorstellen, dass sie um ihren Ruf fürchtete, zumal die Gefahr, dass Kunden zu einem der zahlreichen Mitbewerber mit ähnlichen Veranstaltungen abwanderten, nicht unbeträchtlich war.

Denise hatte Angst um ihre Reputation und vor dem Verlust ihrer Existenz, schrieb ich gerade, als ich spürte, dass jemand an meinen Tisch trat.

»Stellen Sie die Tasse ruhig einfach ab«, sagte ich, ohne aufzusehen.

»Und wenn ich gar keine Tasse habe?«, fragte ein Mann.

Ich blickte hoch – es war Kai. Er trug einen Karton und grinste auf mich herunter. Unauffällig schloss ich die Mappe und stützte mich mit den Ellbogen darauf. »Nanu, was machst du denn hier?«

»Am frühen Abend findet hier das Ü60-Speed-Dating statt«, erwiderte er, »und ich helfe Denise beim Dekorieren.«

Das verblüffte mich. »Ach, seid ihr befreundet?«

»Das wäre übertrieben.« Er stellte den Karton, obwohl er nicht besonders schwer wirkte, mit einer Ecke auf dem Tisch ab. »Aber ich habe einmal mitbekommen, dass sie jemanden dafür brauchte, und habe mich angeboten. Seither springe ich manchmal ein, wenn Not am Mann ist.« Er zwinkerte. »Sag es nicht weiter, aber so kann ich ab und zu kostenlos an einem Speed-Dating teilnehmen.«

»Klingt nach einem guten Geschäft.«

»Von dem ich mehr profitiere als Kai«, sagte Denise, die mit einem weiteren Karton hereingekommen war und offenbar die letzten Sätze gehört hatte.

»Ich fang schon mal mit der Deko an.« Kai nickte mir zu und verschwand durch die Tür zum Hinterzimmer, in dem die Datings stattfanden.

Denise deutete auf die Mappe, auf der ich noch immer lehnte. »Arbeit?«

Ich nickte lächelnd. »Ja, tatsächlich. Manchmal brauche ich ein wenig Abstand vom Büro. Dank dir habe ich ja dieses schöne Café kennengelernt. Hier lässt es sich wunderbar ruhig arbeiten, und außerdem gibt es deutlich bessere Torte als im Büro.«

»Na dann – frohes Schaffen noch. Wir sehen uns ja am Sonntag, nicht wahr?«

»Ich freu mich drauf.«

»Ich mich auch«, erwiderte sie und ging.

Sofort packte ich meine Siebensachen zusammen und ging zur Theke. Ja, man könne meinen Milchkaffee auch zum Mitnehmen machen, erfuhr ich und nahm kurze Zeit später einen großen Pappbecher in Empfang.

Ein paar Minuten später saß ich im Auto.

Hatte Kai gesehen, was genau ich da gemacht beziehungsweise geschrieben hatte? Zwar hatte ich die Mappe sofort – und hoffentlich nicht allzu auffällig – zugeklappt, aber wie lange genau hatte er schon neben meinem Tisch gestanden? Es hatte etwas gedauert, bis ich seine Anwesenheit wahrgenommen hatte, weil ich sehr auf meine Notizen konzentriert gewesen war. Ob er sein Foto bemerkt hatte?

Bestimmt machte ich mir ganz unnötig Sorgen.

Ich zog mein Telefon aus der Tasche und rief Dennis an.

»Wo steckst du?«, fragte er sofort. »Warst du schon bei Denise? Hast du was rausgefunden?«

»Ja, vielleicht, aber das müssen wir zu einem anderen Zeitpunkt besprechen. Momentan möchte ich nur eins wissen: Hast du am Sonntagnachmittag Zeit?«

Er lachte leise. »Bittest du mich um ein Date?«

»Träum weiter. Obwohl … irgendwie schon. Hättest du Lust, ein Speed-Dating zu besuchen?«

»Gehst du auch hin?«

»Ja, ich werde ebenfalls dort sein.«

»Ich bin dabei.«

»Super. Erwin, du und ich sollten uns vorher noch einmal in Ruhe zusammenhocken. Strategiebesprechung. Mach mit ihm was ab. Ich hab morgen den ganzen Tag Zeit, schick mir einfach eine Textnachricht, wann und wo wir uns treffen, okay?«

»Okay«, erwiderte er zögernd. »Aber was hast du denn jetzt noch vor?«

»Das erzähle ich morgen. Bis dann.«

Keine Ahnung, ob er noch etwas sagen wollte, denn ich legte auf, ohne es abzuwarten.

Kapitel 26

Loretta macht einen Spaziergang mit der Kommissarin
und fragt sich, warum Enten so selten gebrochene Flügel haben

Eine Viertelstunde später fuhr ich auf den Parkplatz des Polizeipräsidiums. Die Kommissarin würde vielleicht nicht gerade begeistert sein, wenn ich bei ihr anklopfte, aber ich hatte das dringende Bedürfnis, ihr von meinen neuen Erkenntnissen zu berichten. Und natürlich hoffte ich, sie ein wenig aushorchen zu können.

Da Kais Auftauchen im Café mich beim Schreiben unterbrochen hatte, nahm ich mir die Liste noch einmal vor. Konzentriert ging ich nacheinander die Notizen zu den einzelnen Personen durch und hatte bei Denise gerade noch einige Stichworte hinzugefügt, als mich ein Klopfen an der Seitenscheibe hochschrecken ließ.

Ich fuhr die Scheibe runter, und ein mir nur allzu bekanntes Gesicht blickte ins Auto.

»Guten Tag, Frau Luchs«, begrüßte mich Kommissarin Küpper. »Sie wollen doch bestimmt zu mir, weil Sie irgendwelche Informationen haben, von denen Sie glauben, dass ich sie noch nicht habe.«

Ich nickte. »Komplizierter Satz, aber im Großen und Ganzen richtig. Im Laufe der Woche habe ich tatsächlich einiges erfahren.«

»Und ich möchte vermutlich nicht wissen, wie.« Sie seufzte und richtete sich auf. »Na gut. Wenn Sie nicht auf mein Büro bestehen, können Sie mich in den Stadtpark begleiten.«

»Gerne.« Ich stieg aus, schloss das Auto ab und folgte ihr eilig, denn sie war bereits losgegangen. Nach ein paar getrabten

Schritten hatte ich sie schnaufend eingeholt. »Haben Sie beruflich im Park zu tun?«

Sie feuerte einen raschen Seitenblick auf mich ab. »Klar. Eine Ente wurde ermordet, vermutlich eine Beziehungstat aus Eifersucht. Der Täter ist flüchtig, und der Polizeipräsident drängt auf rasche Aufklärung.«

Ich kicherte. »Sie sind ganz schön schlagfertig, Frau Küpper.«

»Sie mögen meinen Humor? Da bin ich aber erleichtert.« Sie rollte mit den Augen. »Aber denken Sie ernsthaft, Frau Luchs, ich würde Sie zu einem Tatort mitnehmen? Sie freiwillig mit der Nase auf noch einen Fall stoßen, bei dem Sie mir in die Ermittlungen grätschen können? Wohl kaum, ich bin ja nicht verrückt. Nein, ich schenke Ihnen meine viel zu späte Mittagspause, weil ich Sie ja ohnehin nicht loswürde. Also werde ich mir, statt meine wohlverdiente Entspannung allein zu genießen, möglichst geduldig anhören, was Sie mir zu sagen haben.«

Ich war keineswegs beleidigt, denn so kannte ich sie: stets leicht verärgert, immer ein bisschen herablassend und nie einen Hehl daraus machend, dass sie auf meinen Beitrag lieber verzichten würde. Allerdings hatte es durchaus schon Fälle gegeben, bei denen ich die Lösung gefunden hatte und nicht sie.

Das allerdings keineswegs, weil ich schlauer war als die Kommissarin. Nein, oft genug war mir der Zufall zu Hilfe gekommen. Und die Tatsache, dass ich den Ex-Bullen Erwin an meiner Seite hatte. Nicht zu vergessen: Der Kommissarin waren aufgrund strenger Vorschriften oft die Hände gebunden, während ich meinen Status als Privatperson schamlos ausnutzte.

So auch in diesem Fall: Ich hätte bedenkenlos meinen gesamten Besitz darauf verwettet, dass ich von den Herrschaften auf meiner Liste mehr erfahren hatte, als sie jemals freiwillig der Polizei erzählen würden. Immerhin war ich durch meine Teilnahme am verhängnisvollen Speed-Dating eine von ihnen und gehörte damit zur unfreiwilligen Gruppe der Betroffenen. So simpel war das.

Nach fünf Minuten hatten wir den Park erreicht und liefen über verschlungene Wege. Das Laub der Büsche und Bäume leuchtete in frischem Frühlingsgrün, und die mächtigen Rhododendren standen in voller Blüte.

Am Teich setzten wir uns auf eine Bank.

»Wie praktisch: Falls hier wirklich ein Mord geschehen sollte, sind wir direkt vor Ort«, sagte ich und deutete auf die zahlreichen Enten, die auf der Wasserfläche dümpelten.

Sie reagierte lediglich mit einem leisen, aber dennoch unüberhörbaren Seufzen und zog eine metallene Trinkflasche aus ihrer Jackentasche. Während sie trank, holte ich die Mappe hervor und wartete ab, bis sie den Deckel wieder auf die Flasche geschraubt hatte.

»Ich habe in der Zwischenzeit einiges über die Teilnehmer des Datings herausgefunden. Und ihre Verbindungen *zum* beziehungsweise Meinungen *über* das Opfer.« Ich gab ihr die aktuelle Liste. »Das ist vielleicht wirklich mehr, als die Leute bei den Befragungen ausgesagt haben.«

Sie vertiefte sich in die Liste und las sie aufmerksam. Hin und wieder hob sie die Brauen oder runzelte die Stirn.

Schließlich sah sie mich an. »Sie haben recht – es ist *deutlich* mehr, als einige von ihnen ausgesagt haben. Ich sehe hier eine Menge Hass, eine Menge Rachegelüste und damit einige Mordmotive. Dieser Waldner hat sich offenbar nicht viele Freunde gemacht.«

Ich schüttelte den Kopf. »Brauchte er auch nicht. Er war so egozentrisch, dass er sich selbst der beste Freund war, und das reichte ihm. Offenbar ging es ihm bei seiner vermeintlichen Partnersuche in der Single-Landschaft einzig darum, möglichst viele Frauen flachzulegen, und das ohne Rücksicht auf verletzte Gefühle und gebrochene Herzen.«

»Und das betrifft nicht nur die Frauen«, murmelte sie. »Sieht so aus, als hätten auch einige der Männer eine Stinkwut auf ihn gehabt. Dieser Marc zum Beispiel.«

»Gute Wahl«, warf ich ein. »Stellen Sie sich vor, Sie verlieben sich in eine Frau, aber Mike schnappt sie Ihnen weg. So weit, so enttäuschend. *Shit happens.* Doch dann lässt er diese Frau fallen und verwandelt sie damit in ein depressives Wrack.«

»Und irgendein edler Ritter will sie rächen.«

Ich zuckte mit den Achseln. »Zum Beispiel. Das Problem ist, dass ich nur relativ wenig über eventuelle Konstellationen innerhalb der Gruppe weiß. Ist einer der Männer vielleicht der Bruder einer der verlassenen Frauen? Haben sich zwei oder mehrere Personen zusammengetan, um ihn loszuwerden? Ich weiß allerdings, dass vier der Frauen – Doreen, Annabelle, Sabine und Mareile – ziemlich eng befreundet sind, und von zwei von ihnen weiß ich ganz sicher, dass sie mal was mit Mike hatten. Bei den anderen beiden vermute ich es, kann es aber nicht mit Bestimmtheit sagen.«

»Und das alles haben diese Leute ihnen freiwillig erzählt?«, fragte die Kommissarin.

»Selbstverständlich! Bei einem Stück Kuchen oder auch abseits einer Single-Party … Ich bin schließlich selbst eine Beinahe-Eroberung von Mike. Das hat so einige Zungen gelöst.« In Stichworten berichtete ich ihr von meinen Aktivitäten im *Liebesgarten,* von *Robin Hood* und von meiner Erkenntnis, dass Mike und mein Internet-Flirt ein- und dieselbe Person waren. *Gewesen* waren. »Aber das habe ich erst am Mittwochabend auf der Party herausgefunden«, schloss ich meinen Bericht.

»Das will ich Ihnen jetzt mal glauben, sonst müsste ich Sie glatt auf die Liste der Verdächtigen setzen«, sagte Kommissarin Küpper und lächelte.

Oho – sie hatte einen Witz gemacht.

Ich lächelte zurück. »Ganz unter uns, Frau Küpper – sollte

ich mal jemanden umbringen, möchte ich es nicht mit Ihnen zu tun kriegen.«

Noch einmal las sie die Liste aufmerksam durch, dann sah sie mich an. »Trotz der unbestreitbar interessanten Informationen, die Sie gesammelt haben – nichts davon deutet auf eine *bestimmte* Person hin.«

»Ja, leider«, erwiderte ich. »Vielleicht haben wir es ja mit einem Fall wie beim *Mord im Orient-Express* zu tun? Könnte doch sein, dass sich eine ganze Gruppe dazu verschworen hat, jemanden umzubringen, und ich bin zufällig da reingeraten wie *Hercule Poirot* im Roman. *Angeblich* hat ja niemand beobachtet, wer Mikes Sekt vergiftet hat – aber in Wirklichkeit wissen es alle, weil einer aus der Gruppe dazu bestimmt wurde. Oder besser: ausgelost wurde. Gelebte Demokratie im Alltag, wenn Sie so wollen. Und jeder von denen hatte seine Spezialaufgabe. Dieser Kai beispielsweise – der ist Gärtner! Wenn sich jemand mit giftigen Pflanzen auskennt, dann er. Apropos: Konnte das Gift bestimmt werden?«

Die Kommissarin schüttelte den Kopf. »Noch nicht exakt; unsere Labore sind heillos überlastet. Klar ist, dass es sich um ein Alkaloid namens Coniin handelt, das tatsächlich im Gefleckten Schierling, allerdings auch im Kugelfisch vorkommt.«

»Ist denn einer von den Jungs Sushi-Meister? Ich kenne nicht von allen den Beruf.«

»Da ist kein Sushi-Meister dabei, fürchte ich. Aber ich brauche keinen Gärtner, um mit Pflanzengift zu töten. Sie wissen ja selbst: Wenn Sie im Internet nach Giftpflanzen suchen, erhalten Sie Informationen, die sehr exakt sind. Sie können mühelos herausfinden, ob die Samen, die Wurzeln oder die Blätter am giftigsten sind. Außerdem stellen Sie plötzlich fest, dass überall um Sie herum giftige Pflanzen wachsen.« Sie deutete auf einen Rhododendron, der über und über mit großen dunkelrosa Blüten bedeckt war. »Der da zum Beispiel. Steht in Millionen Gärten und in fast allen Parkanlagen, weil er hübsch aussieht – und ist giftig.«

Das wusste ich ja bereits, denn sie hatte recht: Ich war von der Flut an Informationen über praktisch frei verfügbare Giftpflanzen auch schier überwältigt gewesen. Nicht alle waren tödlich, aber es gab einige erfolgversprechende Möglichkeiten. Eine sehr beliebte Mordmethode war bestimmt auch der Klassiker Pilzragout, unter das ein paar giftige Exemplare gemischt wurden. Leider vollkommen ungeeignet für ein Speed-Dating, außerdem die falsche Jahreszeit: Im Frühling Giftpilze zu finden, dürfte schwierig sein.

Wir schwiegen und beobachteten die Enten.

Eine ältere Frau mit zwei kleinen Kindern tauchte auf – vermutlich Oma mit Enkeln – und ging mit ihnen ans Ufer des Teichs. Die Frau holte eine Tüte aus ihrer Tasche, und sofort gerieten die Tiere in Aufruhr. Sie paddelten oder flogen sogar ans Ufer, und im Nu waren die drei von aufgeregt quakendem Federvieh umringt. Die Kinder kreischten vor Vergnügen, wenn Futter geworfen wurde und die Enten zu hysterisch tobenden Knäueln aus wild schlagenden Flügeln wurden. Ab und zu flog eine Ladung Futter in den Teich, und ein Teil der Tiere stürzte sich wasserspritzend hinterher, während der Rest an Land auf Nachschub wartete.

Wirklich schade, dass ich keine Kamera dabeihatte; das wären gute Bilder geworden.

»Was haben Sie jetzt vor?«, fragte ich die Kommissarin.

Ohne den Blick vom Spektakel am und im Teich zu lösen, erwiderte sie: »Ich werde natürlich alle noch einmal befragen. Dank Ihrer Informationen kann ich bei einigen gezielt Druck ausüben.« Sie wandte sich mir zu und fragte: »Aber viel wichtiger finde ich: Was haben Sie jetzt vor?«

»Nichts, denn momentan bin ich echt ratlos. Ich weiß ja auch nicht mehr, als auf dieser Liste steht. Ich könnte mich höchstens weiter an die Leute ranwanzen und hoffen, dass irgendwer sich verrät.«

Die Kommissarin runzelte drohend die Stirn. »Ich hoffe, Sie hecken nicht wieder irgendwelche Alleingänge aus. Das dulde ich nicht, das wissen Sie.«

Nun, ich würde sie kaum vorher um Erlaubnis bitten. Aber tatsächlich hatte ich keine Idee. Bis auf die, Dennis morgen einzusetzen. Aber als was? Keine Ahnung.

»Ich plane nichts, das schwöre ich Ihnen. Am Sonntag besuche ich noch ein Speed-Dating, zu dem ich schon länger angemeldet bin. Kaum vorstellbar, dass es mir neue Erkenntnisse bringen wird.«

»Und diese Veranstaltung wird wieder von Denise Jennings organisiert?«, fragte sie.

»Ja. Halten Sie sie für verdächtig? Wollen Sie einen Kollegen hinschicken? Undercover?«

»Selbst wenn, würde ich es Ihnen nicht sagen, Frau Luchs. Frau Jennings ist aus meiner Sicht genauso verdächtig oder unverdächtig wie etliche andere auf dieser Liste. Kann ich die übrigens behalten?«

»Natürlich. Hauptsache, Sie können meine Kritzeleien entziffern.«

Sie lächelte und stand auf. »Falls nicht, habe ich einen Dechiffrierungsexperten im Haus. Ich wiederhole mich ungern, aber ich tue es trotzdem: Machen Sie keine Dummheiten, Frau Luchs. Das ist eine ernst gemeinte Warnung.«

Sie nickte mir einen Abschiedsgruß zu, dann ging sie.

Ich wandte meine Aufmerksamkeit wieder dem Teich zu, wo sich die Lage entschieden beruhigt hatte. Die Frau und die beiden Kinder waren verschwunden, und die Enten schipperten entspannt übers Wasser, als hätten sie sich nicht vor zwei Minuten noch am Rande der Raserei befunden. Und ich dachte einmal mehr über das Rätsel nach, wieso keine von ihnen nach der so brutal wirkenden Klopperei ums Futter einen gebrochenen Flügel hatte. Das würde ich vermutlich nie begreifen.

Es war schon später Nachmittag, als ich meine Haustür aufschloss. Irgendwie war ich im Park am Ententeich versackt, und während ich nachdachte und weitere Futter-Orgien beobachtete, waren zwei Stunden vergangen.

Ich füllte Baghiras Napf und sah dem Kater beim Fressen zu. Sein entspanntes und zufriedenes Schmatzen brachte mich zu der Frage, ob ihm wohl bewusst war, wie gut er es hatte, dass er nicht mit Artgenossen um sein Futter kämpfen musste.

Natürlich war es ihm nicht bewusst, er kannte es ja nicht anders. Er war der alleinige Chef im Ring, und dass das alles hier ihm gehörte, belegten schon seine regelmäßigen Kontrollgänge durch sein Revier.

Genauso hatte vermutlich Mike gedacht: sein Revier, seine Frauen, meins, meins, meins. Irgendwie sogar ein wenig psychopathisch, sich null um die Konsequenzen seines Handelns zu scheren – von seiner fehlenden Empathie den Frauen gegenüber wollte ich gar nicht erst anfangen.

Erstaunlich, dass er immer damit durchgekommen war, das hatte schon seine Reaktion auf Denises Hausverbot gezeigt. *Du willst mir was verbieten, Kleine? Da kann ich ja nur lachen.*

Vielleicht wäre er jetzt nicht tot, wenn er für sein Benehmen öfter mal eine ordentliche Tracht Prügel kassiert hätte, das soll ja manchmal durchaus eine heilsame Wirkung haben. Tja, für derlei erzieherische Maßnahmen war es nun eindeutig zu spät.

Ich schnappte mir den Laptop und setzte mich damit auf die Terrasse.

Konzentriert tippte ich alle neuen Erkenntnisse in die Liste. Als mein Handy, das drinnen auf dem Esstisch lag, den Eingang einer Nachricht signalisierte, ging ich hinein, um nachzusehen. Sie war von Erwin: *Morgen um 10 bei Dennis,* las ich, *ich hole dich ab.*

Kapitel 27

Ein Frühstück unter einer blühenden Kastanie
und ein lieb gemeinter, aber eventuell giftiger Blumenstrauß

Seit den dramatischen Ereignissen um seine Agentur vor mitt-lerweile vier Jahren war ich nicht mehr bei Dennis zuhause ge-wesen, ging mir auf, als Erwin am nächsten Vormittag von der Landstraße in den versteckten Feldweg abbog. Vorsichtig steu-erte er den Wagen über die holprige Piste, die an einem Wald entlang zu Dennis' schönem Gehöft führte, das aus einem groß-zügigen Fachwerkhaus mit angrenzender Scheune und großem Garten bestand.

Damals war er erpresst worden, da man ihm das Callcenter hatte abjagen wollen. Um den Forderungen Nachdruck zu ver-leihen, hatte man unter anderem seine Scheune – und damit seine Sammlung von Autos aus den Siebzigern – abgefackelt und fünf von seinen sechs Zwergseidenhühnern abgeschlachtet. Im weiteren Verlauf waren die Ereignisse immer weiter eskaliert, und sowohl Dennis als auch Frank und ich hatten einige durch-aus schmerzhafte Blessuren davongetragen – aber die Agentur hatten wir gerettet, das war die Hauptsache.

Bin im Garten stand auf dem Zettel, der an der Haustür hing. Erwin und ich gingen rechts am Haus vorbei nach hinten, kamen aber nur bis zum Hühnergehege.

»Mist, ich habe die Einkaufstasche im Auto vergessen«, sagte Erwin, »bin gleich wieder da.«

Während er zurückging, beobachtete ich die Hühnchen und ärgerte mich genau wie gestern im Stadtpark, dass ich meine Kamera nicht dabeihatte. Sieben kleine weiße Geschöpfe wusel-ten herum – drollig aussehende, flauschige Federbälle, die Köpfchen gekrönt von bizarren Haarschöpfen. Eifrig pickten sie Körner auf, offenbar hatte Dennis sie kurz zuvor gefüttert. Ein Teil ihres großzügigen Auslaufs war überdacht, um sie vor Regen zu schützen; außerdem stand dort ein schickes Nachtquartier für sie: eine exakte Nachbildung von Dennis' Bauernhaus.

Unwillkürlich musste ich grinsen – das hatte es damals noch nicht gegeben, vor vier Jahren war es eine einfache Bretterhütte gewesen. Bestimmt würde Dennis sich über ein paar hübsche Fotos seiner Lieblinge freuen, wie sie vor der niedlichen Hütte posierten.

Erwin tauchte wieder auf, und wir fanden Dennis unter einer blühenden, von Bienen umsummten Kastanie, wo er gerade letzte Hand an den Frühstückstisch legte. Sogar einen großen Strauß Wildblumen hatte er gepflückt, der in einem Einmachglas auf dem Tisch stand.

»Morgen, Dennis!«, rief Erwin aufgeräumt und stellte die Tasche auf einen Stuhl. Er holte eine riesige, prall gefüllte Brötchentüte heraus. »Wie bestellt: frische Brötchen. Außerdem hat mein Täubchen uns ein paar Frikadellchen gespendet.«

Den Ausmaßen der Plastikdose nach zu urteilen, die er auf den Tisch stellte, würde ihr Inhalt mühelos für eine ganze Kompanie ausgehungerter Soldaten reichen, die gerade ein dreitägiges Überlebenstraining in freier Natur hinter sich hatten, bei dem sie von dem hatten leben müssen, was sie im Wald gefunden hatten.

»Ich habe gerade deine Hühnchen bewundert«, sagte ich, »und vor allem ihr spektakuläres Haus. Lebt Clarissa eigentlich noch?«

»Ach – du erinnerst dich noch an Clarissa?« Dennis war sichtlich erfreut.

»Na klar, sie lag dir damals doch ganz besonders am Herzen. Bei den schrecklichen Ereignissen war es doch ein kleiner Trost, dass sie den feigen Anschlag überlebt hat.«

»Das stimmt«, erwiderte er nachdenklich, dann schüttelte er den Kopf. »Nein, sie lebt nicht mehr. Sie ist weiter hinten im Garten begraben.«

»Oje, das tut mir leid.«

»Die Lebensdauer dieser Tierchen ist leider nicht lang«, sagte Dennis. »Vier Jahre oder so. Wenn ich damit nicht klarkäme, wäre wohl ein Papagei geeigneter für mich. Oder eine Schildkröte. Aber ich mag die kleinen Viecher nun mal.«

Er lächelte versonnen, und mir ging das Herz auf. Dass dieser große, schrille und nicht gerade leise Kerl seinen kleinen Hühnchen derart verfallen war, rührte mich.

Damals, als ich über ihn nur gewusst hatte, dass er mein Chef war und exzentrische Outfits mochte, wäre ich niemals auf die Idee gekommen, dass er so lebte, wie er lebte. Ich hatte ihn in einem durchgestylten Junggesellen-Loft in der City vermutet, aber niemals in dieser idyllischen, ländlichen Umgebung. Und auf jeden Fall hätte ich ihm eher einen Riesenschnauzer zugetraut als diese fluffigen, komischen Federbällchen.

Ich mochte ihn, wurde mir plötzlich bewusst, sehr sogar.

Diese Erkenntnis erschreckte mich so, dass ich die Kaffeetasse, die ich gerade in der Hand hielt, mit einem lauten Klirren zurück auf die Untertasse stellte. Beide Männer sahen mich erstaunt an, und ich grinste verlegen.

»Sorry, irgendwie ist mir die Tasse aus der Hand gerutscht«, sagte ich und deutete auf den Strauß. »Sehr schöne Blumen, übrigens.«

Der üppige Strauß bestand aus Butterblumen, verschiedenen Gräsern und einigen Exemplaren von weißen Doldenblütlern, deren filigrane vielteilige Blütenteller auf verzweigten Stängeln saßen.

»Gefallen sie dir? Ich habe sie heute Morgen extra für dich gepflückt«, erwiderte Dennis. »Du kannst sie später mitnehmen, wenn du magst.«

»Wie nett von dir! Aber ich hoffe, du hast dir danach gründlich die Hände gewaschen.« Mit dem Zeigefinger tippte ich eine der weißen Dolden an. »Das könnte Wilde Möhre sein, aber tatsächlich auch Gefleckter Schierling. Ist dir ein komischer Geruch aufgefallen? Nach Mäuseurin?«

Entsetzt ließ Dennis die Frikadelle fallen, von der er gerade hatte abbeißen wollen, und schnupperte an seinen Händen. »Riecht nach Seife«, konstatierte er. »Da will man *einmal* galant sein, und dann das. Soll das heißen, dass dieses giftige Zeugs hier überall unkontrolliert wächst?«

»Allerdings«, sagte Erwin. »Und ich wüsste auch nicht, wer Warnschilder an den betreffenden Pflanzen anbringen sollte. Das Schlimmste ist, dass es echt viele Arten aus dieser Gattung gibt, die sich optisch verdammt ähneln. Klar, wenn man Bescheid weiß und sie sich ganz genau ansieht, kann man sie auseinanderhalten. Aber die Verwechslungsgefahr ist tatsächlich groß. Im Umkehrschluss bedeutet es: Ich mache einfach einen Spaziergang an Äckern und Weiden entlang, und die Wahrscheinlichkeit, dass ich irgendwo Schierling finde, ist ziemlich groß.«

»Da hat jemand aber gut recherchiert«, kommentierte ich grinsend. »Das hat deine Patentochter übrigens auch getan, wie ich gestern feststellen konnte. Mittlerweile ist auch klar, dass Mike tatsächlich mit einem Alkaloid namens Coniin vergiftet wurde, das in Schierling vorkommt, sagte mir die Kommissarin.«

»Ich weiß, sie hat mich angerufen.« Erwin gackerte vergnügt. »Sie hat mir von eurem Plausch am Ententeich berichtet. Und mich beschworen, dich von waghalsigen Aktionen abzuhalten.«

Dennis, der immer wieder an seinen Händen geschnuppert hatte, stand plötzlich auf. »Ich wasche sie mir lieber noch einmal gründlich. Nein, ich werde sie mit der Nagelbürste schrubben.« Er stapfte über die Wiese und verschwand im Haus.

Erwin, der ihm nachgesehen hatte, wandte sich mir zu. »Du hast dem armen Kerl einen gehörigen Schreck eingejagt. So schnell wird er keine Blumen mehr pflücken, fürchte ich. Aber zurück zu Astrid. Sie erzählte mir, du hättest noch mehr über die Leute herausgefunden. Und mit der Veranstalterin gesprochen.«

»Es gibt eine Menge Leute, die Mikes Tod regelrecht feiern. Und sich keine Mühe machen, ihre Freude zu verbergen. Und dazu zählt auch die liebreizende Denise. Ich weiß nicht, ob sie selbst auch mal was mit Mike hatte, aber sie hatte Angst, dass sein Verhalten ihren guten Ruf zerstören könnte.«

»Wieso das denn?«, fragte Erwin erstaunt.

»Ganz einfach: Immerhin hat er sich auf ihren Veranstaltungen ausgetobt. Gestern habe ich ihr gegenüber die verletzliche, von Männern enttäuschte Singlefrau auf der Suche nach dem Traummann gespielt ...«

»Wieso *gespielt*?«, fiel Dennis mir ins Wort, der mit rot gescheuerten Händen zurückgekehrt war. »Du suchst doch deinen Traummann, oder etwa nicht?«

Ich funkelte ihn kurz an, dann fuhr ich fort: »Ich habe die von Männern *enttäuschte* Singlefrau gespielt und meiner großen Besorgnis Ausdruck verliehen, es könnten noch mehr Männer wie Mike unterwegs sein, die verletzliche Geschöpfe wie mich ausnutzen könnten. In aller gebotenen Vorsicht natürlich; sie sollte sich nicht angegriffen fühlen.«

»Und wie hat sie reagiert?«, fragte Erwin.

»Es stellte sich heraus, dass sie sich der Verantwortung ihren Kunden gegenüber durchaus bewusst ist. Das hat sie zumindest glaubhaft versichert. Und dass sie Mike bereits gesperrt hatte, er sich aber nicht an ihr Verbot gehalten hat und trotzdem aufgetaucht ist. Beim zweiten Speed-Dating war er gegen ihren ausdrücklichen Willen dabei. Er hatte sich unter falschem Namen angemeldet, und sie hat ihn nur nicht weggeschickt, weil sonst ein Mann zu wenig bei der Veranstaltung gewesen wäre.«

»Aber eines kapiere ich nicht«, sagte Dennis. »Warum war dieses Speed-Dating so wichtig für ihn? Es gibt doch zig andere Veranstaltungen, die er als Jagdgebiet hätte benutzen können.«

»Könnte sein, dass *ich* der Grund war«, murmelte ich.

»Du?« Dennis' Brauen wanderten an den Rand seines Haaransatzes.

Die Verblüffung in seiner Stimme ärgerte mich. »Ja, ich«, blaffte ich ihn an. »Und ich verstehe nicht, was dich daran derart erstaunt.« Er wollte etwas sagen, aber ich hob die Hand, und er klappte den Mund wieder zu. »Du solltest dich nicht noch tiefer reinreiten, *Chef.* Also: Er und ich hatten uns bereits beim ersten Speed-Dating kennengelernt und waren fürs zweite verabredet. Ich hatte praktisch ein Date mit ihm. Ich glaube, ich war einfach die Nächste auf seiner Liste.«

»Aber er war doch angeblich so charmant«, erwiderte Dennis, »er hätte *jede* haben können.«

»Dennis, du hingegen hast den Charme eines verrosteten Bulldozers«, sagte Erwin grinsend. »Du beleidigst Loretta, das ist dir offenbar nicht klar.«

»Beleidigen können mich nur Menschen, die mir wichtig sind«, zischte ich quer über den Tisch. »Ergo bin ich *nicht* beleidigt. Mach dir also keine Sorgen.«

Dennis' Gesicht sah man an, dass er langsam begriff, was ich da gerade gesagt hatte. Schließlich guckte er so schuldbewusst aus der Wäsche wie ein Hund, der Herrchens Lieblingspantoffel zerkaut hatte.

Gut so, dachte ich zufrieden.

»Loretta, bitte … Ich wollte nicht … Ich habe es nicht so gemeint …«, stammelte er los, »du weißt doch, wie sehr ich dich schätze.«

Lässig winkte ich ab. »Schon gut, Dennis. Du musst mir jetzt keinen Honig ums Maul schmieren.«

»Nein … ich …« Dennis seufzte und fragte dann: »Du

denkst also, Mike wäre vielleicht noch am Leben, wenn er nicht mit dir verabredet gewesen wäre?«

Ich konnte ihn nur sprachlos anstarren, und Erwin blökte empört:»Dennis! Was ist denn heute los mit dir? Willst du etwa, dass Loretta sich deswegen schuldig fühlt?«

Dennis sah aus, als würde er jetzt lieber tot in den salzigen Fluten der Nordsee treiben als hier mit mir an einem Tisch sitzen.

Plötzlich tat er mir leid.

»Ich weiß, es war nicht deine Absicht, mich zu beleidigen, Dennis«, sagte ich also.»Und ganz bestimmt willst du mir keine Schuldgefühle einpflanzen. Du bist halt manchmal ein bisschen undiplomatisch, oder? Das bin ich ja auch.«

Er nickte langsam und versuchte ein Lächeln.»Wir sind doch noch für morgen verabredet, oder?«

Erwin horchte auf.»Ihr seid verabredet?«

Ich holte die gestern Abend ergänzten und ausgedruckten Listen aus meiner Tasche und verteilte sie.»Ich bin sehr froh, dass wir wieder beim eigentlichen Thema sind. Und damit beim Grund unseres kleinen, friedlichen Frühstücks.«

Während die beiden sich mit der Liste beschäftigten, kam ich endlich dazu, etwas zu essen. Ich belegte ein Brötchen mit Käse, schnitt eine Frikadelle in Scheiben und schichtete sie auf den Käse. Dann rundete ich diese Köstlichkeit mit etwas Mayonnaise ab, klappte die beiden Hälften zusammen und biss hinein – hervorragend.

1500 Kalorien auf einen Streich, schätzte ich, während ich mit Genuss kaute.

»Ich wiederhole meine Frage«, sagte Erwin.»Wozu oder zu was seid ihr verabredet? Hat Astrid etwa recht mit ihrer Befürchtung, dass du etwas planst, Loretta?«

Ich schüttelte den Kopf, während ich den letzten Bissen meines Brötchens verspeiste.»Quatsch«, erwiderte ich dann.»Es ist nur so, dass ich morgen zum Speed-Dating angemeldet bin. Außerdem hat Denise Interesse an Dennis bekundet.«

»Wirklich?«, fragte Dennis. »Was hat sie denn über mich gesagt?«

»Dass du der Traum ihrer schlaflosen Nächte bist.«

»Ehrlich?«

Ich rollte mit den Augen. »Nein. Aber du bist ihr aufgefallen. Sie wollte, dass ich unauffällig anfrage, wie du sie findest und ob du sie mal anrufen würdest.«

»Ich verstehe immer noch nicht so ganz«, sagte Erwin. »Was hat das alles mit eurer Verabredung zu tun?«

Dennis sah mich an. »Mir hast du auch noch nicht erklärt, was du für morgen planst.«

Ich zuckte mit den Schultern und seufzte. »Eigentlich habe ich gar keinen Plan. Aber morgen werden im Großen und Ganzen die Leute vom letzten Sonntag zusammentreffen. Denise hat alle noch einmal eingeladen und macht diesen Termin außerhalb der normalen Veranstaltungen.«

»Warum das denn?«, fragte Erwin.

»Weil die Leute nach dem letzten Dating alles andere im Kopf hatten, als sich Gedanken darum zu machen, wer ihnen gefällt – es wurde also nicht richtig zu Ende gebracht. Es sollte so ablaufen, dass man am Tag danach per Mail an die Agentur meldet, wen man interessant fand. Das wird von Denise ausgewertet, und wenn es Übereinstimmungen gibt, bekommt man von ihr die Kontaktdaten. Ist alles im Preis inbegriffen. Deshalb gibt es eine neue Runde für alle. Und weil ein Platz frei ist …« Ich deutete auf Dennis. »Ich rechne nicht damit, dass etwas passiert, aber ich fühle mich wohler, wenn du bei mir bist.«

Und siehe da: Dennis strahlte über das ganze Gesicht.

Wir hatten noch in Ruhe das Frühstück beendet und einige Theorien diskutiert, wer denn nun Mike umgebracht haben könnte, waren aber zu keinem fassbaren Ergebnis gekommen.

Es gab einfach zu viele Verdächtige, und ich fragte mich, wie die Küpper diesen vertrackten Fall jemals aufklären sollte. Gab es da überhaupt eine Chance, ohne dass jemand ein Geständnis ablegte?

Am späten Mittag hatte Erwin auf Aufbruch gedrängt. Dennis hatte mir zwar angeboten, mich später zu fahren, aber ich hatte abgelehnt, denn ich wollte noch ein wenig durch die Einkaufszone bummeln. Ich hatte Lust, mir irgendetwas Hübsches zu gönnen.

Mit einem eindrucksvollen silbernen Klotz von Ring an meiner Hand kam ich einige Stunden später nach Hause. Ich hatte das Prachtstück, das aus zahlreichen kleinen Totenköpfen zusammengesetzt war, im Schaufenster eines Juwelierladens entdeckt und sofort gewusst, dass ich es unbedingt besitzen wollte.

Die Goldschmiedin war geschäftstüchtig genug, mich auf die Möglichkeit hinzuweisen, kleine Edelsteine in die leeren Augenhöhlen zu setzen. Umgehend hatte ich die Idee, mir für jeden gelösten Fall ein Steinchen zu gönnen. Das wären bisher elf Stück, und niemand außer mir würde wissen, was sie bedeuteten – dieser Gedanke gefiel mir.

Dennoch dankte ich ihr für ihr Angebot und kündigte an, gegebenenfalls darauf zurückzukommen. Über diese nicht unbeträchtliche Investition musste ich erst ein paar Tage nachdenken. So spontan war ich nun auch wieder nicht.

Mein Anrufbeantworter blinkte, und ich drückte auf den Abspielknopf. *Hier ist Dennis,* hörte ich, *kannst du mich bitte zurückrufen? Bis später.*

Oje … wollte er wegen des Speed-Datings etwa einen Rückzieher machen? Hoffentlich nicht.

Er ging ans Telefon, kaum dass ich die letzte Ziffer seiner Nummer eingetippt hatte.

»Da bist du ja«, sagte er.

»Ja. Was gibt es denn? Willst du wegen morgen absagen?«

»Was? Nein. Wie kommst du denn darauf? Nein. Nein. Ich wollte …«

Er verstummte, und nach einiger Zeit fragte ich: »Dennis? Bist du noch dran?«

Ein Räuspern kam durch den Hörer. »Ja. Natürlich. Also, ich habe nachgedacht und will mich unbedingt noch einmal bei dir entschuldigen. Und du hast gesagt, ich kann dich nicht beleidigen, weil ich dir nichts bedeute.«

Alles klar – dieser Hieb hatte also gesessen. »Um ehrlich zu sein: Ich wollte dich damit treffen. Ich bin nicht stolz darauf, aber ich war wirklich ein bisschen beleidigt. Dennoch: Ich bin nicht sauer auf dich.«

»Aber du hast meine Blumen nicht mitgenommen.«

»Nein, die habe ich extra dagelassen. Du hast sie für mich gepflückt, und ich habe sie dir zurückgeschenkt. Stell sie in dein schönes Wohnzimmer, und wenn du sie ansiehst …«

»… dann denke ich an dich«, fiel er mir ins Wort und plapperte hastig weiter: »Weißt du, *natürlich* kann ich mir vorstellen, dass dieser Mike extra deinetwegen zu diesem Dating gekommen ist, obwohl er Hausverbot hatte, sehr gut sogar. Ich … Du weißt, dass ich dich für eine ganz tolle Frau halte, Loretta. Und warum sollte es Mike anders gehen als mir? Noch etwas: Du hast selbst gesagt, dass du ihn anfangs sehr mochtest. Beziehungsweise seinen Internet-Zwilling. Ich habe jeden Tag mitgekriegt, dass du verknallt warst. Das … äh … das war nicht leicht für mich.«

Ich konnte nicht glauben, was ich da hörte.

Wollte er mir damit sagen, dass ihn der Gedanke an eine Verbindung zwischen einem Mann – wem auch immer – und mir eifersüchtig machte?

»Ich … weiß nicht, was ich sagen soll«, erwiderte ich lahm.

»Nichts«, gab er zurück. »Mir ging es nur darum, dass du nicht mehr böse auf mich bist. Wir sehen uns morgen.«

Damit legte er auf.

Kapitel 28

Willkommen zur dritten und finalen Runde,
bei der sich die Frage stellt, warum eine Korbtruhe
in der Ecke steht

Dennis und ich hatten vereinbart, dass wir getrennt zum Speed-Dating fahren würden. Ich trödelte herum, denn ich fürchtete mich ein wenig vor der Begegnung mit ihm. Ständig ging mir unser Telefonat vom Vorabend im Kopf herum. Hatte ich jemals so viel über Dennis und unser Verhältnis zueinander nachgedacht?

Herrje – ich hatte sogar von ihm geträumt. Wir waren an einem Strand spazieren gegangen, und absurderweise hatte *ich* eine Hose mit riesigem Schlag, einen engen Rippenstrickrolli und Plateauschuhe an, dazu einen breiten Gürtel auf der Hüfte und eine beknackte Föhnfrisur mit Außenwelle. Und was hatte er getragen? Logisch: ausgefranste Jeans, Ringelshirt und Springerstiefel. Vermutlich ein gefundenes Fressen für jeden Psychologen.

Trotz meiner Trödelei war ich eine Viertelstunde vor Beginn der Veranstaltung im Café. Ich freute mich, unter den Gästen Cäcilie und Käthe zu entdecken, und blieb an ihrem Tisch stehen, der sich direkt am Eingang zum Hinterzimmer befand.

Man könnte ja sonst etwas verpassen, dachte ich amüsiert.

»Sie rechnen hoffentlich heute nicht mit ähnlich spektakulären Ereignissen wie am letzten Sonntag«, sagte ich.

»Dann müsste Ihre Veranstaltung in Zukunft wohl *Speed-Killing* heißen.« Käthe grinste spitzbübisch. »Nee, junge Frau, darauf hoffen wir nicht. Wir sitzen nur gemütlich im Café und genießen die wunderbare Torte.«

»Loretta. Kommst du mit rein?«, fragte eine Stimme hinter mir. Ich zuckte zusammen – es war Dennis.

»Ich … ja … geh schon mal vor«, sagte ich, ohne mich umzudrehen. Ich hörte ihn weitergehen, und mein Gesicht wurde heiß.

Die beiden alten Damen nickten sich wissend zu.

»Wer war dat denn?«, fragte Cäcilie.

»Ein guter Freund von mir«, erwiderte ich.

»Guter Freund?« Wieder tauschten sie einen Blick. »Dat sah aber ganz anders aus. Wie der Sie angeguckt hat … und Sie sind knallrot geworden, junge Frau.«

Die Teilnehmer standen in einer großen Gruppe zusammen, alle hielten ein Sektglas in der Hand. Dennis war mittendrin – einige von ihnen kannte er ja bereits von der Party. Ich grüßte rasch in die Runde, bekam mein Namensschild und mein Glas Sekt, dann konnte es auch schon losgehen.

Mein erster Gesprächspartner war ausgerechnet Jimmy, der Lebenskünstler, und wir konnten uns exakt genauso wenig ausstehen wie beim letzten Mal. Unsere Unterhaltung beschränkte sich auf den widerwilligen Austausch einiger Höflichkeitsfloskeln, dann schwiegen wir uns geschlagene sechs Minuten lang an.

Ich guckte an ihm vorbei zu Dennis hinüber, der mit Annabelle am Tisch saß. Dennis sah ich von hinten, und Annabelle flirtete, was das Zeug hielt, lachte, spielte mit ihrem Haar, legte kokett den Kopf zur Seite, das ganze Programm. Ich spürte das dringende Bedürfnis, hinzugehen, ihr eine zu scheuern und Dennis von ihr wegzuzerren.

Was, wenn er sie mag?, dachte ich entsetzt. Oder sich in Denise verliebt? Könnte ich es aushalten, ihn mit einer Frau zu sehen?

Denise bimmelte mit dem Glöckchen, und Jimmy floh einen Tisch weiter. Mir gegenüber nahm Kai Platz.

»Hast du heute auch dekoriert?«, fragte ich.

Verschwörerisch legte er den Finger an die Lippen. »Nicht weitersagen.«

»Versprochen. Sag mal, du bist doch Gärtner, oder? Hast du einen eigenen Betrieb? Ich bin auf der Suche nach schönen Kübelpflanzen.«

Sein Blick verdüsterte sich kurz, dann schüttelte er den Kopf. »Ich hatte mal einen Betrieb, aber den gibt es nicht mehr. Familiäre Gründe, nach meiner Scheidung habe ich ihn verkauft. Zu viel Arbeit für mich alleine, weißt du? Jetzt arbeite ich bei der Stadt, Abteilung Naturschutz und Landschaftspflege.« Er lachte leise. »Tatsächlich bin ich der offizielle Hautflügler-Beauftragte der Stadt. Dadurch bin ich viel an der frischen Luft, das gefällt mir. Und die Arbeitszeiten sind super – verglichen mit der Selbstständigkeit ein Spaziergang.«

Ich war noch dabei, die Hautflügler-Sache zu verdauen. »Was bitte macht denn ein Hautflügler-Beauftragter?«

»Mein Fachgebiet sind Bienen, Hummeln, Hornissen und Wespen. Wenn du im Garten ein Wespennest hast, darfst du es nicht einfach zerstören, denn einige Wespen stehen unter Artenschutz. Du kannst uns anrufen, und wir besorgen Fachleute, die das Volk samt Nest umsiedeln.«

»Klingt spannend. Und mit Pflanzen kennst du dich bestimmt auch bestens aus, oder?«

Er lächelte. »Brauchst du Hilfe im Garten?«

Ich lächelte zurück und schüttelte den Kopf. »Einen Garten im klassischen Sinne habe ich nicht, aber eine ziemlich große Terrasse, deshalb interessiere ich mich für Kübelpflanzen. Leider hat mein Kater die Angewohnheit, an Blumen herumzunagen, und ich habe natürlich Angst, etwas zu pflanzen, das für ihn gefährlich sein könnte. Ich habe im Internet geguckt, und jetzt bin ich ganz verwirrt, wie viele Giftpflanzen es gibt.«

Er musterte mich nachdenklich, dann erwiderte er: »Ich

kann mir deine Terrasse ja mal angucken. Auch, wann wo die Sonne steht. Und dann kriegst du von mir eine Liste mit Pflanzen, die du bedenkenlos nehmen kannst.«

»Wirklich? Das wäre toll … Ich gebe dir später meine Telefonnummer, okay?«

Er nickte. In diesem Moment läutete das Glöckchen, und er stand auf. Ich versuchte, mich an seinen Gesichtsausdruck zu erinnern, als ich mit den Giftpflanzen angefangen hatte. Hatte er erschrocken geguckt? Misstrauisch? Sollte ich jetzt jedem gegenüber einfach mal den Begriff ›Giftpflanze‹ fallen lassen und auf eine Reaktion hoffen? Blöd, dass ich diese Idee nicht früher gehabt – und vor allem nicht mit Dennis besprochen hatte. Und bei Jimmy hatte ich die Chance ohnehin schon verpasst.

Dennoch versuchte ich es, leider ohne nennenswerte Ergebnisse. Marc berichtete von einem befreundeten Ehepaar, das seinen Garten wegen der Kinder giftpflanzenfrei gemacht hatte – mit dem Ergebnis, dass von der ursprünglichen Bepflanzung kaum noch etwas übrig geblieben war. Rocker Hajo grinste, pantomimte das Rauchen eines Joints und referierte dann über halluzinogene Pilze, die auf Kuhscheiße wuchsen. Didi kramte zunächst vergeblich in seinem Repertoire nach Witzen über Giftpflanzen und feuerte schließlich einen lahmen Gag über ungeliebte Schwiegermütter und Pilzragouts mit Fliegenpilzen aus der Hüfte. Und Cem gab an, nichts über Giftpflanzen zu wissen, zumal er nicht einmal eine Tulpe von einem Stiefmütterchen unterscheiden könne.

Mein letzter Gesprächspartner war Dennis. Wie schüchterne Teenager saßen wir uns gegenüber und bemühten uns, uns nicht anzusehen.

Schließlich fragte er: »Wie geht es dir?«

Ich zuckte mit den Schultern. »Ganz gut. Ich habe jedem gegenüber Giftpflanzen erwähnt, aber nichts Sinnstiftendes herausgefunden.«

Er sah mich erstaunt an, als wunderte er sich darüber, dass ich das Dating dazu benutzte, etwas herauszufinden.

»Stimmt nicht ganz«, fügte ich hinzu. »Jimmy habe ich nicht danach gefragt. Mit dem habe ich eigentlich gar nicht gesprochen. Und selbst?«

»Diese Annabelle …« Er warf einen kurzen Blick über die Schulter, beugte sich dann vor und flüsterte: »Die steht auf mich, glaube ich.«

»Du *glaubst?*«, fragte ich giftig. »Das habe ich sogar bis hierhin gemerkt.«

»Hast du mich beobachtet?«

Ja, irgendwie schon, aber das würde ich ihm natürlich nicht auf die Nase binden. »Wohl eher zufällig aufgeschnappt. Ihre Flirtversuche waren nicht gerade dezent.«

»Allerdings nicht. Und das Härteste war, dass ihre Freundinnen die Gesprächszeit mit mir komplett dazu genutzt haben, Lobeshymnen auf Annabelle zu singen. Ich fühle mich ein bisschen bedrängt.«

Mein Mitleid hielt sich in Grenzen. »Und Denise?«

»Was ist mit ihr?«

Ich rollte mit den Augen. »Hat sie dir gegenüber Interesse signalisiert?«

Stirnrunzelnd dachte er darüber nach. »Nein, kein Stück. Sie hat mit diesem Kai getuschelt, bevor es losging.«

Das fand ich nicht sonderlich verdächtig; ich wusste ja, dass sie sich kannten. Vermutlich hatte sie mit dem Wespenmann nur dessen nächsten Einsatz besprochen.

Plötzlich nahm Dennis meine Hand. »Du hast einen neuen Ring«, sagte er. »Woher … ich meine, er ist sehr schön. Er passt perfekt zu dir.«

»Nicht wahr? Das dachte ich auch, als ich ihn im Schaufenster gesehen habe. Und schwups – schon hatte ich ihn gekauft. Ich wollte mir etwas Hübsches gönnen.«

»Du hast ihn dir selbst …?« So etwas wie Erleichterung huschte über sein Gesicht.

In diesem Moment läutete das Glöckchen.

»Das war's für heute!«, rief Denise. »Wie es weitergeht, muss ich euch ja nicht erklären, nicht wahr? Ihr meldet euch bei mir, und ich kümmere mich um alles Weitere. Ich wünsche euch noch einen schönen Sonntag!«

Alle – auch Dennis und ich – standen auf und gingen in Richtung Ausgang.

Als ich an Denise vorbeikam, zupfte sie mich am Ärmel. »Hast du noch eine Minute für mich?«

Ich nickte, dann sah ich Dennis wartend draußen stehen. »Wir sehen uns morgen«, rief ich ihm zu.

Denise schloss die Tür und drehte sich dann lächelnd zu mir um. »Ihr seht euch morgen?«

»Wir sind Arbeitskollegen.«

»Tatsächlich? Was arbeitet ihr denn?«

Und schon war mir klar, warum sie mich zurückgehalten hatte: Sie wollte mich über Dennis ausfragen, und zu nichts hätte ich weniger Bock haben können.

»Du, ich habe leider nicht viel Zeit«, sagte ich.

»Ach komm, ich will nur mit dir anstoßen, das geht ganz schnell. Unser Gespräch … weißt du, du hast mir wirklich die Augen geöffnet und mich noch einmal an meine Verantwortung als Veranstalterin erinnert.«

Tatsächlich? Ich hatte den Eindruck gehabt, als sei sie sich ihrer Verantwortung ziemlich bewusst gewesen …

Sie füllte zwei Gläser mit Sekt aus einer angebrochenen Flasche und reichte mir eins davon. »Prost.«

Uäääh. Musste das sein? Was sollte das? Wollte sie mir die Zunge lösen, damit ich über Dennis auspackte?

»Auf ex«, sagte sie, als ich zögerte.

Nie im Leben, Puppe, dachte ich und nippte einen homöopathischen Schluck – eigentlich tat ich nur so. Dennoch merkte ich es sofort: Es schmeckte ekelhaft und stank noch ekelhafter. So riecht also Mäuseurin?, dachte ich verwundert. Außerdem: Wie hatte sie das Zeug in mein Glas gekriegt? Hatte sie nicht beide Sektkelche aus derselben Flasche gefüllt? Mein Glas musste also bereits vorher präpariert gewesen sein, ganz schön clever von ihr …

Sie trat einen Schritt auf mich zu. »Trink das aus«, sagte sie drohend.

Unwillkürlich wich ich zurück. »Hast du sie noch alle? Denkst du etwa, ich weiß nicht, dass der Sekt vergiftet ist?«

Ehe ich reagieren konnte, hatte sie mir mit einem schwer genervten Seufzen das Glas weggenommen. In der nächsten Zehntelsekunde gab sie mir einen Tritt in den Bauch, der mich etliche Meter zurücktaumeln und auf dem Rücken landen ließ. Es tat höllisch weh.

»Was willst du von mir?«, fragte ich keuchend, als sie raschen Schrittes auf mich zukam.

Sie setzte sich auf mich, stellte das Glas ab und knallte mir eine. Natürlich versuchte ich, sie wegzustoßen, aber sie hielt meine fuchtelnden Hände fest und kniete sich dann auf meine Oberarme. Sie war überraschend stark und handelte ganz zielgerichtet. »Was ich will? Dass du mit mir anstößt, liebe Loretta. Glaubst du wirklich, ich hätte dir dieses Schmierentheater abgekauft, als du *zufällig* bei mir aufgetaucht bist? *Buhuhu, ich bin ja so ein sensibles Mädchen und habe solche Angst, dass ich wieder verletzt werden könnte …* Großer Gott, du musst mich wirklich für sehr dämlich halten. Du wolltest mich aushorchen, weil du den Mörder von Mike suchst.«

»Wie bitte? So ein Quatsch.«

Wieder kassierte ich eine donnernde Ohrfeige. »Verkauf mich nicht für dumm. Dein Name ist nicht gerade selten, und ich habe ihn schon in der Zeitung gelesen. Du mischst dich gerne in die Ermittlungen der Polizei ein, richtig? Und Kai hat mir von den Notizen erzählt, die du dir vorgestern hier im Café gemacht hast. Leider hast du deine Mappe nicht schnell genug zugeklappt. So viel dazu, dass du nicht rumschnüffelst.« Sie drehte sich um, als die Tür aufging. »Da bist du ja endlich«, sagte sie.

Ich hörte, wie abgeschlossen wurde und jemand auf uns zukam.

»Will sie nicht trinken?«, fragte Kai.

Denise schüttelte den Kopf. »Nein, sie hat es gemerkt. Und jetzt ist sie bockig, die blöde Kuh.«

Beide waren abgelenkt, also kreischte ich: »Hiiiiiilfe!«

Umgehend setzte es die nächste Ohrfeige. »Die Tür ist gut gepolstert und außerdem abgeschlossen. Trotzdem möchte ich dich höflich bitten, nicht mehr zu schreien.«

»Warum habt ihr Mike umgebracht?«, ächzte ich.

Denise beugte sich tief herunter und zischte: »Weil er es verdient hat, Loretta. Meine große Schwester Miriam hat seinetwegen Selbstmord begangen. Vier Wochen ist das jetzt her. Mike hatte sie umgarnt, gevögelt und dann verlassen. Das hat sie nicht verwunden.«

»Miriam war meine Ex-Frau«, sagte Kai, der mitleidlos auf mich herabblickte. »Man hat sie erhängt im Wald gefunden. Mike kannte diese Zusammenhänge natürlich nicht. Vielleicht könnte er sogar noch leben, wenn er Denises Hausverbot respektiert hätte. Aber seine Frechheit hat das Fass leider zum Überlaufen gebracht.«

»Nichts schätze ich mehr als eine gepflegte Unterhaltung.« Denise lächelte mich an. »Aber allmählich reicht es mir. Es wird Zeit, dass du endlich deinen Sekt trinkst; ich habe hier später noch eine Veranstaltung.«

»Ihr seid ja vollkommen verrückt«, keuchte ich, »damit kommt ihr niemals durch. Wie wollt ihr meine Leiche hier rausschaffen?«

Wieder lächelte Denise. »Wie aufmerksam, dass du dich um uns sorgst. Aber wir haben uns natürlich vorbereitet.«

Schlagartig war mir klar, wozu die Truhe aus Weidengeflecht dienen sollte, die mir vorhin schon aufgefallen war. Natürlich war ich davon ausgegangen, dass darin die Dekoration transportiert worden war. Vielleicht stimmte das sogar, aber zusätzlich wollten sie mich in diese Truhe stopfen. Aber wie sollte das gehen? Hatten sie die Dosis des Giftes derart erhöht, dass ich schneller als innerhalb einer Stunde abkratzen würde? Oder würden sie mich fesseln und knebeln und dann die Truhe samt mir in den kleinen Nebenraum schieben, aus dem Denise den Sekt geholt hatte?

Es war merkwürdig: Ein Teil von mir beobachtete diese ganze Sache vollkommen rational. Ich hatte zwar Angst, verfiel aber nicht in Panik. Die ganze Situation war schlicht zu verrückt: Das Café hinter der Tür war voller Leute, und ich war diesen beiden Wahnsinnigen ausgeliefert. Das konnte nicht sein, das *durfte* einfach nicht sein …

Denise nickte Kai zu. »Komm, wir müssen ihr das Zeug reinzwingen.«

Kai kniete sich neben mich. Verzweifelt presste ich die Lippen zusammen und warf den Kopf hin und her, aber er schaffte es, Daumen und Zeigefinger auf zwei Punkte an meinem Kiefer zu drücken – mein Mund öffnet sich, ohne dass ich etwas dagegen machen konnte.

Er streckte die andere Hand nach dem Sektglas aus, aber ein lautes Krachen ließ ihn und Denise herumfahren.

Klomp, klomp, klomp, klomp hörte ich, dann brach Kai über mir zusammen und riss gleichzeitig Denise von mir herunter. Blitzschnell war sie auf den Füßen und wollte Dennis angreifen, aber er versetzte ihr einen Kinnhaken, der sie eine beinahe anmutige Pirouette drehen und dann zu Boden krachen ließ.

Das Nächste, was ich spürte, war Dennis, der mich aufhob und auf den Armen ins Café hinübertrug.

Noch verrückter konnte es kaum werden, fand ich.

Ich hatte mich geirrt, denn urplötzlich schoss Denise an uns vorbei und versuchte, die Eingangstür des Cafés zu erreichen.

»Aufhalten!«, brüllte ich.

Geistesgegenwärtig sprang Sabine von ihrem Tisch am Fenster auf und warf sich auf Denise, die polternd zu Boden ging.

»Denise Jennings, Sie sind verhaftet«, verkündete Sabine, während sie Denises Hände mit Annabelles Halstuch fesselte.

Über Dennis' Schulter blickte ich zurück zu Kai, der noch immer bewusstlos am Boden lag. Gut so.

»Nein, mir fehlt wirklich nichts«, versicherte ich zum wiederholten Mal – diesmal den Sanitätern, die zur Sicherheit gerufen worden waren. Erstens meinetwegen und zweitens wegen Kai, dem Dennis einen massiven Stuhl ins Kreuz gedroschen hatte und der nur langsam zu sich gekommen war. Sie hatten mich untersucht und diverse Prellungen diagnostiziert, aber vom Gift hatte ich nichts geschluckt – das war die Hauptsache.

Nicht nur sie bevölkerten das Café, auch die Polizei war da; außerdem einige Teilnehmer des nächsten Speed-Datings und natürlich die Mädelsclique, die nach der Veranstaltung eigentlich nur ein Stück Torte hatte essen wollen und jetzt lautstark Sabines Heldentat feierte.

Nun saßen Dennis und ich bei Cäcilie und Käthe am Tisch, die zwar etwas erschrocken wirkten, aber andererseits ihr Glück kaum fassen konnten und mir unbedingt haarklein berichten wollten, was hier draußen im Café passiert war, während man im Hinterzimmer versucht hatte, mich umzubringen.

»Der junge Mann hat hier draußen auf Sie gewartet«, sagte Käthe. »Und er wurde ganz unruhig, weil Sie so lange nicht rausgekommen sind.«

Cäcilie nickte triumphierend. »Und dann ging auch noch

dieser andere Mann rein und hat die Tür abgeschlossen, dat hat uns gleich misstrauisch gemacht. Und dann haben Sie geschrien.«

»*Das* haben Sie gehört?«, fragte ich.

Sie grinste und tippte auf ihr Ohr. »Nur ich hab dat mitgekriegt. Brandneues Hörgerät, bisschen zu laut eingestellt, aber so kann ich hören wie ein Luchs.«

»Wie passend«, flüsterte Dennis mir zu. Er hatte den Arm um mich gelegt, und ich genoss seine beruhigende Nähe mehr, als mir lieb war.

»Und dann hat der junge Mann gehandelt«, erzählte Cäcilie weiter. »*Ruft sofort die Polizei,* hat er ganz ernst gesagt und hat sich einen Stuhl geschnappt. Und dann hat er einfach die Tür eingetreten, um Sie zu retten.« Sie tauschte einen entzückten Blick mit ihrer Schwester und sah dann Dennis und mich an. »Dat war wirklich romantisch. Sie beide sind ein so schönes Paar. Man merkt sofort, wie sehr Sie sich mögen.«

Ach, tatsächlich?

Kommissarin Küpper kam an den Tisch und zog sich einen Stuhl heran. Kopfschüttelnd musterte sie mich. »Sie haben wirklich ein Talent dafür, sich immer wieder in diese Schlammassel zu manövrieren. Ich hatte Sie doch gebeten, keine Alleingänge zu unternehmen.«

»Das war kein Alleingang«, erwiderte ich. »Jedenfalls keiner wie die anderen. Gut, die beiden waren misstrauisch geworden, weil ich viele Fragen gestellt hatte, und leider konnte Kai vorgestern einen Blick auf meine Notizen erhaschen, weil ich nicht aufgepasst hatte. Aber ich habe mich heute keineswegs bewusst in diese Situation gebracht, das schwöre ich.«

»Aber das hat Ihnen doch jetzt dabei geholfen, den Fall vom letzten Sonntag aufzuklären, oder, Frau Kommissarin?«, flötete Cäcilie.

»Das stimmt«, sagte die Kommissarin.

Ob sie es mir gegenüber auch zugegeben hätte? Ich wagte es zu bezweifeln.

»Konnten Ihre Leute denn noch etwas vom vergifteten Sekt sicherstellen?«, fragte ich sie. »Das Glas ist bei diesem Getümmel ja leider umgefallen.«

Die Küpper nickte. »Die Pfütze ist groß genug, keine Sorge. Haben die beiden Ihnen gesagt, warum sie Mike Waldner umgebracht haben?«

»Na klar.« Ich kicherte. »Wie in jedem schlechten Film ist es den Bösewichten schließlich traditionell ein Bedürfnis, dem nächsten Opfer gegenüber alles zu erklären. Denise Jennings' Schwester, die gleichzeitig Kais Ex-Frau war, hat sich wegen Waldner umgebracht. Sein endgültiges Todesurteil war allerdings, dass er die Sperre für die Veranstaltungen ignoriert hat, das haben sie zumindest behauptet. Wie auch immer: Da haben Sie das Motiv. Die Details herauszufinden, überlasse ich Ihnen.«

Ein Grinsen huschte über das Gesicht der Kommissarin. »Wie beruhigend. Ich hatte schon befürchtet, mein Dienstherr könnte auf die Idee kommen, dass ich verzichtbar bin.«

Ich grinste zurück. »Sie, Frau Küpper? Niemals.«

Sie stand auf und sagte: »Sie können jetzt gehen. Aber bitte kommen Sie morgen ins Präsidium, damit wir Ihre Aussagen protokollieren können.«

Käthe und Cäcilie strahlten mich an.

»Jetzt können wir *noch* einen Vortragsabend machen«, sagte Cäcilie glücklich. »Wie wäre es, liebe Loretta, wollen Sie dabei nicht unser Gast sein und Ihre Version der Geschichte erzählen?«

»Aber ich will Ihnen doch nicht die Show stehlen«, erwiderte ich.

Die beiden Schwestern kicherten. »Dat können Sie nicht.« Käthe grinste. »Wir sind und bleiben die Superstars in der Residenz.«

Dennis hatte sich nicht davon abhalten lassen, mich zu meinem Auto zu begleiten.

Verlegen standen wir neben meiner Fahrertür.

»Und jetzt?«, fragte er schließlich.

Natürlich wusste ich genau, was er von mir wissen wollte. Sollte ich mich doof stellen? Das zumindest war mein erster Impuls, aber ich entschied mich anders. »Was mit uns beiden ist, meinst du?«

Er nickte. »Du weißt, was ich mir wünsche. Und wenn nicht, bist du das allerdümmste Huhn auf der Welt.«

Das brachte mich zum Lachen. »Hühner sind nicht dumm, du Honk. Das solltest du eigentlich wissen.« Ich nahm seine Hand und legte sie an meine Wange. »Ja, ich weiß, was du dir wünschst: eine Frau, die so ist wie ich.«

»Ich hätte es nicht besser formulieren können.«

»Und ich hätte mich von niemandem lieber retten lassen als von dir«, erwiderte ich. »Aber ich fahre jetzt heim, ich muss ein bisschen nachdenken. Ich … bin gerade ein bisschen überfordert von der Situation.«

»Kein Wunder, schließlich hat man gerade versucht, dich umzubringen.«

»Ja, das auch. Aber das meine ich nicht.«

»In Ordnung, denk in Ruhe nach.«

Er zog mich in eine enge Umarmung, die mir dank meiner Blessuren ziemlich wehtat, aber ich wehrte mich nicht.

»Lass dir die Zeit, die du brauchst«, murmelte er in mein Haar, dann ließ er mich los und ging.

Auf dem Nachhauseweg holte ich mir einen Döner, denn ich brauchte dringend Nervennahrung.

Das dachte ich wenigstens, aber bereits nach zwei Bissen war mir der Appetit vergangen, was mich in höchste Alarmbereitschaft versetzte. Ich hatte keinen Hunger auf einen Döner? Irgendetwas stimmte ganz und gar nicht mit mir.

Ich stellte den Teller in den Kühlschrank und knüllte die Folie für Baghira zusammen, der mir schon ungeduldig um die Beine strich. Während er mit seinem Spielzeug durch die Wohnung tobte, saß ich am Esstisch und starrte meinen Ring an.

Dennis hatte wirklich Angst gehabt, ein Mann könnte ihn mir geschenkt haben. Schlimmer noch: Er hatte befürchtet, ich könnte ihn von einem Mann *angenommen* haben.

Ich spürte, dass mein Gesicht sich zu einem Lächeln verzog, als ich an ihn dachte. War es nicht wunderbar, dass er mich ein dummes Huhn und ich ihn einen Honk nennen konnte, ohne dass einer von uns deswegen beleidigt war?

Dennis sah mich ernst an, als ich eine Stunde später an seiner Haustür stand.

»Ich habe nachgedacht«, sagte ich, »und ich fände es nur logisch, wenn wir morgen zusammen ins Präsidium gehen würden.«

Er streckte die Hand aus, und ich ließ mich von ihm ins Haus ziehen.

Epilog

Der nächste Samstag

Was unseren neuen Status betraf, hatten Dennis und ich uns bisher bedeckt gehalten. Morgens waren wir nach unserem Besuch im Präsidium getrennt im Callcenter eingetroffen und hatten abends getrennt Feierabend gemacht. Die Ereignisse beim dritten Speed-Dating waren Gesprächsthema genug, fanden wir, und Dennis ließ sich für seinen heldenhaften Einsatz zu meiner Rettung gebührend feiern.

Nicht einmal Diana hatte ich bisher etwas gesagt, aber heute sollten es unsere Freunde erfahren, und sie sollte die Erste sein.

»Ich rufe mal eben Diana an«, sagte ich zu ihm. »Du kommst doch ohne mich klar?«

»Nein, du musst mir unbedingt erklären, wie man einen Kaffeetisch deckt«, erwiderte er und gab mir einen Klaps auf den Hintern. »Hau schon ab. Grüß sie von mir.«

Ich ging ins Haus und nahm sein Telefon mit nach oben ins Schlafzimmer unter dem Dach, um ganz in Ruhe mit ihr sprechen zu können.

»Hier ist Loretta«, sagte ich, als Diana abgehoben hatte.

»Nanu – von wo rufst du denn an? Bist du nicht zuhause?«

»Nee, ich bin gerade bei Dennis … Du, ich muss dir unbedingt was erzählen.«

»O mein Gott. Warum klingst du denn so ernst? Ist etwa was passiert? Etwas Schlimmes? Gibt es einen neuen Toten? Bitte sag mir, dass es nicht schon wieder einen Toten gibt.«

Wäre ich nicht so angespannt gewesen, hätte ich jetzt gelacht, aber irgendwie gelang es mir nicht. »Kein Toter … äh, ganz im Gegenteil.«

»Was bitte ist denn das Gegenteil von einem Toten?«, fragte sie verblüfft.

»Ein Lebender, glaube ich«, erwiderte ich lahm.

»Vielen Dank für diese erhellende Information«, sagte sie. »Willst du jetzt endlich auspacken und bitte nicht mehr so blöde herumdrucksen? Ich merke doch, dass …«

»Dennis und ich sind zusammen!«, platzte es aus mir heraus.

Sie schwieg eine Weile, dann hörte ich sie kichern. »Wurde aber auch endlich mal Zeit. Ich dachte schon, ihr rafft das nie.«

Wie bitte? Was? Ich war baff. »Raffen *was* nicht?«

»Na, wie gut ihr zusammenpasst. Seit wann?«

»Seit letzten Sonntag.«

»Ah, verstehe. Die gerettete Jungfrau ist dem edlen Ritter prompt in die Arme gesunken. Du hast keine Ahnung, welche Freude du mir gerade machst. Aber warum erfahre ich erst jetzt davon? Ich bin ein bisschen beleidigt.«

»Du bist die Erste, die Bescheid weiß. Und gleich kommen die anderen her, dann erzählen wir es ihnen. Ich … Dennis und ich wollten es erst einmal für uns behalten, weißt du? Und ausprobieren, wie es sich anfühlt. Immerhin ist es ein ziemlicher Schritt, mit dem Chef was anzufangen …«

»Klar«, fiel sie mir ins Wort, »ein ziemlich *cleverer* Schritt für eine Angestellte.« Sie kicherte. »Nein, ich weiß genau, was du meinst. Hätte es sich merkwürdig angefühlt, dann hättet ihr niemals darüber sprechen müssen. Stell dir vor, du hättest bei eurem ersten richtigen Kuss das Gefühl gehabt, deinen Bruder zu knutschen!«

Damit traf sie ins Schwarze, denn genau davor hatte ich Schiss gehabt: dass Dennis und ich uns mittlerweile so vertraut waren, dass unsere gegenseitige Zuneigung schon geschwisterliche Züge angenommen hatte, was man im Zweifel erst bei einem Kuss herausfand.

»Es hat sich definitiv nicht so angefühlt, als wäre er mein Bruder.«

»Da bin ich ja beruhigt«, sagte sie, und ich hörte das Lächeln in ihrer Stimme. »Und jetzt lass uns auflegen, ich muss es direkt an Okko weitertratschen.«

»Ich soll dich von Dennis grüßen.«

»Grüß ihn zurück. Und gib ihm einen Kuss von mir.«

»Mit Vergnügen, denn ich küsse ihn ausgesprochen gerne.«

Ich nahm den Hörer vom Ohr, und kurz bevor ich das Gespräch beendete, hörte ich sie noch nach Okko brüllen.

»Ich hoffe, ich bin derjenige, den du ausgesprochen gerne küsst.«

Dennis stand auf der offenen Treppe, die vom Erdgeschoss in sein Schlafzimmer führte. Ich sah nur Kopf und Schultern, denn er war nur ein paar Stufen hochgestiegen.

»Darauf kannst du deinen kleinen Arsch verwetten«, erwiderte ich. »Wenn du das noch nicht geschnallt hast, bist du der dümmste Gockel auf der Welt.«

Er lachte und sagte dann: »Die anderen sind gerade gekommen. Wir warten nur noch auf dich.«

Wie ein Werbefilm für Gartenmöbel, dachte ich, als ich aus dem Haus trat und auf die Kaffeetafel zuging, an der meine Freunde und mein brandneuer Liebster saßen. Doris hatte zwei Kuchen mitgebracht; sie hatte darauf bestanden zu backen, als Dennis sie und Erwin für heute Nachmittag eingeladen hatte. Bärbel, Frank, Doris und Erwin saßen bereits, Doris verteilte Kuchen. Dennis stand auf, umrundete den Tisch und schenkte Kaffee ein. Als er mich sah, stellte er die Kanne ab und lächelte mich an.

Ich wurde mit großem Hallo begrüßt, das abrupt verstummte, als ich zu Dennis ging und den Arm um seine Taille legte.

»Ihr fragt euch bestimmt, warum Dennis euch eingeladen

hat«, sagte ich. »Eigentlich ist es auch so, dass wir *beide* euch eingeladen haben. Wir haben euch nämlich etwas mitzuteilen. Dennis und ich ... wir ...«

Weiter kam ich nicht, weil alle loskreischten.

»Endlich!«, jubilierte Doris und klatschte in die Hände wie ein Kind, das ein besonders schönes Geschenk bekommen hatte.

Erwin fragte grinsend: »Hat jemand auf Juni gesetzt?«

»Diana«, erwiderte Bärbel, »als Einzige. Die sahnt jetzt richtig ab.«

»Hehehe«, gackerte Frank, »kuckt euch bloß mal die doofen Gesichter vom Dennis und vonne Loretta an! Die kapiern grade gannix!«

Ja, vermutlich guckten Dennis und ich ziemlich dumm aus der Wäsche – aber wer in unserer Situation hätte das nicht?

»Wollt ihr damit sagen, dass ihr auf uns gewettet habt?«, fragte Dennis ungläubig.

»Natürlich haben wir das, Junge«, erwiderte Erwin. »Es war nur nicht klar, wie lange ihr brauchen würdet.«

»Aber ... wieso ...«, stammelte ich.

»Kinder«, sagte Doris liebevoll, »wir sind doch nicht blind und taub. Spätestens seit eurem wüsten Streit im Callcenter, als ihr euch wegen dieser Sache mit dem Alter angekeift habt, war auch dem Begriffsstutzigsten alles klar.«

Ja, und *mir* war jetzt klar, warum Diana sich über die frohe Botschaft so gefreut hatte. Wie es aussah, hatte sie den Topf mit allen Einsätzen gewonnen.

Bärbel nickte. »Ich wusste sofort Bescheid, als Doris mir davon erzählte. So streiten doch nicht zwei Leute, die einander egal sind, auch wenn sie es selbst noch nicht begriffen haben. Aber dann ging es doch schneller, als alle hier am Tisch es dachten. Vermutlich haben die Ereignisse vom letzten Sonntag alles ein wenig beschleunigt.«

»Jetzt hört auf, so dusselich zu glotzen, und setzt euch endlich hin«, krähte Frank aufgeräumt, »ich hab Hunger!«

Dennis und ich nahmen Platz, und Dennis beugte sich zu mir und küsste mich.

»Also, daran, dat ihr am Knutschen seid, muss ich mich aber erss noch gewöhnen«, brummte Frank und häufte Sahne auf den Apfelkuchen. »Dat is irgendwie komisch.«

»Besser, du gewöhnst dich *schnell* daran, Schatz«, sagte Bärbel lässig, »ich glaube kaum, dass Loretta und Dennis deinetwegen damit aufhören werden.«

Dennis und ich sahen uns an und grinsten.

Dem war nichts hinzuzufügen.

Die Liebe in Zeiten des Internets

Dass man seinen Traumpartner im Internet zu finden hofft, ist heutzutage längst kein Thema mehr, über das nur hinter vorgehaltener Hand gesprochen wird. Ganz im Gegenteil – die Partnersuche über einschlägige Portale ist längst gesellschaftsfähig geworden. Hätten Sie gewusst, wie viele Singlebörsen es im Internet gibt? Es sind mehr als 2000, und sie werden von den mehr als elf Millionen Alleinlebenden, die es in Deutschland gibt, eifrig genutzt. Laut Studien besucht mehr als die Hälfte von ihnen mindestens einmal im Monat ein Singleportal, um die Liebe zu finden.

Und mehr als ein Drittel von ihnen gibt an, dass sie damit Erfolg hatten. Wie kurz- oder langfristig dieser Erfolg allerdings war, sagt die Umfrage nicht. Aber wie sollte sie auch? Für die Länge einer Beziehung kann es keine Garantie geben. Auch ›konventionell‹ geschlossene Verbindungen können nach zwei Monaten scheitern – oder ein Leben lang halten.

Gerade für Menschen mit wenig Zeit ist diese Form der Partnersuche ideal: Sie können sich zu jeder Tages- und Nachtzeit an den Rechner setzen und auf die Pirsch begeben. Sie klicken sich durch Profile, lesen in Ruhe die persönlichen Informationen und entscheiden ohne Druck, ob und wem sie schreiben wollen. Oder sie warten ab, wer sie anschreibt. Übrigens ist es heutzutage auch nicht mehr ausschließlich Männersache, hierbei den ersten Schritt zu tun.

Zugegeben – es gibt auch Nachteile, denn die potenzielle Auswahl ist riesig. Und je größer die Auswahl, desto schwieriger die Entscheidung, nicht wahr? Den einen oder die andere mag die Frage umtreiben, ob drei Klicks weiter nicht vielleicht jemand wartet, der noch interessanter ist. Das könnte so manchen dazu verführen, mit mehreren gleichzeitig zu jonglieren und eine verbindliche Entscheidung hinauszuschieben. Und genau das würde vermutlich nicht passieren, wenn man im Verein, am Arbeitsplatz oder sonst wo auf die Suche ginge. Oder könnten Sie sich vorstellen, mit diversen Aspiranten auszugehen und alles immer schön in der Schwebe zu halten, bis Sie sich endlich zu einer Entscheidung aufraffen können? Hm, der eine könnte mein Auto reparieren, der Nächste kocht gut, wieder ein anderer will mir die Sterne vom Himmel holen … Im Internet kein Problem, denn keiner weiß von seinen Mitbewerbern. Die feine Art ist das nicht, finde ich. Ab einem gewissen Grad von persönlichem Austausch sollte es verbindlicher werden; alles andere wäre nicht fair.

Vielleicht treibt Sie eine Frage um, die ich Ihnen hiermit gern beantworte: Ja, auch ich selbst wurde schon auf einer Singleplattform fündig, und die Beziehung hielt immerhin zehn Jahre lang. Dass man mit einsilbigen, nichts sagenden Nachrichten bombardiert wird, können Leserinnen, die ein Profil auf einer dieser zahlreichen Seiten haben, zweifellos bestätigen.

Ich finde es großartig, dass es mittlerweile für alle Altersgruppen, Kombinationsmöglichkeiten und individuellen Vorlieben eigene Portale gibt; das macht die Suche weniger mühsam und beliebig. Und ich bin (aber das ist meine ganz persönliche Meinung) für die klassischen drei Schritte zur Vertiefung einer vielversprechenden Internet-Bekanntschaft: schreiben – telefonieren – treffen.

Auf einen Kaffee oder so. Und wer weiß? Vielleicht wird daraus ja tatsächlich die große Liebe …

Loretta Luchs.

Scharfzüngig, blitzgescheit

Band 1
ISBN 978-3-7700-1489-7

Band 2
ISBN 978-3-7700-1491-0

Band 3
ISBN 978-3-7700-1513-9

Band 4
ISBN 978-3-7700-1514-6

Band 5
ISBN 978-3-7700-1525-2

Band 6
ISBN 978-3-7700-1526-9

... und überaus liebenswert!

Band 7
ISBN 978-3-7700-1559-7

Band 8
ISBN 978-3-7700-1560-3

Band 9
ISBN 978-3-7700-1561-0

Band 10
ISBN 978-3-7700-2019-5

Band 11
ISBN 978-3-7700-2123-9

Der neue Geniestreich der

Queen of
CRIMEDY

Ruhrpott-Krimödien mit

Stella Albrecht

Band 1 ISBN 978-3-7700-2017-1

Band 2 ISBN 978-3-7700-2018-8

Band 3 ISBN 978-3-7700-2126-0